这一切，丝丝入脉。

/梦三生系列/

宸宫（下）

沐非 ◎ 著

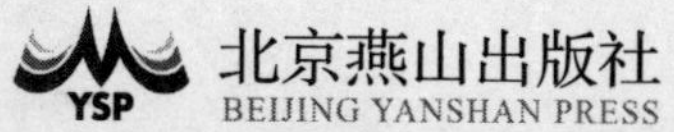

北京燕山出版社
BEIJING YANSHAN PRESS

图书在版编目（CIP）数据

宸宫 / 沐非著. — 北京 : 北京燕山出版社，2013
ISBN 978-7-5402-3233-7

Ⅰ. ①宸… Ⅱ. ①沐… Ⅲ. ①言情小说—中国—当代
Ⅳ. ①I247.5

中国版本图书馆CIP数据核字（2013）第094821号

宸宫

著　　者：沐　非
责任编辑：李瑞芳　夏　艳
封面设计：北京弘果文化传媒
出版发行：北京燕山出版社有限公司
社　　址：北京市西城区陶然亭路53号
邮　　编：100054
电话传真：010-65240430
印　　刷：北京慧美印刷有限公司
开　　本：700mm × 980mm　1/16
字　　数：686千字
印　　张：39
版　　别：2013年8月北京第1版
印　　次：2013年8月北京第1次印刷
书　　号：ISBN 978-7-5402-3233-7
定　　价：52.80元（全二册）

目录

第二十一章 决裂

平王的使者来时，静王元祉正拈着一颗棋子，凝视着池中清荷，怔然出神。对弈的师爷小心一揖，提醒道：“王爷？”

“我知道了。”

静王俊美面容上，生出一抹阴戾而不易察觉的冷笑，他伸手拂乱了棋盘，起身道：“什么风把四弟都吹得露面了？”

师爷道：“平王狡诈，王爷不可等闲视之。”

静王洒脱一笑，由绿荫中幽幽道：“本王也不是易与之辈。”

使者跟着引路的小厮穿过中庭，绕过几重琼宇楼阁，才来到园中。

此时正是午后，此园却是青翠欲滴，满目清幽，绿树藤萝之下，有影影绰绰的光斑投下，不觉炽热。静王倚坐树下，正凝望着一池清荷，悠然品茗。

使者初次见到静王，却见他慵懒乘凉，似乎并不以为意，不觉微愠，沉声道：“我家殿下遣小人前来，给静王千岁请安。”

静王随意挥手叫起，笑道：“在我园中，不必拘礼。”

他微微示意，便有从人流水一般呈上冰镇的食盒。使者也不推辞，微微就唇，但觉冰凉沁骨。

“夏日炎炎，殿下深居简出，如此闲适悠然，真是连神仙也望尘莫及……”

使者啧啧赞叹着，终于把话题转回自己的来意，“我家殿下却是素日心焦，如履薄冰啊！”

静王微笑着倾听，淡淡道：“心静自然凉，四弟未免太过焦虑了。”

使者扑哧一笑，迎着静王的目光毫不闪避道：“这便是王爷您的见识吗？”

静王森然道：“你好大的胆子！在我园中，也敢如此放肆吗？”

使者一揖及地，道：“小人岂敢，王爷智者千虑，必有一失，小人因有此笑。”

“哦？愿闻其详。”

“王爷认为自己进可火上添油，退可隔岸观火，是以安之若素，可我家殿下却有两句话要带给王爷。”

静王眸光微微闪动，只听那使者轻轻道：“圣人有嗣，社稷序传，今上若是诞下皇子，王爷还能如此安稳吗？”

静王静静听着，面上不见任何波澜。

使者趋前凑近，低低道：“我家殿下还有一句……”

他附在静王耳边，悄然说完，静王终于悚然动容，“竟是如此？！”

他轻嘘一口气，思索片刻，决然道：“我只能为你家主子敲敲边鼓……”

使者满意一笑，“有王爷这句话，足矣。”

静王瞥了他一眼，叹道：“你家主子躲在安王背后，放这些暗箭，其志非小啊！”

使者笑容满面，恭谨道：“我家殿下实不敢有什么非分之想，只是皇上逼迫太甚，不得已才跟几位叔伯弟兄商量，无非求个自保，若能得一允言，永戍封地为王，也就心满意足了。”

静王轻应了一声，笑道：“这话应该跟皇上说去，跟我说又有何用？”

“不然。”使者一脸谄笑，越发恭谨地道，“我家殿下说了，静王殿下此时是手足，下次相见，说不定便有君臣分际了。”

这样大逆不道的话说出，静王却仿佛未闻，毫不在意，“四弟取笑了……请问使者，四弟定于何时？”

“月末大朝之时。”

使者的话如同惊雷一般，静王却不畏这雷霆之音，送走使者后，径自在树下微笑沉思。

师爷试探着问道：“王爷，要继续监视平王的属下吗？”

静王一笑，将棋子重新排好，道：“不用……皇帝必然已遣人盯上了，现在去凑热闹，不过平白暴露我们的实力。”

却说那使者，由静王府邸而出，几番拐弯，才行至繁华闹市。他衣着并不抢眼，片刻工夫便汇入人流之中。离他不远处，有几个打扮各异的男子互使了眼色，慢慢跟了上去。

那人穿街过巷，到了一处人烟稀少的地方，蓦然转身，一双锐眼迅速扫过四周，又忽而拐入另一条里弄之中。

如此再三，他在如蛛网一般的巷道中流转，直到确定安全无疑，才轻轻闪身进了一道黑漆小门。

吱呀一声，那小门迅速打开又合拢，只剩下粘着污垢的门环在烈日下徐徐晃动。

瞿云站于一堵墙的高处，遥视着这一幕，向身边几人示意。他们心领神会之下便欲行动。

“先不要打草惊蛇，仔细盯着便是。”

瞿云说完，轻轻一跃，朝着宫城方向而去。

重重宫阙之间，碧月宫并不起眼，虽然小巧精致，却失之雍容富丽，偏于一隅，宫室也不甚宽敞。宫人们每每谈起，都是心中纳罕，那位蒙受天子宠眷的娘娘，怎会居于此间？

正殿之中，几位嫔妃联袂前来，主人设下宴席，宾主谈笑晏晏。

杨宝林刚经囹圄之灾，平日里活泼爱笑的性子收敛了不少，默默坐于席间，却被晨露一眼瞥见，道：“宝林这几日受了惊吓，还请满饮此杯，压惊涤尘。”

杨宝林微微哽咽，鬓间琥珀步摇颤抖如雨，她低低道:“多谢娘娘替我洗冤昭雪，这样的恩德，却叫我怎生回报……”

晨露宽慰道:“姐妹之间，谈什么回报，这不过是一场误会，皇上不日便有恩旨，你且放宽心吧。”

杨宝林一急，便咳嗽起来，她眼圈微红，却是银牙细咬，冷笑道:“娘娘宅心仁厚，才没有将那些鬼魅伎俩公之于众……可有些人，却仍是跋扈得很呢！”

她喝了口茶，才道：“云贵人如今一身轻松，没事人一般，打扮得花团锦簇，好不要脸呢！她的皇裔在哪儿？又是谁害得她小产？”

嫔妃们一阵低哗，鄙笑者有之，叹息者有之，还有年轻气盛的，娇笑道：“敢情云萝怀的这胎，不是凡人，是天上星宿呢，见时有，急时无，真真让人开了眼界！”

杨宝林惨笑道：“御医也是稀奇，言之凿凿，道是我将这月余的胎儿撞没了，这般沆瀣一气，构人以罪，太后一句罚俸就完事了吗？”

众人亦是摇头叹息，慑于太后威严不敢再说，却都是面有不忿。

晨露望了望窗外闷热阴沉的天，示意宫人放下珠帘，将冰盆端入，殿中顿时一片清凉。

“太后乃是尊上，宝林姐姐不可妄言。那御医好生昏聩，我定要禀明皇上，严责其罪。”

她淡淡一句，让杨宝林感动涕泣。她毅然离席而起，郑重跪拜道：“娘娘恩德淑慧，泽被我等，妾有一不情之请，还请娘娘应允。”

“但说无妨。”

“云庆宫素来由四妃之一执掌，自齐妃娘娘仙去后，一直由我暂摄。我德行浅薄，实在不敢受此重任，娘娘贤淑明德，才是云庆宫正位的不二人选。”

又是一阵嘤嘤低语，众人不禁诧异，杨宝林虽然位分不高，却也是世家贵宦，宫中红人，这一番，竟然将一宫大权拱手相让，如此决然着实让人诧异。

晨露并未吃惊，也不惺惺作态地谦让，只是微微蹙眉，笑道：“宝林姐姐太抬举我了……”

杨宝林见她并不表态，凄然道：“这是阖宫嫔妃的请求，娘娘若不应允，一些奸佞小人更要作践我们了。云庆宫，素来就是她们的眼中钉、肉中刺啊……”

嫔妃们都为之唏嘘黯然，她们几位，或是与杨宝林交好，乃是齐妃一系的，或是一向为周贵妃倚重，如今大树已倒，却是如何安身立命？

晨露微微颔首，声音清冽郑重，有如冰雪珠玉碰撞，却有着莫名的安心，“今日都是自家姐妹，说话也不必避讳……后宫之中看似繁花似锦，实则风口刀尖，稍有闪失，就是齑粉之祸……”

她端起冰镇青梅汤，以银匙轻舀，笑得自信从容，“皇上素来仁德，却也不会坐视诸位受人构陷。我忝居此位，也会尽量提醒一二。”

她见众人面上仍有疑虑，微微一笑，曼然道:“别尽说些伤感之事了，有件喜事，各位还未曾得知呢。”

她凝眸若有所思，道：“最近，皇上亦会广施德政，让后宫嫔妃都择日归宁，以慰骨肉分离之苦。”

听了这话，连杨宝林都停止了哭泣，她们因这突然之喜，一时无法反应过来。

宫中律条森严，前次齐妃归宁，皇后亦甚有繁言，如今后宫众人咸沐皇恩，简直是飞来之喜。

送走了众位嫔妃，晨露端详着眼前的凤藻玉案，从雕有祥云的白玉盘中拈了一颗鲜红的果子放入口中，对着窗外笑道：“你这招‘倒卷珠帘’，是想偷窥哪位国色天香的娘娘呢？”

瞿云哈哈一笑，由窗中翻身而入，“原想吓你一跳……”

“静王那边情况如何？”

瞿云凝视着她幽邃的黑眸，只吐出四个字：“月末大朝。”

晨露没有诧异，微微颔首道：“皇帝早就有所预料。他近日恩赐后宫嫔妃归宁，必定会恩赏她们的父兄——时间如此巧合，他大约是成竹在胸了。”

她遥望着墨云翻滚的天边，低喃道：“山雨欲来风满楼……”

仿佛应和她的断言，阴沉压抑的苍穹中，一阵沉闷的雷声响起，闪电在瞬间闪亮了她雪白的面容。

云贵人的“小产事件”免不了被宫中非议，众嫔妃提起这位倒霉的娘娘都掩袖讪笑，皇后的声誉也颇受了些影响。这几日时光缓缓流逝，朝野都是异常平静，转眼便到了月末。

这一日乃是大朝的日子，藩王们由驿馆出发，一列杏黄色大轿到了西华门前。

此时，东方曦光已经透亮，天街上扫得纤尘不染。清亮的晨色中，但见一片庄重肃穆，一溜八口镏金大铜缸罗列左右。远远望去，几十名侍卫服色鲜亮，钉子似的站在巍峨的乾清宫门前纹丝不动。虽然天气酷热，此间却别有一种空寂肃杀的气氛。

安王有些轻慢地一笑，指定了那些侍卫，嬉笑道：“皇上也真不体恤人，这么热的天竟让他们甲胄齐全。”

他随意踱步，正要往前，顷刻间，景阳钟、登闻鼓齐鸣，悠扬沉稳的钟鼓之声漫过重重宫楼琼宇，越过肃穆高大的五凤楼，直传至午门来。

“万岁起驾——”

一声一声的传呼由太监们递送出了午门。

他不再多说，跟着领头的叔父从掖门进了大内。几人一进宫门，便觉和上次觐见感受大异。从金水桥北的一溜正殿中央，正门朱漆铜钉、狞恶辅首衔着铜环紧紧封锢。两行官员东西昭穆，摆着方步进入大殿。

沿路之上，每隔三步便是一名带刀侍卫，巍峨高大的殿前，铜鼎、铜龟、铜鹤、铜赑都焚了香，袅袅御香从龟鹤口中冉冉散淡而开，紫烟流转，氤氲而下，给太和殿平添了几分神圣庄严。

但闻乐官齐奏雅乐，黄钟大吕之声大作，皇帝冠冕袍服俱全，辉赫仿若神人，从容迈步登上御座。

“诸位，今日大朝，有几件要紧国事与大家相商……”

皇帝声音清朗有力，拣了云州旱灾、鞑靼扰边等几件事来说，又问了兵部关于前次剿灭的鞑靼余部之事，然后笑道：“众卿还有什么要说的？”

满殿中鸦雀无声，半晌，有几位尚书正欲上前奏报，却听藩王一群中，有人嘶哑喊道：“臣有事要奏！”

却是皇帝的叔父、五十有余的诚王老千岁，他胡子花白，瞧来仍是病弱。

他上前叩首，道:“臣年老体衰，离大去之日不远矣。益州地处蛮荒，瘴气丛生，飞鸟亦常折翅，恳请陛下让老臣留京，以待天年。”

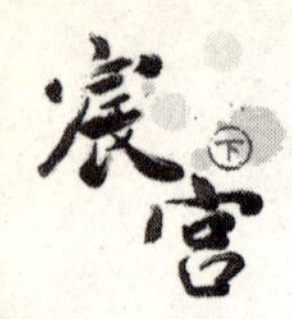

皇帝温和道:“叔父身体不甚康健，朕亦深以为忧，太医院医正亦向朕禀过了，叔父不用多想，及时诊治要紧。”

他言辞关切，虽是模糊，却也默许了诚王的请求。老人长嘘一口气，谢恩后正要退下，却听身后有人大声喊道：“臣也有本要奏！”

安王双手抱揖，眼角带出些微妙桀骜，几步跨到御座前长跪在地，道：“臣弟近来冥思昏昏，怕亦是有所罹疾，若是再待在封地，怕是会五内鼎沸而死！”

“哦？”

皇帝有些诧异，又有些讽刺地扬起剑眉，笑道:“三弟，你的封地也生了瘴气？”

“虽不中亦不远矣。”

安王把头微微扬起，望着皇帝道：“我这个藩王，听上去金尊玉贵，乃是帝家贵胄，却真真是任人践踏，万岁派来的长史可有把我放在眼里吗？”

朝臣中响起一片嗡嗡低语，也有人为安王的大胆言辞倒抽一口凉气。

本朝分封诸王，乃是循前朝旧例，只是先帝英明天纵，早已发现其中弊病，权衡之下，定下制度，由朝廷派出长史辅佐藩王，一应大事都要盖上他的印章才能算数。

皇帝面容上浮现出一丝怒意，却被冷笑压了下去。他轻握着雕龙扶手，目光如剑，直看着安王不语。

这几位藩王势大，长史受其掣肘日久，只得苦苦支撑个局面，如今安王居然颠倒黑白，到君前诉起苦来。

“臣也有本上奏。”

平王平静说道，也上前跪了，道：“我辖下与鞑靼犬牙交错，一旦情势危急，调动军队便不能得心应手。长史本是文官，对军务毫不精通，若有延误战机可怎么得了？”

他话说得滴水不漏，很是圆滑，语中之意却是与安王如出一辙。他笑得异常恭谨，凝视着青金石地砖，笑道：“还有封地的盐运、漕运一类，若能由我来统筹调度，也少了许多摩擦。”

皇帝胸中怒意勃发，咬牙笑道:“真真是奇谈，长史辅佐的制度，是先帝定下的，你若要改动，是想说圣祖措置失误？”

安王从旁大声答道：“臣等岂敢，只是陛下所托非人，后世议论着，却要以为陛下苛待兄弟了！”

此话一出，殿中群臣目瞪口呆，仿佛被梦魇住，看看这个，又互相对视，殿中寂静得连针落地的声音仿佛都可听见。有人受不住这压力，身子一歪竟昏厥了过去。

皇帝俊逸脸上一片漠然，眸中深不可测，他轻笑道："原来朕派出长史便是苛待兄弟——你顶得真好！"

此时殿中微有骚动，群臣交头接耳，莫衷一是。安王长跪于阶下，目光却是桀骜不羁。他微瞥了一眼皇帝，正要开口反诘，却见御座后的九龙腾天玉屏后，幽幽传来一声轻咳，一道飘袅重染的裙裾边角如烟云一般从中飘过。

是谁？

如此朝会之上，是谁，竟敢如此恣意，避于屏风之后窥听？

他心中暗诧，一时失神，却听平王道："万岁息怒，三哥素来心直口快。不过，长史一事，仍希望万岁从长计议——就是臣等体谅陛下的苦心，史笔如刀，仍不免有七步之讥啊！"

皇帝一听这话，怒不可遏，他脸色雪白，砰地拍案而起，冷声道："哼！比出了曹子建，如此诛心之罪，也要让朕承担吗？"

此时殿内多数人已成了木雕泥塑，僵跪在地听藩王们与皇帝斗口。齐融见不是事儿，站起身来，用冷峻严厉的目光向殿中各个角落扫去。他是朝中元老，威望甚高，门生故吏也极多，如此威慑下，会场气氛安静了不少。

他面上沉稳，心中亦有些不安，却见殿外门扉半启，缝隙中隐隐可见无数人影晃动，不禁心下更添狐疑。

孙铭自从晋升为京营将军之后，很是谨小慎微，此次藩王入京，皇帝有意无意间仍将京畿治安交托于他，便更不得安闲了。

各藩王麾下的骄兵悍将，很是闹出了些乱子，这些孙铭都隐忍不发，连一些物议讥讽也是充耳不闻。

这日他朝食已罢，穿齐了甲胄，来到校场，刚看了一会儿，便见大营门口有烟尘弥漫，有几骑人马身披玄色斗篷，被卫兵阻住，正僵持不下。他由台上起身，迈步上前看个究竟。

"此乃军中重地，什么人敢擅闯？"

卫兵气势肃然，正要呵斥，却见正中一人，通身上下都以黑纱遮掩，由那重重纱裳中，露出一双寒潭似的黑眸。

卫兵乃是久经沙场的悍卒，却被她这一瞥之下，为这森然威严的气度惊于当场。

孙铭倒抽了一口冷气，多年沙场鏖战，也不曾有这一瞬的惊骇。那人终于开口："久闻孙将军大名，今日终于得以一晤。"

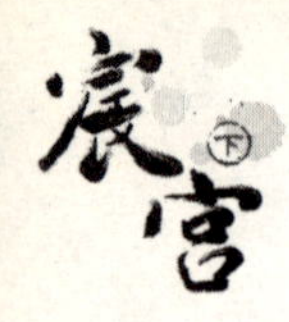

她声音清冽，有如珠玉落地，冰雪破堤。

“你是？”

有如花瓣一般的纤纤玉手伸出，持一柄古朴宝剑，其上古篆斑斓可辨。

“这是万岁的佩剑……”

孙铭大惊之下，依稀想起前一阵的宫中逸闻，心中隐隐猜到了她的身份。

那女子轻挽纱绢，将雪白面庞微微露出，目光流转间，余光神韵，非同凡俗，发间一支珠簪在日下灼然生华。

“孙将军，宫中乱象已生，我代皇上前来，请速派将士封闭城门，阻止任何人等出入！”她手握缰绳，决然而道。

孙铭浑身一颤，不敢置信地看着眼前这稚嫩清秀的女子，皱眉道：“事关重大，岂可因你一言而决……”

他话音未断，但闻呛啷一声，长剑倏然出鞘，映着晨间日光，雪光炽烈，龙吟之声乍起，惊破栖鸦无数——一片黑羽漫天中光华几欲破天。

“此乃天子御剑，皇上交于我手，嘱曰：如朕亲临。将军还有什么疑虑？”

那女子声音不大，却是词锋逼人，清冷之外，自有一种凛然高华。

孙铭凝望着她，良久，才单膝跪地，敛眉垂首，“臣，遵旨。”

京城的百姓如往常一般，将要开始一日的生活，蓦然间，街头人流瞬间分开，匆忙之中，但见铁骑如云，喧嚣疾驰而去，其后跟有无数精悍步卒，杀气肃然。

他们呆呆看着，宛如梦中一般，凝望着这些京营精锐，小声议论着，难掩惊慌。

响鞭急作之下，孙铭一马当先，快如流星一般，转眼间已赶到城南。城门守军听得远远传来策马之啸，由城楼高处探头来看。

“封锁城门，不许任何人入内！”

孙铭放声高喝，炽热的日光照着他的面容，嘴角露出一丝忧虑的刻纹，汗珠流淌而下，他只觉得苦涩。

守卫头领遥见是他，大吃一惊之下，忙不迭喝令，让守军关拢城门。

沉重拖曳的铁索声响在大地上震动着，惊慌的百姓议论闪避着，眼看城门徐徐合拢，那波光粼粼的护城河消失至一线。孙铭刚要松口气，却听门下有粗犷人声：“这是什么意思？青天白日的，关什么城门！”

孙铭纵身上了城楼，却见一彪人马源源而来。最先抵达的叫嚷着，用手推挤城门，强行将本只一线的空隙，生生扳将加大。

他们身上的甲胄在日光下闪烁生辉，孙铭的心却在这辉光中逐渐沉下。

这是安王麾下的将士！

他强压住胸中的怒火，站于城楼之上，高喝道："站住！"

他凝望着城门间停止行动的兵士，徐徐道："尔等奉圣命驻军郊外，为何擅自进京？"

领头的校尉身着明光甲，一身锃亮，连眉眼都带着骄横，笑道："我们在郊外待得闷了，去京城散散心，有何不可？"

孙铭望着远处源源而来的队伍，心下冷笑，道："这么多人一起散心，未免太过隆重。"

那校尉趾高气扬，痞笑道："我们本是土包子，习惯了一起走路，一起去开开眼界。"

孙铭沉声喝道："奉圣上旨意，任何人不得出入，汝等悉数退后！"

那一队将士却不听命令，口中嬉笑着，手中兵刃，却有意无意地出鞘上弦。

孙铭浓眉一扬，正要最后通令，却听身边箭矢破空之声大作，一片黑压压的箭雨，幕天席地一般朝着城下飞去。

闪着寒光的铁箭如暴雨狂飙般倾泻，铺天盖地地落下，城下的藩王将士躲闪不及纷纷倒地。那校尉倚仗身上甲胄，狼狈避过，对着身后援军张口欲喊。

一道洁白羽翎，迅如闪电，直直射入他的喉中。

那血花暴闪，只是一瞬，便绽放出最后的惊艳。

他双目圆睁，不敢置信地跌倒，身边满是惊慌躲闪的兵士，几下便践踏得不成形状。

孙铭蓦然惊怒，回身喝道："谁让你们放箭的？"

"是我。"

晨露抚着微微颤动的弓弦，姿态娴熟，说不尽的舒缓婉约。她望着城下一层层围拢过来的黑压压的军士，微微一笑。

此时城下剑戟林立，甲胄铁衣的寒光在炽热阳光下刺目生疼。藩王的兵士越拢越多，宛如乌云蔽日，望之心惊。

"为何如此？"

孙铭怒得已无言语，再顾不得尊卑。

"他们今日只为谋逆而来，不是温言劝抚能了结的。多杀一个，京城便平安一分。"

纤纤玉指从壶中又抽了几支箭，黑眸微眯，蓄势瞄准。

孙铭咬牙不语，望着这剑拔弩张的危局，心中满是踌躇混乱。

“其余三处城门，由你的心腹前去接应，大约可保无忧——只是这城中……”

晨露思索着，手下一气呵成，一箭既出，便夺去一人性命，个个都是将尉一类的军中头领。

待到壶中一空，她才收起铁弓，重新以纱绢覆面，由城墙上一跃而下。

“娘娘！”

孙铭正要阻止，她已策马转向，朝着勋贵世族所居的城南而去。

灼热的夏风中，她手持缰绳疾驰，心中低喃道：“周浚，这就是你的如意算盘吗？”

太和殿中，君臣一言一语的交锋，令大多数人都惊得六神无主，不知道如何是好。

皇帝望了一眼正对门扇的缝隙，见外间人影憧憧，眉间稍一松缓。他抿了口茶，声音在殿中清晰可闻。

“还有哪位叔伯兄弟认为朕刻薄寡恩，不妨出来言明。”

大殿之中，静得可怕。良久，正当众臣以为无人再作仗马之鸣时，诸王之中，亦有人颤声道：“万岁开恩，臣等并无二意，只是长史挟天子之命，跋扈异常……”

那人抖着袍袖，已是哽咽难诉。皇帝压下心中郁躁，抬眼望去，见是先帝的幼弟，素日里最为安分的卫王。

皇帝眸中光华一闪，晶莹迥然，沉声道：“叔父若是有什么冤屈，只管向上奏来。”

他瞥一眼阶下的安、平二王，见他们从容自若，不禁暗自冷笑，却又想起方才屏风之后那声低咳，心中惊疑又生。

此时，殿门微启，瞿云一身戎装，悄然入殿，行至齐融身旁，俯在他耳边轻语几句，顿时惊得他须发微微颤抖，眼中精光一闪，即刻又恢复了常态。

瞿云转身离去，遥遥朝着九重帝阙之上微一示意。皇帝心中熨帖，正要开口，却又见他手指殿外，做了一个刀兵的动作。

宛如雷电闪破乌云，皇帝眉宇间的迟疑一隐而没，他从容一笑，道：“叔父此事，要辨别不难，着宗正院细细甄别，若长史真有跋扈不轨，朕亲自向您赔罪。”

他斩钉截铁地说完，凝视着阶下的安、平二王，语气更加舒缓柔和，“两位弟弟，朕自登基以来，素以先帝创业艰难为念，治理天下可算是兢兢业业，对宗室手足更是克己友爱——弟弟们今日敢如此无理，不正是料定朕无法效纣桀之行吗？”

安王大咧咧一笑，正要反驳，却见皇帝眸中一点怒火在瞬间爆裂开来。

“可是你们却将朕的克己友爱视作软弱可欺！今日，你们居然有脸面提什么长史掣肘，若没有长史碍事，你们今日便要引狼入室，来个三家分晋了吧！”

他由案间取过几摞文书，清俊容颜上带着冰封似的冷笑，吩咐秦喜道：“你先念一遍，再让众臣传看。”

秦喜那略带尖细的嗓音在殿中响起，桩桩件件，都是二王私下联络、结交江湖死士、私铸兵器，时间、地点、相关人物，皆是细细有证。

“朕的长史被你们挤对得几欲自尽，你们居然还敢颠倒黑白，惑罪于朕！”

皇帝冷笑着，望着殿外齐整的军容，终于长舒一口气。

“众臣工，你们不妨向外一看。”

满心浑噩的众臣，闻言转头望向殿外，但见丹墀之下，一千余名羽林军荷戈持枪，杀气腾腾地集中在东西配殿前面。

“你们勾结江湖匪类，收买了几个宫中侍卫，便以为可以逼宫篡朝？”

皇帝轻蔑一笑，任由侍卫将擒获的各色俘虏、兵器缴于殿外广场。

安王面色苍白，浑身颤软欲死，他喃喃自语，眼神狂乱。左右侍卫正要上前拿下，却见平王面色不变，悠然轻笑道：“万岁勿要疑心臣弟，这般拙劣的计谋，完全不干臣弟的事。”

安王满面惊慌，戟指指定他，怒道：“四弟，你……”

平王笑得不羁，眼中露出诡谲笑意，“万岁，昨日太后进了碗珍珠细米粥，今晨，她老人家宣了二哥入内，两人大约正在说古记笑话呢。”

皇帝一惊，他竟对太后起居了若指掌！

他乃是聪慧过人之辈，瞬间便明了他言下之意。他悚然大怒，脸色苍白得令人不敢逼视，当机立断，喝道：“众臣工可退出天街外！”

平王一口将他的话截断，他微笑着，只说了一句：“太后在我的钳制之下。”

这一声好似天外魔咒，将殿中剑拔弩张的气氛扫得干干净净。一片死寂之中，连人的呼吸声都清晰可闻。

“你要如何？”皇帝勃然大怒之后，头脑却越发清明，他面上无波，只是静静问道。

平王仍是温文儒雅，他望着御座中的皇帝，轻笑道：“太后乃是天下之母，臣弟焉敢如何……”

他眼中闪过细碎的刻毒，殿外的阳光照在他身上，显得异常幽冷，让人禁不住要打寒战。

“我与三哥素来情谊甚笃，此次他犯下此等大逆之事，却是与我无关，只求皇兄能辨别忠奸，还我清白令名。”

平王的话，简直让在场众人瞠目结舌，如堕云雾。

皇帝见他举止悠闲，丝毫不以为意，心中升出一丝阴霾。他心下飞快思索，面上却是霁颜笑道：“四弟，你说你清白无瑕，难道不知挟持国母是株连后嗣的大罪？”

“母后现下安然无恙，皇兄不妨与我前去一探。”

平王凝望着他，眼中是毫不退让的决然狠戾。皇帝对上他的眼眸，心下暗惊，于是静静答道：“好……我与你同去。”

他由御座起身，俯视着阶下群臣，一派安稳从容，道：“此乃朕之家事，卿等暂且退下。”

众人触及他的目光，但觉如磐石般沉着，心中不觉一松，这才惊觉已是汗湿重衣。

“皇兄一向恃辇而行，不如你我兄弟一齐走去……”

平王朝服辉赫，眉目之间意气风发，却又含着淡淡阴郁，微笑着，轻松悠然间仿佛是再平常不过的家宴会晤。

此时日光照耀着宫阙云顶的琉璃瓦，璀璨炫目，华贵迷离。兄弟两人并肩而行，身后迤逦而行的，是如履薄冰的侍卫左右。

两人也不去理会，只管在这狭长绵延的夹道上缓缓慢行。

炽日逐渐升高，照得人周身燥热。走过聚香园时，皇帝见满池碧绿，清风过时，一片袅娜，于是顺手捋下一面荷叶，持在手中遮阳。

平王冷眼看着，微笑道：“皇兄有此雅兴，倒是难得。”

他望着这一池菡萏碧波，却不走近，只是远远望着，等皇帝回到道上，才缓缓道：“我从小怕水。”

皇帝诧异地望了他一眼，只听平王笑道：“小时候不知道厉害，在镜湖边嬉戏玩耍，被人推入其中，几乎溺毙。”

他说得轻松，在日光下几近戏谑，却自有一种惊心动魄。

元祈剑眉微动，道：“是谁做的？”

“我不知道。”

平王仿佛漫不在意，接过他手中的荷叶，深深吸了口清香，半晌，才道：“大约是太后娘娘的手笔。”

皇帝悚然一惊，正要反驳，却蓦然想起太后病愈的那一幕。

孱弱温柔的母后，手下用力，以镂金镶玉的甲套瞬间捏碎了蜘蛛……

那般的决绝狠戾，雪白面庞上却一径是慈悲温文的笑容。

他禁不住要打寒战，话到嘴边又退了回去。

平王淡淡瞥了他一眼，道："从我记事起，便是活得战战兢兢。我母妃时时看顾我，生怕我再遭厄运……"

"你应该禀报父皇。"

"父皇？！"

平王好似听到了什么可笑之语，俊秀面容微微扭曲，眼中发出极为怨毒的光芒。

"太后当年位居中宫，姿容绝代，专宠十余年而不衰，她身后又有名门贵阀的林家支撑，只需小小一个手指，便能让我们母子化为齑粉……"

他语音怨毒森然，继续道："父皇即使愿意过问，也只能保我一时，却不能保我一世……"

元祈凝望着他，胸口起伏不定，几乎是从牙缝中迸出："为什么不来找我？！"

几乎是痛心疾首，他低喝道："我是你长兄，为什么不来找我？"

"找你？"

平王有些惊奇地重复，待望进他坚定果决的眸中，才深深呼了口气。

"大哥……"

他的声音低沉下来，不复方才的剑拔弩张。

"你当时，亦不过是一介少年啊……更何况，"他几乎是灿烂微笑着，轻轻道，"那是你母后啊！"

元祈咬牙不语，半晌，才低低道："是我太一厢情愿……这是在宫中，总要争个你死我活的。"

"是啊，我们生于这宫中，总免不了有这一天的。"

平王大笑，豁达间隐见苍凉，他回过头，低低地，决然地唤了声："大哥！"

元祈一颤，抬眼看去，只见平王微笑如常，"快走吧，太后娘娘的性命还攥在我手上呢！"

炽日如火，照得人汗出如浆。晨露策马疾驰，袍袖衣袂随风飘荡，如云烟一般在街市中通行，不过一刻，便到得周浚的府邸。

朱漆大门上，锃亮的铜钉眩目威严，晨露略一分辨，便知是依八阵图方位排列。门前并无官宦世家惯有的一对石狮，只见一左一右两列兵士持矛悍立，一眼瞥去，满目肃杀。

她利落下马，直直朝着大门而入，无视眼前横曳的矛戟，纤指轻轻一弹，兵士但觉虎口发麻，强撑着握紧兵刃踉跄几步，才堪堪卸下力道。

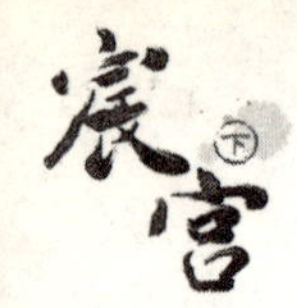

晨露一边入内，一边以内力扬声："周大将军，我依约前来拜访。"

"贵客前来，真是不胜荣幸。"

同样以内力扬送，晨露听声辨向，微微一笑，穿过中庭，朝着内宅的厅堂而去。

大厅之中，各色架格上摆满了五花八门的兵器，正中十余柄刀剑，圆融雪亮，一看便知是主人心爱，经常摩挲之故。

周浚仍是惯常的一袭黑袍，手中半把兵器也无，只持着一支小小物事，意兴阑珊。

晨露目光如炬，一眼便看出那是一支镶玉镂珠的宫花，她又看了几眼，心中疑窦又起。

"那是前朝宫中的制式。"

她前世虽不受林家宠爱，却也见惯了世族皇亲的排场器物。林媛的生母更是公主之尊，是以对这些宫花绢饰也有些印象。

"当今世上，能识得此物的，已不多了。"

周浚眼中染上淡淡寂寥，仿佛不欲多提，他小心翼翼地将宫花收入怀中，抬起头来，已是目光炯炯。

"你是为了皇帝的江山而来？"

晨露柳眉一挑，直直看向他，眼中冰雪凛然，"何出此言？"

周浚微笑着不答，却是叹息道："整个京城之中，能看穿这连环计策的，只你一人……"

晨露摇头，道："不然，皇帝亦有所警觉，他已下了诏令，让四方重镇的守军严整戍守。"

周浚颔首表示赞同，道："今上虽然没有沙场鏖战的经验，却是英明天纵，往往能自行参悟，他能摸索想到此处，亦是很难得了。"

他素来倨傲，如此夸赞，句句是实，毫无阿谀奉承之嫌。晨露点头，道："假以时日，他必能成一代明主。"

周浚冷笑，"眼下关键，是看他能否过这一道坎。"

晨露亦是微笑，眉宇间一片飒爽清冽，"这便要仰仗将军你了。"

周浚大笑不止，半晌，才沉声道："那孽障把我的过往都说与你听了？"

晨露心知肚明，道："只是略知一二。"

"若得我心中挚爱，便是粗茶淡饭也是甘之若饴……"

他的声音低沉，满是痛楚，继而激昂。

"我与鞑靼人有不共戴天之仇，一心想献虏于阙下，可换来的却是朝廷的重重疑虑。他们胆怯妥协，以厚币卑词贿赂鞑靼，丝毫不想着一雪前耻，这样的朝廷又怎么值得我效忠？”他说着，已是睚眦欲裂。

“正因如此，你才应力挽狂澜，如此撒手不管，算什么大丈夫！”

晨露冷冷接上，声音不大，却自有一种森然高华。

周浚不禁被她的气度所慑，微微平静下来，皱眉道：“人各有志，我对朝廷已无眷恋，你不必再说。”

晨露不语，迎着日光，黑眸中幽冷邈远，雪白面庞仿佛透明一般。

“大将军……”她居然不怒，只是幽幽叹息。

“你以为，这世上只有你一人身陷深仇？”

她淡淡望来，周浚只觉得那清冽黑眸中，剑意如九天重光，直直射来，如利箭直中心口。

“自景乐之乱，天下庶民有哪家没受过鞑靼人的荼毒？正因如此，今上的天纵英明才是万千黎民所需要的。若是让藩王们计谋得逞，那立时便是纷争四起，百姓离散……难道还要后人重蹈你的覆辙吗？”

她声音不大，却满是沉痛黯然。周浚望入她的眼中，满腹的仇怨渐渐冰消融解。

“差点儿忘了，你与林宸颇有渊源……”

周浚微微黯然，叹息道：“我还是无名小卒之时，曾在潼关之战中，远远眺见她的英姿……她若是泉下有知，也会如你这般作想吗？”

晨露微笑着，清秀平凡的面庞在日光下，显出惊心动魄之美。

“她必是如我一般……”

黑眸宁静幽远，带着无限怅然，却又偏是坚定稳凝。

周浚愣在当场，百味交杂之下，心中块垒只化为一声叹息。

“罢了……”

他苦笑，徐徐道：“我在京中各处亦藏有精兵八百，你可以尽数使用。”

他由右手暗格中取出兵符信物，郑重放在晨露手中。

慈宁宫中，不见往日来往井然的内外命妇，中庭寂静无声，唯有参天梧桐由绿荫中渗出点点金光。

大殿之中，太后面色苍白，凝视着手中绘有猫蝶嬉戏的精美画扇，默然无语。静王陪坐在旁，衣冠微见狼狈，他看了自己颈间的利刃，轻嘲道：“三弟真是费心了。”

挟持者身着侍卫服饰，如泥塑木雕一般沉默不语，大约是平王的心腹死士。

皇帝与平王联袂而入，恰恰见到了这一幕。

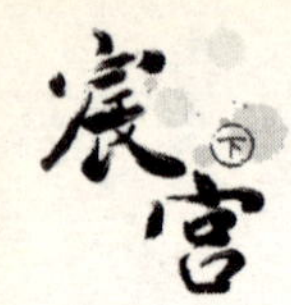

平王瞥了一眼太后，生生将自己的怨恨压下，笑着调侃静王道："你前生是个猢狲变的，他若不看紧你，难保你不变出什么花样。"

静王嬉笑着，正要反唇相讥，却听太后轻叹一声，抬起头来凝视着平王道："你从小志大才疏，如今仍是不变。"

平王冷笑一声，道："母后老而弥辣，也是仍旧不变，这几年宫中的镜湖里不知又添了几多冤魂。"

皇帝见他们唇枪舌剑，也不去管，只是望着院中僵持的侍卫们，暗自揣度平王的深意。

平王与太后虽然深有仇隙，却也不会不顾大局，只为出一口气，大费周章地派人潜入挟持太后，其中必有什么蹊跷。

他想起廷议之时，晨露于屏风之后的那声轻咳，草灰蛇线之下隐隐想了许多……

耳边只听平王怒道："当年你将我母妃遣去宗庙，拖延时间，好让人将我溺毙！"

皇帝一听之下，灵光忽起，满耳都是"拖延时间"这四个字在回响，他心中豁然开朗，暗道侥幸。

平王将他们全数纠缠于慈宁宫中，正是为了拖延时间，以利宫外起事！

皇帝不动声色，只是心中暗凛。他看了一眼太后，见她蹙眉冷笑，仿佛丝毫不在意眼前凶险。静王却不顾自己颈项间的利刃，亢声与平王理论："母后体弱，经不起这明晃晃的刀剑，你快着人放开她！"

太后额头微有细汗，烟霞色罗袖被她紧握，绞出几重皱褶。殿中闷热，又是利刃在侧，她的面色几近惨白，却犹自据案冷笑。

皇帝见是时机，转身行至殿门附近，一眼便瞥见庭中侍卫们正在翘首以待，他正要闪身召唤，下一瞬，一道劲风席卷着冷凛锋芒，从他发间险险擦过。只听当的一声，九龙旒冠落地，他只觉头顶一阵痛楚，伸手摸时却是嫣红鲜血。

那一柄短刃，牢牢钉入身后的檀木殿门中，犹在轻轻颤动，于半明半暗间发出妖异寒光。

差之毫厘，就正中他的头颅！

"真是千钧一发啊，皇兄……"

平王轻甩袍袖，毫无歉意地微笑着，上前两步将短刃由门上拔下，顺手将门扉轻轻合上。

皇帝的眼神，随着这一合而微微黯沉。他伫立在殿中央，仍是一派沉着自若。

"皇兄急着联系侍卫，可是想起了什么？"

平王笑得平静无波，眸中却是诡谲阴森。

“你在拖延朕的时间，准备在京中作乱。”

皇帝的声音，冷静淡漠，仿佛由九天之外传来。

这一次，他用的是“朕”，而不是“我”。

平王示意死士，那人手下一紧，嫣红浓稠的鲜血便从太后颈间缓缓滑下。

那丝丝缕缕的鲜红流淌于雪白肌肤上，显得惊心动魄。太后微蹙着眉，一声不吭。

“皇上，你若再有什么可疑举动，明年的今日便是太后的忌日了。”

平王微笑着，继续道：“皇上目光如炬，已然看穿了我的布置。可惜，朝中众臣都关注着此处，再无一人能破坏我的棋局了。”

他笑得自信，一抬头，却见皇帝也在无声轻笑。平王敛了笑容，心中突然生出不安。

第二十二章 出马

宫城最外端，身着甲胄的侍卫们站在高耸的城楼上，正俯视着地面上散乱的刀枪剑戟，以及斑斑驳驳的刺眼血迹。

他们谈及方才那群乌合之众，都觉得好笑又好气——

“啧啧，就这群脓包也来谋逆？咱们兄弟手里的刀剑，难道是吃素的不成？”

“听说是安王殿下私蓄的江湖草莽……三两下就被拿下了，安王正在当廷奏对，连他在内，一个也没跑得了。”

侍卫们气势如虹，其中诨名“花生”的郭升，是此间的一个小头领，深得皇帝喜爱，本来在御前行走，这次是被派来料理善后的。他却不如其他人这般乐观，他父亲亦是从戎老将，这些帝室后裔间的恩怨，他也知之颇深。

他心中嘀咕道：就算安王如此脓包不济，平王和他却素来是焦不离孟，此人阴险狡诈，尤在其兄之上，难道没有任何后招？

他想起方才瞿统领遣人来时，那凝重深锁的愁眉，暗自揣测，难道宫中也出了什么事？

想到此处，他心中怦怦乱跳，环顾四周，见其余人等都是一派轻松，于是低喝道：“你们的骨头没有三两重了……赶紧守好城楼是正经，你，还有你，”他指点着几个老成稳健的，指派道，“你们几个，率人四下巡视，务必要保证万无一失！”

侍卫们这才敛了笑闹，正要起身分头去做，却有一人惊叫道：“快看！那是什么？”

他语声惊骇，以手指着空中。郭升抬头一看，但见湛蓝晴空中，凭空升起一股浓烟。

他极目眺望，遥遥地只见那浓烟由城北而起，夹杂着隐隐火光，也不知出了什么事。

又有人惊呼：“西边也有……”

连续几番，郭升悚然而惊。城中四方八极，有好几处浓烟滚滚，火光冲天。他心中惊疑焦急，沉声道：“莫非还有叛党作乱？”

他正要吩咐属下，却听空中传来一阵飕飕锐响，电光石火间，他反应过来，大吼一声：“快趴下！”

他一手按住最近的弟兄，将身子尽量伏低，任由那一阵箭雨从脊背上擦过，引起火辣辣的灼痛。

箭雨方歇，众人正要开口，却被郭升示意静默。他趴在城墙上，仔细谛听着动静。半晌，他才起身，微微喘息着，道：“有大股人马正朝神武门而来。弟兄们，我们有大麻烦了！”

他声音肃然，不复平日里的浪荡嬉笑，仿佛是在喃喃自语，却又似在警告众人，“脚步整齐划一，杂而不乱，半点人声也无……这，怕是久经沙场的军队。”

众人的脸顿时煞白。前次御驾亲征，他们中大半扈从和皇帝很是见识了些恶仗，那些鏖战炼就的悍卒，足以让这些侍卫夜半生出噩梦来。

即使如此，也无人退缩，他们皆是军中将尉之后，平日里走马章台、浪迹争斗乃是常事，骨子里生就的禀性却不容自己畏缩。

郭升回望宫中，却见万千宫阙，仍是一片寂静。

大约宫中也出了什么事……

他如此想着，沉声吩咐道：“鸣笛燃烟，通知瞿统领那边。弟兄们，朝廷用得着我们的时候到了！各自守好自己的位置，莫要让人小觑了我等将门！”

众人一片静默，眉宇间杀意酝酿。任谁都知道，今日事态严重，怕是要九死一生了。

脚步声由远而近，大地那端，隐隐有刀剑的寒光。众人攥紧了手中武器，心情近乎期待。

郭升凝视着越来越近的敌军，但见他们铠甲齐整，仪容肃然，举手投足间自有一股凛然杀气。

“这些人……是平王麾下的！”郭升注目片刻，断然说道。

他遥遥指点着领头一人，冷笑道：“这厮是平王身边的随从，上次藩王觐见，我还和他撞了个满怀。”

原来，平王按兵不动，是先让安王的奸计暴露，趁着满朝人等松懈之际，一举于京中起事。

他凝视着城下兵士，心中疑窦又生。

这些人虽然人数众多，却仍不能占尽优势，平王既然能将他们隐匿京中，为

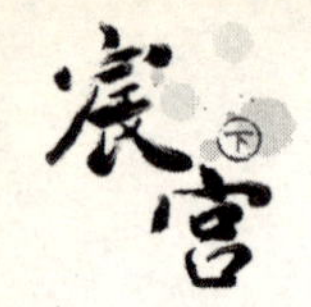

何不多些人数，以求稳操胜券呢？

他不禁又一次远眺，见那阵阵冲天火光，有几处已然行将熄灭。那样的炽热势头，显然不是自行灭去的。

莫非有人在暗助朝廷？

他摇了摇头，不再去想，只是低声问身边同僚："瞿统领那边有消息了吗？"

军中紧急时，用燃烟示警，以其颜色形状，表示大意。那人回首望了几眼，颤声道："他们回以最紧急的红色……怕是宫中有变！"

"京营那边呢？"

郭升急急催问。那人又远远眺望，这次的回答，已带了哽咽，"京营那边回报，道是全军开拔，不知去向。"

郭升咬了咬唇，决然道："管不了那么多了，我们只能尽己之力，防止乱党攻入宫内。"

说话间，敌方已开始攻击。他们又是一阵乱箭，朝着城头射来。见侍卫们躲避在城垛之后，便立即罢手，十人一列，持着巨木，开始破门。

城门被激烈撞击着，郭升记起父亲所说，急忙让城楼下方的己方兵士以铁棍连环反扣，极力支撑，又遣人从城楼地窖中紧急搬出几堆卫士们冬日取暖用的炭火，以火折点燃了，由上方纷纷掷下，顿时将敌军烧灼得死伤无数。

趁着敌军大乱，他又命人朝下射箭。如此你来我往，各有伤亡。

郭升苦苦支撑着，不禁心下懊悔：平日里不听父亲教诲，什么兵法战略都是个一知半解，早知今日，绝不去倚香阁会那些莺莺燕燕了。

他心思混乱之间，敌方居然架来了云梯。也不知他们从哪儿取来的旧物，攀登之间，吱呀有声，人在其上，颤颤巍巍，十分惊险。

郭升掩嘴想笑，却又兴奋大喊，示意属下同僚们乘机将它掀翻。顿时人潮汹涌，云梯摇晃颠倒，又有冷箭无数，不分敌我，齐齐倒下一片。

仍有几架云梯侥幸未被掀倒，终于有第一个敌军爬上城楼，被郭升一刀砍倒，却又有几人上了城头，他们拼死接应着尚在攀爬的同伴。其中几个，武艺甚是高强，连连砍倒了好几个弓箭手，局面越发危险。

郭升正在焦急，却听身后一声清脆呼哨，凌越这一阵混乱喊杀之声，传入他的耳中，隐约有马蹄声疾驰，却又被金戈相击声遮盖。

是从宫中传出来的，难道真是援军？

却听一阵脚步轻响，郭升侧眼望去，一群黑衣人，齐齐掠上城楼，正帮助己方士兵抵御纷纷登楼的敌军。黑衣人出手狠辣，绝不拖泥带水，一招一式，皆能致人死命。

郭升禁不住好奇，凝神看去，只见黑衣人竟是佩着侍卫的腰牌，可他怎么看都甚是眼生。

他这一分神，便被对敌之人抓了个空隙，冷不防一刀横砍过来，却是避让不及。

只听铮然一声，一柄长剑从身后掷来，将敌人刺了个透心凉，一道女子声音在身后响起："你这人真不知死活，在战场上发呆，是想白白丢了性命吗？"

郭升蓦然回望，只见一位十五六岁的少女，身着宫装青裳，脚不沾地便来到身边，拔出敌将身上的长剑，轻弹之下，有血滴洒落尘埃。

她肤色如蜜，在阳光照耀下，如琥珀浓蜜一般，闪着缎子样炫目柔腻的光华。郭升一时愣在那里，任由身边厮杀激烈，眼中满是少女的身影。

"你还在发呆！"少女顿足怒道。

郭升这才恍然惊醒，忙不迭地去指挥杀敌，眼角余光，却一直追随着这神秘少女。

"姑娘，宫中局势如何？"

有意无意间，他越战越近，几乎与少女背靠背，互为犄角。

"平王挟持了太后和静王，皇上正在慈宁宫中与他周旋……"少女悄声道。她身上散发的，并非寻常闺秀的脂粉香味，而是松枝日暖一般的自然体香。

郭升一时沉醉，听了她的话，却又如一盆冷水当头浇下，熄了他的绮思妄念。

"那姑娘你是？"他疑惑问道。

印象中，宫中并无女子会武，除非是……

不出所料，少女答道："我是晨妃娘娘身边人。瞿统领见我略通武艺，便让我随暗使们前来增援。"

"暗使？！"

郭升不禁皱起眉头。他如其他将门子弟一样，对这些秘密缇骑并无半分好感，但今日事出紧急，也只能倚靠这些黑暗力量了。

他一刀将对手劈倒在地，环顾四周，发现己方略占了些上风。那些着黑衣的暗使，虽然人数不多，出手却很是犀利毒辣，混战之中，如鱼得水，很是沾光。

"奇怪……"

他不减疑惑，低喃道："他们的武功路数，与先帝并不一致啊……"

他听家中老父隐约提过，暗使乃是先帝亲自调教，这次亲眼目睹不免有些

疑惑。

“大概是瞿统领也教过他们的缘故吧。”少女眼中闪过一丝深沉，斟酌答道。

“还未请教姑娘芳名。”郭升又将一人砍下城楼，趁着空隙问道。

“我叫涧清。”少女答道，手中长剑如同闪电，瞬间便夺走一人的性命。

她望了望蔚蓝晴空，心中只有一个念头：晨主子那边，不知道情况如何……

晨露亦在仰望这万里晴空，她衣袂飘飞，恍若天人，在漫长古巷中翩然而过，炽热的日光照在她的剑刃上，有一种别致的空灵。

“其他人在哪儿？”她剑尖用力，居高临下地逼问着地上之人。

那人不答，剑尖在下一瞬刺穿心脏，无痛无怖。

又换过一人，那人仰望着雪白锋刃，禁不住颤抖，说了一个方向，长剑换成脊面，将他击昏，陷入黑暗。

她左右跟随的皆是辰楼精英，手中兵刃染血。身后不远处的古雅宅邸中，浓烟滚滚，冲天火焰却行将熄灭。

“那几位朝臣家中如何了？”

她于屋檐脊梁上飞掠而过，耳边风声飒飒，身后属下却是听得清楚，回道：“都没什么大碍……只有齐融大人在家中招名妓侍宴，仓促之间，宾客都受了些惊吓。”

“无妨……牡丹花下死，做鬼也风流嘛。”

晨露心情不错，居然有闲调侃两句，她望了望宫城方向，叹道：“齐妃罹难之时，齐融伤心欲绝，如今也慢慢撂开手了，也有心情开花宴了。”

“还有一件事，有些蹊跷……”

那属下与她并不熟悉，斟酌着字句，有些犹豫道：“荣休在家的前代上柱国大将军府上，也受到了乱党的袭击，而他本人却去向不明。”

“王沛之？”

晨露柳眉轻蹙，想起前番剿灭静王党羽之时，曾与他偶见一面——二十六年前英武诙谐的少年，如今已是两鬓染霜，满面苍老。

他与先帝元旭本是一同举义的挚友，先帝在时，他圣眷隆盛，朝中无人可比，乃是武将中第一人。如此一位权倾朝野的人物，却在先帝驾崩之后，辞去所有官职，退隐归家。

这样一个已经淡出朝堂的人，为什么也受到刺客的关注？而他本人又是去了哪里？

晨露暗自寻思，却毫无头绪，只得吩咐道："好生看紧了他府上。"

说话间，她与左右已到了约定之地。只见街巷之中，凭空涌出许多着暗铁甲胄的将士，迅速排拢成列，一片整齐肃杀。

一位领头的校尉上前抱拳，"末将奉了大将军之命，率这些兄弟前来报到。"

晨露拿出信符，彼此验看后，她挥手示意。将士们悄然无声，全速前行。

"希望宫中能支撑到援军到来。"她低喃道，不无忧虑。

慈宁宫外，侍卫们隐隐听到里面有争执声响，各个焦心似焚，却不敢擅动。

平王抚摩着手中短刃，轻柔中，蕴藏着危险。

"你笑什么？"他皱眉问道。

皇帝笑得云淡风轻，直到平王更生不安，才道："我笑你自以为是。"

"这世上，除去我，还有一人，已经看穿了你的计谋。"

他迎着平王惊讶扭曲的神情，微笑着，继续道："你一开始便支持安王纠结江湖死士，潜入皇宫，刺杀谋逆，有了这个烟幕，你便可以从容地开始自己的行动了。"

"你设计了三重动作，在内宫，你先用廷议，再挟太后，把朕和侍卫禁军羁绊于此；而后你潜藏京中的人马，便可以肆意破坏，甚至是接应城外的兵马；最后，你让城外三千兵马与城中里应外合，京城便是你囊中之物了。"

皇帝看着平王阴森晦暗的眼，知道自己已然说中，意态更是悠然。

"可是朕身边亦有知兵善断之人，她已出宫去剪除你的党羽，不过半日，你便要一败涂地！"

平王凝视着他，瞳孔几乎缩成一线，"是你那位宠妃干的好事？"

他想起廷议之时，那烟云缥缈的一声轻咳，懊恼之后，却又大笑。

"皇兄真是可笑，让一个女子牝鸡司晨，却要她怎么去解那一团危局？"

皇帝静静看着他，直到笑声遏止，也丝毫不愠。

"朕相信她。"

这一声平淡清漠，声音不大，其中的决心和力度，却让在场所有人都为之一震。

皇帝淡淡说完，朝着平王的方向走去。

"把母后和二弟放下，现在悬崖勒马还来得及。"

平王退回死士身边，回头瞥了眼太后，轻讽道："皇兄还真是仁孝……我若是把太后和静王一刀杀了，你不是更舒心吗？"

不知是被刀刃划痛，还是因为这一句恶毒的诛心之语，太后禁不住微微咳嗽起来。她纤弱的身影，在屏风上投下摇曳的淡影。

平王正要回头，却见昏暗中银光一闪，未及反应，便感到大腿剧痛，更有一种酥麻。

他大吼一声，身体摇摇欲坠。一旁的死士以为他遭了暗算，咬牙便要将刀刃劈下。

电光石火间，静王身影飘忽，以手肘撞开挟持之人，他面庞发紫，显然是硬生生冲开了穴道。

这不过一瞬，皇帝便反应过来，情急之下，他取过案间瓷盏，朝着太后身后那人掷去。

只见玉雪一般的钧窑瓷器划过一道弧线，精准地击中了那个死士。他身子一颤，仿佛不能置信，正欲回头，却终于踉跄倒地，手中雪刃一晃，朝着太后身躯落下。

情急中，静王一扑，将自然落下的刀刃接住，他一双肉掌，顿时鲜血汹涌。

太后险险避过，再经不住折腾，嘤的一声，已是昏昏沉沉。

皇帝终于奔至一旁，伸手正要抓住平王，却见平王咬紧牙关喷出一口血，身躯近旁仿佛有银光一闪。他蓦然跳起，身手无比利落，闪过皇帝这一掌，由侧边窗口跳了出去。

皇帝正要去追，却见太后悄无声息地一头栽倒在地，他只得扬声召唤侍卫:“封锁禁苑，直到将平王捉获为止！”

他俯身扶起太后，深邃眼眸却直直凝视着昏暗殿堂的虚无深处。

回味着方才那诡异一幕，他唤来御医和侍女，殿中顿时忙个不停。

太后只是受了惊吓，很快便醒了过来。她凤眸有些迷茫，下一瞬便恢复了清明。她让皇帝和静王去休息，又遣退了宫中侍女，坐于床上，轻轻地对着虚无的殿中唤道:“出来吧，沛之。”

只见殿堂正中，那幅修竹水墨画轴被轻轻移开，凭空露出一个暗室，中有一人，轻叹了一声，迈步而出。

他剑眉深目，轮廓深刻而刚毅，两鬓微霜，只着一袭半旧的青衫，举手投足间，颇见洒脱。

“你不该出手的……”

太后微微喘息着，面色仍是苍白，更衬得朱唇嫣红，顾盼之间，仿佛有一种魅惑隐约流转。

她已年过四旬，却仍如皎月明曦，美不胜收，这一番折腾，孱弱中更见楚楚。

王沛之凝望着她，随即转头，道："平王杀意已起。"

"你武道造诣颇深，已感应到了他的杀气……"太后低低道，已是心知肚明。

她由罗袖中伸出手，抚摸着自己颈项间的细长伤口。

但见细红深长的一条，有如红线一般，蜿蜒缠绕在雪白颈上，望之，但觉别样妖异。

"为何帝室之间，竟会闹到这等田地？"王沛之痛心疾首道。

他蓦然回望，平淡冲和的眼眸中，一片犀利威煞。

"平王所说，是否属实——你果真曾置他于死地？"

太后不答，仿佛一口气接不上来，连连咳嗽着，一声比一声重。

一只温暖大掌按在她的背后缓缓输入内力，她这才好些，平日里苍白寒素的面容，因这呛喘增添了几分娇艳粉润。

"你想我如何作答？"

太后止住了咳嗽，微微冷笑着，竟是不无快意。

"你心中已认定我是个蛇蝎毒妇，又何必来问我？"

王沛之微一咬牙，转身要走，却又生生忍住。他由桌上取了药碗，双掌用力，转眼间已是热气腾腾。

"喝药。"

太后瞧着他，半晌，才接过药碗，以银匙轻搅，凝视着朵朵涟漪，再无言语。

两人一站一坐，竟是僵在当场。

良久，王沛之才叹道："你已贵为国母，且容让些，也就没有今日这一出了。"

太后扑哧一声轻笑，笑声中，满是惊讶和不可思议。

"沛之，你仍是这般天真……"

她轻喘着，笑靥如繁花盛放，炫目已极。

"你以为这是什么地方……这是皇宫，吃人不吐骨头的深宫内苑！我要是容让了，早就成白骨一具了。"

她冷哼着，伸出手，放到王沛之眼前，轻喃道："你看这纤纤十指，早已染上血腥，连你也要嫌弃我吗？"

王沛之一时血往上涌，手足无措之下，他握住了这白皙柔荑。

太后抬眼看他，语声淡漠，却更见幽寒，"我虽如此，可其他人就那么干净吗？平王口口声声要报那溺水之恨，却不知他母妃当年魅惑先帝，竟企图我的中宫之位。哼，白日梦那么好做吗？"

王沛之浑身轻颤，一把将那柔荑抓紧，口中喃喃，不知说什么好。

“我知道，你一直不敢来见我……”

太后叹息着，眼神幽怨寥远，“你是国之柱石，正人君子，原不该与我这等阴微之人交集，二十六年前，就是我拖累了你……”

王沛之再也忍耐不住，一把揽过她的云肩，将她纳入怀中。

“什么拖累……那件事，是我心甘情愿的。”

他恍惚说着，唇齿中迸出“那件事”三个字，一时身躯一颤，心中宛如九爪挠心，惨痛至极。

太后伸手抚摩着他的脸，“你生性至善，为了我，做下那等大事，却又说什么心甘情愿……”

她微微叹息着，惬意地倚在他怀里，“这二十多年，你口中不说，心中一直挣扎，辞却了一切官职，退隐在家。如今这形容模样，谁还认得出是‘一剑光寒十四州’的大将军？”

提起“大将军”三个字，又触及了她心中隐恨，太后舒了一口气，柔声轻笑道：“那个周浚，不过是无名小卒，如今仗着朝中无人，居然逼临帝阙，不可一世。若你肯……”

“廉颇老矣……”

王沛之温柔地，然而不容辩驳地截断了她的话，他将她轻轻拥着，眼神望向不知名的远方。

“我已辞官归隐，这些尘世之事，我不想多管，也无力多管……人老了，就不愿再沾血腥，尤其是本朝同胞的鲜血。”

“你仍是在怨我。”

太后蹙眉咬牙，从他怀中挣脱开来。

“你怪我让你双手也沾染了鲜血，你怪我戕害了你一世清名！”

“我不怪任何人。”

王沛之淡淡说道，眼神温柔，然而黯然，“是我自己作的决定，必然要我自己承受。二十六年前，我行错一步，再回首已百年身。”

太后大怒，声音却越发清晰，“便是错又如何？世上成王败寇，汗青史编之类，本就是由胜者书写，那些落败身死的，连名字都要被人抹杀，又有何惧？”

王沛之凝望着她，叹道：“举头三尺有神明，人做的，老天总在看。”

他声音淡然，却似沉重无比，在寂静殿中，几乎荡起重重涟漪。

“我今日救你，下次，仍会救你……但救得了一时，救不了天意命数。”

他低低道，转身欲走，却被一道纤弱决然的身躯抱住，一阵清雅宁静的香氛传入周身百骸。

“为何如此绝情……”太后轻喃道。

“便是天意命数，也不会丧命此刻，你我多年不见，又何必匆匆……”

轻轻的呢喃从身侧流转，王沛之心中一软，再也无法挣脱开来。

“我们许久未曾如此了……”

温香软玉在侧，他脑中一荡，便顺势倒向那玉榻牙床。

“午间，不会再有什么人来……”太后低语道，声音无比慵懒，仿佛从云端传来。

神武门前，箭矢如雨，激战惨烈。

鲜血已成紫褐，在城砖青石间流淌，继而静静凝固。残破的铁甲被弃于一旁，炭火燃炽的痕迹斑斑驳驳，仿佛是与生俱来的丑陋烙印。

郭升敏捷躲闪，避过一支长箭，又抹了一把汗，扫视着城楼上凌乱的战局。

暗使们虽然武功高强，却是擅长单打独斗，这般军中乱局原不是他们习惯的，是以开初气势如虹却不能持久。

他无奈地回望着身后的宫阙万间，仍是那般寂静无声。郭升苦恼地舔了舔嘴唇，心中又惊又急，万千念头只化为一句——京营本该镇守国都，却为何不知所踪？

他未及细想，却听城楼下方呐喊声大噪，微微探头，只见更多兵士架了十具云梯涌来。郭升心沉到底，暗道休矣。

此刻，众人已筋疲力尽，所有禁军侍卫都僵持于拼斗之中，眼看城楼顶端陆续有人犯险登上，却也无暇分身。

十万火急之时，只见云梯猛烈晃动，有几具已接连翻倒，惊叫惨号声中，有人背上中箭，离城楼不过些许，生生坠跌而下。

郭升勉力抬眼要看，却听身边涧清欢呼一声：“晨妃娘娘！”

他俯身看去，但见城下一人白衣胜雪，手挽长弓，弦颤之下，便有一人跌落尘埃。她身后剑戟如林，寒光铁衣，如怒涛奔涌。

城下两军甫一接触，便是惨烈之极。攻城一方仓皇之下，阵中仿佛被撕了个缺口，任由箭雨袭入，鲜血飞溅之下，又添无数亡魂。

那白衣人仿佛不胜慵懒地收起了弓，斜倚在坐骑之上，微微朝上一瞥。

日光照在她雪白面庞上，那一双高岭冰雪似的黑眸潋滟生辉，郭升直直对上，但觉一阵冷凛。

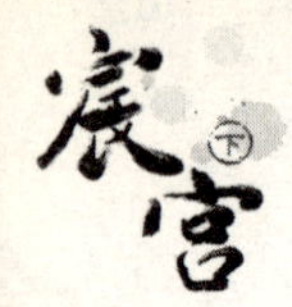

他想起远征那些时日——那时候，晨妃不过是帝侧御侍，谈笑之间，能轻取敌酋性命，这般英姿，让人自惭形秽。

“微臣叩见娘娘！”

他微微一揖，因甲胄在身，无法全礼。晨露略一思索，想起了他的模样，微微颔首，扬声道：“且坚持一会儿……”

城楼上发出一阵欢呼，众人强忍着瘫软，与身边残敌搏斗到底。眼看胜利在望，若是因手足酸软，丢了自己性命，即便死后能上凌烟阁，也会后悔莫及。

城下两军，虽然人数相当，各自有千人上下，实力却甚是悬殊，不一会儿，后来者便稳占了上风。

城楼上众人剿灭了残兵败将，再无人强登，于是一齐向下看去，都为之心惊——后来那一众人马，举止冷肃，动作矫健利落，眼中杀气如怒，看来颇惯于这等惨烈搏杀。

郭升再不去想这是何方人马，他瘫软在地，仰望着万里晴空，但觉高远舒畅，心中安静。

有人轻轻递给他一只水壶，他大咧咧接来灌了几口，也不抬头，嘴里咕哝着，略一抬头，却见是那黧肤女官涧清。

她也不言语，接了水壶攥在手里，俯身凝望着他。

郭升望着那大而清澈的杏眸，尴尬得手足无措，炽热的日头照耀着他，刚下肚的凉茶，仿佛也散发着幽幽的薄荷清香。

城楼下的喊杀声，在他耳边渐渐淡出，他出神地凝望着，直到少女脸飞红霞，转身离去，这才清醒过来。

郭升听着城楼下的动静，转头对属下吩咐道：“开城门，请晨妃娘娘入内。”

此时宫中看似无甚动静，内里却如烈火烹油一般。慈宁宫中，众侍卫投鼠忌器，本不敢入内，瞿云赶到时，只听里面有什么动静，不及细想，却见一道人影从窗中纵出，略一点地，又掠身远去。

是平王！

瞿云心中已是有数，他侧身谛听了一会儿殿中动静，了然一笑，便不紧不慢地追了出去。

他武学已临大境，又刻意敛了形迹，如清风一般飘然尾随。平王身上有伤，此时已是无暇顾及。

只见平王微有踉跄，从屋檐上行走直奔御花园中。他飘身而下，从假山的曲折中绕行到镜湖一侧。

瞿云微微一笑，暗扣了三枚菩提子，正要弹射而出，却见镜湖波光潋滟，竟有一人从水中跃出，将平王横腰揽住，一把便拖入水中。

水波激荡，不一会儿便恢复了平静，波纹安详，仍是一派胜景。

瞿云悚然一惊，俯身细细凝视着湖水。但见碧波荡漾，婉约迤逦，并无任何异样。他不敢大意，手中扣紧了暗器，蓄势以待。

水中波光一紊，千滴万流激荡之下，有人在这一瞬破水而出，长鞭破水，如蛟龙临渊。

瞿云猝不及防，侧身避退。那人负着平王跃起，几个翻纵之下便杳然无影。

瞿云追了几步便停了下来，仿佛体力不支，他侧耳听着四周动静，确认无误后才收起手中暗器。

"且让你们得意一时吧。"

他并不懊恼，居然微微笑了起来，想起晨露关照的"若平王在宫中作乱，得空放他一马便罢"，他无奈地摇摇头，转身离开。

他走出御花园，沿路便见到了四处搜索的侍卫们，于是询问道："太后慈驾可好？"

"慈驾平安，只是有些乏了……皇上却是震怒不已，正遣弟兄们四处搜寻呢，这会儿宫里宫外都乱……"

瞿云想起神武门那边的警讯也不放心，找了个偏殿高阁登高远眺，隐隐见空中有蓝烟弥漫——这是警报解除、安然无恙的意思。他这才松了口气。

皇帝和静王受了一场惊吓，本该留侍太后榻前，以尽孝道，但宫外警报频传，太后又道无事，遣两人出去歇息，皇帝便携了静王告退。

两人在乾清宫中各自更衣歇息，也无心用膳，只进了几块点心，就有左右进来禀报。

皇帝听闻神武门警讯已消，心中一松，再问时，却听人报说，晨妃娘娘并未返回，而是带了十几骑去了城南督战。

皇帝闻言，很有些担心，对着有隔阂的静王，也不愿多说。静王只嘴上夸赞了句"皇嫂英姿飒爽，有木兰古风"，便匆匆辞座，道是去慈宁宫中探视太后。

慈宁宫中，殿中空寂，鲛纱帐中，只有微微呢喃。

太后伸出白皙玉手，将床前小几上的一盘冰镇葡萄取来，摘一颗放入口中，又取了枝上的另一颗，放入王沛之口中。

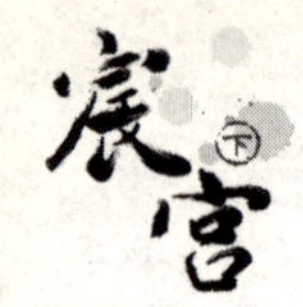

“多年没见，你仍是这般模样，也不见老。”

太后轻抚着他刚毅面容，笑得安详宁静。

“我已经老了，你却是美貌如昔。”

王沛之叹息道，不自觉地摸摸鬓间，“我都快成白头老翁了……”

他将鲛纱帐轻轻撩起，以如意金钩挽了，就要起身更衣。太后静静看着，也不阻止，只是幽幽叹道：“今日一见，不知何时能再会……”

王沛之动作一凝，却又恢复了常态，他系了腰间丝绦，又佩了挂坠玉玦，才低低道：“若常相见时，便是你多灾多难了。我曾有誓，只有你遇到困厄之时，才会进宫来……”

“别理那什么誓言！”

太后一时冷怒，大喝之下，又是一阵呛咳。

王沛之终是不忍，回身轻抚她胸口。太后微微喘着，脸上浮出罕见的柔弱神情。

“沛之……不要再做隐士了，回朝中帮我吧！”

王沛之微微皱眉，正欲回绝，却听太后又道：“你退隐之时，正是英年，这二十余年，生生躲在府中，不问世事，这般的牺牲，便是有再多的罪孽，也已经赎清了……”

“如今朝中乱象已生，皇帝又和我并不一心，若是连你也不愿助我，我还不如被平王一剑刺死痛快！”太后咬唇，忧郁，然而决然地说道。

王沛之意甚踌躇，眼前光影变幻，一时是太后忧郁而期待的神情，一时又是二十六年前，遍地尸体，僵冷血污，睁着一双双死不瞑目的眼阴冷地瞪着他。

他双拳紧握，不自觉地流出血来，染上了青色衣袍，亦是无所觉察。

太后从旁瞥见，正欲再说，却听廊下有人细声禀道：“静王千岁求见娘娘。”

她叹了口气，示意王沛之回到密室之中，打起精神起身正衣，接见自己的庶子。

静王才一进入殿中，便趋前跪下，再无一言。

太后冷然正坐，也不看他，只是轻摇着画扇。

“母后……”静王轻轻喊道。

“你做的好事。”

太后不怒不喜，面容端凝。

“母后息怒，我知道错了。”静王仍是低声殷切道。

“你有什么错？”

太后冷笑道，用手拨着盘中的葡萄，道：“我竟不知你能耐不小！”

静王见她动了真怒，膝行两步，密陈道："母后受惊了。四弟如此丧心病狂，儿臣也未曾料到。"

"那你料到了什么？"

太后语音不善，冷笑了一声，抚摩着扇上精巧的宝石蝴蝶纹，森然道："大约你是打了如意算盘，希冀他们将京城搅乱一团，仓促之间，若是我和皇帝有个万一，你便能黄袍加身了。"

静王被她语气中的冷凛逼得一颤，低下头，掩住了眉宇间的怨毒，声音满是委屈，"天地可鉴，我虽然有站河岸看笑话的意思，却无这等歹心……"

他抬起头来，眼神闪烁，似乎欲言又止。

太后越发起了疑心，勃然厉色道："吞吞吐吐地做什么？"

静王眼圈微红，长跪在地，咬牙指天起誓道："母后要怨我引狼入室，我没什么好辩白，只是我对母后若有忤逆之心，他日必遭天诛！"

太后见他如此郑重，微微敛了怒气，道："依你的意思，是平王哄过了你？"她满是不信地说道。

不料静王叹息一声，回道："他要骗过儿臣，只怕还是不能。"

太后一时惊愕，却听静王支吾了一会儿，终于嗫嚅道："是舅舅……他想趁这时机，扩张封地……"

太后一愣，下一刻便反应过来，她扔了手中画扇，气得胸口起伏，怒道："原来还有他的手笔！"

静王恭谨长跪着，并无一言。

太后沉吟着，鎏金甲套轻轻相错，发出细微的清响，半晌，才道："究竟是怎么回事，你且给我细细说来。"

"是……"

静王直起身子，他口才颇佳，叙事缜密不紊，将整件事说得滴水不漏。

太后越听越怒，耐着性子等他说完，冷笑道："怪不得你如此镇定，却原来等着林邝发难，好让我来收这烂摊子。"

"母后别急，且等我说完。舅舅的手段，虽然狠辣，却也实在是短视。"

静王丝毫不见慌乱，解释道："皇兄对藩王忌惮已深，此次安王、平二王作乱，必定会殃及封邑，风起云涌，弄个不好便是心腹之患——这事儿是个火星子，他却抱在怀中，不是引火烧身吗？"

"孽障！"

太后想起自己的大弟，心里又是痛恨，又是酸楚。

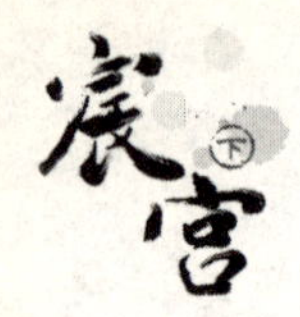

“他素来是个飞扬跋扈的性子，如今趁着大乱，便想把二藩所辖之地吞下，真是越发妄想了！”她蹙眉恨恨道。

静王安慰道：“母后不必担忧，天狗吞月也不过是个想头，谁还能当真不成？”

太后瞥了他一眼，道：“地上潮气大，仔细膝盖疼……先起来吧。”

静王这才起身，一时觉得膝盖酸麻，有些踉跄。太后指了圆凳给他，想起方才所说，眉宇间又是一阵阴霾。

她埋怨道：“你既然知道，就该早来禀了我，如今他这么一搅，皇帝对林家的猜忌只会更深。”

“母后，请恕我直言……”

静王从容一笑，眸光幽幽，如鬼火般闪烁不定，“皇兄虽然仁孝，对林家却一直颇为忌惮，只要云、燕二州一日在林家手上，他便一日不能安寝。既然如此，又怎么能抑制他的猜疑呢？”

太后微微颔首，静王于是继续道：“其实皇兄心中也清楚，母后和舅舅并不是连声并气的，但打断骨头连着筋，他实在放心不下。如今舅舅若是染指安、平二王的封邑，皇兄才要倚仗您呢。”

太后目光幽闪，一阵风吹过，鲛珠纱将她的面容遮住，昏暗中，也看不见她的神色。

“螳螂捕蝉，黄雀在后……你是让我做黄雀，是吗？”

“母后圣明。”

太后轻叹一声，“听了你的话，如同醍醐灌顶……只是皇帝总是我身上的肉，如今母子相疑到这等田地，实在是……”

她唏嘘着，将面上浮动的鲛珠纱帐撩起，重以金钩挽住，踌躇间，已拿定了主意。

“先依你说的吧。娘家和儿子，本来手心手背都是肉，偏帮哪个都不是。”

静王看她面带倦容，于是识相地告退。他走出大殿，行至廊下，再也抑制不住胸中的沸腾快意，禁不住想畅快大笑。

但他毕竟在宫中浸润已深，勉强敛住了，只是微微绽出一抹得意笑容。

“螳螂捕蝉，黄雀在后——这话确实不假，可黄雀却不知道，它身后，仍有弹弓静候……”

宫中忙着搜索平王和刺客，乱了好几个时辰。皇帝奔波于太和殿与乾清宫之间，又遣人去几个重臣家中慰问。他们无一幸免都被暴徒袭击，好在家丁护院众多，贼人又是随意为之，是以除了受些惊吓并无大碍。

瞿云率领其余侍卫，在宫中上下搜索，一丝一毫也不放过。他虽然心知肚明，平王已被高手救走，但宫中骤生大变，于情于理都不能有任何懈怠。

一番细搜之下，仍然无果。皇帝怒气内敛，也不发作，只是眼神漠然，如临深渊，让周围人都捏了一把冷汗。

乾清宫中，皇帝听了瞿云的后续汇报，不喜不怒。

他望了望徐徐西落的日头，听着窗外有些单薄的蝉鸣，放下手中的绿玉斗，任由老君眉的银针在其中上下翻腾，也没有就唇的意思。

他看了眼玉帘外那酷热的气韵，意兴阑珊地勉强喝了一口，起身道："到神武门前看看吧。"

侍从们面面相觑，都不敢言语。皇帝的脾气他们素来深知，一言既出，绝不收回，可是如今大乱方止，外间不知有多么凶险，若有个歹人隐匿伺机，他们就是有九条命也逃不过这滔天大祸。

一言九鼎之下，皇帝也不乘辇舆，率了几个心腹连同苦劝跟随的侍从，一行人迤迤逦逦到了神武门前。

原本庄严肃穆的神武门前已是气象大变，刚经历过一场恶战，门楼下丢弃了许多染着血渍和汗水的盔甲杂物，侍卫们华丽耀目的明光甲也被抛在一旁，它们变得乌黑，映着紫褐的血迹蜿蜒狞恶，昭示出主人的九死一生。

门楼下的阴影里，郭升已是精神大好，他一刻也闲不住，正在口说手比地跟增援的侍卫同僚们讲述着当时的凶险情景——

"我们当时已经筋疲力尽了，小爷我一想，这一百多斤就要交待在这儿了，很有些舍不得，但是为圣上尽忠，我老爹大约也不会怪罪。他只我这一根独苗，怕是我老郭家要断后了——你别急啊，我这就往下说了——这时，就见那些贼人的云梯连连翻倒，有快爬上的，也中箭跌了下去。我探头一望，就见晨妃娘娘白衣轻骑，正带着大队人马增援而来。娘娘那箭射得真准，上次那鞑靼可汗就是被她一箭穿心……"

他正说得高兴，皇帝在几步外听着，也不去打断他。皇帝眼尖，一眼瞥见晨露身边那肤色深蜜的侍女正递水给郭升，不由心中一动，偷偷道了句"好艳福"，不禁莞尔。

他念及晨露，于是转身上马，又朝着城南而去，身后一众人马惶急追赶。

城南的战事，也已偃旗息鼓。京营绕着城墙密密布防，与城外袭来的三千藩王精兵打了个旗鼓相当，战事一度胶着。直到孙铭接到宫中消息，着人大喊“安、平二王已诛，余犯从宽”，敌方才稍稍有些慌乱起来。

但这些乃是藩王麾下的精锐，勇悍难当，即使军心涣散，仍不失为劲敌。晨露赶到时，经过一场血战，才堪堪将他们击退。

孙铭见到晨露时，正要详说此间情况，却见这位娘娘面色肃然，屏退了军中诸人，跟他来了一番密谈。

孙铭一听之下，大惊失色。

“这如何使得……私自纵敌，是延误军机的大事，是要灭九族的！”

“你的妻族便是皇家。”

晨露揶揄着回了一句，见他仍是摇手拒绝，也不恼怒，端起桌上的茶水喝了一口，悠然道：“道理我都说给你听了，襄王狼子野心，只有以毒攻毒才能制得住他。”

“没有圣上的手谕，我也不能负担如此重责。”孙铭据理力争道。

“若要等圣上的手谕，你便是置君父于不仁了！”

晨露微微一笑，冰眸中闪过一道不以为然，款款说道：“你若是固执己见，便可持着这桩天大的功劳去向圣上报喜……不过，最该庆幸的却是坐山观虎斗的襄王。”

孙铭沉吟着，仍是踌躇，“私放平王出城，真能起到如此作用？”

“襄王的如意算盘是，趁着二位藩王谋逆被杀，将他们的封地吞并，他必会上表朝廷，说是替朝廷平叛云云，到时候，皇上又有什么言辞可以驳他？若是让平王安全回到封地，他也不会坐视经营多年的基业被人夺去。”

晨露细细解释过，想起仍滞留宫中的静王，不由漾起一抹冷笑，夕阳的余晖映着她的面容，稚嫩清秀中，透出别样的幽深风华。

孙铭也是久经人事，胆识不凡，他略一思索，比较了其中得失，毅然道：“我是个武夫，不懂什么政局谋略，但望娘娘所说，没有辜负您手中的这柄御赐宝剑。”

言下之意是愿意通融，但他不愧是老于世故，也不开口应承。

能做到这样，已是难能可贵，晨露也不去计较他的言语，一口应承下来。

夕阳徐徐西坠，照着城墙上的青石，斑驳间，仿佛见证了历史的风尘沧桑。城墙上的兵士们就地围坐，也顾不得礼仪，敞开着襟怀，任由清风拂去汗水和疲惫，七嘴八舌地咀嚼谈笑着。

“京城乃是宝地，自有王气盘桓，钟灵毓秀，哪是那两个什么王爷可以撼动的！”

有读过书的校尉一时高兴，搜寻了肚中墨水，扬扬得意地说道。

惹得兵士们一片嘘声，嘘完之后，他们免不了继续闲谈，话题的中心乃是那两位先帝的不肖子孙。

兵士们正愤愤不平于藩镇士兵的胆大妄为，竟然敢对这千年城门下手，有眼尖的校尉已看到孙铭迈步拾阶而上，转眼便到了身后。

他招手唤过几个校尉，吩咐道："你们也累了一天，如今贼寇溃散，今晚也就不用如此谨慎，让弟兄们撤下休息吧，让我的中军亲兵来替你们。"

校尉们无不大喜过望，有一两个长于军事的，虽然觉得这并不稳妥，但在孙铭的目光扫视下，也不想生事，只得唯唯称是。

夜色渐渐笼罩了京城，站在城墙上回眺京师，但见一盏盏灯火在微茫夜色中闪烁，星星点点地连线成片，将千年京师映得辉煌莫名，璀璨生姿。

孙铭暗叹一声锦绣富庶，心中却是心事万千，了无头绪，正在沉思间，阶梯下方有人低唤道："将军……"

他猛一激灵，竭力镇定下来，漫不经心地回望一眼，不悦道："又有什么事？"

那属下见他不耐烦，吓了一跳，道："晨妃娘娘有位亲眷要连夜出城。"

虽然早知有这一出，事到临头，孙铭仍然微颤了一下，他深吸了口气，冷哼道："这些宫中贵人，真是随心所欲……"

他又细想了一会儿，无奈道："也罢，放他出城吧！"

城门开启的沉重拖曳声，在夜幕中如同闷雷一般。不过一刻，晨露和一个青年男子并肩到了城门一旁。孙铭偷眼瞥去，只见那人将脸微微低下，在朦胧火光下，那轮廓线条很是熟悉。

平王！

他神情委顿，身侧仿佛被什么利器挟持着，一眼望去，却也只是寻常亲眷依依惜别的情景。

只见晨露在城门口停下了脚步，清风乍起，拂得她面上纱巾飘扬不定，单薄的月牙映入她的眼中，晶莹清辉之外，更有一重诡谲轻寒的锋芒。

她对着平王低低说了些什么，孙铭也听不真切，只是最后一句，虽然轻微却势如千钧，清脆传入耳中，"你与其图谋这天下万里，还不如多惦记些自己的封邑，襄王的胃口可不小呢……"

平王忍不住抬起头，俊秀的脸上，因着怨恨和惊讶而微微扭曲。

"小王今日也算见识到了……"

他冷哼着，近乎野兽受伤的嗜血疯狂，眼中却清亮理智得吓人。

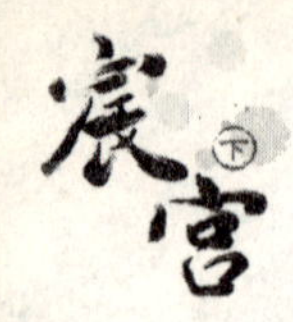

带着极大的不甘，他回身望了眼京城，便毫不犹豫地迈步走出了城门。

夜风寂寥，带走了平日的暑气，他的身后，只隐约留下一句：“我必定要再回此地……”

阴郁的声音中，残留着这位帝室贵胄的无穷憾恨，他仿佛宣誓一般说完，身影在夜色中逐渐远去。

孙铭不禁看向那位神秘的晨妃娘娘，但见她唇边一抹清冷笑意，幽幽道：“我想，你大约是回不来的……”

孙铭悚然而惊，仿佛见到了什么神异鬼怪一般，退后了两步。

第二十三章 黄雀

皇帝驾临南门之时，纤纤残月已上了树梢，枝叶的斑驳黑影里，但见银白月影，只那弯弯一线在林间若隐若现。

此时林海之上，却是繁星如织，天际银河浩渺，宛如江潮浮动，席卷虚空之间，凌驾于苍生万物之上，仿佛悲悯世人，又仿佛，千万年间，冷眼相看这荣辱沉浮、喜怒哀乐。

皇帝望向城墙，但见巍峨肃穆之上，有一道纤弱身影正茕茕孑立。

此时星光朦胧照下，佳人白衣胜雪，微风飒拂之间，也不知沾染了多少云霄清露。

他止了左右的跟随，独自迈步而上。

晨露迎风而立，任由衣袂轻轻飘动，她的裙裾轻舒垂泻，从低处看来，竟似一朵幽然绝尘的雪莲，看似开得繁华璀璨，近了却是无边的寂寞。

皇帝屏住呼吸，仿佛不愿惊醒什么，缓缓走近。

“你在这儿做什么？”

他的声音清雅醇和，宛如景乐末年，那个飞身接住她的少年……

那是多久之前的事，却为何仿佛只过了一瞬？

晨露回身一瞥，那熟悉而陌生的面容，却狠狠地刺入心口，化为一柄利刃，绞碎了所有，只剩下千疮百孔。

她微微闭眼，道：“只是有些累了……”

皇帝走上前来，和她并肩站定，轻轻道：“这次害你奔波，是朕的无能。”

他的眼睛，在黑夜中闪闪发光，凝聚着满满的担忧、爱恋和自责。这一刻，漫天的星辰都在这光华面前，黯然失色。

“为何如此怨怪自己？”

晨露看着他，微微苦笑，“其实，我刚才做了件非同小可的事。”

“什么？”

“静王遣人救出了平王，他们的藏匿之处，刚刚侦察得知，可我却放走了他。”

皇帝目光闪动，默默想了一会儿，道：“他还有用，是吗？”

“你一点儿也不怀疑我吗？”

元祈回以一笑，他望着星空，豁达道：“我若不信你，就不会把京城的命脉托付给你了。”

“我亦不负你的期望。平王这一逃脱，便如蛟龙入渊，再也无法挽回了——他回到封地，第一件事便是防止襄王林邝扩张的野心，朝廷可以静观其变了。”

元祈听完，目光连闪，显得赞叹异常，一开口却是截然不同的话题，“你站在这儿，却显得这般惆怅难受……”

晨露听着他话语中的关心，微微一笑，带着别样的妩媚调皮以及淡淡怅然。

“其实，我只是想在城墙上多待一会儿……”

她的眼神，悠远而迷离，手中轻抚着这一段青砖大石，久久都不忍放开。

任由时光流转，她都不能忘记，这里，是她前世和忽律激斗，坠落而下，被元旭接住的地方……

时光匆匆而过，人事已非，如今在鏖战之后，再见这段城墙，怎不让人嗟叹？

“是想起了什么事吗？”皇帝生性敏锐，凝望之下，轻轻问道。

晨露轻应了一声，两人便陷入了长久的沉默之中。

此时河汉之间，隐隐有玉琼风华，星光幽闪之下，这高亘城墙上的两人遗世而独立，仿佛再无第三人可以融入。

“你为何不问我，想起了什么前尘往事？”

半晌，晨露才打破了沉默。

“每个人心中都自有丘壑，强行将它掀开，又有什么意思……我只是在遗憾，”皇帝深深凝望着她，发自肺腑道，“我在遗憾，为何你遇见的第一个人，不是我。”

晨露听完，仍是静默。

她低下头，仿佛没有听见这一句，微颤的眼睫，将所有的情绪都遮挡在外。

有这一句，就够了！

风越发大了，先是格外清爽，渐渐地，如露水深浸一般，竟凉意入骨了。

“是第一道秋风到了……”晨露抬头望天，感受着凌空拂过的凉意，她微微低喃道。

皇帝脱下披风，替她仔细披上，手指尽处又替她掠过鬓间的一缕乱发。

他更无一言，只是从袖中取出那支翠碧玉笛，凑到唇边。

笛声呜咽，竟是晨露初次吹奏的那首，在这高耸城墙上，声音清泠玄渺，在夜色中飘荡开来。

虽然曲调相同，皇帝吹来，却是多了一分尘世间的暖意。

这暖意悠远传去，渐渐沁入心中，让人的思弦都轻轻松下。

星光模糊着彼此的容颜，长发随风而散，这一刻，似乎世间一切都陷入了酣睡。

在幽幽笛声中，夜过子时，这漫长的一日悄然结束。

第二日皇帝升座，面色平和，殊无怒色。他慰问了几位重臣，并对受惊眷属赐下宫缎绢绸等物，之后便再也不提昨日之变，只是将善后事项一齐交与孙铭处置。

六部九卿见这架势，心知有异，也不敢去问，只是宗人府却逃不过这一遭，主管只得颤巍巍地求见，请皇帝给个章程。

“这又何须问朕！”

皇帝听完禀报，讶然中带着不悦，“安王意图谋逆，在京中起兵作乱。这样丧心病狂之人，不关押在府狱中，难道还要辟一静室，把他供作菩萨吗？”

主官见皇帝面色不善，只得唯唯而退。朝中有眼明心细的，本以为皇帝只字不提这次逆乱，是要网开一面，如今见这架势，顿时如堕迷雾，莫衷一是。

京城之中，虽然被乱袭波及，但主要受损的还是外城南门以及前廷的神武门一带。百姓们虽然议论纷纷，过几天也就逐渐平静下来。

如此又过了几日，六百里加急送来的一个消息，如晴天霹雳一般，震撼了朝野上下。

“这就是平王的用处吗？”皇帝抚摩着奏章，侧身问道。

晨露回以婉约一笑。

“舅舅素来骄横，吃了这个亏，必定不肯罢休。”皇帝若有所思道。

晨露着了件幽蓝纱衫，更映得皓腕如雪。她取了案上的小玺把玩，信手拂动着五色丝绦。

阳光透过珠帘，照着这玉玺，瞧来通体剔透，只似一件精美绝伦的玩物。

可它却是至高皇权的象征。

在世人口耳相传中，所谓的御玺大宝乃是一方大印，受命于天，传至汉时，王莽篡位，老太后王政君一怒之下，掷于地上，碎了一角，不得不以金补之。

那样的御宝，一直是妥善珍藏的，遇到重大仪礼，如即位、立后、传嗣，才

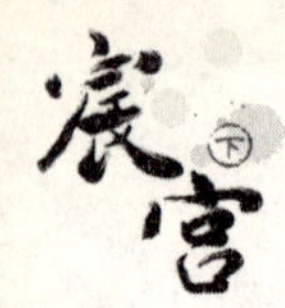

会取出盖上，平日里政务往来，一律只用皇帝的随身小玺便是。

小小的一颗，在她白皙指腕间流转生辉，炽日照耀下，竟隐隐有种妖异之感。

她手中把玩着，听了皇帝的话，雪白面庞上掠过一道微笑，道："乡间俚语说，偷鸡不成蚀把米，襄王想要趁火打劫，反惹了一场晦气也是活该。"

皇帝对这位阴森跋扈的舅舅，实在半点好感也无，他望着桌上这份奏章，笑道："平州和栾城那边，已成了战场，舅舅千里奔袭，开初很是顺利。不过，四弟虽然在逃亡路上，仍以密谕通知了手下府官，以平州城为中心，聚集了周边兵力，将襄王打得落花流水。"

他抑制不住心头的快意，畅快一笑，转头道："你真是料事如神。"

"哪里，是襄王的贪婪害了他。他早知二王谋乱之事，却不愿意揭穿，就是想趁火打劫，吞并他们的封地。我事先知悉了他的性子，便能料定他的作为。"

晨露静坐在椅子上，感受着窗外吹来的凉风，一身清爽。

"如今两虎相争，朝廷可算有了余地，棋路一下便活了过来。"

她瞥了元祈一眼，淡淡说了句："也不知太后是否知道襄王这件事。"

元祈闻言，眉心闪过一道阴霾，道："今日晨间，西华门有人私自夹带，转呈给慈宁宫的叶姑姑……"

他面色如常，只是瞳中深不可测，晨露心下雪亮——皇帝已是大怒。

她喝了口茶，漫不经心道："太后与他毕竟是一母同胞的姐弟，一些信笺往来也是寻常。"

"若是平常信笺就好了。"

元祈想起太后，心中又升起一种隐秘的念头。他眉头微颤，仿佛在忍耐什么，却终究叹息一声，说出了口："那日平王挟持太后，有人潜伏暗中，在一瞬出手相救，使的是一枚银针。"

"这不是静王惯用的吗？"

晨露想起宫人们含羞谈论过静王，道是他一贯以贵胄公子的模样出外野游，一次在青楼中遭遇豪客袭扰，竟以一枚银针退敌，一时传为佳话。

元祈却断然摇头，道："我自小看惯了他的手法，招式虽然天马行空，却是掩不住的华丽炫目，而那日闪出的一针沉稳老到，却有摧枯拉朽之势——静王比起他来，竟是望尘莫及。"

晨露目光闪烁，灼然生辉，一时也不便开口，只剩下元祈咬牙不语。

皇帝毕竟是万乘之尊，他揣测了一会儿，心中隐隐有了芥蒂，事关太后的令名，却也不便再往下想，只得忍了怒火转了个话题。

慈宁宫中，太后接了叶姑姑手中的密笺，展开一看，已是怒色上涌，娇美容颜上一片煞白，紧咬了银牙，再无一言。

“主子？”

叶姑姑见她气得五色不正，吃了一惊，在旁瞥了几眼，这才看了个真切。

“竟会有这种事？！”

她近乎是惊叹了，襄王生就的鹰视狼顾模样，素来狡诈跋扈，从来只有他给人下绊子，没曾想，这次竟然阴沟里翻了船。

“咎由自取……”太后发狠喃喃道。

又想起信上所写的，不由冷笑道：“还妄想吃了别人呢，这会子自己倒要担心了。”

她想起那日静王所说的，咬牙道：“这两个孽障勾搭在一起，也是鬼迷了心窍！”

她沉吟着，径自唤着叶姑姑，“请静王进宫一趟。”

她声音镇定，却掩不住那重阴霾。

叶姑姑有些惊惧不定，却还是领命去了。

“他也不知情，还是？”太后轻喃着，倚在榻上，心中狐疑更深。

静王进入殿中时，连蝉鸣都稀稀拉拉的，有些力竭之感，他早已是心中有数，正敛容垂手等待着太后的雷霆之怒。

“你和林邝，把事情想得太简单了。”太后声音已恢复了平静，倚在榻上，轻轻道。

“儿臣实在愚昧，一直以来，纸上谈兵，只以为舅舅大占上风，没曾想，平王居然躲过了搜索，千里远遁，回到了封邑……”

这些话，他在心中已经盘算圆满，此次说来流畅无比。

他憾恨地叹气，暗地里想起平王，简直要扼腕长叹。

是谁，从自己属下那里劫走了平王？

他又是如何出城的？

这招预备的棋子，被暗中的某人抢先使用了，襄王的处境也就实在可虑了……

他揣测着，心中灵光一闪，好似抓住了什么，不由得蹙眉深恨。

太后不动声色地观察着他，见他一脸迷惘，不似作伪，于是叹气道：“你们自诩为男子汉大丈夫，做事好没计量！”

静王俯首称是，太后瞧着他驯服孝顺的模样，叹道：“论理，我不是你亲生母亲……”

“母后这是要让我无地自容吗？”

静王的声音带着颤抖，头垂得更低了。

太后纤纤玉指轻抬，指了圆凳，示意他坐下，和颜悦色道：“我虽不是你亲生母亲，却也实在差不了多少……你才在襁褓之中，惠妹妹便过身了，那时候你才这么点儿大，眼睛好似两粒黑葡萄，一闪一闪的，只是对着人笑……”

她声音惆怅，想起这二十几载岁月，心头也为之恻然。

静王听她提起生母，早已离座振衣跪着恭听。他跪伏于地，听着太后回忆往事，眼泪已黯然而下。

太后谈到惠妃的时候，他身体轻颤，黑发垂落而下，遮住了他眼中的冷戾怨毒。

他的手指，死死抠住金砖的缝隙，几乎断裂。

太后并无察觉，仍是絮絮谈起往事，温言道；“你虽不是我十月怀胎所生，我却一直把你当自己亲儿，你和祈儿之间，我总是偏袒你多些。”

“如今你长大了，主意也多了，我这老太婆的唠叨也听不进去了，跟着那些个狠心毒肠的厮混，有什么事也不来禀我知道，这是人子应有的孝道吗？”

太后缓缓说着，语气并不峻急，好似家中长辈的寻常埋怨。静王安静听着，已是汗流浃背。

“舅舅和我，也是贪多心切，我与他并没有瞒着母后的意思……只是怕您心火虚热，惹起病来……”静王低泣道，想起生母惠妃，心中发恨，对太后的言辞越发如糖似蜜。

“你们两个，被人做了圈套也不知道！”太后恨恨道。

听着窗外嘶哑的蝉声，又扬声道：“如此聒噪，且去把它们取下。”

廊下有人应了，急忙而去。太后收敛了心中怒气，冷笑道：“这事从头就透着蹊跷，你且仔细想想。”

静王浑身一颤，想起城门由京营的孙铭管辖，又念及平王的离奇逃遁，一身冷意涌出，如寒水灌顶一般。

他咬牙笑道：“儿臣从皇兄身上总算又学到一招。”

太后端起手中瓷盅，仿佛置若罔闻，只是凤眸微微眯起。

窗前有人影晃动。宫人们蹑手蹑脚，以丝网将知了粘下，嘶哑的叫声逐渐低了下来，太后只觉得神清气爽，抿了口乳酪，笑道：“这些讨人厌的，聒噪着生事，也实在可恶。”

静王细品着这话的滋味，又聊了几句，才告辞出宫。

“妖妇……”

他在廊下无声怒喝，面容因为愤怒和不甘而微微扭曲。

不几日，奏报如雪片一般飞入朝廷中枢。两藩鏖战之下，都是动了真火，襄王褊狭跋扈，又调了一镇兵马来增援，平王更不知从哪儿取到了安王的信符，将他藩中的兵马调来，以求钳制敌手。

如此火并数日，双方都是伤亡惨重。襄王毕竟老奸巨猾，猛一寻思，幡然惊觉了自己的疏漏，于是老着脸皮上表，向朝廷陈情，道是自己为朝廷分忧解谤，兴兵讨伐乱臣贼子，如今遭遇小挫，还请速速增援云云。

他本以为皇帝深恨二藩，如今有人乐意代劳，虽有逾越之嫌，但毕竟是同仇敌忾，到时候自己殷勤赔罪，多作让步也就是了。没曾想，表章上奏后如泥牛入海，两三日都没有消息。这一日终于等来了明发邸报，林邝展开一读，气得双眼发黑。

“黄口小儿，竟敢如此辱我……欺人太甚！”

身旁师爷见他不住地以指甲轻掐皇帝的批语，口中喃喃咒骂，也是惊慌异常。

皇帝的批语异常沉痛，他对二藩之间的争斗表示惋痛，痛斥了这等褊狭妄为的行止——这般居高临下的态度，竟是把朝廷置身事外，彻底逍遥了？

“你且看这句……‘诸王皆朕之亲族，若有不平之事，尽可面呈上奏，如此剑走偏锋，横行不法，诚乃目无国法纲纪’，这话说说他那两个造反的弟弟也就罢了，居然把我也一笔扫进，黄口竖子着实可恶！”

林邝蔑笑着嘲讽，本来颇为端正的面容，因这愤恨而歪斜了。

“王爷不如修书一封，再去问问太后娘娘……”

“问她又有什么用？她只会怨怪我们。上次静王元祉被她一顿敲打，到现在还惊魂未定呢——她毕竟是皇帝之母，有些事指望不上的。”襄王颇为头疼道。讨不来大义名分和实际支援，饶是他狡诈阴险，也想不出什么办法来。

他咬牙思索一阵，决然挥手道：“传我的命令，继续进攻。平王不过是个青头小辈，他不会常胜的！”

他仿佛在对师爷说，又好似在劝服自己：“开弓没有回头箭……”

藩属激战正酣，京城中气氛却并不紧张，平州和栾城之类，离京师太过遥远，百姓们当谈资咀嚼一顿，也就淡了下去。

皇帝看似逍遥，却是忙得脚不沾尘。前线斥候监视的谍报，两日一次，便要禀他知道，一头忙着警戒战事，另一头宫中也颇不安稳。

太后那日受了惊吓，夜来噩梦加剧，有几次白日恍惚也如见鬼神。太医们束手无策，于是又请来龙虎山的玉虚道人。他焚表作法，又用了师传的桃木剑，冤孽似乎淡退，隔几日却又故态重萌。

紧接着，梅贵嫔那边也常常遣人来请皇帝，一问起，却是她见了道士驱鬼，心中悚栗。孕妇情绪不稳，往往要皇帝多多陪伴，才喜笑云霁。

她常在黄昏时候低泣，皇帝到时，那绣有交颈鸳鸯的红罗纱帐中，总是有一段雪白柔腻的玉臂露出。梅贵嫔平躺在榻上，虽然钗横鬓乱，一支满天星的金步摇颤巍巍晃动，见到皇帝，眼中总要发出令人怜爱的光芒来。

晨露听到人形容那景象，微微一笑便不再说话。

这样明显的固宠手段，宫中之人久谙其中，又怎会不知其中奥秘？

初见时，那懵懂纯真的少女，如今已变成这般模样……

这一阵的纷纷乱乱过后，凉风已经越发清爽了，眼看夏日将尽，一场国之盛典也即将热闹开幕。

春闱录取的三百贡士，本该在六月就参加殿试，但由于藩王入觐而延迟了时日。如今京城平静，殿试便依期举行。皇帝虽然忙于政务，却也选了重臣代替。元祈本属意齐融，但他以年老体衰婉拒，荐了自己的门生代替。

考官亲自策问后，便取了三甲名次，“金殿传胪”之后，进士们无不喜上眉梢，踌躇满志，自谓“天子门生”，他们将在翌日参加在皇家花苑曲江举办的盛大新科进士宴。

及第新春选胜游，杏园初宴曲江头。
紫毫粉壁题仙籍，柳色箫声拂御楼。
霁景露光明远岸，晚空山翠坠芳洲。
归时不省花间醉，绮陌香车似水流。

刘沧的这首《及第后宴曲江》，道尽了沿途欢呼的华盛风光。

曲江离宫中，有一天然湖泊，湖面映着岸上灯光，明灭闪耀。湖边有一高台，上立巨柱，撑一华顶，遂成亭阁。

天色虽然近晚，无边灼华的宫灯却将此处照得亮如白昼，席间觥筹交错，欢声笑语。新科进士饮美酒，品佳肴，时而曼声长吟你唱我酬，时而做诗填词各显才华。教坊乐声悠扬之中，皇帝身着常服携了晨妃，来到正中央的主席之上。

灯火辉煌之中，但见皇帝俊逸英武，玉藻冕服，有如神人一般，身旁佳人着一件重染凉缎宫裙，凛然高华，远望宛如琼台仙子。

皇帝含笑赐下书帛等物，晨露趁这一阵忙乱，起身到了次席，跟考官寒暄了几句，那人便心领神会，道："娘娘吩咐的裴某，下官已经录取为探花了。"

他满心以为会有赞赏，谁知晨露大惊，道："我明明说的是徐某！"

她细想了一会儿，懊恼道："莫非是令师齐大人记错了？"

那考官一想，大约是齐融年老忘性大，把人的名姓混淆了，于是一脸苦相。

晨露作恼怒状，匆匆离席，眼光瞥到一旁的裴桢，微不可见地点了下头，示意对方按原计划进行。

在悠扬的宴饮律乐中，皇帝微笑着勉励了众人。在座的都是一时俊彦，乍逢这鱼跃龙门之喜，虽然心潮澎湃，却各个秉承圣人教诲，恭谨谢恩不提。

酒过三巡，便有一队婀娜多姿的舞姬，随着轻快喜悦的乐声，沿着九曲回廊飘然而至。

待踏入场中，乐声忽而一转，声扬九天，诸女长袖曼舞，罗裳翩然而飞，望之鲜妍幽丽，美不胜收。

水袖的轻舒驱走了众人酒酣的微热，暗香浮动中，仿佛连衣裳也被熏染，新科进士们一时目眩神迷了。

乐声逐渐转弱，诸女敛衽为礼，众人以为这一舞就要结束，却听一声琴音高扬，有如峥嵘裂帛一般，竟是隐隐转为金戈之音。

银光闪烁之下，御侍们将长剑抛来，舞姬们旋身接过，顿时彩袖与雪刃齐飞，云袖曼妙之下，急管繁弦，鼓声点点，如雨打浮萍，但见银光灼然，满场剑影生辉，寒光沁骨，竟似江海凝聚清光，仙人驾蟠龙翱翔天宇。

进士们看得目不转睛，浑身振奋之下，齐声喝彩。有人吟道："昔有佳人公孙氏，一舞剑气动四方……诗圣此句，应着此情此景，真是恰当不过。"

在座众人都点头称是，唯独一人却微愠着抿了唇角，颇是不以为然。

有好事者一眼窥见，竟是今科探花裴桢，于是朗声笑道："探花郎有何高见？"

"也不算什么高见，信口说来，博大家一笑而已。"

裴桢的双眼酒意氤氲，举止间挥洒不羁，"圣朝清化，不比盛唐胡风，女子应以贤淑知礼为要，舞刀弄剑，也实在不成个样子！"

兴致颇高，如此侃侃而谈，却不料众人面色逐渐惊怖，仿佛看见了什么妖魅鬼神。他愕然回头，却见身后三步之内，帝妃二人手捧玉盏，面色极为不豫。

“探花郎才高八斗，本宫排演的剑舞不过雕虫小技，原也过不得你的尊目……”

晨妃冷笑一声，以绣扇掩了面上表情，愤然拂袖而去，只留下一句话来：“今日真是受教了……本宫今后，又如何再敢舞刀弄剑？”

话音虽轻，却含了尖锐的讽刺和怒火，皇帝一听，剑眉微皱，连忙回身赶上。

众人面面相觑，再说不出一句话来，场面陷入凝滞。裴桢的酒意受这一吓，化为冷汗，涌上了额头。

他讷不成言，其余人冷眼旁观，暗道他言语不慎，已得罪了宫中宠妃，此番前途定然堪忧。

晨露怒冲冲离去，经过考官席前，忍不住停下脚步，低声数落道：“大人真是慧眼识人，将这等浪荡子弟误选入朝！”

一阵清香拂过，她已避入水榭帘幕之后，只留下考官暗自叫苦，心中将悖毫昏聩的恩师齐融埋怨了几十遍。

“徐和裴笔画迥异，怎会混淆？这番惹得宫中贵人大怒，岂不是让我垫背？”

晨露和皇帝一齐上了八人大轿，皇帝放下轿帘，再也忍不住，大笑出声。

晨露瞥了他一眼，苦笑道：“我的演技，大约还过得去吧……”

皇帝笑得爽朗，调侃道：“岂止过得去，简直精妙非常。下一步，该朕来演一场‘冲冠一怒为红颜’了。”

“远黜了裴桢，才能让静王相信他的投靠，我们把戏做足，不怕鱼不上钩。”晨露总结道，想起裴桢坚毅决然的神情，也是微微黯然。

慈宁宫中，异常宁静，宫人侍婢们垂手肃立于廊下，蹑手蹑脚地行事，怕一不小心，惊醒了主子，惹来滔天大祸。

寝殿之中，玉虚道人用来祈福辟邪的桃木剑仍然悬挂于床前，殿中帘幕低垂，昏暗沉寂，仿佛所有的一切都已然静止。

瑞兽玉炉之中，安神的龙涎香氤氲缥缈，更增添了睡眠的安恬。太后盖着薄衾，安然平躺着，隐约进入了梦乡。

淡紫烟云轻涌，眼前隐隐又有人影浮现，那女子头戴九凤珠冠，只着一件幽紫纬衣，生就的天人之姿，气度凛然高华。她站于窗前月下，也不开口，只是随风扶摇而来。

那罗袖轻渺，越来越近，氤氲中只见那一截剑刃寒光，直直闪来。

太后惊怒交加，骇然笑道："这回轮到你来了……林宸……"

她唇齿间逼出这一禁忌的名字，虽然知道是在梦中，却逃脱不了雪刃缠身的恐怖感。

那倾国容颜，在烟雾氤氲中微微一笑，说不尽的清冷孤傲，飒然仪态。

太后壮着胆子，拼尽全身力气，用劲一挣，叱道："你回冥间去吧……"

大喊出声后，她悚然惊醒，和之前一样，冷汗已经湿透了丝衣。

廊下宫人听到动静，忙不迭推门进来，跪问道："娘娘有什么吩咐？"

太后盯着殿侧幽荧的烛火，微微打了个寒战，沉吟着问道："什么时辰了？"

"快子时了。"左边一个宫女答道。

仿佛不胜寒冷，太后的面庞淹没在重重的纱幕之中，黑暗有如流水一般，从她身上无声而过。

她沉吟着，仿佛机械般重复着："快子时了……"

太后蓦然想起儿时的传说：子夜之时，阴阳混沌交汇，鬼神妖魅将极易现世。她抬眼望了望窗纸，只见雪白一片上，树影摇晃，拖曳拉伸成张牙舞爪的鬼魅模样，映着颤抖的烛火，着实让人心悸。

"你们把被褥抱进来，且在那小榻上睡了吧……"太后垂下眼，淡淡吩咐道。

两人依言而行，殿门开了又关，将黑暗封锁在内，殿中又是一片寂静。

太后耐不得这寂静，示意宫女拿银拨子将烛火剔亮。扫视着明亮暖香的寝殿，她这才安心地松了口气。

她让两人坐在床前，和蔼地问道："你们俩叫什么名字？"

左边一个，长得眉清目秀，眼角有一颗红痣的叫作芳云，另一个圆脸的是玉琴。

太后坐在床上，也不愿去睡，只是跟她们闲聊。玉琴颇会察言观色，见太后神情恍惚，便挑些好笑吉利的事说给太后听，逗得她霁颜而笑。

芳云却是心细如发，她跪坐着，为太后轻揉太阳穴，手法轻巧。太后觉得一阵舒服，迷迷糊糊又睡了过去。

芳云起身，轻声对玉琴道："姐姐，我们不如守在门外，以免惊醒太后。"

玉琴点头同意，两人又卷了薄被，在殿门口用椅子排了，半睡半醒地守着。

"芳妹妹，你的手真巧。"玉琴端详着芳云白皙修长的手指，由衷赞叹道。

"玉姐姐你比我先来，有些事，还要多亏你提点呢。可惜我们当值的日子总不在一块儿。”芳云说着，却一直以眼打量着玉琴的身材。

电光石火间，那窈窕身材，与她脑海中某一点重合了！

她脑中隐隐出现了那晚的神秘身影，越看越像，胸口不由微微起伏。

她冷眼看着旁边甜睡的玉琴，却不敢轻举妄动，直到天色拂晓，才秘密赶到碧月宫禀报。

“太后那边，没察觉什么吗？”

晨露才刚起身，接到涧清的密报，于是立刻让她进来。

“她丝毫没有疑心。”

芳云平凡的眼中此刻英气勃勃，她也是辰楼中人，前些时日才进宫，一直负责监视慈宁宫的动静。

“前次太后梦见鬼魅，我在窗下偷看，却见到殿外一个黑影，今天才终于和真人对上了。我认得真真的，确实是玉琴那丫头。”

“那个玉琴，是什么路数？”

芳云想了一会儿，也不得要领。晨露揣测道：“不是静王，就是襄王，他们对太后的想法最是热衷。”

“太后的身体究竟如何？”

她问到这个话题时，正用绢布擦拭着雪亮的长剑，眉宇之间，只见一片森冷。

“太后倦容很重，两个眼圈都是淤黑。她倒是丝毫没怀疑什么，只是一径指望玉虚能驱邪。”

“让她去折腾吧。”

晨露微微冷笑，手中长剑轻晃，将绢布一挥为二。

她刚让涧清送走了芳云，皇帝便下朝来访，他一见面，就笑着调侃道：“现下的新科进士，都在议论裴桢的事呢。三甲之中，唯有他被派到翰林院里，与残羹冷炙为伴。”

根据科举旧制，头三名进士，本该进翰林院中，其余人才外放实职。自先帝时起，这条规矩就形同虚设，各个青年俊彦都会被派以实职，好生锻炼。如今裴桢得罪了皇帝的宠妃，被放到翰林院这种无职无权的地方，实在是前途无望。

晨露也笑，想起裴桢的痴情和不幸，又叹息一声，只希望他能平安凯旋。她将擦好的剑收入鲨皮鞘中，看着元祈道：“这也是苦肉计应有的部分，他只身涉险，确实不易。”

元祈点头，道：“朕也很佩服他的决断勇毅，好在贬谪的诏令已经传下，元祉该不会再有怀疑了。”

“栾城的战局如何？”

晨露自己喝着茉莉茶，又让人沏了一盏给他，问起了襄王和平王之间的激战。

“襄王又占了上风，他的府兵好歹跟鞑靼人斗过几场，实战经验很丰富，四弟的兵士虽多，却万不能及。”

“他们两边都明白，朝廷是在坐山观虎斗，但如今箭在弦上，不得不发，彼此不分个你死我活是不能罢休的。”

晨露仔细听着，吹开了漂浮的洁白花瓣，下了断语：“朝廷不能总这么干看，迟早，要加入这场血战的。”

“越晚越好……朕需要作好万全的准备，统兵的大将人选，也颇费思量。”

皇帝一口将茶喝尽，神情之中，难掩疲惫。

他靠在高椅上，正闭目休憩，外间有些微说话的声气，隔着殿门，颇不真切。

“怎么了？”

元祈正要起身，晨露却止住了他，道：“你一夜未眠，还是先小睡一会儿再说。”

元祈细细听去，外间的声音似乎是梅贵嫔的身边人，一时也颇为头疼，他顺应着，倚在椅子上，一会儿就陷入了沉睡之中。

晨露开了殿门，见廊下果然是岳姑姑在跟侍卫们争执，她见了晨露，双眼微红，哽咽道：“我家娘娘情绪不稳，肚里的龙裔也踢得厉害，万岁能否抽空来……”

晨露望着阶下侍卫一脸无奈，便知道这已是老生常谈了，她向岳姑姑望了一眼，道：“皇上一夜忙碌，如今已经睡了。”

岳姑姑又是一番低泣，用帕子抹了眼泪，絮絮念叨着，悻悻而去。

晨露突然觉得有些蹊跷，梅贵嫔和岳姑姑，以前就相处过，虽然注重皇帝的宠爱，可这般频繁地打搅，反而会引起皇帝的反感，她们也不愚笨，难道想不到吗？

她盯着岳姑姑的背影细看，见她走得远了，就不再拭泪抽泣。

晨露站在廊下金桂树旁，想起润清回报，最近皇后给梅贵嫔的赏赐颇多，思索一阵后，终于豁然开朗。

梅贵嫔凭借胎儿依附皇后，才得以保全自身，可她年轻貌美，曾蒙受盛眷，皇后仍有忌惮，如今这般作为，惹皇帝厌烦了，便会更加冷落她——这样一来，皇后也不会再有猜忌暗算了。

本来少不更事的女子，如今，竟然懂得自污其身来韬光养晦，这宫中争斗是何等的惨烈！

她叹息一声，也不回殿中，转身去了后苑练剑。

一套剑招洋洋洒洒地舞完，她稳稳收势，感觉丹田真气充盈，原本有的不足之症，如今也已完全消失，这全是托皇帝丹药的福。

剑身反射着灿烂阳光，将她的面容映得晶莹剔透。

“好剑法！”

元祈披了外袍，站在不远处的树下观望，他笑着拍手，道：“那日的剑舞，又怎及得上你的万一？”

“那是舞乐之剑，论起妙曼飘逸，却是胜过我多矣。我的剑除了杀人，一无是处。”

皇帝听着不吉之言，轻敲了她的额头，埋怨道：“又妄自菲薄！”

宫中的两人正在谈笑，静王府上，却出了点儿意外。

这几日静王情绪很坏，府中众人整日里见了那张俊美阴霾的脸都噤若寒蝉。

这一晚，他延请了几位知交，席上有漱玉阁的婉婉姑娘相陪。一夜缱绻后，他搂着佳人正懒洋洋躺着不动，师爷却在外急促敲门低唤：“王爷……”

他声音透着焦急，却压抑着不敢放声。

静王泄愤似的，将瓷枕拂倒在地，发出好大声响，翻滚着裂成一地碎片，这才认命起身。

“天塌下来了不成？！”

他满面阴郁地开了门。

“王爷，事情很棘手啊……那两边的使者都到了！”师爷急得几乎要跺脚。

“小四和舅舅的人？”

静王猛一激灵，终于清醒过来，他想了想，冷笑道：“他们不正打得你死我活吗？怎么想起我这个富贵闲人来了？”

“王爷莫再怨怪了，现在麻烦的是，如何让这两起不撞在一块儿。”

静王想了一会儿，笑道：“那有什么难，让婉婉起身梳妆，为小四的人接风洗尘。”

师爷踌躇道：“平王的使者，最是焦急。”

静王毫不犹豫道：“就因为他急，才要晾一会儿。”

他换了常服，腰上束了九曜玉带，金冠玉簪，越发显得风采不凡。

襄王使者正在花厅等候，此人四十上下，面白无须，一见静王，只是微微起身一躬，一副不卑不亢的模样。

“先生请坐……”

静王既不问他的姓名，也不问来意，只是笑吟吟地吹开茶叶轻啜。

僵持片刻后，那人终于妥协开口："静王殿下安坐府中，却不知大祸将至啊！"

静王听着，终于露出了一丝笑容，纯净，然而含着最恶毒的嘲讽，"原来，先生是来替我指一条明路的啊！"

他近乎无辜地调侃道，想起这些江湖术士的舌灿莲花，禁不住要冷笑。

"本王最恨的，就是明明要占人便宜，却装作帮人解忧的行径。"

"是在下言重了，不过，王爷和我家千岁一向共同进退，彼此利益原也是密不可分的。"

"笑话！"

静王放下手中瓷碗，不屑地冷笑道："论辈分，我敬襄王一声舅舅，要说什么密不可分，却实在荒谬。我是国之贵胄，当今天子亲弟，他不过是一介外姓藩王，朝野颇为不齿。"

使者也不恼，笑道："我家千岁曾言道，王爷看似荒疏，却是见识不凡，今日一见，却是大失所望。"

他的声音不大，却极是苛刻刁钻，静王微微一笑，以手支颐，道："你不必激将，只管说来，好歹我不会学古人，将你下锅烹煮。"

"当今天子虽然无嗣，对王爷却是忌惮更深，此次王爷虽然偃旗息鼓，却是暗助平王一党，以今上的智谋又岂会不知？"

"本王被乱党挟持，群臣共知，即使有人构陷罪名，皇兄目光如炬，也该明辨。"

使者并不理会，继续道："我家王爷待您以诚，殿下却报之以伪，实在可叹。您麾下的死士被今上付之一炬，兄弟阋墙到了这个地步，岂不让人悚然？"

静王俊美的面容，在清晨的日光下，显得阴晴不定。他与皇帝虽然斗得险恶，却都是不动声色地悄然进行，襄王远在千里之外，对京城秘辛却是了如指掌，单这份实力，就很让人心惊。

他沉吟着，笑道："你家王爷既然知道我与平王关系匪浅，又怎能指望我倒戈？"

那人神秘一笑，凑近道："此一时，彼一时也……"

他声音拖着意味深长的余韵，静王端坐不动，等着他的下文。

平王的使者仍是前次那位，他在偏厅等得不耐，偏偏婉婉姑娘笑靥如花，三番两次恭谨斟茶，红袖暗香，实在难悖佳人美意。

使者心中有事，等了三刻，更生疑虑，正要起身问个究竟，却见门外走进两条大汉，干笑着道："王爷请先生稍住两天。"便要上前拿人。

他这一惊非同小可，嘭地被压靠在地，瞬间已被五花大绑，惊怒之下，他张口大骂："静王过河拆桥——"

他还未及骂出，口中便被塞入一个麻胡桃。静王府的师爷，施施然从堂前进来，悠闲笑道："老兄少安毋躁——你家主子有谋逆大罪，静王殿下深明大义，这便要将你交于大理寺了。"

使者恨得睚眦欲裂，无奈挣扎着，暗道：静王既然翻脸无情，少不得将彼此的交易和盘托出……

他被壮汉押出大厅，却没有看见师爷微微怜悯的目光。

那是看着时日无多的濒死者才有的眼神！

第二十四章 大晋

师爷目送他们离去，回到正厅，却见静王仍是安坐品茗，面上只是淡淡的，瞧不出什么神色。

“王爷心情不好吗……”

他揣测着，劝道:“也是学生晨间鲁莽了些，不如再请几位佳人过府，品茗赏花，也好解闷开颐。”

“如今莲花都快凋谢了，又有什么殊色可赏……”

静王轻叹一声，仍是郁郁不乐。

他咬牙叹道：“四弟的计谋虽然仍有破绽，却是三地齐动，手段狠辣，即使不能弑君篡位，也能让朝廷动荡一阵。谁知人算不如天算，皇帝居然扛过来了，还来一招祸水东移……”

“今上也颇有几分手腕……”师爷劝慰道。

“哼，他自小就深藏不露，这也就罢了，老天却还一味助他，他那位晨妃，出身江湖，竟有那般魄力！”

静王想起南城和神武门的功亏一篑，眉宇间又是一阵懊恼。

这两处无论哪里攻破，京城都要大乱，届时趁乱行事，胜负并未可知……

这一切可能，却被那纤纤女子，尽数破坏！

他长叹一声，道:“周公吐哺，天下归心。我素来求贤若渴，却偏得不到这等人才，皇兄却是不费吹灰之力。”

静王如此叹怨，从椅子上起身，慵懒道：“罢了，到城外去狩猎一番，活络一下筋骨吧！”

他一边由侍女换上箭衣，一边仍是叹道：“安得猛士兮……”

这样大逆不道的言语，四周诸人却是置若罔闻。

晨露丝毫不知自己被人频繁提及，她正在宫中练剑，皇帝驾临，却是面带喜色。

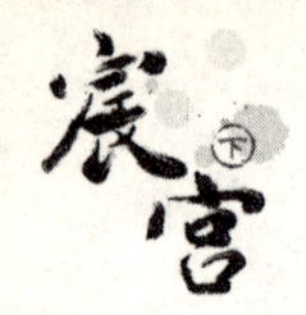

“什么？让我搬到云庆宫去？”她听完元祈的话，很有些惊讶。

元祈今天精神颇佳，从秦喜手中接过一枝雪白晚荷，递与晨露，道：“这是杨宝林率阖宫上下上奏的，朕也觉得可行。”

晨露将亭亭玉立的荷花插在玛瑙瓶中，微微蹙眉道：“三宫之中，云庆宫最为辉煌煊赫，始终太过引人注目。”

元祈却并不忧虑，轻笑道：“如今，禁军中都在传言你英姿飒爽，一箭定乾坤。本来已在风口浪尖上，想要韬光养晦亦是不易。”

“是我着相了……”

晨露叹道，心下暗自衡量了其中利弊。

一旦迁宫，立于云庆宫顶端，便是正式确立了自己的煊赫权柄，今后便是惊风密雨无边袭来，若要像以前一般低调行事，怕是很难了。

但相应的，一旦居于此位，若是谋略得当，便能役使后宫，得心应手，从此之后，更少掣肘……

她抬起头，眼中晶莹生灿，纤纤玉指轻抚着花蕊，道：“恭敬不如从命。”

元祈望着她，久久不语。

“是有什么疑难之事吗？”

晨露见他沉吟，想起迁宫之举，试探问道：“让我迁入云庆宫，是有别的缘由吗？”

“确实是有缘故的，朕方才想来，好生不安。”

晨露以为自己猜中，道：“是要我以三妃之尊，在宫中行什么大事吗？”

元祈深深凝望着她，缓缓摇头，苦笑道：“朕还不至于如此左支右绌。”

“那是为什么……”晨露这次真是疑惑了。

“我只是想……”

元祈站得极近，身上的龙涎薄荷清香隐隐传来，无色氤氲。

“云庆宫离乾清宫最近，我与你相处的时日就能更久些……又或者，”他眸中清辉闪烁，有如天上星辰，郑重道，“我可以奢望……你为了我，永远地留下……”

仿佛被施了咒法一般，殿中寂静无声，相对极近的两人都不言语，几乎可以听见彼此的心跳。

晨露鬓间的珠钗颤巍巍地轻摇，她侧过身，落落大方地笑道：“我并非镜中花，水中月，皇上又何必如此戏言？”

皇帝听得“戏言”二字，眉间闪过一道黯然。他怅然回眸，千言万语，只化为一抹浅笑。

“我先回乾清宫……你好好休息吧。”

那微笑，温暖、无奈，然而醇炽。

晨露望着他的身影，直到消失，才轻轻叹了一声：“何苦……”

她看向瓶中的晚荷，只觉鲜翠欲滴之外，又多了几滴曦光清露，在嫩黄花蕊中滚动得可爱。

这分明是一大清早摘下，小心养护才拿到此处的。

城南密林中，正是树影憧憧，繁茂青翠，一阵疾驰的马蹄声打破了林中的寂静。

马蹄声渐近，又有谈笑声、弓弩的弦响、衣帛怒扬的风声在林中喧嚣阵阵。

“殿下今日收获不少……”有清客在旁阿谀道。

静王却是意兴阑珊，收起了弓箭交于小厮，看也不看马后倒悬的野兔和山鸡，淡淡道：“不见什么大的……”

“兴许是夏日刚过，畜生也晓得躲懒啊。”清客凑趣道。

静王扫了他一眼，也不理会，大步朝前走去。

却听身后侍从惊叫：“殿下小心！”

静王急急后退，却听草间沙沙疾响，花木伏倒，从中开出一条空隙。

“大约是什么猛兽！”

他抽出长剑，冷然以对。

一道肮脏得看不出颜色的人影如旋风一般踉跄扑来，他满面黛黑，污损得看不出模样，只一双眼睛灵活有神。

静王见是一人，兴趣大失，正要回身，却听那人惊喜唤道：“是静王殿下？”

这山中野人，居然认识自己？

静王愕然回身，却见那人眼中闪着惊喜的光芒，格外真挚。

“静王殿下且救我一救，后面有狼追我！”

他正说着，身后一声嗥叫，却是一头大青狼，正在四丈开外，虎视眈眈。

静王身边的侍从，都是武艺高强之辈，无须吩咐，十数箭齐射，便将那狼射成蜂窝。

静王也不去看，只是淡淡瞥了那人一眼，觉得有些面熟，却实在想不起来。

“你是……”

“殿下不认识我了？”

那人见猛兽已死，片刻便镇定下来，苦笑了一声，道：“大约我这形容，就是自家娘子见了，也要认作活鬼。”

他语虽诙谐，提到自家娘子，眼中却闪过一道哀伤和愤恨。

那人整了整衣冠，也不顾面上的污黑，恭敬有礼地拜道："下官裴桢，见过王爷。"

"裴桢？"

静王眯起眼，想了片刻，恍然笑道："你便是那个使酒骂席的狂生？"

他在朝中消息是何等灵通，早有耳闻，新科进士中，探花郎酒后失言，大大得罪了那位英姿飒爽的晨妃，于是被贬到翰林院中与那些老朽和故纸打交道。

静王本人，也是极好文赋的，几次文会诗宴，都曾远远见过这位倒霉的探花，是以觉得眼熟。

"你怎么会弄成如此形状？"

裴桢一阵苦笑，胸中的冤屈不愤，都化作轻轻自嘲，"雷霆雨露皆是圣恩，圣上既然将下官如此安置，定是有他的道理。修撰大人让我探察城郊草本，也是他磨砺后辈的想法。"

他答得如此平静，静王却是心知肚明。皇帝是为了给佳人出气，而那位新晋的修撰大人，是靠了女儿在宫中得了晨妃的人缘才能连升两级的。他为了给恩主出气，定是变着法子折腾人。

"这也忒荒唐了，毕竟是读书人，怎能和贱役一般亲身探察？翰林院里没下人了吗？"

静王素来礼贤下士，遇见这场面，义愤填膺倒也并非全是假意。

他命侍从取来绸巾，给裴桢洁容，又温言道："此地并不安逸，你不如随我们离开。"

裴桢握着绸巾，默然无语，眼眶中却渐渐泛红，哽咽道："殿下这份心……"

静王知他受人冷眼颇多，更是把沽名钓誉的功夫做足，让人给他牵来了坐骑。裴桢却并不上马，只是凝望着他，轻声道："王爷，您其实不该来这儿的。"

静王一时惊诧，问道："这是为何？"

云庆宫中，整整几月的沉寂被打破，全体宫人抖擞精神，有条不紊地涤尘整理，更从内务府取来寒绢凉缎并玉器画屏无数，杨宝林率领全宫人等，早早便在大门的照壁前迎候。

晨露到时，却见雕梁画栋，宫阙富丽，所有人都垂手肃立，恭谨万分。

这一日的煊赫热闹，自不必说。后宫嫔妃们纷纷来贺，礼盈门廊，到日暮时分才停歇下来。

夕阳照着这宽广的中庭，其中花木灵秀，美不胜收。晨露觉得眼熟，再一想，却是哑然失笑。

她重生伊始，不正是在这庭中花圃做了一日的粗使杂役？

她深深一叹，只觉得这些时日，恍如一梦。

古人南柯一梦，荣华富贵，只是那饭熟前的渺渺炊烟，那么，自己的梦呢？

她不再去想，只是唤来管事，径直问道："这宫中可有几个粗使宫女，叫作蓉儿、彩儿、白萍的？"

这三人，便是自己重生后最先接触的，匆匆一别，也不知她们如今怎样了。

管事一迭声说有，并急急将几人唤来。不过片刻，便有三道人影怯怯地站在廊下，不敢进殿，便要磕头。

涧清察言观色，不待主子开口，就趋前将她们扶起。

三人并未进殿，很是忸怩惶恐。蓉儿望着殿中熟悉的身影，微有些激动，只是仍搓揉着裙角，不太敢正视。

白萍素来泼辣大胆，她奓起胆子凝神看去，只见殿中昏暗不明，只那纤弱身形，依稀是从前同伴。

人的际遇，为何如此悬殊？

她心中暗羡，因那乍现的五色光华而微微侧目。

殿中的七彩琉璃绘盏被点燃，殿中流淌着冷香和温暖明光，连地下青金石砖上的纹路也璀璨闪亮起来。

过了片刻，她的眼睛才适应过来，回眸看时，只见美轮美奂的寝殿里，一位素裳女子收起了灯挑正含笑看来。

仿佛被那绝代风华所慑，她清晰地听到身旁的蓉儿倒抽了一口冷气，再仔细看去，容貌依旧，只是多了些说不清道不明的气质。

看起来，简直和从前判若两人！

一一落座后，蓉儿轻颤着捧起茶杯，讷讷道："娘娘……这一向可好？"

"托福，也没什么烦心的。"

晨露微微一笑，继续道："蓉姐，你不必如此拘谨，当初我险死还生，若没有你坚持救护，早就没命了。如此深恩，我夙夜不忘，总想着有一日能报答你——姐姐是想出宫，还是想在此间找个清闲的差使？"

蓉儿一时喜出望外，她家中亦有父母兄长，如今能从这樊笼中飞出，怎不让人欣喜若狂？

晨露又问了其余二人，彩儿也欲归家，只有白萍道："家中已无亲眷，愿意留在宫中。"

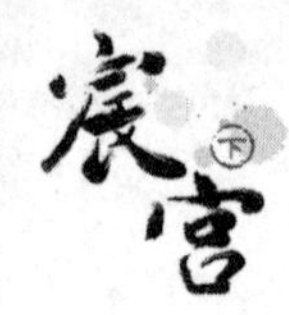

“眼下不是遣放宫人的时节，且等到年节时，必不让你们失望。”

又吩咐了总管，给她们调了差使，一时三人喜笑颜开，拜谢而出。

退到门廊边时，有乾清宫宫人奉命送来一瓶晚荷，道：“圣上知道娘娘喜爱，亲自摘了新鲜的……”

晨露接过轻嗅，笑道：“这香味清甜鲜灵，确是我最爱的。”

白萍正睁大了眼，遥窥天子赠礼，却听身畔一声低呼，急急回头，却见蓉儿踉跄着被大门槛绊了一跤。

这一跤跌得不重，她自行起身，脸色却是煞白一片。白萍跟她挨得近，只觉她浑身轻颤，呼吸急促，仿佛中了邪一般。

直到三人走下中庭，蓉儿仍不断回首，遥望着殿中，眼中满是惊慌，好似看见了什么鬼魅一般。

齐妃娘娘死得冤枉，莫不是什么冤魂作祟……

白萍心下嘀咕，虽然暗骂自己胡思乱想，却也是不由自主地和蓉儿拉开了些距离。

却说静王府上下人等，这几日主子精神不佳，少不得小心翼翼地伺候，好不容易静王去了城南狩猎，可以偷闲半日，几个有头脸的仆妇管事，心痒难耐，偷偷摆桌玩起了牌九。

刚上了几手，却听正院中一片斥骂，慌忙出来，已是吃了大管家一记眼刀。

只见去狩猎的大队人马竟然早早归来，疾步入府的静王面色阴沉，看也不看跪了满院的人，只是携了一人的手进了书房。

“你方才所说的，可以继续了。”

“是。”

裴桢作了一揖，很是镇定自若，道：“王爷扣留了平王的使者，却又到城南密林去涉险，岂不是任人鱼肉吗？”

静王听到“任人鱼肉”四字，身子微微一颤，下一刻，他正要讥讽，却听裴桢简要禀道：“有人在林中等候使者，久不见人，正要取您的首级呢！”

“你怎会知道？”

“因为修撰大人派下官去那山林中探察草本，以备资料。”裴桢答得滴水不漏。

静王一声冷笑，道：“你还不说实话吗？”

半晌的僵持后，裴桢才低低道：“昨日那使者从官道入京，我便注意上了，他们有三人留守。”

他提到“那使者”三字，声音中蕴藏着浓厚的仇怨，几乎让人生出寒战。

“你不过是个手无缚鸡之力的书生，怎能尾随那些人而不被发觉？”静王仍有怀疑。

“因为……下官原先的茅舍，就在城南林边，那里的一草一木，再也没人比我更熟悉了……”

裴桢的声音由怨恨转为伤感，最后怅然而哽咽，几乎不能再说下去。

他抬起头，目光炯炯，直视着静王，声音幽然道：“我的妻子，被驻扎的平王藩兵玷污，随即自尽……小小的蜗居，也被付之一炬。”

静王剑眉微挑，为这幽晦言语中蕴含的惨烈而悚然动容。

裴桢整冠敛衣，竟是恭恭敬敬地跪下，朝他行了大礼，道：“下官一直以为王爷嬉笑放诞，在林中偷窥留守之后，才知道殿下大智大勇，已将平王爪牙拿下……下官先替九泉下的拙荆，谢过王爷！”

他眼中含泪，声音哽咽真挚，完全发自内心，道：“王爷若有用得着下官的地方，尽管开口，粉身碎骨也在所不惜。反正，我也生无可恋了……”

这竟是个情种！

静王也为之唏嘘，温言安慰了几句，便让侍女带他下去沐浴更衣。

师爷匆匆而入，道：“果然如他所说，在林中抓到了三名刺客，骑的是平王麾下战马。”

静王哼了一声，冷然道：“使者被我当即扣下，他们怎么知道我会去城南狩猎？”

他俊美面容上，怒意加深，咬牙笑道：“是我们府中出了内贼。”

“我马上去查！”

师爷心有余悸，擦了擦额上热汗，转身要走。

“让府里的高手去吧……你先去看看那位通风报信的探花郎。”

静王摇了摇折扇，已然恢复了平静，只是声音仍带阴霾——

“此人虽然位卑力弱，却是有谋有勇，若能收为我用也是桩好事。”

裴桢更衣过后，与静王相谈甚欢，宾主投缘之下，又兼目的一致，静王暗喜，自己这一番取舍，不仅从襄王处取得绝密助力，又得了这青年的感恩之心，实在是神来之笔。

他遣人在城中觅了间不大的宅子，让裴桢搬了进去，一应用具也并不奢华，对外只说是探花郎买下的，连字据保人都一应俱全。

裴桢也不负所望，言谈间，已明显将他视作主君，听静王嘱咐，他不能泄露彼此关系，也一一答应了。

静王朝中人物颇多，既广有神通，也不显山露水地，就将裴桢调到兵部，做了个闲散中书郎。几日之后，朝中对探花郎的议论也逐渐淡了，裴桢这个名字，更是逐渐被人忘却。

朝野的眼光，都放到云庆宫的新主人身上。前次皇帝执意封妃，已经昭示了他的宠爱偏向，这次打破旧例，竟是将三宫之一的云庆宫置于晨妃的掌管之下，朝野哗然之下，顿时喧嚣尘上。

“上品无寒门，下品无世族。”不仅针对仕宦，更是天朝后妃的甄选标准，皇帝虽然可以晋升偏宠，但将一宫的大权交于一个出身微贱的女子，却实在是骇人听闻。

昭阳宫中，皇后的身子刚刚见好，听到这等消息，顿时惊怒交加，煞白了一张丽颜，指间微错，险险将镂空镶翠的甲套折断。

她吸了口气，压下心中的怨怼，竭力平静道：“皇上先前就让她协理本宫，如今让她代替薨了的齐妃执掌一宫，也没什么稀奇。”

云萝斜着坐了，目光幽怨，恨恨道：“皇上偏宠谁，那是她的福分，我们也没什么好说，可是那样卑贱的出身，却也能为一宫之主，这礼数宫规还有什么用处？”

皇后端起茶杯，露出一丝嘲讽冷笑，暗道，你的出身何尝不是卑贱。她轻咳一声，慢悠悠地说道：“皇上是万乘之尊，他执意如此，谁也不能违拗……不过，”她细抿了一口茶，曼然笑道，“如此偏向，也不是后宫之福，若能雨露均沾，那些狐媚精怪也不显得突出了。”

见云萝还是懵懂，她伸出玉指，比了比西边。云萝顿时醍醐灌顶，恍然道：“齐妃薨了，可周贵妃那里，也已是无人执管。”

她见皇后目视自己，神情嘉许，一时激动得心都快跳出胸腔，却听皇后道：“梅贵嫔于皇嗣有功，如今已确诊是个男胎，她的位分，也该晋升几许了……”

原来是让梅贵嫔代替周贵妃的地位！

云萝一时沮丧心灰，却听皇后继续道：“她身子不便，也无暇管这些琐事，你也迁去，替她拿捏个主意。”

她转头，吩咐宫人道：“替本宫拟旨，晋云贵人为云嫔，赐南海如意珠一斗。”

云萝总算回过味来，知道梅贵嫔不过是个傀儡，自己才是真正执掌大权的，一时又是感激涕零。

皇后端坐高椅之上，也不看她那又惊又喜的神情，轻声慢语道：“麟瑞宫素来由周贵妃执掌，我说了也并不算数，要禀过母后才能定夺。”

云萝恭维道："太后跟娘娘是嫡亲的姑侄，再没有见外的，娘娘的主张哪有驳回之理？"

皇后却并不领情，凝视着指尖的点翠镂金，淡淡漾起一抹微笑，似赞叹，又似惆怅，沉吟道："太后圣心慧眼，哪里有我什么主张……"

她款款而起，道:"你且先回去，收起那轻狂样，雍穆堂皇些，仔细别叫人取笑。我要去慈宁宫见太后。"

在羽伞黄盖的銮仪簇拥下，皇后的辇舆起驾。云萝站在中庭，看着那逐渐远去的迤逦长队，心中的一片狂喜，也慢慢冷淡下来。

"即便是晋升为嫔，又有什么可得意的……"

她咬牙，凝视着那辉煌灿烂的辇舆宝盖，心中微酸，又是不甘：皇后不过是投胎到了门阀林家，才有这等福气……

她无意再看，转身出了宫门，锦缎织金的轿子正在夹道旁等着，平日里觉得华贵的绸帘，如今也是黯然失色了。

她扬脸上了轿，对着自己的侍婢道："回去把这帘子换了，这样的寒酸相也好意思见人！"

皇后到了慈宁宫里，跟太后说明来意。太后沉默不语，用手捻着念珠，既不赞许，也不斥责。

皇后更是不安，着人打起珠帘，让清风轻拂而入，试探着问道："母后……"

太后叹了口气，指了案前青绫封面的表章，道："这是你伯父遣人送来的。"

皇后听到这位惹是生非的伯父，头皮便是一阵发麻，她满心厌憎，口中不耐道："他又来啰唆母后什么，咱们可欠了他什么不曾？"

太后轻笑，以扇指着她，揶揄道："你这会子也泼辣起来了。"

"他给朝廷惹了多少事……若能一举大捷也就罢了，却连区区一个平王也收拾不下，如今不上不下的，连累着我们受这朝野私议。亏他自诩是名将，也不嫌丢人！"

皇后越说越怒，想起那位打歪了如意算盘的伯父，气得脸色绯红，道："他明明知道那两位王爷心怀不轨，却想着坐收渔翁之利，随意置您的安危于不顾！"

太后也被她说得无名火起，但她毕竟老于世故，眉间怒色一闪即逝，心平气和道："男人一心想着功名利禄，哪曾管过我们女子的死活？你伯父又是生性凉薄……"

"如今战况如何？"

皇后讥讽之后，还是有些关心。

“还能怎样，他如今倒是学乖了，只是说小挫，可我还没聋，朝野的议论也有所耳闻。”太后揶揄道。

“听说先帝好似将两镇骁勇之军，为二位王爷开府就藩……”皇后小心翼翼道，却是忍不住偷窥太后的神情，心里竟有些期待她雷霆大作。

太后面色白了一瞬，瞥了皇后一眼，把话题转到了她的来意，“你的意思，是要让梅贵嫔也晋升为妃，作麟瑞宫之主吗？”

“是……不过，梅氏身怀有孕，一些琐事，似乎由云萝代理更好些。”皇后斟酌道。

“你将这两人的位分晋升，就显不出晨妃的盛眷威势来了，不过你要小心，不要养虎遭反噬。你以为梅氏和云萝就是什么良善之辈吗？”

“母后放心，我会有所防备的。其实，梅氏也不过是一个骄纵女子，小聪明虽然有点儿，却不足为虑。她前阵子仗着自己身怀龙裔，三番五次地去碧月宫延请皇上，偏偏皇上正迷着晨妃，对她越发不耐烦了……”皇后娇声笑道，满是不屑和幸灾乐祸。

“这个晨妃……竟能将皇帝迷成这般境地，圣宠几月而不衰……”

太后沉吟着，想起上次坠下的冰琅碎片，竟没能置她于死地，不禁一阵心寒。

她抚摩着腕上念珠，低低道：“此人，仍是留不得啊……”

翌日，慈宁宫中便降下懿旨，道是梅贵嫔性情贤淑，于皇裔有功，着晋为梅妃，赐麟瑞宫主殿。

又升了几位宝林、贵人，其中云贵人擢为云嫔，也迁入了麟瑞宫。

此时于不相干之人，定是以为太后心喜有嗣，是以对梅妃宠命优渥，但朝中敏锐之人，已是预感到，一场不见血的宫争即将拉开序幕。

皇帝心如明镜，却不便发作，心中对母亲的怨怼让他冷笑连连，但天朝以孝治天下，若是母子公开闹出嫌隙，也只是白白让人看了笑话，只得在明面上含笑受了懿旨。至于这几位“贤良淑德”的嫔妃，却再也不愿接近。

“这样做，是一竿子打翻一船人，未免太伤人心。”

晨露旁观者清，见他疑忌到那几位初擢之人，在旁劝了一句，皇帝这才醒悟自己是在迁怒，一时惭愧，也平心静气下来。

这半月间，出乎意料地风平浪静，元祈深知晨露料理得当，便暂时撂开了手，专心于襄王、平王的鏖战争斗。

一日早朝将至，前线六百里加急便呈了上来，皇帝启封一瞥，顿时僵在当场，任由那一页纸从手中飘落。

“宣兵部尚书，还有几位内阁大学士。”皇帝压抑住怒火，淡淡吩咐道。

几位阁臣进殿时，皇帝在侧殿的深处，阴暗中坐在书案前，静静看他们行礼。

地上跪着的兵部尚书已是汗流浃背，讷讷不能成言。

“朝廷的军队，竟被私人调动！”皇帝咬牙，怒极反笑。

阁臣们面面相觑，简直不敢相信自己的耳朵。

天朝对镇以上的兵将调防，一向有极为严格的程序，兵部出了勘合，还要由阁臣签署，再由皇帝下诏。如此朗朗乾坤，竟出了这等大事，饶是这些阁臣见多识广，也是惊骇得难以置信。

齐融见其余人都眼观鼻，鼻观口，口观心，知道他们谁也不敢轻易开口，于是上前问道："是哪一镇的兵？"

“栾城平州一线的三个卫所，一万六千多人，竟然打着朝廷的旗帜协助襄王进攻，这成什么世界了？”

皇帝已然怒极倦透，眸中透出极为冷峻的光芒，他靠在高椅上，望着众臣，不愿再多说什么。

“他们没有朝廷的诏令，焉敢如此？”

齐融气得须髯直竖，六部之中，他兼管兵部和刑部，心中虽怒，却仍有一线清明，他疑惑道："这其中必有什么蹊跷！"

“卫所长官出示了兵部的勘合，来源还在追查中。”皇帝低低说道。

齐融顿时坐立不安，免冠谢罪道："是老臣的过失，请圣上以国法处置。"

元祈叹了口气，冷然道："事态紧急，正需要仰仗你出力，如何能意气用事？"

齐融老脸一红，退回班中。其余人也从惊愕中醒来，有人忍不住开口问道："如今栾城一线，战局如何？"

“一夜之间，天翻地覆。”

皇帝切齿说道，眉间闪过一道阴霾，眸中光华，耀目而可怕，让人不敢直视。

“那三个卫所，所辖皆是精锐，平王、襄王二藩连番恶战，已是筋疲力尽，有如此迅猛的援军，舅舅的大军可算是所向披靡……”元祈冷笑着说道，看似夸赞，可言语中的深憎厌恶，就算再懵懂无知的人也听得出来。

“如今襄王势如破竹……”

齐融面带忧虑，沉吟片刻，上前奏道："追查那勘合的来源，整肃朝纲确实重要，可眼下，朝廷如何料理这桩事，也实在是个难题。"

元祈剑眉一挑，居然笑了起来。

醇厚清朗的笑声，在昏暗殿堂里响起。

“他们就是要让朕进退两难，等着看笑话呢！”

“越是如此，朕越不能让他们如意！”

元祈下定了决心，示意秉笔太监道：“拟旨——”

“勘合来源，要追查到底——我朝一向宽以见仁，但国法天理也难容这等欺君忤逆的罪过。那三个卫所，着令他们原地休整，粮饷辎重由襄王提供。”

“皇上——”

齐融大急，道：“这样岂不是诏告天下，朝廷是偏向襄王的吗？”

“朕不会吃这哑巴亏。”

皇帝轻蔑一笑，道：“有什么疮疤，不如一次揭开为好，掩着捂着，只会生脓溃烂——朕会以明发邸报的形式，将有人伪造勘合之事公之于众，绝不给舅舅这个脸面。”

“这样一来，朝廷的颜面就损失殆尽了。”齐融叹道。

他知道皇帝看似温和，实则坚刚不可夺志，这次的真相一旦公布于众，天下人便都明了——这甥舅二人之间嫌隙颇深。

自己身为阁臣中的元老，又管着兵部，这桩建朝以来从未有的大案，实在是脱不开干系了……

齐融正在低头沉思，皇帝已然起身，决然道：“就如此吧，朕也倦了。”

他转身出了侧殿，眼前的日光，耀得人目眩。

“彻查下来，又会是盘根错节的一团……”

轻轻的自语声，荡漾在明媚阳光下，下一瞬，就消融于无形了。

他也不乘车，步行走在夹巷中，一路思索，不觉到了云庆宫。

第二十五章 勘合

宫阙间的琉璃瓦，在日光下金澄绽华，飞檐斗拱刚刚被修缮过，精巧中含着古韵。他行至照壁前，见门口半点人影也无，正在纳罕，却见庭中聚了好些人，正在踮脚张望。不远处正殿廊下，有侍女正在低声啜泣。

元祈大步流星上前，推开殿门，惊得殿中人齐齐回首。

却见杨宝林坐在下首，一方绢帕紧紧攥在手中，哭得梨花带雨，正在说着什么。

晨露正听得双眉微蹙，抬头见是他，站起迎上，诧异道："你怎么来了？"

她很是眼尖，一眼瞥见他神色极坏，于是问道："出了什么事？"

"朝政上出了些疏漏。"

元祈见有旁人在此，不愿多说，只是淡淡带过，胸中郁积的烦闷倒是因眼前佳人而疏散不少。他瞥了眼杨宝林，依稀记得她是居于云庆宫侧殿的，于是问道："这是怎么了？"

杨宝林跪地见驾，更是哽咽着说不出话来，半晌，才低泣道："臣妾这样子被人作践，真是无甚颜面了。"

晨露在旁解释道："是云嫔惹的事……"

她起身道："我先去隆盛门一趟，要不了半个时辰便能回来，皇上不妨先将歇一会儿。"

"朕早就觊觎你的书架了，有一两卷珍本，真亏你能弄到。"元祈笑赞道。

"它们堆在司书库快霉烂了，我把它们救出生天，倒成奇珍了。皇上也是，连自己的书都不认得。"

伶牙俐齿地调侃完，她款款起身，领着杨宝林出了殿门。

元祈目送她出门，忍不住好奇，唤过一旁服侍的润清，悄声问道："这是闹的哪一出啊？"

"云嫔新近晋位，又替梅妃娘娘掌管云庆宫，少不得拿人立威。她今日路过隆盛门，正好撞见杨宝林的母亲来探望，硬是堵着不让人进宫。”

“好威风，好泼辣！”

元祈又好气又好笑，又问道：“她凭什么这么霸道？”

润清叹了一口气，道：“也真是凑巧，杨宝林的生母是侧室，这次探视的就是她，可云贵嫔偏说杨大人的正室才算是宝林之母，此人身份低微，不能入宫。”

正如润清所说，晨露遇上的，就是这样一件尴尬事。

隆盛门前，聚拢了好些看热闹的闲杂人等，执守的侍卫本欲驱赶，却实在说不动这些太监女官。嗡嗡嘤嘤的人群中，有一位命妇身着蜜合色缎衣，被左右侍女扶着，却耐不住秋暑，额头见汗，身影微颤。

晨露赶到时，只见云嫔坐在一旁的阴凉处，悠闲地喝着凉茶，一旁有两位宫女，以羽扇轻拂。

她微一摇头，满头的珠翠便叮当灼然，秀丽的面容，因那一道过分尖细的柳眉，而显得颇具压迫力。

她穿了件锦绣霓虹宫裙，其中以金线缠绕，在日光照耀下，显得华丽炫目。

“这位‘夫人’……”

她一开口便是讽刺尖刻，在那两个字上加重音后，冷笑瞥了一眼对方，道：“杨宝林的娘，该是杨夫人才对，你平白冒出来，让本宫怎么能放你入宫呢？这可是帝阙重地，若有什么差池，谁能担当得起！”

“云嫔，你今日真是好精神啊……”

一声清冽女音，带来高岭冰雪的幽寒，云萝身子一颤，起身行礼道：“晨妃娘娘……”

她敛衽甚浅，任谁也能看出其中的不甘和傲慢。

“娘娘今日不用陪皇上吗？”她带着淡淡酸意问道。

“皇上才到云庆宫，便听得哭声呜咽，他怎么坐得住呢？没奈何，我只能跑这一趟了。”

晨露淡淡一句，终于让云萝傲慢的笑容露出裂痕来。

云萝听到她提及皇帝，心中一阵胆寒，随即，她仿佛想起了什么，面色恢复如常，娇笑道：“我代梅妃娘娘执掌宫闱，就怕小事不谨，让歹人得暇，在宫中生乱，可怎么好呢……皇上天威仁厚，必能体会我这一片衷肠的。”

她作势看了看日头，指桑骂槐地怒嗔一旁的侍女：“没眼色的东西，你看什么热闹！”

骂完仍不过意，伸出水葱似的指甲，狠狠地掐了一把。

侍女吃痛，手下却不敢停，只得含泪晃动羽扇，让凉风变得更快更疾。

晨露冷冷一笑，也不动怒，浓如点漆的黑瞳微微闪动，颇为有趣地看了她一眼，笑道："云妹妹真是勤勉呢……"

云萝见她语声平淡，气焰更是高涨，道："哪里，我自蒙拔擢，兢兢业业，犹恐有负太后的深恩……"

她望了眼那面色苍白的贵妇，颐指气使道："你还不回去！想要尝尝诏狱的滋味吗？"

"云嫔你如此尽忠职守，太后必定把你放在心坎里疼。只是，这隆盛门前来往众人，你都要一一检查吗？"

云萝听她语气，依稀是道自己偏找杨宝林的晦气，她一不做，二不休，微微仰起头，道："当然要一一检查。宫闱重地，哪是随意出入的。姐姐你上次引了那些私兵入宫，太后她老人家很是不快呢！"

她所说的私兵，乃是上次宫变之时，晨露从周大将军府上借的精锐。

她此言一出，周围众人，都有愤愤不平之色。

他们都心知肚明，若无晨露领军来救，怕是乱党已攻破了神武门，打进宫来，如今云萝颠倒黑白，竟是倚仗着太后的话来奚落晨露，实在是太过无耻。

晨露微瞥众人的反应，心下暗自发笑，也不再说什么。

云萝越发以为自己搬出太后，已经将她吓住，于是干笑一声，更显得意地扬声道："你们还在做什么，没听到本宫的话吗？将这来往诸人，都搜查一遍！"

隆盛门的侍卫都面露不快，他们身为天子近侍，无须听从一介宫嫔的指派，但云嫔气焰高涨，能做主的晨妃却又微笑不语，百般无奈之下，只得慢腾腾领命去了。

隆盛门本为宫人宦官进出的地方，一些身份不高的嫔妃家眷也经此门入宫探视，侍卫们这一阻拦，便有三三两两的人被挡下搜查，顿时怨声载道。

云萝坐在阴影里，慵懒地轻笑，端详着眼前混乱的一幕，为自己的权势而颇感得意。

晨露也不走，让侍卫搬来张檀木大椅，在旁冷眼观看着。

她们在阴影里静坐着，身边宫人如众星捧月一般簇拥伺候着，一位娇美妍丽，另一位凛然高华，惹得被阻拦的人不时偷眼看来，情势很有些诡异。

云萝此时风头出足，在众人的注目中，愈加兴奋，把侍卫们指使得团团转。

轮到一个年轻太监时，他有些紧张，额头见汗，晨露不由注目望去，目光及处，一眼便瞥见这太监身后的一人，眼中幽光微闪。

云萝看着这太监，也有些奇怪，娇声喝道：“你！鬼鬼祟祟做什么？！”

那太监受这一惊，额头更是冒出虚汗。云萝再不晓事，也觉得内有蹊跷，她正要开口，却听晨露从旁道：“不过一个小太监，被妹妹你的威势吓到，跟他计较做什么。”

云萝冷笑一声，悠然道：“姐姐是在为他求情吗？”

她全身精神都抖擞起来，满心里想着：此人和晨妃之间……必定有什么蹊跷！

她伸出玉指，点定了那人，断然娇喝道：“给我仔细查他！”

话音未落，那人纵身欲逃，侍卫们眼疾手快，将他按倒在地。他也不挣扎，只是如筛糠一般轻颤，面色一白，竟是僵倒在地。

云萝大吃一惊，轻踮着莲步，走近去看。

一缕紫黑色的鲜血从他唇边滑落，侍卫俯身一探，禀报道：“他已经死了！”

居然闹出了人命！

云萝惊得面色苍白，她不敢看死人，倒退了三步，才由侍女扶住了，坐在椅上定神。

她转念一想，又是兴奋得眼中放光，不顾方才的惊吓站起身来，高声问道：“他怎么死的？”

侍卫头领也不胜惊怖，上前仔细察看过，才道：“是咬破了口中的毒丸。”

“这是个贼子！”

云萝眸中灼然放光，咬牙道，想起自己方才的言语，更是为这一点先见之明而得意。

她婉约轻笑，朝晨露微瞥一眼，娇声道：“晨妃娘娘，我瞧你好似认识此人。”

晨露仍是面带微笑，好整以暇地道：“云妹妹说笑了，我怎么会认识他？只是这后面一位……”

她指了指死者身后排队的一人，低声说了句什么。

“是今上的暗使？！”

云萝暗吃了一惊，方才的得意惊喜已开始慢慢冷却。

晨露朝那人招手。那人近得前来，参拜了两位娘娘，果然是皇帝暗使中的一位密探。

“此人混进乾清宫，取走了一些物事，我们不愿打草惊蛇，所以才默默跟着，谁知道……”

他躬了躬身，当着云萝的面，不好责备什么，言下之意，却是谁都听得出来。

晨露悠然一笑，款款道："云妹妹，这下你知道我为什么要让你放过这小太监了吧……好好一桩大案，却被你打草惊蛇，线索全断了，若是皇上知道了，怕是……"

她不再往下说，云萝却是僵在当场，有如被一盆冰水当头浇下。

她们正在低声交谈，那边厢却有人惊叫道："天呀！这是太后宫中的小合子！"

这一声有如晴天霹雳，在众人心头剧震。

这下连晨露也颇觉意外，她抬头看去，只见那堆被阻拦搜查的人群里，有太监认出了死者，顿时惊得魂不附体，情不自禁喊了这一嗓子。

她唤了那人前来辨认，那太监惊魂未定，半晌，才十分肯定道："没错，是小合子，我跟他赌牌九，还输了四两银子呢！"

听说是慈宁宫的人，侍卫头领暗暗叫苦，心知自己已卷入一场不测的旋涡中。晨露静静地望了他一眼，凛然而清楚地吩咐道："搜他身。"

很快，小合子身上的物件便被搜了出来——只有几张细细折叠的宣纸。

晨露展开一看，眸中晶莹生灿。

"这是御笔。"

她淡淡道，一眼瞥见几个字旁被作了记号，试着串接读来，心里已经明白了五六分。

她将宣纸重新叠好，交由那侍卫头领，肃容道："事关重大，你跟我回云庆宫，面见圣上吧。"

说完，看也不看云萝一眼，率着身边宫人，迤逦而去。

隆盛门前，只留下云萝怔怔发愣，以为这是噩梦一场。

她面色苍白，一阵秋风吹过，更觉得遍体生寒，一旁的羽扇仍在轻拂着——那宫女刚受了那一掐，再不敢偷懒。

她忍不住心头的恐慌烦躁，一把夺过那羽扇，扔在脚下，踏个稀烂。

勘合的事尚未水落石出，小合子畏罪自尽的事又在宫中引起了轩然大波。

那几张零碎宣纸，虽然是皇帝用后废弃的，把那些作了记号的字连接起来一读，竟隐约是一段诏令。

"只要把这些字拓下，然后一一临描，就是一道绝好的圣旨了。"元祈沉声道，面色无比淡漠，瞧不出什么喜怒。

"你又动怒了……"

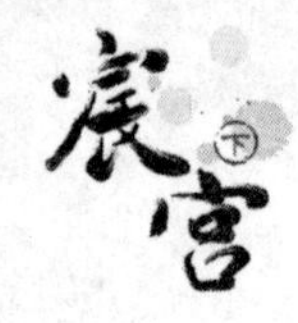

晨露笑叹着劝他，自己却也不无惊奇。

“他们盗了勘合还不算，居然还打圣旨的主意……”

她刚听元祈说完勘合之事，再联系这些字条，隐约觉得，这些都跟栾城那边的战局脱不开干系。

襄王从不显山露水，没想到竟有这等能力，真是骇人听闻。

“你手下的暗使倒还干练，可惜被云萝这一闹，打草惊蛇了，线索便断在那小合子身上。也怪我不该坐着看笑话，起初便该制止她胡搅。”晨露想起方才那一幕，也不无唏嘘。

“这是天意弄人，你又何必自责？”元祈反倒安慰起她来。

“你好好休息，我有事暂且离开。”他起身离座道。

“你去哪儿？”

“慈宁宫。”

元祈的声音平淡，却似蕴藏着无穷的风暴。

“我要向母后亲口求证！”

他转身推门离殿，晨露望着他的身影，心里反而生出不安来。

慈宁宫中，皇后闻讯，急急赶来向太后禀报：“母后，您宫中的小合子出事了……”她半是焦急，半是惭愧地说道。

太后也听到了消息，她并不如皇后一般惊慌，只是轻轻地摩挲着腕间佛珠，冷笑不语。

“你那个云萝，可真是了不得！”

讽刺刻毒的话语，正如皇后担心的一样，在殿中响起。

皇后无可辩驳，羞得面红耳赤，只得嗫嚅道：“真没想到，云萝竟撞上了您的人。”

“住口！”太后一声断喝，将皇后的话拦腰截断。

“你现在仍是懵懂。我若真要皇帝的手书，又何必派那小太监去偷？”

太后怒气盈胸，一时又要咳嗽，她强行忍下，从齿中迸出一句：“成事不足，败事有余！”

皇后不知她是在骂云萝，还是在骂自己，委屈得眼圈都红了，却只得敛容听着。

太后正要开口再说，只听廊下一迭声地报“皇上驾到”，不由冷笑着对皇后说：“你瞧，兴师问罪的来了。”

皇帝盛气而来，入得殿中，见皇后也在，丝毫不觉惊讶，只是径直对太后道：“母后，您宫中的小合子，在隆盛门犯了点儿事。”

“他已经畏罪自尽，又何止犯了一点儿事。”太后叹了口气，直截了当地说道。

“母后已经知道了。”皇帝扫了一眼皇后，语气并无疑问，只是单纯地重复道。

“我宫中出了这么大的事，若还要别人告知，我就真是老糊涂了。”

太后冷笑一声，道：“皇帝，你这是来质问我的？”

“儿臣岂敢……母后的贤德，天下皆知，只是如今精力不济，难免有小人暗中作祟。”皇帝已经恢复了平静，答得滴水不漏。

“你说得对，我确实精力不济了……”

太后居然很是赞同，她叹了口气，黯然道：“我眼前这些人，除了几个女官，其余都记不得名字，更别说知根知底了。人老了，不能和年轻的时候比了。”

“母后并不老，只是以前操劳太过，疲惫积在骨子里了。”皇帝叹道，有意无意间，他提到“从前”二字时，音调特别清晰。

“罢了……我千辛万苦给你争来这个嫡长子的名分，让你登临大宝，几乎连骨头都打熬进去了。”

太后叹息更甚，想起夜间妖梦入怀，那些血污满面的鬼魂纷纷到榻前问罪，这一声叹息，倒是不无真情。

“母后对孩儿的养育之恩，孩儿铭记在心，永世不忘。目前，母后的慈宁宫中，仍有乱党潜伏的可能，儿臣一想到此处，便是坐立不安。”皇帝将话巧妙地绕了回来。

“你言下之意，是要大搜我的慈宁宫？”

“这等忤逆之举，儿臣怎敢，不过，为了母后的安全起见，这阖宫侍女太监，还是换过一批为好。”

太后睁开眼，深深凝视着皇帝，眸中光芒闪亮。

良久，正当一旁的皇后以为她要大发雷霆时，太后却淡淡应了声：“看在你孝心的分儿上，依你……”

皇帝也为之一愣，简直不敢想象，这样一桩难事，居然说话间就同意了。

他看着太后，目光恭谨而坚定，道：“儿臣决不会再让这等奸邪惊扰母后了。”

太后点头，“除了我身边使唤的，其他人，你尽数换过吧。”

皇后见母子二人居然很是和睦，原先准备的缓和词句什么也没用上，于是在旁笑道：“太后真是心疼皇上，皇上也是纯孝……总归是亲生母子，任什么事，一

谈就能过去。”

“难道我不疼你吗？这丫头连夫君的醋都能吃。”太后仿佛心情不坏，居然开起了玩笑。

虽然气氛和缓，皇帝却总有些不惯，略坐了会儿，就起身拜辞了。

“准是又回那个狐媚子那里去了。自从她迁到云庆宫，两人离得更近，皇上几乎是全天都在那边出入，连乾清宫都抛在脑后了！”皇后眼光幽闪，有如淬毒的利箭，咬牙切齿之下，连秀丽面容都扭曲晦暗了。

太后瞥她一眼，淡淡说了句：“是你抓不住他的心罢了。”

皇后想起先帝对太后的长宠不衰，确实无言以对，只是心里冷笑道：既然你和先帝这么恩爱，何不早点儿去泉下陪伴？

她心中转着恶毒念头，口中却越发凄楚，“总是我无能无德……”

她抬起头，忧虑而恳切地道：“母后，您宫中之人全被换过，外人瞧着，还真以为您这么好说话呢！”

“就让她们这么认为好了。”

太后冷冷一笑，以训诫的口气道：“小合子做下那等事情，我宫中定是有奸细，调开也好，绝了某些人的妄想。”

皇后看她并无怒意，只得讪讪地拜退了。

殿中只剩下太后一人，她端坐着，也不咬牙发怒，只是低低道：“这世上，连儿子也靠不住啊……”

声音凄冷淡漠，好似发生在别人身上，只是最后一声叹息并非伤感，而是居高临下的自矜。

她起身，打开画轴后的密室，又按动机关，于是另一道门被打开，那里幽深黑暗，通往不可知的彼方。

“沛之……这等时候，还是你最靠得住。”穿过漫长的黑暗，她到达另一个密室，对着某人低语道。

那人静静地等候着她的到来，听完她的要求，叹息一声，道：“又是这样的事……”

“阿媛，你不能罢手吗？”

“哼，人家逼到眼前了，要我束手待毙吗？我要是死于宫中，肯定是半点消息也不露！”

漫长的沉默后，那人终于妥协，“只此一回……”

声音满是苦涩，仿佛不忍说出，但终于换来太后的轻笑。

“沛之，你总是帮我的……”

慈宁宫中，经过了一场彻底的肃清，面貌为之一新。太后并不去管其中是否有皇帝的耳目，面上仍是一派雍睦，可母子之间的心结，却越发深了。

勘合事件也在不久后尘埃落定，一位兵部侍郎在家中畏罪自缢，以死承担了这桩责任。

宫中表面上恢复了平静，只有一个人，惶惶不可终日。

云萝每日去太后榻前服侍，如履薄冰的模样让所有人都掩面发笑。太后忍耐多日之后，终于和颜悦色地吩咐她不用来了，谁知云嫔误以为太后恨己入骨，忧愁惧怖之下，竟缠绵病榻，直到皇后亲自来劝慰，才如梦初醒。

第二十六章 寂灭

晨露在这一连串的事件后，终于得暇去周浚府上一晤。这一日，她为了避忌人眼，傍晚时分才出得宫来，将信物还给周浚，他却坚辞不纳。

“笑话，送出去的东西哪有收回之理！”

两人都酷爱对弈，当下便在棋盘一番搏杀，周浚的棋路快、准、狠，而晨露的却是天马行空、风华隽永。

她虽是信手拈来，意境却绵绵而上，周浚苦苦挣扎，仍不能摆脱这无形的桎梏，不觉懊恼道：“与你争斗之人，真是自寻死路！”

晨露一时莞尔，看着周浚那涨红的老脸，只觉这等阴森之人居然也会有此等真性情。

她出于礼貌，才忍下笑，看看天色颇晚，便起身告辞。

周浚无奈，只得独自收拾残局，百无聊赖地收纳着黑白子。

晨露漫步于街边，月华清冷，行人甚少，只有几家酒肆铺子，从半掩的门板中投出微弱烛火。

灯光朦胧，将人影拖得扭曲摇曳，仿佛是鬼魂行走于昏暗中。

晨露望着不远处的玉带桥，正西方向有一盏明灯被置于石樽之内，长放光明，望之但觉河中波光粼粼，两岸垂柳婆娑，只是不及夏日的丰润鲜翠。

一道黑影从波光中闪过，千钧一发之际，晨露闪身掠过如暴雨袭来的暗器，树上却又是一个黑衣人，无声息地飘然而下。

那剑风如春日酥雨一般，羞涩低调，然而转眼便到了跟前。

并无剑气，也无风声，只这小小的一泓雪刃，晨露的面色却异常凝重。

她飘然后退，于衣袖挥洒间，太阿出鞘。

两剑相交，火光四溅，太阿剑发出一声龙吟，竟是旗鼓相当！

此时夜色已深，夜风逐渐大了起来，岸边的柳枝不安地轻晃，青黄的落叶漫天飞旋着。一触即分的两人，遥遥相峙，任由衣衫被风拂卷。

“早就听闻晨妃武艺非凡，如今一见，更胜传言。”

蒙面人声音低沉，显然是不欲被人认出。

晨露微微一笑，罗袖曼回，只听得铮的一声，一支金簪钉入水中，只露半截，随即，水中漫起了一片猩红。

“阁下一则藏头露尾，二则以刺客相伺，以多对寡，如此行径，我却不欲闻汝名姓。”晨露头也不回，笃定自信道，仿佛对水中那人的生死漠不关心。

“我也无意通名，因为——你活不过今晚。”

那人幽幽一叹，浓眉因着杀气而蓦然挑高，摄人肝胆的剑意在这一瞬喷涌而出。

剑招至刚至烈，连翠绿渺然的空气都被这份悍勇卷入其中，弱一点的人，便要觉得烈焰扑面，心神动摇。

他以撼山之势挥剑凝神刺下，仿佛很慢，却只是冷光清辉一转，便到了眼前。

晨露手中的太阿却是缥缈不定，竟如一道银光吞吐了月华姣美，素手纤纤，我见犹怜。

两剑即将相碰，那抹凄楚月华疾转身侧，优美的身影随之荡开半周，在湖灯辉照下，飘然若仙。

月华无声地叹息，下一瞬竟化为旭日，光芒暴涨之下，如鬼魅一般流连在那人的颈项，每次都是失之毫厘，却也让他惊出一身冷汗来。

久不问江湖之事，年轻一辈中，竟出了这等了得的女子！

他心中暗忖，剑意越发古朴凝重，那份轻灵诡谲虽然缠绕不去，却再不得寸进。

哧的一声，衣袍破碎的声音，在这静夜中格外清晰。

这电光石火的一剑之后，那人便从守式转为攻式，他以充沛内力贯入剑身，一举一动，且以这份强悍来压制对方。

晨露心下雪亮，论起内力，自己先天便是不利，她也不着急，只是身形更快，几乎化成一团银光，流连在他身畔。两人越战越快，方圆一丈的空气几乎因此而凝固燃烧。

夜色中，黑衣人剑意尽处，无风自动，将人的衣袂都倒卷拂空。

要分出胜负了！

晨露眸中神光幽灿，在这一刻分外耀眼，她收势回剑，竟是抱定了一个守势，任由身侧劲风炽热。

黑衣人咦了一声，不是疑惑，而是不可思议的惊恐。

眼前这诡异一幕，勾起了他似曾相识的感觉。

他未及退避，晨露手中的长剑却平平递出，既钝且缓，有如老僧入定，不喜不嗔。

这一剑平淡无奇，似乎任何人都可以轻易避开，黑衣人却觉得所有方向都被封死，这诡谲的一剑，让人有缓慢灭顶之感。

他一咬牙，也弃了剑意，用血肉之躯劈头迎上。

血花四溅，惨烈，却又淡然通透。

黑衣人忍着剧烈的疼痛，捂住血出如涌的肩膀，踉跄着逃遁而去。

生死关头，他用秘法催动功力，转眼就掠出几十丈。

他飞奔着，心中只有一个念头，响彻了周身血脉。

“寂灭三式……”

他面容抽搐扭曲，几乎因这四个字而喷出血来。

“原以为，二十六年前已成绝唱，没曾想，她居然还有传人……”

“报应！”

他惨笑着，将一口鲜血强行压下，踉跄着，继续前行。

太后今晚越发心神不宁，她坐在榻上，也不就寝，只是凝视着妆镜出神。

镜中的她，仍是姣美华贵，只那眼角的细纹，隐隐露了出来。

她挑了根白发，伸手拔去，沉吟着，却始终等不到密道那端的信号。

她终于忍耐不住，起身扣动机关，走进那黑黢黢的甬道。

甬道的另一端密室里，静寂无声，太后心神越发不定，手中的丝巾也被紧紧攥着，生出褶子来。

密门终于打开，一道身影无复平日的英武，踉跄着走了进来。

太后忍住惊慌，将灯烛挑亮，但见半幅衣衫已被鲜血浸润湿透，王沛之面色惨白，喘息着看向她。

“是那小丫头做的？”太后心痛得声音都变了调。

王沛之用绷带缠住伤口，额上已满是黄豆大的冷汗，他披上外袍，吃力道：“我败了……”

太后骇然道：“她的武功竟是高强若此？”

王沛之深深叹了一声，眼睫微颤，遮掩了一切心思。

“技不如人，也没什么好说。”

太后想起那凛然高华的素裳女子，心中油然生出一丝寒意，她咬牙道："我从不信这个邪！二十六年前，亦有人出入乱军如入无人之境，也不过化作白骨骷髅……"

她仍不愿提及那个禁忌的名字，全身都在微颤，仿佛强忍着，偏要以这份额外的恐怖来让自己清醒。

昏黄的烛火在密室中飘摇明灭，她雪白的面庞被暗影浸润，染成几重诡谲。

王沛之的手蓦然停顿下来，他抬起头，眼中有复杂的阴霾，更有莫名的激动。

他强忍住全身的悸动，耳畔全是血脉流动的声音，那个多年来午夜梦回、暗生惊悚的名字在心头涌动，铭心刻骨，由灰烬中重生涅槃，最后化为方才的三尺雪刃，疾刺而来。

他微微闭目，手下机械轻柔地包裹着创口，心中却恨不能大笑大哭出声。

血涌到心尖，凝结成鲜红的血痂，如珊瑚一般。多少年来，世人看了，只道清雅矜洁，他却恨不能将自己的心剜出，看看是否既冷且黑，然后在地上践踏至碎。

何苦呢？

王沛之问自己，这一问，他已经问了二十六年。

烛火照在他脸上，这短短的半刻，神色变幻阴晴，格外苍白阴森。

"你这是怎么了……好好的，是要把我吓死吗？"太后轻晃着他，禁不住打了个寒战。

"我没事，只是血流得多，有些疲惫了。"王沛之轻轻说道。

"怪我，让你去除掉那丫头，谁知被反噬成这样……"

太后眼中露出哀伤之色，仍强作笑颜道："你好好休息吧……天亮后，我让太医去探你。"

王沛之不答，他凝视着脚下的地面，居然是微笑着的。

那神色，好似夜半梦游，红袖添香，气定神闲，然而，那瞳孔凝缩的一瞬，却像是大地深处，有无数英魂低吟着，冲天飞上。

他唇边微笑加深，无声地，叹道：不用等很久了……我很快就会来和你们重聚——不，也许只是擦肩而过……

地狱最深的十八层，已经为我预备好了。

晨露回到云庆宫时，夜色已深，突然淅淅沥沥地下起雨来。

她几步快行，到了廊下，看着惊醒而起的润清，轻轻示意她回房去睡。

她推门而入，只见皇帝和衣而卧，已是沉睡不知。

他是在等自己吗？

又是好气，又是感动，她轻轻地将锦衾覆上。元祈亦是练武之人，颇为警觉，一下便醒了过来。

“你回来了——”

他一眼便望见她身上的血迹，急急察看。晨露制止道：“是别人的血。”

“是刺客？”

“可以算是……”

晨露沉吟着，补充道：“他虽然着意掩饰，观其周身气质形容，定是位军旅之人。”

她微微皱眉，隐约觉得那黑衣人有些熟悉，想了一阵，仍是不得要领。

“会是谁呢……”

元祈微微冷笑：“大约母后与静王脱不了干系。”

晨露脑中灵光一闪，一些念头支离破碎地涌上，但仍是不能连接。

她不愿再想，道：“那勘合流失的事，仍是没有结果吗？”

“死无对证。”皇帝阴郁道，又想起隆盛门前的命案，冷笑变成了辛辣的讥讽。

“朕的云嫔也真是‘贤惠’，事必躬亲地去大搜出入之人，结果闹出这么一场，不上不下……”

他想起这桩事的结果，讥讽也变成了苦笑。

晨露想起云萝那趾高气扬的模样，再也撑不住，侧过头去，笑得浑身轻颤，好一阵才止住。

“朕的后宫，看来真是笑话……”

皇帝想起云萝之前小产的表演，厌憎得几乎痛心疾首。

“皇上，那位暗使……盯那小合子，已经很久了吧？”晨露正色道，想起勘合一事，心下已是明白了八九分。

元祈眸光一闪，畅快笑道：“果然瞒不过你的眼。”

“乾清宫隶属大内核心，戒备森严，区区一个小太监，若无内应，要想拿到那些纸片而不被发觉，是件很难的事。”

晨露继续道：“在勘合事件发生之后，这些关乎军国大事的要地，定是更加戒备森严——你是想放长线钓大鱼吧？”

元祈听着，已是敛了笑容，叹息一声，说了一句石破天惊的话：“朕……其实，我并没有你想象的这般光明磊落。”

他弃了敬语，神色之间，颇见黯然。

晨露微带惊愕，静夜深殿中，只听元祈的声音清朗醇厚。

“此事初始便有蹊跷，母后性情缜密，这般明显之事，根本不像她的手笔。”

晨露点头赞同，她亦不相信以林媛的狡诈多智，会露出这样拙劣的马脚。

“但我很需要这一证据。母后虽然不再临朝，却仍是恋栈不离权柄，她是天下安宁的最大掣肘！”

元祈目光灼灼，谈及“天下”二字，帝王的意气威仪在这一瞬，显露无遗。

“母后的时代，早已经结束了！”

晨露静静听着，心中亦有波涛暗涌。

“于是，你希望以这次矫造圣旨之事，来逼使她真正退隐？”

元祈断然道：“成则去一心腹大患；若不成，至少也能看清楚，小合子背后的人，究竟是谁。”

“可惜，被云萝尽数破坏了……”

晨露想起，亦是懊恼蹙眉，想起林媛又逃过一劫，她心下不禁杀意大起。

她看着元祈，低低地唤了一声：“皇上……”

“嗯？”

“恕我冒昧……太后和您，根本不是一条心，若要去这掣肘，并非只有逼她退隐这一条路。”

“你的意思我明白，可她总归是朕的生身之母，就算全无感情，也不能行此不仁之事……”皇帝沉重地叹了口气道。

晨露眸中幽寒之色大盛，只一瞬，又恢复了常态，讶然笑道：“你想到哪儿去了，我是在想，若是太后身体孱弱，长卧病榻，岂不是更为圆满？”

元祈赞同道：“若真如此，则善莫大焉。其实母后身体一向孱弱，但她精力超乎寻常，硬是挺过了无数难关，至今仍能亲笔写信，支使斥责襄王呢。她在一日，便定然不会放弃大权。”

“太后毕竟年岁在那儿呢……听说她这一阵仍是噩梦不断，想来也没多少精力来干涉朝政了。”晨露不经意地说着她听来的逸事，如蝶翼一般的眼睫微微颤动，漾出淡然浅笑，恬静而从容。

“朕也听说了。”

元祈也颇有耳闻，他叹道：“若是母后能恬静颐养，淡泊归心，哪会有这等症状……她梦中尽是血淋鬼魂，怕是日有所思，夜有所梦。”

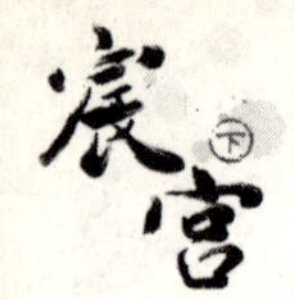

他想起平王的母妃以及先帝在时接连夭折的皇嗣，隐隐知道这些事中都有太后的影子。

“世上哪有什么鬼神，只是疑心生暗鬼，又过分地谨慎算计，才有了这心病。”晨露颔首赞同，她低下头，唇边露出一丝森然微笑来。

月过中天，静王还是睡不着，在他身畔的通房大丫鬟被他翻来覆去地惊醒了，问道：“殿下……”

“没什么事，你自己睡吧。”

他起身到了园中，仍是在荷塘边漫步。

幽幽的月色，将他的雪白绸袍都融入其中。此时已是初秋，虽然白天仍是闷热，但晚间却很有些凉意了。

荷花虽仍是绽放，在清幽月色下细看，却见得一些败意了。

“盛极而衰啊……”静王叹息道，心中亦不胜唏嘘。

“王爷，睡不着吗？”

师爷的院子，离这荷塘只一道圆门，他熟知静王的禀性，也不唤人来伺候，只是静静侍立着。

“我在想这荷花，真是与人一般，盛极而衰，好景难再。”

静王笑得轻松，却不无苦涩。

“真是不可思议，我们每一次都计算好了，单等人入套，却总是意外频繁，真是匪夷所思。”

“那个云嫔，怎么会在那等场合耍威风呢？”静王提起这不知死活的女子就恨得牙痒。

“只要让那暗使成功跟踪，确认是太后指使，他们母子便会立即互相残杀，这般宁静的局面便会焕然一新。”

“难道真是天要助他？”

静王想起皇帝，心中一阵懊恼，又夹杂着深深的妒忌和怨恨，他自矜地一叹，再也无话可说。

师爷见他沉闷，于是开解道：“王爷不必烦忧，我们在暗处，总能另找着时机的。当初平王在京中起事，任是皇帝如何小心，不也遂了我们的意吗？”

他看了一眼静王端凝沉着的俊颜，斟酌着道：“学生有一事不明，还望王爷解惑。”

“平王和襄王两家，不约而同派来使者，王爷只需虚与委蛇，便可两下晏然，却为何要跟平王殿下撕破脸皮？”

静王迎着月光站在池塘一畔，清辉荧荧，他的声音淡漠，却又含着危险和激越。

“因为，舅舅手中，有一项物事，是我魂牵梦萦的。”

他伸出手，仿佛在触摸无形的月光，将虚无握在掌心，幽然道：“有了它，只要配合恰当的时机，我便可以将这天下九州握在手中！”

晨曦初现，驱退黑暗，西华门在寂静中洞开，森然甬道另一侧的白玉宫阙，却仍有一弯残月隐现，迟迟不肯退去。

它色泽颇奇，惨白中透出点点血红，镇定地悬于苍穹，虽然并不醒目，却惹得随班上朝的钦天监监正皱起了眉头。

月相如此妖异，乃是大凶啊……

他心中想着，却不敢宣之于口，到得太和殿外，司礼太监一摆浮尘，正要恭请皇帝升座，却听汉白玉的大道上，一阵迅疾马蹄声，如怒如涛，转眼便到了跟前。

一匹骏马在玉道上喧嚣飞奔而来，马上人影未及看清，便听得一声大吼：“边关急报！”

老太监猛一哆嗦，定睛一看，竟是驸马都尉、京营将军孙铭！

“你还犹豫什么？八百里加急！”

孙铭眼中几乎冒出火星，焦灼不能自已。他激动得浑身都在颤抖，手中紧紧攥着一封奏折。

老太监跌跌撞撞地跑回后殿暖阁，却险险与皇帝一行撞个正着。

他舌头都已经打结，也没顾上磕头，直直将接过的奏章递上。

咣啷一声，朝臣们遥遥听着暖阁中传出杯盏碎裂声，心中都是一颤。

钦天监监正年过半百，却也惊得双手一抖，他不由抬头望天，却见那一弯残月闪着妖异的血黄，逐渐隐没远去。

不多时，便有侍卫统领瞿云出现，他面色无波，朗声道：“各位大人，今日皇上有旨，早朝暂停，请各位先回六部各署吧。”

“出了什么事？”

“刚才好似听到是边关急报……”

“不会又是鞑靼蛮子打过来了吧？”

朝臣们领旨散去，心中充满疑虑，各自询问着，一片动荡不安。

皇帝召孙铭入殿，沉声问道："到底出了什么事？"

"回皇上，栾城陷没……鞑靼大军已如潮水一般涌入我中原大地！"

孙铭不知是急还是泪，面上婆娑水滴，他呈上手中的八百里加急，皇帝一眼便瞥见封面带着血渍。

他展开一看，只读了三五行，面色便变得苍白，复而又为铁青。

皇帝眼中闪耀着可怕的光芒，灼灿中又见幽邃，仿佛深不见底。身旁的侍卫从未见过他如此狂怒，一时手足无措。

"去请晨妃娘娘来……"

秦喜见如此僵持，轻声吩咐了一声，便有小黄门转身飞奔而去。

"栾城失陷……全城军民，无论男女老幼，不愿降的，皆被屠戮一空。"

孙铭从齿中吐出这一句，悲愤如岩浆一般喷涌而出。

"这血迹是谁的？"半刻后，皇帝恢复了平静，低低问道。

"这是平王麾下的偏将，他胸中一矢，几日来马不停蹄地奔驰，到得城门前，一口血喷出，已是油尽灯枯。"孙铭想起那青年圆睁的双目，胸中悲愤难平。

"本来只是两藩之间的争斗，一夜之间，竟有外虏入侵，这朗朗乾坤……"他哽咽着，再也说不下去。

"襄王呢？"皇帝沉声问道。

"那人没来得及说……"

皇帝唇边露出一丝冷笑，眼中带着幽冥一般的寒意，用手掐了奏折中的一段，轻声道："他被鞑靼人奉为上宾，大约已乐不思蜀了。"

孙铭悚然一惊，想起前次亲征时的传闻，一时如醍醐灌顶，一道幽冷的寒气从心中直直升上。

"难道襄王他……"

孙铭颤抖着，却怎么也说不出那背叛的字眼，他亦是知兵之人，栾城虽然不大，却也是北方重镇，大好的门户之一，如今失陷于莫名出现的鞑靼人手中，若说其中没有蹊跷，实在让人难以置信。

"朕还是看轻了舅舅啊……"

皇帝阴郁地叹息着，想起林邝那皮笑肉不笑的桀骜神情，心中又是一阵狂怒，他深吸一口气敛住了，轻声自语道："天下，从此进入多事之秋了……"

只听轰隆一声巨响，廊下的宫人宦者一齐惊呼。瞿云闭目守在门前，蓦然睁眼，却听远处有人高声叫道："奉先殿塌了！"

叫声凄厉，在清晨听来，虽有日光触面，却仍让在场之人激灵灵打了个冷战。

皇帝亦有内力，在殿中听得真切，他推门而出，一跃登上了屋檐。

居高临下，只见内廷东侧方向，祭祀祖先灵位的奉先殿已坍塌了一大半，空中弥漫着一阵烟尘，遮天蔽日地腾起。

他不愿再看，纵身而下，面色越发阴郁。四周的宫女太监噤若寒蝉，有胆小的，已是快要晕厥。

元祈抬头看着天边旭日，双手握拳，低喃道："真有这么凑巧吗……"

他想起奉先殿代表的意义，又想起天下人的反应，心中更添忧怒。

奉先殿里供奉的，是本朝列祖列宗的牌位，从先帝往上三代，都有追封，前殿设列圣后龙凤神宝座、笾豆案、香帛案、祝案、尊案，后殿分为九室，设神龛、宝床、宝椅、桦椸，前设供案、灯檠，乃是皇室凛然不可侵犯的圣地。

如今大敌来犯，奉先殿却又自行崩塌，难道是天降不祥之兆？

宫人们私下想着，偷眼瞥着皇帝，却见他咬牙一阵冷笑，爽朗，然而激越。

"鞑靼蛮夷的暴行，让先帝在天之灵也按捺不住了！"

他的声音沉静昂然，赫赫威仪之下，有如九天之上的雷电，畅快淋漓地将这僵硬的窒息打破。

"传朕的旨意，为安抚先帝英灵，奉先殿维持原样，先不修缮，待扫尽鞑靼铁骑，天下靖平，再行大礼来祭告列祖列宗！"

仿佛在应和他的声音，远处传来最后一声沉闷巨响——空荡高悬的梁柱终于崩落尘埃，归于大地。

晨露赶到时，孙铭已经不在，静寂后殿中，只有皇帝一人，正坐在高椅上沉思。

鼎炉中紫烟袅袅，将殿中熏染得昏沉暗淡，时间仿佛在此间静止了。

"出什么事了？"晨露悄声问道。

元祈很有些疲惫，将奏折递给她看。

"竟是这样！"

晨露咬牙道："林邝背叛了朝廷，居然将鞑靼大军引入？"

"若不是他，栾城怎会一夜之间被破……"

皇帝不喜不怒，眼中因这突如其来的噩耗染上了浓浓倦意。

"这个枭獍之徒！"晨露眸中冰雪之色凛冽，周身漾出决绝怒意来。

"这才是朕的好舅舅呢！"皇帝语气中满是辛辣的讥讽，已是怒无可怒。

“我一向知他野心，却没曾想，他居然真敢公开通敌卖国。”

晨露柳眉高挑，想起林家人的恶行，杀意如飞虹一般高涨。

“如今局势如何？”

“很是糟糕……”

皇帝示意她看奏折下一页的内容，指着他指甲掐过的一段，道：“我本来为了预防舅舅再调用朝廷的军队，让那三个卫所远离栾城，就地扎营。如今事起仓促，他们赶到时，只来得及接应平王撤退。”

“平王尚无恙？”晨露有些惊讶道。

“他胸口中了一刀，侍从们拼死才将他救下——他争强好胜，一直在与襄王反复拼杀，争夺栾城，没曾想，这不过是想将他一锅烩的奸计！”

皇帝想起前阵子那勘合的事，不禁哑然失笑，“襄王所在意的，根本不是偷调朝廷的军队，而是要吸引朝廷和平王的目光，用栾城这个诱饵骗天下人入圈。”

他们正说着，只听外间秦喜有些哆嗦着低声喊道：“皇上——”

“什么事？”

“太后请您和晨妃娘娘过去一趟。”

慈宁宫如往常一般寂静祥和。

元祈和晨露到时，太后已盛装端坐。满殿里熄了熏香，仿佛繁华落尽，只剩余一重依稀的况味。

“奉先殿怎样了？”太后幽幽问道。

“崩塌过半，只怕是要重建了。”皇帝垂下眼，冷淡而不失恭敬地答道。

“作孽。”

太后低叹一声，把雪白面庞深掩于画扇之后，秀眉间露出纯粹的悲哀之色。

她颈间的凉缎丝绣，因这份痛苦而重叠轻皱。寝殿中一片寂静，隐约可以听到衣料的摩挲声。

“栾城的事，我已经听说了。”太后咬牙低声道。

“我的儿，你且过来。”她伸出手，示意皇帝靠前。

这是一双雪白柔腻的手，并没有像其余后妃一般，把指甲染成嫣红，在淡淡的光影里，显出一种迷离之美。

元祈却想起那日，太后慈悲温文地笑着，决绝而狠戾地捏碎了那只灯下小蛛。

在他眼中，这细腻自然的手指，却比那些姹紫嫣红更让人悚然心惊。

“你听我说，这次的事，是你舅舅那孽障做的好事。”

太后的眼，在黑暗中闪闪发光。

“他勾结鞑靼人，做出这种天人共愤之事，我也没什么好说的，你也不必手下留情。”

元祈默然不语，他揣测着太后的真实意图，一时之间，并不愿意开口。

“你连我的话也不信吗？”

太后笑得哀伤动人，明丽眼眸微微一敛，决然伸手，将自己的珠簪佩环一一除下。

去簪除服，乃是犯过后的必然之举，看似并不严重，只是对上位者而言，却意味着颜面扫地。

“他是我的亲弟弟，如今勾结外寇，做下这叛逆之事，论起责任，说到株连，我在天下臣民面前，也是无法交代的。”

太后声音哀婉，无奈中，竟是平静如昔。

“事已至此，皇帝也不必为难，我这就搬入昭云宫养病，也省得听闲言碎语，白白被这畜生连累。”

“母后何必如此……”皇帝见她如此郑重，终于出言挽留。

“我确实也累了，若是继续恋栈宫中，难免不招人非议。那畜生不要脸面，我这老太婆还要做人呢！”太后越发痛心疾首，说到自己的大弟，恨得咬牙切齿。

她抬起头，望向一旁静坐的晨露，眼中居然颇为和蔼与赞赏。

“我这一退隐，后宫之中，便少不得要你多操心了。皇后体弱，性子虽然急躁，却也实在没有坏心。你念着她有病在身，多多体谅协助，我便可以无忧养老了。”

太后宁静地微笑着，看向这卑贱出身的皇帝宠妃，眼中满是真挚慈爱，仿佛那不久前的惨烈暗杀与她完全无关一样。

晨露压抑住全身的凛冽杀意，回以微笑，领受了这份“好意”。

皇帝还要再劝，太后却望定了他，苦笑道：“我也累了，让我清净一下吧。”

等两人退出大殿，太后一把将那些珠玉钗环拂到地上，任由它们四散滚落，发出清脆的声音。

“皇帝可真是仁孝啊！”她冷笑着讽刺道。

“他也劝你不要退隐，并非全是冷酷无情。”王沛之从密室中出现，开解道。

“哼！你并不了解他。我将他从小养大，是真情还是假意，难道还看不出来吗？”

太后苦笑了一声，眸中冷光更盛。

“且先让我隐退吧，这个舞台，就让给这些叱咤风云的英雄豪杰吧！”她笑声尖锐，更含着奇妙的自信。

前线的战报马不停蹄地送了上来，混乱迷离的局面也逐渐清晰起来。

平王先前受了林邝和三个卫所的暗袭，丢失了栾城，他也是心高气傲之人，一直致力夺回，双方反复争夺，栾城的归属，一日之中，往往三易。

直到，鞑靼人的铁骑如潮水一般涌现……

那个吐血而死的信使，已经是他遣来的第三批了，若是再不能得到朝廷的援助，恐怕连他自身亦是难保。

“眼下已经没有时间犹豫了，派大将出兵吧。”皇帝叹了一口气，说道。

“可平王殿下也曾经有谋逆之举……”有阁臣嗫嚅道。

“兄弟阋于墙，抵御外侮……眼下也顾不得计较他的罪过了，总是先帝苗裔，不能见死不救。”皇帝一言而决，再无人敢质疑。

君臣正在商议此事，千里之外的平王却正面临一生中最大的绝境。

栾城今夜看不见星辰，只那一弯孤月，淡淡照着黑石城墙，城楼上悍卒围绕，分两班警戒歇息。

他们手中的刀兵剑戟，皆是上品，在月色中闪着凛冽寒光，可他们的脸上，却大都显得迷茫，甚至畏惧。

他们虽然健壮，却被鞑靼铁骑吓破了胆……

平王暗叹一声，披衣而起，不顾侍从的劝阻，例行在城楼上巡视一周。

夜中颇有凉意，有士兵抱着长枪，已经迷迷糊糊地睡着了。平王左右将他踹醒，正要以军法严惩，平王却道:“如今正是用人之际，打二十板，将功赎罪吧。”

他站在城头，对着疑惑的身边亲信道：“你道我素来御下严威，如今却心软了，是吗？”

“如今敌强我弱，王爷为了保存每一分实力，所以破例——”

“什么每一分实力？”

平王讽刺地大笑，笑声在夜空中响起，竟有沉郁凄凉之感。

“这些人，安逸时就如此不堪，大敌当前，还能指望他们吗？你们看他们的眼，”平王指点着不远处醒着巡守的兵士，黯然道，“他们的眼中，闪烁着畏惧和不甘，他们不想横死于此，若是我逼得急了，难保不生出哗变。”

众亲信听着这惊心悚然的理由，都吓出一身冷汗，各人都心知肚明，这一仗，根本没有任何胜算。

一位领兵的将领分辩道："先前对付林邝那贼的属下，弟兄们还是肯出力的，如今这些鞑靼人凶悍蛮强，才一仗就折损了七千人马，他们心生畏惧，也是无可奈何的。"

"你们听着……"平王冷笑了一声，在城头微微提高了声音。

只见他眸闪幽光，决然道："怕死是人之常情，可如今已是背水一战，怕，是个死，不怕，也许还能挣出个局面来。我们身后就是平州，若是战败，我等的家眷子息，便会任由鞑靼人蹂躏……万劫不复。"

他阴阴地吐出最后四个字，众人打了个冷战，想起景乐年间鞑靼人屠城的血腥传闻，面色变为惨白。

"你们把我的意思跟将士们说透了，务必要让他们振作无畏。这一仗，我们已经没有退路了。"

黎明时分，将士们聚集于各队之中，听各自主官说了这番道理，顿时大哗。

他们都是本地人，家眷都在平州，这一番说教，却是如醍醐灌顶一般，更是将他们的恐惧浇灭了大半。

"我家娘子才过门三个月啊……"

"我全家老小都在平州呢！"

"林邝这个狗贼，勾结蛮夷，可把我们平州父老害苦了！"

下面顿时七嘴八舌，说什么的都有，但心中都有了一个念头：不能把这群野兽放入平州！

半日间，士气大振，哀哭之后，便是全军冷肃，绝了生念，只为父老家眷而战。

平王却不见满意之色，只是叹道："哀兵必胜……但愿这一次，古人所说的能成真。"

这时，身边有亲信来报："朝廷的旨意下来了！"

"哦！"

平王惊得一颤，可帝室贵胄的那份天然孤傲以及对皇帝的忌恨，让他控制住了自己。

他仿佛漫不经心地回头，道："念来我听。"

皇帝以明发邸报的方式，将这一场天然灾祸告知了天下臣民，提到平王时，对他先前的一些叛逆罪行也不甚提及，并派出驻守附近的军队前来襄助，若有需要，三日路程外的军队，也可由平王调用。

"有多少人？"平王如获至宝，目光炯炯地问道。

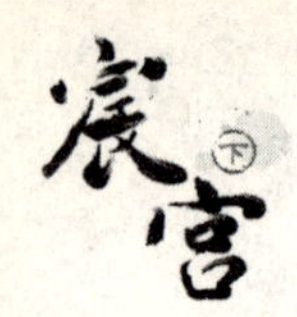

“有两万余人，约五个卫的建制。”

平王眼中一凝，几乎不敢置信。他早有不臣之心，对平州附近的朝廷防务，亦颇为熟悉。

这五个卫两万余人，看似不多，却已是离平州一两日路程内的所有人马了。

“皇兄……他真的如此慷慨？”

平王心中波涛起伏，正在沉吟间，忽听城楼上一片惊呼声：“蛮子攻过来了！”

城楼上顿时一片大乱，兵器撞击的声音尖锐刺耳，空气中弥漫着紧张的气氛。

第二十七章 外侮

京城之中，仍旧安逸祥和，这些千里之外的惊涛骇浪，只是让极少几人辗转反侧，夜不能寐。其余百姓，在懵懂不知中，只当普通的日子来过，闲暇时分，上茶馆酒肆听一段本朝太祖开国的传奇，在醇厚茶香中，被这初秋的凉意熏染得惬意无比。

日子便在这慢悠悠的余韵中无声无息地荡过，这一日，宫中的一道消息却是在朝野间不胫而走，不出一日，连街上的贩夫走卒都知道了这件奇事——皇家竟然在这等初秋凉日里，去北地的岘昆行宫狩猎！

每年暑热之时，宫中便有溯北而上，到岘昆行宫去消夏的惯例。今年，因着太后和皇后凤体不安，皇帝也不愿多事，便仍在宫中过了，如今暑气尽消，却又为何反常北上？

市面上各种传闻甚嚣尘上，朝中大臣中颇有心计的，将栾城那一边的情况仔细思量，便知道皇帝已动了根除灭绝之念。

“朕此次名为北狩，实则凶险万分，与上次主持军中的数日亲征不可同日而语。”

皇帝轻拂着手下榧木的纹路，对这自小相伴的棋盘颇为眷恋。

“岘昆行宫北临平州，东倚云渡口，背后又有中原大地作依托，稍一拾掇，便又是一局活棋，即便鞑靼军占领了平州，也是胜负未定之理。”他好似在给晨露解说，又仿佛在思索着下一步该如何走。

晨露拈起一枚白子，在右上下了一手，淡淡道：“太后娘娘久病初愈，将她留在京中，不太妥当吧……还有静王，您应该将他也带在身边，参赞军务的。”

皇帝微笑着看她，悠然道：“你先前所说的，齐姜和共叔段的故事，朕心中亦有警惕。”

“看来皇上心中早有乾坤，我也不必多话聒噪了。”

晨露清冽的笑声，如冷泉一般流过心田，那冰雪凉爽的余韵，让元祈感到前所未有的安宁。

两人对坐下棋，靠得极近，女子的淡淡体香，朦胧幽然地传来，那并非是嫔妃们惯用的龙涎麝香，而是花间的自然暖香。

一盘已毕，她正在复盘，却被他的手覆于其中。

那是温暖宽厚的男子手掌，和她的纤细白皙相映成趣。

她愣了一下，并没有摆脱，仍旧摆弄着手下的黑白棋子。

元祈的手掌，仿佛是感觉虚无不安，扣得更紧。

一丝一脉的指掌相扣，仿佛彼此的心灵都接连契合。

她抬眼，正对上他眼中的不安和灼热。

“我担心的，却是你。”

“你的心中，是否有我一席之地……”他眸中闪着光，有些焦虑和担忧，但终于问出了口。

在这吉凶未卜的微妙时刻，他出征在即，无论如何都想知道她心中的答案。

寝殿的窗下，这绝尘脱俗的一对男女，好似画中神仙，彼此手掌交覆，暧昧迷离中，隐隐有暗潮奔涌。

晨露微微愕然，随即沉静下来。

她眼中幽光闪烁，仿佛是漫天遥远的星辰，又仿佛是水中支离破碎的光影。

半刻，她垂下眼，手指伸展开来，反扣住那宽厚大掌。

这便是回答了！

巨大的欣喜袭上元祈的心头，他强行压抑着，眉宇间一片爽朗喜乐。

“今日得此允诺，即使马革裹尸而还，也无憾矣！”他毫不在意地说着不吉之词，眼中洋溢着眷恋。

晨露回以沉静一笑，垂下眼，尖利的指甲刺入肉中，亦无所知。

已经无法挽回了……

她唇边的微笑逐渐加深，那是一种奇妙的悲恸和怅然，被青丝掩映着，并未被满心喜悦的元祈发现。

八月十二，銮驾出神武门，行至御道码头上船，水面上已是千帆齐张，只等皇室驾临。

两只三层龙舟，一只由皇帝、近臣和侍从宦官乘坐，另一只上，却是一应妃子、女官宫人。

皇后和梅贵嫔因凤体有恙，没有随驾。至于太后，几日前便搬出慈宁宫，迁往前朝太后礼佛的昭云宫静心归隐，更不会随御驾而行。

未及起帆，宫眷所在的龙舟上，便生出了点不大不小的乱子来。

“你们是做什么吃的？如此怠慢本宫，倒是什么样的势利眼？”

略微尖锐的女音在第二层响起，一众宫人一听，便知是云嫔在训斥奴婢。

云嫔额前瓔珞重冠，累累的珠玉将人的眼耀花，她倨傲地微一扬头，便见光彩璀璨。

“本宫是奉了皇后的懿旨，替梅妃娘娘尽心侍奉圣驾的，当然要随驾共舟，如今将我列在这里，不咸不淡的，是你们做奴才的本分吗？”

一旁的总管唯唯诺诺，心中却是恨得发苦。

皇帝在另一只龙舟上与随驾众臣商议前线战局，不让任何人打扰，他又生了几个脑袋，敢违逆圣意？偏偏这位主子娘娘不依不饶的，很是刁悍……

“云嫔，你的声音太大了，不怕有失体统吗？”

由最高层的阶梯上，翩然而下的，是着浅紫缎衣的晨妃，她鬓间只一支珠钗，便将云嫔那累累的珠光宝气压制住。

“娘娘……”总管终于松了口气。

晨露淡淡地扫了她一眼，对着岸上观看的人群微微示意道：“百姓们离船很近，你想让他们看笑话吗？”

云嫔碰了个硬钉子，讪讪地不敢再说。自从上次小合子的事后，她落了个里外不是人，已不复那时的嚣张了。

此时时辰已到，千帆起航，两只巨大的龙舟旁边，还有文臣武将们乘坐的几十只大船，更有侍卫、禁军、承载御用物事的舟楫无数，浩浩荡荡地朝北行去。

巨大的铁绞盘被卷动，铁链吊起大闸，水门被开启，沿途数十里，都是黄绸帷幕遮蔽，百姓虽然踮起脚尖，也很难窥见圣颜。

云嫔望着沿途的风光，却无心欣赏，她紧紧地攥着手中的巾帕，额头微微冒汗。

两三个时辰后，龙舟停靠休整，云嫔再也耐不得，急急登上了皇帝那艘船，要求觐见。

皇帝本不欲见她，但云嫔一句“有皇后托我转交的书信”，让他改变了主意。

云嫔由手中的丝巾中取出叠成小方形的信笺，皇帝展开看了两三行，已是目光炯炯。

“除了你，还有谁知道皇后写了这封信？”皇帝沉声问道，面色漠然，也看不出喜怒。

云嫔精心妆容，原指望他能眼前一亮，此时见他视若不见，只得颓然道：“她

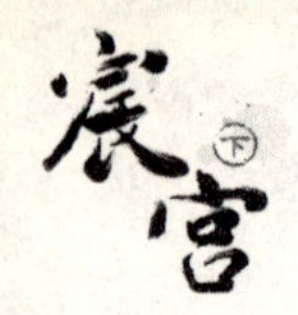

是亲手交给我的，这一路上没有离身。”

岘昆行宫的花园，阴凉清爽，夏日前来避暑是最好不过了，如今已是秋意初起，却实在觉得凉爽有余，舒适不足。

晨露坐在花荫下，感受着阳光的温暖，手中是那封秘密信笺。

“皇后要我提防母后……”

晨露揶揄道：“若你对林家下手，她们定是站在同一条战线上，可若是太后想要对你不利，她却要斟酌着了。真让你失了这宝座，她也就不是尊贵的皇后娘娘了。”

元祈叹息一声，想起皇后，又是伤心，又是欣慰。她本是胸无城府的纯真女子，如今变得工于心计，竟连自己的姑母也瞒了过去。

“皇后此举，且不说动机，但却隐隐向你示意了立场，只要她后位不失，她未必要跟太后一条道走到黑。”

晨露想起林媛那胜券在握的和蔼微笑，又是一阵冷笑。

“这也算是件好事。”

元祈长叹一声，接过侍从呈上的前线节略，仔细读来，颇为惊叹道：“平王夺回栾城后，竟然死守了一月有余！”

行宫离前线并不遥远，京城的大臣一直以圣驾安危为由，敦请皇帝回銮，皇帝一律不允，只是训诫六部留守人员恪尽职责。

晨露接过一看，却并无喜色，她微微沉吟着，柳眉深蹙，“如此局面，怕是其中有诈……”

她起身展开地形图卷，依照节略里的敌我方位，以黑白子一一标明。

“怎么了？”皇帝起身问道。

晨露凝视着羊皮图卷，瞳孔蓦然收缩，凝为深不可测的一点光芒。

“快撤！”

她转过头，对着皇帝急促道：“将周边所有的兵力都从栾城撤出……不，已经来不及了！”

元祈仍有些疑惑，只听她轻轻道：“栾城，其实不过是个诱饵，它被林邝用来引诱平王，又被鞑靼人利用，来诱惑朝廷的大军增援。”

“看这势头，今晚之前，栾城定会陷落！”

皇帝虽然缺少经验，却也是天纵英才，听她在图上指点，顿时如醍醐灌顶，连忙派出使者撤军。

黄昏前，果然有消息传来，栾城陷落，平王已经战死殉国了。

皇帝听得这一消息，面色如常，手中书写连笔意也未曾断开。

晨露走进院中卧房时，却见皇帝披着外袍，望着天上圆月，呆呆出神。

“朕最小的弟弟，如今也去了……”他有些黯然道。

栾城的城楼上，血迹汪洋，有些已凝固腥臭，地上扔着一堆堆旌旗和残破的兵刃，横七竖八地躺着的，是死去和重伤的将士，一阵风吹来，有垂危的哼叫声，却无人救援。

这里寂静无声，几乎成为一个死城。

残破的城砖，虽不如京城的历史悠久，却也是饱经风霜，它今日要见证的，是又一场失败和陷落。

平王率军夺回栾城后，皇帝派来两万多兵马协助，更是如虎添翼，有声有色地坚守了一月有余，局势颇为乐观，谁知一夕之间，大局逆转。

平王喘息着扶墙，看着城下如蝗虫一般飞奔而入的鞑靼兵，低低道：“大势已去……”

他与鞑靼人交手这些时日，只觉得对方并无骇人实力，实在是名不副实，如今遭遇这暴风骤雨一般的强攻，才知道对方的彪悍凶猛。

“我不知天高地厚，过于轻敌，该有此劫——”

他捂住胸口，指缝中有嫣红不绝。

“殿下，求您快走……留得青山在——”瘫倒在旁的侍从微弱地劝说着，在平王转头苦笑时，戛然而止。

“来不及了……”

平王咳嗽着，看了一眼入胸的羽箭，痛得俊容都微微扭曲。

他又咳嗽了几声，瞥着侍从颈上的致命创口，惨笑道：“黄泉路上有你做伴，倒也不甚寂寞。”

他没听到回答，知道侍从已经气绝，自己仍是想咳，却觉得眼前逐渐模糊起来。

耳边清晰传来的，是鞑靼人登上城楼的马靴步响，那沉重的脚步声，仿佛在他心头擂鼓。

来了吗？

平王露出一道微笑，安详而飘忽，他心头没有一丝惧怕，只剩空明。

那沉重声响越发近了，他背倚青石大砖，想起幼时与皇帝追逐嬉戏时，也是这般光景。

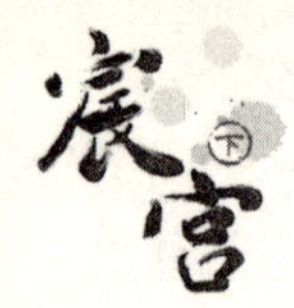

脚步声接近，将小小的他从藤萝下拽出，元祈露出孩童得意的笑容，“我捉到你了！”

脚步声越来越近，平王仰望着晴朗蔚蓝的天空，突然想起，那日的天色，亦是如此明媚可人。

时光如白驹过隙，当年捉迷藏的孩童之一，如今，就要在此输掉最后一局了。

鞑靼人终于登上了阶梯，出现在眼前。

他逐渐涣散的瞳孔中，出现了一张圆而庞大的黑脸。

是个将领吧……

“真丑……”

平王含混不清地咕哝着，用尽全身力气，宽袖扬出。

锐利的寒光在瞬间惊艳，周围的鞑靼兵惊呼着，那将领脖子上一缕红线，双目圆睁着，不可置信地倒下。

平王最后笑了，苍白的面容上，满是洒脱不羁。

他微微眯眼，蓝天丽日在他眼中逐渐模糊，浑身都暖洋洋的，好似在母亲怀里，耳边，依稀是她温柔的歌谣。

他手一松，一柄短刃当啷落地。

“就这样死了吗？”

静王在京城接到快报，仍是不敢置信。

“四弟平日里狡诈如狐，阴险如狼，临死，居然还博了个殉国的名声……”

他似赞似讽，一时心头万般滋味杂合，唏嘘了半晌，才放下了奏报。

一旁的裴桢全身都在颤抖，指甲抠进了肉里，鲜血淋漓，也没有知觉。

“平王手下的府兵……”他勉强问道。

“大半战死在栾城了，少数投降的，也被鞑靼人杀了个干净。”

静王有些怜悯地看了他一眼，知道这些府兵是侮杀他妻子的罪魁祸首，于是安慰道：“他们都已魂归幽冥，你也不必执着于过往的仇恨了。”

“这是什么世道……奸淫掳掠的歹人，竟成了英勇守城的勇士！”裴桢咬牙道，恨意郁积于心，脸色一白，竟哇的一声，吐出一口血来。

静王吓了一跳，连忙命人一顿搓揉，裴桢这才缓过气来，面色仍是苍白，黯然苦笑道：“在王爷面前出丑了……”

“你这是郁怒攻心，明日我遣太医去你府上诊诊脉。你还年轻，大好前途在后头，大丈夫何患无妻嘛！”

裴桢恭谨听着，眼中有泪道："蒙王爷器重，下官粉身碎骨也难报答！"

他收敛了下情绪，便跟静王禀报起兵部的一应事宜。

静王细细听了，与自己密探禀的丝毫不差，于是笑道："有你在兵部，我才能眼明心亮啊！"

这话说得隐晦，已是逾越了亲王的本分，裴桢却仿佛未闻，又低低说道："皇上在岘昆行宫，等于是坐镇前方，京城之中，王爷尽可放手一搏……"

这话简直是大逆不道，静王双目如电，冷冷看着裴桢，仿佛不胜惊怒，"你要陷我于不义吗？"

"王爷！今上看似英明，却被一女色所惑，实在不堪为天下之主……"

裴桢说到"女色"二字，面露不屑，静王心知肚明，他是在说晨妃。

"下官多日观察之下，王爷天纵英才，礼贤下士，才德乃是先帝诸子中最佳的！"裴桢慷慨激昂地说道。

静王止住了他，沉吟道："我知道你对我的一片忠心，只是这等大逆之语，今后不要再说了……"

他又问了些大小部务，到黄昏时分才端茶送客。

"此人对今上很是不满，大约是一心襄助王爷您了。"师爷在旁说道。

静王仍是一片沉静，道："且再考验他一下，小心为上啊。"

八月十九，皇帝派使节从鞑靼军中迎回平王的尸骸，以国礼隆重葬之。

八月廿一，岘昆行宫中旨意被分发各地，皇帝连连召见军中大将，连京中朝野都颇为震动。

一场大战，已是一触即发。

岘昆行宫在前朝便是天子北狩之地，虽名避暑，实则在此厉兵秣马，严密防备北方蛮夷的侵扰。

八月二十五，旨意传回京城，留守的太后和阁臣这才知道，皇帝调集了京营和禁军的八万人马，又从各地紧急调来八万，再加上镇北军周浚奉命调拨的四万，凑齐了二十万大军，集结清点，配备了马匹军械，便开始向东北方向开拔，终于在八月二十九的早上，赶到了平州城下，扎下连营，单等鞑靼人乘胜前来。

皇帝正看着兵部汇集的奏报，晨露手中研着墨，悠然问道："是鞑靼人又有了新动向？"

"他们在栾城停留了好几日，再没有要进攻的迹象。"皇帝沉吟着，眉心隐约

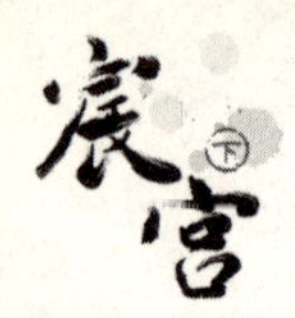

露出踌躇之色。

“如今大军僵持在这里，进不能收复栾城，退，没有任何意义……”

鞑靼人的战术，素来以迅疾称雄，如今这般诡异地不退不战，又是在打什么主意？

“听说忽律可汗的身体仍未恢复？”晨露在旁幽然问道。

“他胸口中了你一箭，当时便被王帐勇士抢回诊治，虽然侥幸不死，也时有咳喘之症——可他对中原的觊觎之心，却越发炽烈了。”

元祈想起那惊心动魄的一幕，不由看了一眼身畔佳人。她今日只着了一件银锦色秋棠纹宫衣，素面玉颜，皓腕如雪，若不是亲眼所见，实在无法想象，眼前的纤弱女子，竟在阵前创下壮怀激烈的不朽功绩。

“他已年近六旬，若不在闭眼前拿下中原的大好河山，大约也会觉得遗憾吧。”

晨露目光清莹，想起多年前那英姿勃发的少年王子——他眼中那份野心和执着，比晨曦还要灿烂。

“你说得如此熟悉，倒好似深谙他的心理。”元祈接过她手中的端砚，笑着调侃道。

“熟悉？”

她静静地闭了眼，再睁开时，已是波澜平静，只是婉约微笑道：“皇上说笑了。这世间霸主，往往都是这般想法。光阴似箭，时不待人，皇图霸业虽成，却也戎马倥偬半生，他们最后所想的，不过是将这金瓯九鼎，尽数攥于手中……”

她娓娓道来，意境深远，眸中悠远缥缈，幽然清冷，仿佛说尽了天下豪杰的悲哀，什么万世不朽的功业，最后也只化为镜花水月，付于笑谈。

她好似在说忽律，究其内心，又何尝不是在倾诉自己的怅惘块垒？

室内顿时一片静寂，元祈亦被这份风霜喟叹所深深打动，他叹道：“朕虽然称不得豪杰英雄，总也是一世人主，也不知这金瓯九鼎的盛世，能否在我手中出现……”

“皇上为一代雄主，又何必担心身后令名？”

晨露勉强一笑，有些心神不定，起身告辞。

她走出清幽的院落，一直前行，直到眼前景色变为营帐万重，才意识到自己走到了行营里。

巡哨的兵士上前阻拦，晨露虽有王命旗箭，却也不愿多生事端，转身便欲返回，却听身后有人笑道：“既然来了，何不入营一叙？”

回头一看，只见周浚玄衣薄甲，气度恢宏，含笑站于道旁。

晨露也不与他客套，进得中军大营，便有亲兵斟上茶水。晨露笑着揶揄道:“如今二十万大军听命麾下，大将军的威风可真是煊赫啊！”

“你又来取笑我了。这大帅之名，听来吓人，其实不过是皇帝手中的一枚棋子，别说是令行如山，就是暂无掣肘，我就谢天谢地了。”周浚微微冷笑，半是讥讽地调侃道，仿佛对皇帝的恩命重用，丝毫不曾有什么好感。

晨露知他因爱侣之失，对皇室成见已深，于是浅浅一笑，问道：“细作仍是没有什么消息吗？”

“忽律仍是按兵不动。”周浚皱起眉头，也是头痛不已。

“若无掣肘，你待如何？”晨露直接问道。

“仍是观望。”

周浚毫不迟疑地答道，他望着手中的奏报，断然道:“忽律正等着朝廷按捺不住，急攻冒进。”

“如此朝中物议鼎沸，皇帝的名声受损，你不曾考虑到吗？”

“身为天下之主，若是连这等耐性都无，受不得半点讥谤，也实在难成大器。”周浚冷笑一声道。

晨露亦是微微冷笑，抬头看了他一眼，叹道：“你单以军事衡量，我无话可说，可皇帝毕竟是天下之主，从全盘大局观之，他若是停滞，天下军民便会更加恐慌，如此人心涣散，鞑靼便可不战而屈人之兵了。”

周浚为之一愣，他虽然倨傲，却也并非不明事理之人，稍一思索，便知其中诀窍，只是仍不服输，道：“可是再向前行，一则官道常受袭击，补给艰难；二则鞑靼人据守着栾城重镇，好整以暇，实在不是明智之举。”

阳光照入帐中，秋棠的缎纹在晨露身上熠熠生辉——这是极名贵的衣料，可她只是轻轻一笑，那眉目间的神采，便将这光华衬得黯然失色了。

“要让忽律措手不及，不仅要进攻，更要急进。”她昂然说道。

“这太过冒险！”周浚据案而坐，不悦道。

晨露展开地图，以纤纤玉指指定了一个地点，周浚悚然一惊。

“你是要——”

晨露将地图合上，顾盼间悠然高华，“这是一石三鸟之计。”

她象牙一般的手指，在虚空中收起，“一，可以出其不意，让鞑靼大军受一重挫；二，可以以一战树立你的威信，从此军中上下，唯你马首是瞻；这三嘛……”

她露出一丝冰冷的笑容，眼中宛如冰河封冻。

“除去这个心腹大患，你和我，甚至皇上，都会得益良多。”

“你和‘他’有仇？”

周浚诧异问道，转眼便恢复了平静，道：“林邝虽然品性卑劣，为我所不齿，可也谈不上有什么嫌隙——”

“周大人是在说笑话吗？”

晨露端详着案旁刀剑，随手一拂，便取了一柄在手，剑意既出，剑鞘自去。她用手轻拭着锋刃，只觉寒气逼人，吹毛断发，虽比不上太阿宝剑，也算是一柄极难得的利器了。

“我听说，先帝在时，驱除了鞑靼，使之远遁漠北，朝廷要出兵根绝，却被他纠结了一些门阀上奏，道是要休养生息，如此失了先机；先帝驾崩后，鞑靼趁乱来袭，你以寡胜多，扫荡深入，又是他不顾大局，以私兵掠劫土地——他耽搁破坏了你所有的机会，让你永远和心仪之人天各一方——你根本恨他入骨，又怎么谈得上毫无嫌隙？”

“不要说了！”

周浚浑身都在颤抖，他紧紧攥住地图，半晌，才迸出一句，“你准备怎么做……”

京城之中，皇帝离京日久，宫中也就没了往日的热闹和繁盛。

太后因襄王的公开投敌，气得搬入昭云宫退隐，每日只是吃斋礼佛，不问世事，有前去请安的，也一律不见。

皇后因着林家出了这等丑事，也是心绪烦乱，无颜见人。她生来好强，如今伯父却为天下人所不齿，她心中恼恨诅咒了万遍，却也无济于事。

这日她去探视太后，坐了一刻，太后便要念佛打坐，皇后只得怏怏而出，经过中庭，却见一名宫女正引着一人入内。

是静王！

皇后对这位小叔，向来都有警惕之心，如今当面撞见，也只得含笑打了个招呼，便出了宫门。

他又准备弄什么玄虚？

皇后如此思量着，半晌，才唤来心腹，道：“请父亲大人进宫一趟。”

静王在中庭与皇后擦肩而过，清俊面容上绽出一丝捉摸不透的微笑，转身进了殿中。

“母后万安……这几日天气凉爽，您的气色也好了些。”

“何来此一说？”

太后叹息道："皇帝在前方督战，我夜不能寝，就怕他有个闪失。"

说完，瞥了静王一眼。静王何等精乖，立刻便心中雪亮，于是笑道："天地可鉴，这次事态危急，我可是什么也不敢插手。"

"但愿你知道好歹，不要误人误己。"

太后瞧着他，声音虽然不大，话却是说得很重。

静王却毫不害怕，坦然微笑道："若是让鞑靼人入关，则是个玉石俱焚的局面，我就是个蠢物，也晓得其中利害。"

"可偏偏有人愚不可及……"

太后想起林邝，心头又是一阵怒意，森然道："放着亲王不做，非要做盗国蟊贼，林家出了这等家主，真是家门不幸！"

"也不能全怪舅舅。"

静王沉静地抬头，无视她的犀利目光，继续道："皇兄对藩王们表面礼待，实则步步紧逼。安王目前在深牢大狱之中，平王若不是战死城前，也难逃脱弑君之罪名。至于舅舅，他之前就被掣肘军权，若再不拼死一搏，难免成了瓮中之鳖。"

太后听着，眼睫微微颤动，在凤眸之下，宛若蝶翼裂绝的翩然，顾盼之间，却别有一种惊心动魄。

她想说些什么，却终是长叹一声，幽幽道："这两个孽障，非要生生把我逼死吗……"

静王看着她惟妙惟肖的神情，心下冷笑不止，口中却若有若无道："母后且放宽心，再不济，也还有我呢！"

太后望着他，心中颇不以为然，但伸手不打笑脸人，只是含笑蹙眉道："且看着今后吧。"

静王见她面色不愉，于是转了话题道："舅舅也是太过狂妄，他难道以为倚靠鞑靼可汗，便能为所欲为吗？当年他的王爵，还是母后仁慈赐给的，如今却这般忘恩负义。"

他深深望着太后，企图从她眼里看出些什么来。

太后听他提到"王爵"二字，瞳孔猛一收缩，仿佛要在瞬间闪出狂怒的雷电来。

但她毕竟老于世故，强行按捺住，只是淡淡道："他忘恩负义，自有老天收了去。"

静王恭谨低头，唇边却露出一丝诡谲微笑。

终于，找到你的死穴了！

岘昆行宫中，皇帝听周浚禀报着他的设想，目光炯炯有神。

“此处从无人烟，飞鸟不过，真能行此奇袭吗？”

“臣以粗绳系身，速度甚缓，但的确是安然无恙。”

周浚禀报道，他打量着皇帝的神色，继续道：“林邝对平州早有染指之意，他又熟悉朝中巨细事务，若不能铲除，朝廷还不知要受多少挫折！”

晨露在旁听着，插了一句道：“以多胜少，才是兵法正道——趁着忽律可汗救援不及，歼灭这一支为虎作伥的队伍，并非难事。”

皇帝细细看过地图，又沉吟一阵，毅然道：“好，朕将此事托付于你。”

君臣又商议了一阵，周浚辞出，走到院门前，却听晨露在梧桐之下轻唤道:“大将军请留步。”

她从袖中抽出一柄长剑，凛然生辉，是她那日把玩借走观赏的。

“真是把好剑……”她反手递给周浚。

“娘娘找我，也不是单纯为了此剑吧？”

晨露笑得悠然婉约，轻声道：“大将军，我只有一个要求。”

她望着树荫尖的缕缕光斑，笑容在日光下显得森然冰冷。

“你大胜之后，不要杀了林邝，将他带来见我。”

周浚一愣，但随即，他看到那重凛然杀意，豁然而悟，也不再询问，长叹一声，断然应道：“好！”

他转身离去，只留下晨露在正午的阳光下，静静眯着眼，望向头顶的梧桐深翠。

绿荫之下，她素裳翩然，清冽幽静，仿若神仙中人，只那一截雪白玉臂，因极度的愤怒而紧绷着。

一阵清风吹过，那婆娑的叶声在她耳边仿佛幻化成万千英魂的呼啸。

她闭上眼，喃喃道：“林邝，你虽然没有亲手杀我，可你满手沾染的，却是我袍泽战友的鲜血，天能容你，我偏不容！”

她微一用力，那水葱一般的指甲，生生没入树身，一阵摇晃，叶落如雨。

第二十八章 北狩

栾城之中，街道空旷，人烟稀少，微风吹过，只余下一缕黯然肃杀。

百姓已经从惊恐之中醒转，却仍不敢开门，他们只是从窗户的缝隙中窥望着，一旦触及城头上那玄色狰狞的狼旗，便好似被马蜂蜇得刺痛，连眼都睁不开。

城衙之中，如今成了鞑靼王子的帅帐，却是此间最热闹的所在。

穆那王子撕下一架羊排，正啃得舒畅。

他年方二十，如其他贵族一样，喜爱中原的衣食，但对本族的习惯，却也未曾排斥。

身边掳来的中原女子，华衣盛妆，蹙眉含泪，半跪着为他在金杯中斟满酒。

她正值妙龄美貌，乃是林邝破城之后，从官宦世家中挑选来侍奉王子的。

穆那大口地饮下酒，看也不看她一眼，面色仍是阴沉铁青。

“如此醇酒美人，王子为何愁眉不展？”林邝眼中精光闪烁，虽然心如明镜，却仍是问出了口。

“林帅何必明知故问？”

穆那想起父汗率军在外，却命自己留守在这区区小城，心中便是一阵光火。

鞑靼人以勇武为荣，若不能获得显赫军功，根本难以登上可汗之位。穆那本想在这次远征中崭露头角，却不料可汗一声令下，大军驻扎在三十里外的雪峰之下，竟只让他掌管这一城事宜。

“王子也不宜太过心焦，忽律可汗也是为了维持这大胜的局面不失，才让您坐守重镇的。”林邝皮笑肉不笑道，有意无意间，却是暗嘲他不堪大用，若是上阵，只会坠了乃父的威名。

穆那久习汉文，语音腔调还是听得出来的，他怒气上涌，强自压抑住胸中波涛，将残酒一饮而尽，一把搂过美人，不顾她的惊呼挣扎，大步流星地走了出去。

林邝望着他昂藏身形，露出一丝志得意满的微笑，也将自己杯中美酒饮尽，不疾不徐地离去。

他带着两个等候已久的侍从，正走到大门口，却听身后主院中传出一声尖厉的女音，凄厉中带着绝望和惶恐。

就算是强逼逞欲，也不会有这等骇人的声音……

林邝正在踌躇，忽听穆那气急喊道："快来人！"

王子的亲信早已涌入，等林邝带人入内时，只见床榻之上，染满了鲜血。

那女子手执蝉翼一般的薄刃，直直刺入自己咽喉，已然气绝。

穆那用手捂住胳膊上的长长口子，接过亲信递来的绷带，将泉水一般喷涌的血流紧扎止住。

"是谁说中原女子温柔如水……这个小小女子，居然企图刺杀我！"

穆那喘息着，面上情欲之色未褪，却又染上重重怒气，灯下看来，显得阴森摄人。

林邝在旁看着，也甚觉尴尬，这女子是他献上的，如今闹得如此血腥，也实在过意不去，他打了个哈哈，正要说几句场面话，却听身后从人朗朗答道："王子身为黄金贵族，却连一个弱女子也制服不了？"

穆那气得眼中冒火，目光如刀一般逼视而来，"林帅，贵军纲纪真是生得好家教！"

林邝正要斥责从人，却听这人仿佛被鬼迷了心窍，梗着脖子，冷笑道："常听说鞑靼人以伤疤为荣，可王子这道伤，还带着脂粉气呢！"

他哈哈大笑，周围兵士虽然恼他无礼，心下却也暗自赞许。

穆那气得浑身颤抖，大喝一声："你给我上前来！"

那人踉跄着上前，林邝见他面色潮红，大约是喝多了酒，不禁恨得咬牙切齿。

他跌跌撞撞，好不容易到了床前，却咳得浑身抖动，双袖乱挥。

电光石火间，穆那发出一阵凄烈的吼叫，满含着剧痛狂怒！

众人正想细看，就在那一瞬，灯火被弹指熄灭，满室都陷入了漆黑混乱。

好不容易，有人摸索着点起了灯，却在刹那惊得面色煞白。

穆那王子面色发黑，竟直挺挺地僵死在床榻上！

在短暂的不敢置信之后，众人发现，林邝和他的从人也已消失无踪。

"快去通报可汗！"

纷乱有力的脚步声朝着室外奔去，一阵阵惊呼和恸哭，以这个院落为圆心，涟漪般向四周扩散。

忽律接到噩耗时，只觉得天旋地转，他抑制不住胸中悲愤，又是一阵猛咳。

他俯下身，以颤抖的手触摸着干冷的黑土，低喃道："为了这片土地，我的儿子白白送了性命……"

一旁的将领皆是黯然，既不能劝，也不能干看着主君悲痛，一时手足无措。

忽律的咳嗽一阵重过一阵，他的次子年方弱冠，啜着泪搀扶起了父汗，正要劝他节哀，忽律却自行挺直身躯，双目炯炯。

他也不多言，纵身跃马，飞驰入城，身后众人也齐齐上马追赶。

凉风灌入人的胸肺，本来极为快意，却被这凶噩变为亡灵的不祥呜咽。忽律以鞭策马，呼啸龙腾一般，半刻便贯城而入，到了长子的床榻之前。

穆那面色发黑，五官扭曲，涣散的瞳孔中带着惊恐和剧痛，已经冰冷僵硬。

忽律双手止不住地颤抖，一把将他抱起，深深纳入怀中。

"萨满依据长生天的意旨，说你此行不吉，我使你避于刀兵，却不料，仍是死于非命……"

他声音低沉，隐忍，然而带着撕心裂肺的不祥。

"林邝呢？"他低喃着问道。

众人面面相觑，为这声音中的杀意而凛然心惊。

"就如同烟雾一般，在房里消失了。"

忽律怒极反笑，苍凉的笑声，将满室都染上阴霾和惊悚。

林邝并没有如烟雾一般消失，在一片黑暗和混乱中，他只觉得浑身一麻，便被点了穴扛了出去。

他的随从负起一个偌大的身躯，却步履如飞。林邝被风吹得睁不开眼，鼻端却隐隐嗅到一阵清雅墨香。

林邝虽然出身贵胄世家，生性却并不好文，他的随从当然更不是什么文人墨客，怎么也不会有这样的气味。

他若有所悟，已是吓出一身冷汗来。

那人奔驰了大半个时辰，直到眼前出现熟悉的营帐，才将他放下。

林邝感觉穴道已解，他活动着手腕，强打起精神，冷笑道："你究竟是谁？"

那人发出一阵畅快的笑声，撕下长袖一角，在脸上擦拭片刻，便是截然不同的一张面容。

"果然如此……"

林邝咬牙恨恨道："你将我放回自己的大营，难道还想逃得性命吗？"

那俊逸青年回以倨傲的微笑，"我若要走，你的千军万马也追赶不及，更何况，你自顾不暇，哪有时间来找我的晦气？”

他转身便如烟雾一般疾奔，林邝正要喊人，只觉头皮一阵凉意，伸手一探，竟是一片薄刃，居然嵌在发间，差个毫厘，就是脑浆迸裂。

他的中军大营中，有亲信飞奔而出迎接，有见多识广的，见他呆呆地手持一道奇形薄刃，不由惊叫起来："居然是他！"

"是谁？"林邝听得这刺客居然大有来历，不由凛然问道。

"是江南霹雳堂的郁公子！"亲信面色煞白，仿佛见了鬼魅。

"他素来倨傲，一般不惹上他，他绝不会出手……主上竟然和他有嫌隙吗？"

林邝早已吓出一身冷汗，强撑着答道："我哪里会认识这等江湖草莽！"

那亲信仍是面有难色，嗫嚅道："江南霹雳堂素来以火器见长，郁公子却是个例外，他这'夺命蝶'一出，七昼夜之内，绝无活口……"

他正待再说，却被林邝阴冷狠辣的眼神震住，只得噤若寒蝉。

林邝已是汗湿重衣，骨子里的毒辣却反被激了起来，他一拂衣袖，低笑道："七日之后，我要让他的首级悬在城门之上！"

他刚说完这句，只见远处一阵烟尘弥漫，大约有百余骑正飞驰而来。

那是栾城的方向……

他心中一凛，想起郁公子扮作自己随从，又想起穆那那发黑气绝的尸身，电光石火间，闪过一个念头——借刀杀人！

岘昆行宫中，桐林青翠，密密荫凉，晨露倚在树下，一人独自摆着棋谱。

白玉的棋子雕成菡萏形状，拈在指尖，冰凉柔润，晨露反而想念起乾清宫的那副棋子来。

她将这雪白菡萏拂乱，收入紫檀匣子里，只剩一枚时，才悠然回身，笑道："我正想着京城，你便来了。"

身后修竹丛前，瞿云一身劲装，风尘仆仆，显然是刚从皇帝院中出来。

"京中情况如何？"晨露知道他又要催她回京，先发制人地问道。

"风平浪静……"

瞿云微微苦笑着，显示这并非好事，"太后隐退礼佛，静王也安坐府中，六部事务毫无凝滞，实在是可喜可贺。"

他句末的讽刺让晨露不禁大笑，谁知瞿云望着她，又道："你终于知道了。"

这样没头没脑的一句，却让晨露微微眯眼，幽寒的光芒在她眼中绽放如花。

"你问的是哪一桩？"

瞿云黯然低头，低声道："我出京之前，发现二十六年前的一些故纸文书，已被人取走。普天之下，只有你会在意那些陈年消逝的性命。"

"你早该知道，瞒不了我多久的……"

晨露叹息着，轻轻揉捏着那枚白玉菡萏，莹粉从指间簌簌滑落，漫不经心却又惊心动魄。

"当年我破虏军中袍泽，身经百战，命硬得阎罗都不收，又怎会是短命之相呢？"她低低笑道，清冽黑眸中，因着回忆往昔而染上重重风霜。

黑眸眯成一线，她一字一句地，幽幽道："是林邝，和他云、燕二州的府兵，对我统辖的破虏军下这毒手，却伪称是鞑靼大军所为。"

她微笑更深，想起那汗青史编，那一个个熟悉而陌生的名字，几乎要大笑出声。

"死战殉国……他们没有战死沙场，而是死于这背后的暗箭！"

瞿云的双肩，因极度的悲愤而颤抖，他轻轻道："你回京之后数日，就有钦差带着圣旨去劳军……那一场死宴，就除去了近百名忠心于你的将官，还有几位大将已是位高权重，在先帝默许之下，一年之中都死于兵灾急病。他们还算是好的，至少有个抚恤的名额，那些刻意被派去赴死的兵尉，连尸骨都收不回来。"

"你不告诉我，是怕我狂怒之下，失了心志……可我怎么会冲动呢？我只会将这些人命和鲜血，让他们加倍偿还！"

晨露飒然一笑，遥望着栾城所在的方向，眼神淡漠而危险。

"林邝，你如今，定是焦头烂额了吧！"

雪峰晶莹，在日光下绚丽高华，不可名状，一年之中，它并非终年冰雪，而是因那莹白山石，远看似冰雪覆盖，才得此盛名。

山下营帐重重，此时却无人在内，黑压压的人群，聚集在营帐前的小丘上，正低头沉默哀悼。

干草铺就的高台上，一具年轻的尸体正静静安睡着，他衣冠金刀，整齐粲然，面上惊骇的神情，也被抹平。

素来被少女们爱慕的王子，如今却客死异乡，将士们在风中沉默着，有人在轻轻哭泣。

随军的萨满，念叨着谁也不懂的神秘咒语，缓缓地转着圈，他手持火把，正要燃下，却听忽律在旁说道："慢着！"

一夜之间，他的鬓间又多了几缕银白，在日光的照耀下，无所遁形。

他叹息一声，眉间皱纹便深一重，往日的豪迈勇悍，仿佛是雪峰上的繁花，

悄然陨落。

“我的儿子……”

忽律再深叹一声，喉中便带出哽涩来，他眯眼望着这座被称为雪峰的山，忽然觉得可笑。

雪峰，是这个模样的吗？

家乡的雪山，有千重雪，万仞冰，飞鸟难渡，只有那最勇敢的战士，才敢攀越而回，只为了可汗的赞誉，和心爱女子的盈盈一眼……

我的儿子，你若是在草原上安然逝去，我也不会如此悲恸……

他咬着牙，再看了一眼草间的儿子，仿佛要将他的身影烙入心中。

他从怀中取出一颗金印，璀璨的光华被雪峰的反光映照。这是攻占栾城后，从府衙缴获的。

当的一声，忽律将这金印掷入草中，决然喝道：“点火！”

火舌腾天而起，将一切席卷其间，浓烟滚滚，片刻便将所有物事烧尽。

身边的大将一阵凛然，谁也不敢开口。

可汗的眼中，第一次有了衰老，只是被悲痛和愤怒燃成烈火，无人敢于正视。

“穆那我儿……我便将这栾城的一切，作为你的祭品吧！”忽律的瞳孔中映出熊熊火舌，他低低说道。

风越发大了起来，席卷着焦灼火苗，闪烁不定，空气中飘浮着血腥的惨烈。

林邝看着眼前这群穷凶极恶的王帐勇士，心中暗自恼恨，面上却仍带着笑容。他制止住了属下，孤身走到马前一丈之地，问道：“你们是为了穆那王子而来？”

骑兵们的面容如铁铸就，没有一丝表情，半晌，才有人答道：“可汗请你过营一晤。”

声音虽然平淡，却带了利刃一般的杀气，林邝心知肚明，忽律一定把儿子横死的账，算到了自己头上，怎肯轻易就范？

他不露痕迹地往后退了几步，周围的亲兵便将他严密护卫，林邝轻舒了口气，对那头领道：“可汗之请，却之不恭，无奈我军务在身，不便前往，只有一句话，请你带给他。”

“请说。”

“草原的恶狼张嘴时，总是悄无声息，我就是再蠢，也不会在大庭广众之下杀人。”

林邝脸上露出彪悍的神色，微一点头，便急急转入军营之中，召集卫兵，潮水般将这百余骑横挡于营外。

“怎么办？”

“先回报可汗吧！”

头领挥了一鞭，这一阵烟尘便由近而远地去了。林邝从帐中窥望着，摸了摸额前的冷汗，却仍是心事重重。

他太知道忽律的秉性了！

不出他的所料，忽律接到头领带来的话时，已经稍稍冷静下来。他眼中无波，却宛如冰封，带着冷冷的寒意，沁人骨髓。

“这不是林邝做的。”他深吸一口气，压制住全身的怒火，低声说道。

“再去请他一次，就说我知道他与此事无关。”

头领匆匆去了，一刻之后，林邝骑着骏马，便从栾城外的另一头赶来。

“可汗，节哀。”

他那皮笑肉不笑的脸上，露出了极为真挚的悲悯之色。

忽律点了点头，也不请他就座，只是淡淡道：“那刺客混作你的随从。”

终于来了！

林邝暗暗叫苦，却打起精神，极力辩驳道：“那是个善于易容的高手……”

忽律挥手止住了他，居然冷笑起来。

浑厚的男子笑声，本应是豪迈的，却含着无穷的悲伤与憎恨，仿佛草原上的孤狼嘶鸣。

“总之，是你带来了死的厄运。”

他冷冷地扫了林邝一眼，后者在这一刻汗出如浆。

“我也不为难你，但是我的儿子，却不能白死。”

他微笑着，望向雪峰侧脚的栾城城墙。

那古朴而微损的城砖，在雪光照耀下，显得格外肃穆。

“我要用这满城人等的鲜血，来祭祀我儿的英魂——这就请你来代劳吧！”

林邝一颤，因他话语中的血腥与含义而悚然大惊，几乎不能自已。

“为何是我……”

忽律冷笑加剧，瞥了他一眼，含着讥讽道：“难道你以为，可以不沾染污名，全身而退吗？”

林邝有些战栗，仿佛呻吟般重复了一句：“满城人等……”

他抬头看向忽律，却正看到后者眼中的闪烁，仿佛是空蒙迷茫的，却又啜着冷笑，眼中闪着狼一般的彪悍残酷。

“穆那的死，乃是因你而起。你若是不肯，很难让我相信你的诚意。”

林邝咬牙不语，半晌，才沉声道："好！"

他也不言语，打马回旋，率了亲兵随从回营。

雪峰晶莹洁白，高耸云间，让所有人都沐浴在璀璨光芒之中，林邝抬头望了一眼，禁不住打了个冷战。

那份雪洁晶莹，在他眼中幻化成一团鲜血，当头罩下！

他的面容抽搐着，最终凝住了杀机，"传我的号令，中军上下，全数开拔城中！"

雪峰洁白高耸，在日光下耀出晶莹光芒，远望有如宝光重华。山脊上一行人，却是极为艰难地逶迤而行。

那岩石直峻陡峭，几乎直指天幕，山石的晶莹白光，刺得人眼生痛，一块块巨大的白石，柔腻生滑，一不小心，便是灭顶之灾。

将士们一个接一个地艰难前行，率先而行的，却是一个素衣飘逸的身影。

晨露身法轻盈，这等程度的峻山，对她来说并不难攀，把粗绳在大树上系紧扣好，后面的一行人，便能较为顺利地攀缘而上了。

即便如此，仍有不幸发生。有人脚下一滑，又没有抓紧，终于摔落山崖。

他从高处落下，于众人的惊呼声中直直坠落，其余人甚至能看见他眼中的惊慌。片刻之后，一声沉闷的巨响过后，山谷又恢复了平静。

所有人都陷入了沉默。半晌，大家继续迈步，决然地，在晶莹洁白的雪峰上前行。

他们没有留下任何脚印，阳光从远处照来，这些缓慢移动的小黑点，也不过归为虚无。

大约一个时辰后，晨露望着近在眼前的栾城，轻叹一声："到了……"

将士们正要松口气歇息，却见城中隐隐冒出几道浓烟，既粗且直，仿佛燃烧正炽。

晨露的柳眉一挑，冷冷道："还是来迟了一步……"

正在遥望这浓烟的，还有一对疲惫而悲伤的父子。

忽律并没有穿平日的绸衣，而是着了雪白的裘服。他的幼子虽未成年，却也颇懂世情，知道兄长再不能回来，一双黑而圆的大眼，已经哭得红肿。

忽律俯下身，以巾子替他擦干泪水，温言道："别哭了……"

那小小孩童仍是哽咽着。

"别哭了！"

忽律低喝一声，制止了他的哭泣，随即他有些歉疚地抚摸着这小圆头颅上的短发，“别哭了，你哥哥在天上不会寂寞的，会有很多人去陪他。”

这声音温柔而清淡，让那孩子破涕为笑。

“真的吗？”

“当然。”

忽律微笑着，指着另一端冲天而起的浓烟道：“你看，那就是他们登天的云雾……”

小小孩童看着，忽然咯咯地笑了起来，拍着小手叫好。

忽律望着那几道浓烟，露出一丝神秘幽冷的微笑来，唇边的细纹，因这一笑而深刻起来，却仍然可见他年轻时的英俊不凡。

下一瞬，他的微笑凝固了。

那冲天浓烟，很快便稀薄起来，冲天烈焰的火光，也再不得见，最后，那烟雾戛然而止，很快便消逝于日光雪峰之间。

忽律的眼中，瞬间锋芒大盛！

晨露率军到时，栾城中已化为修罗地狱。

绝望的哭喊声在街巷中此起彼伏，血顺着青石的缝隙蜿蜒流淌，有人困兽犹斗，踉跄着逃到街上，却被士兵粗野地号叫着追上，下一刻便被戳成蜂窝。

那些刀枪剑戟，在日光下映出凛然光华，每一闪烁便收割走一条性命。

晨露的黑眸因这一幕而粲然生辉，那一眼的惊心动魄，让身边换上轻甲的将士们心中一凛。

“将这些……畜生，通通清除干净。”仿佛是漫不在意地，她低低道，声音却无比清晰。

随着她一声令下，兵刃金戈声顿时响起。府兵们对手无寸铁的百姓能耀武扬威，却在此刻遭遇到正统精锐的急袭，血腥的甜腻在空气中越发弥漫。

在这火光四起、人潮奔流的混乱中，唯有那素裳高髻的女子立于高处的屋檐，仍是淡定从容。她的眼，越过这混沌纷乱，仿佛看到了另一端的愤怒。

“忽律……还有林邝，我怎么会让你们得遂心愿呢？”

低低的冷笑声，仿佛雪峰崩碎一般，透明澄澈。

一切本来是万分顺遂的。

林邝望着城中四散惊慌的百姓，任凭那些鲜血和残肢在空中飞撒，面色如初醒一般平静。

“家主，这样的恶名一旦传出，我们林家怕是会被世人所不齿……”有亲信家将凑到他身前，忧虑地低语。

“无妨……”

林邝悠然信步，以讥讽的口吻道：“世人应该知道，破城那日，此地的军民便被鞑靼人屠戮一空，剩余的一些，也在这次意外失火中丧生。”

他冷笑道：“谁也不会想到，城破时殉难的，不过寥寥几个，这么多幸存的百姓，却是在城破那日主动投诚，苟且偷生的。”

家将也点头附和，他无视眼前的杀戮，也笑道：“将来的历史中，这些人其实早在城破时就已经被杀了。”

两人相视一笑，在这腥风血雨中，居然颇为得意。

只听一阵马蹄声疾驰而来，穿越城中的街道。两人骇然回首，却见朝廷的旗帜正随风飘荡，昂然翻飞中，别有一种冷肃。

接下来的一幕，对林邝来说，是混乱而绝望的，直到战马被弓箭射死，亲信挟了他并骑一马，他才发现，己方已是惨败于官军之手，显得残溃不堪。

他望着周身围绕的千余骑，心中感到一阵悲哀。自己最为得意的一万精锐中军，居然只抵挡了两个时辰！

身后尘烟滚滚，仍有无数的兵马在追击，他又是愤怒，又是恐慌，狠抽了几鞭，传令道：“快！前方便是忽律可汗的前哨营帐！”

残兵败将们都暂时振奋起来，林邝望着身后越来越近的追兵，心中更加沉重。

这些官军彪悍冷肃，有着久经沙场的老辣，战斗力如此强悍——这定是周浚麾下的精锐！

他又是妒忌，又是愤怒地想：周浚那个粗鄙武夫，怎么会乐意为朝廷卖力？

正在乱哄哄想着，身后那追击的官军已清楚得可以看见眉目了。

尘烟纷嚣中，那清冽剔透的黑眸含着诡谲的冷笑，直直射入他心中。

那就是皇帝宠爱的晨妃吗？

他倒吸一口冷气，想起传闻中她的厉害，不禁头皮发麻。

晨露勒住缰绳，静待身边的将士围成半圈，将林邝逼停。

“久仰了，襄王千岁……”

她的声音，清脆，仿佛是珠玉碰撞的碎裂声，于不动声色中，自有一股幽寒。

这般隆重的敬称，与其说是尊重，不如说是讽刺。林邝气得脸都有些扭曲，他眼中喷着火焰，呻吟一般骂道：“贱人……”

晨露只是微微一笑，身边将士齐喝一声，正要将圈子围拢，却见不远处一团烟尘，中间一道狼旗高扬。

“忽律的前哨来得好快……”

晨露再不愿耽搁，从袖中抖出丝绢，将林邝五花大绑后，便缚于马背，一行人堪堪离去。鞑靼军的前哨追赶一阵，也就罢了。

“我们的行踪已经暴露，全军仍从雪峰山撤回吗？”镇北军中的偏将，不无忧虑道。

晨露望着远处星星点点的鞑靼营帐，沉吟片刻，作了一个可算是胆大妄为的决定：“不用原路撤回了，我们坚守栾城。”

“简直胡闹！”

皇帝接到信使的急件，略一展开，便气得面色大变。他一掌拍在桌上，怒道：“她率领这一万五千人，居然在鞑靼人眼皮底下据城坚守！”

周浚接过信笺扫了几行，也觉得颇为棘手。

“栾城军民损失惨重，可补充的人员并不充分，在那里守城，怕是只能坚持三日。”他下了判断道。

“为何要这般冒险？天朝没人了吗？”

皇帝气得语无伦次，瞿云正在一旁等候消息，他看着不是事，使了眼色让周浚先退下，等到室中只有两人，他才劝道：“她如此作为，也是有一定道理的。”

“……”

皇帝气得不愿开口，眼中却露出询问的狐疑。

“因为先前那招借刀杀人，虽然成功，却惹来忽律狠绝的报复。娘娘的禀性，是绝不会坐视百姓被杀的。”

他见皇帝仍是焦虑，又补充道：“晨妃素有大将之风，若没有胜算，也不会如此作为。”

皇帝正要回答，却听秦喜进来禀道：“皇上，云嫔求见。”

“她来做什么？”

皇帝正为军务烦恼，不悦地皱眉，又想起皇后视她为亲信，于是唤她入内。

瞿云刚刚回避，便见裙裾如云般从眼前荡过，一阵香风拂过夹巷，再抬眼，她已进了皇帝寝居。

“臣妾见皇上夙夜辛劳，给您熬了点莲子羹。”

云嫔笑得婉约，将白玉盅端到桌上，见皇帝不置可否，又道：“宫中信使刚刚送来娘娘赠我的绣品。”

她从袖中取出一方厚帕，上面绣有观音送子，又拿起桌上裁纸刀划开一层，于是皇后的密信出现在眼前。

皇帝接过看完，温言赞慰了她几句，又赐了些金银珠宝，也不理会她哀怨求恳的眼神，让秦喜送她回自己的院落。

“云嫔娘娘大约是指望皇上留夜的……”秦喜斟酌着道。

“目前朕没这心思！”

皇帝示意他退下，又拿起密信读了一遍，和自己暗使送来的信息，可算是分毫不差。

他却不喜反忧，想起静王此次异常安分，又想起他每日到宫中陪伴太后，实在也捉摸不透。

信上的最后一句，引起了他的注意。

“静王常问及林邝的消息，对此人颇为关注……”

皇帝用指甲掐了一道，心中百思不得其解——静王身为帝胄，就算有篡位之心，也不会去和鞑靼人同流合污，他如此关心林邝，又有什么含义呢？

静王此时却颇为悠闲，他在家中延请了最擅歌舞的乐伎，整日里迷于音律，乐不思蜀。

就在师爷都有些着急的时候，一位神秘的访客从宫中而来，生生将琵琶弹奏的一曲《十面埋伏》打断了。

“出什么事了，让你深夜冒险前来？”静王直截了当地问道。

那人将斗篷解开，赫然竟是太后的近身侍女，玉琴。

“我出趟宫门也很不容易，芳云那小妮子和我同住一舍……”

她淡淡抱怨着，看向静王，郑重道：“出大事了，林邝被晨妃生擒了！”

静王面色顿时苍白，他皱着眉，吐出一句：“竖子不足与谋！”

“千算万算，想不到他会这么不中用！”

静王几乎是咬牙切齿了，想起自己谋划圆满的计划可能付诸东流，心头一阵光火。

他竭力镇静道：“先别去管他，皇帝忙于应付鞑靼人，抓住了他，也不会立即处决。太后那边怎样了？”

玉琴道：“还是老样子，一阵阵地见到鬼神，然后便是心神不宁。”

“哼！她做了亏心事，老天总是有眼呢！”

静王一阵快意，想起记忆中那个孱弱苍白的母亲，心头一痛，几乎要大笑大哭。

玉琴踌躇了一会儿，静王于是问道："还有什么？"

"太后……她不做噩梦的时候，好像很悠闲……好像很有把握的模样。"

"很有把握？"

静王双目幽深，想了半刻，便吩咐玉琴回宫，独自一人在书房沉思。

太后对皇帝忌惮已深，不是一朝一夕可以化解的，如今她露出胜券在握的模样，到底是……

他沉吟着，唤来师爷，一字一句地吩咐道："该让我们的暗棋浮出水面了。"

第二日，一封普通的请安折子被信使一道送往行宫之中。静王满意地回想着自己的措辞，心中很是得意，他起身，照例去看望太后。

皇帝和几位娘娘、诸位大臣去了岘昆行宫，太后迁去了昭云宫礼佛，只剩下皇后一人，也不愿意多动，于是宫中格外冷清幽静。

静王得过特许，可以乘车入宫门。午后的秋阳照得人暖和慵懒，静王倚在车中小憩，却听外间有人在争执吵闹。

"我是先帝长女，亦是有采邑的公主，哪一条律规说不能进宫的？"

声音温和而坚决，语气已经十分强烈。

是仪馨公主！

"殿下恕罪……只是皇后娘娘亲口吩咐过，梅妃娘娘有孕在身，怕冲撞了邪晦，所以外府妇人免去请安，一律不得进入后宫……"

静王一听那皮里阳秋的声音，就知道是皇后宫中的张总管，他平日里慑于太后威严，只是低调谦恭，如今上头没人压制，少不得借着主子的口谕来抖威风。

阻止公主入宫这等大事，若没有皇后的允许，他再怎样也不敢擅自做主。

静王在车中听着，也不下车劝解，只是静观其变。

仪馨性情刚烈，听得回答，只是微微冷笑，曼声道："你这话说得奇，我乃先帝嫡亲的骨血，难道也是你家主子所说的'邪晦'？又是什么外府妇人，你想离间天家至亲吗？"

她声音不大，却含着不容置疑的威仪，张总管被这份严峻吓得慌忙摇头，赔笑道："这是娘娘的旨意，奴才们也不敢胡言……"

仪馨冷哼了一声，道："我奉了皇兄的旨意，你们也要驳回吗？"

她微一示意，身旁女官便取出一道黄绫卷旨。总管赶紧赔笑道："真是折杀奴才了，殿下明奉圣意，我们怎么敢阻拦呢？"

仪馨又回头吩咐了几句，车驾辚辚的声响便逐渐远去。静王在车中挑开小帘，只见那宫车朝着西面而去。

麟瑞宫？

静王想起那位安胎调养的梅妃，心下若有所悟，随即便是一笑。

他见到太后时，漫不经心地问道：“前方局势如何？”

“皇帝坐镇行宫，鞑靼人也不敢再深入，平州无恙。”太后抿了一口杏仁酪道，面上却毫无欣慰之色。

静王仔细观察着她的面容，又道：“听说舅舅已经落败被擒……”

砰的一声，却是太后将玉杯重重顿放桌上。

她抬头望着静王，凤眸中仿佛冰裂玉碎。

“你是从哪儿知道的？”

静王上前扶住她，道：“母后，您先别急，眼下舅舅这事，怕是很棘手啊！”

太后见他避而不答，于是冷笑道：“你如今还不改口吗？林邝乃是国之罪人，怎么仍是称他舅舅？”

“甥舅之情，不是一纸诏令可以割舍的，他即便成了乱臣贼子，也是林氏家主。”

太后被这句一噎，却没有动怒，只是叹气，“林家因他一人，不知要被天下人耻笑成什么样子！”

“儿臣斗胆，却要驳母后一次。成王败寇，乃是世间不灭之理，世人动辄嘲笑，他们自己就清白如雪吗？”

他看着太后，仿佛是在劝慰，又好似自语，“那毕竟是嫡亲的舅舅，打断骨头连着筋，皇兄说不定会网开一面的……”

这本来是应有的安慰，太后却面沉似水，指尖无意识地拨着佛珠，咬牙不语。

静王察言观色，也不再多说，起身告退。太后也不留他，紧闭了殿门，独自一人坐于窗前。

冰绡裁成的窗纱，隐约透出素白幽光，今日天气阴沉，更显得殿中昏暗。

她起身点灯，用银簪挑亮了，一道焰花在殿中明灭升起。

金黄色光芒下，她叹了一口气，想起静王方才所说的，不禁露出一丝冷笑来。

“网开一面……”

她姣美面容上，笑容越发森寒，又蕴含了说不清、道不明的刻骨憎恨。

“最好他死在阵前，粉身碎骨……”

如此刻毒的诅咒，从她平日里优雅温文的朱唇中迸出，诅咒的对象竟是她的亲生弟弟。

小小的灯焰闪烁着，将她雪白的面庞照出阴影来，太后喃喃低语道："不管他是生是死，那件'东西'，却绝不能落到别人手中！"

殿外刮起了大风，树木的投影在窗纱上摇曳晃动，风从缝隙中轻拂，将灯火吹熄，她彻底陷入了黑暗之中。

"你的意思是，太后有把柄落在你手上？"晨露冷笑着问道。

阴森腐朽的城狱中，她穿了件曳地宫裙，幽紫绸衣上，绣着迷离的鸾凤隐纹，眉宇间清冽高华，仿佛一团晶莹剔透的光，将这黑暗照亮。

林邝哼了一声，半倚在床铺上，听着身下的朽木咿呀作响，他皮笑肉不笑地回道："在没有见到皇帝之前，我没什么可说的。"

"这里是栾城，只有想将你碎尸万段的百姓，没有皇帝。"

晨露嘲笑着看他，"到了这等田地，你仍是不死心啊，林邝！"

她的微笑隐藏于昏暗之中，虽然清脆，在林邝听来，却别有一种幽寒况味。

"别说此城被围，即使是皇帝亲至，我也不会把你交给他的！"

林邝悚然一惊，重新打量着眼前的女子，试探着问道："我与你之间……有什么仇怨吗？"

仇怨？！

晨露想要大笑，却敛住了，她走近几步，腰间珠玉在黑暗中灼然耀眼，林邝只觉得眼前一阵刺痛。

"二十六年前死在你手下的破虏军英魂们，托我向你问好——"

一字一句，清晰的声音，让他的脸在瞬间扭曲抽搐。

林邝如见鬼魅一般，瑟缩着退到墙根。

"你是谁？"

他近乎失控地大喊，声音在空旷的狱中回响，更显得阴森寒寥。

晨露微笑着，黑色的瞳孔深不见底，她款款行来，仿佛游走于忘川之畔的幽灵。林邝颤抖更甚，连呼喊都发不出声来。

"你是怎么杀了他们的？"

清冷的声音，仿佛从天外传来一般。

"那样的陈年旧事，我、我早已——"

林邝浑身寒毛直竖，却仍强撑着推脱。他话没说完，只听呛啷一声，一柄寒光凛冽的长剑已经横到咽喉处。

没有任何威胁的言辞，他抬头看，看进瞳孔深处的那一点黑。

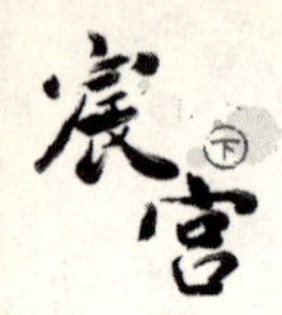

林邝一生中，也遭遇过几次生死危机，但这一瞬，他甚至感觉自己已触摸到黄泉幽冥。

他再也不敢耽搁，急道：“住手！我说便是。”

长剑微微松开，却仍横亘在颈项间，凛冽寒气袭面而来，林邝思索着，说道：“你既然与此事有渊源，便该知道，这是先帝下的命令。”

杀意蓦然高涨，剑身居然发出龙吟之声。林邝脊背上沁出了冷汗，他不敢分神，继续道：“他以一杯‘牵机’诛杀了林宸后，她所辖之军便成了一个棘手的难题。”

“新朝开创，若是公开杀戮有功将士，不免人心涣散，也容易让老臣心寒，他如此踌躇之下，我那位贤淑的姐姐便想起了我来。”

林邝说到“贤淑”二字时，不免也带上了嘲讽。

“林宸率领的是当年九战潼关的破虏军，他们虽然只有八万人，却是勇悍善战，尤其是中军一路两万人对她忠心耿耿。皇帝讹称奖赏，赐下御酿百坛，待近百名将官酒酣中毒之时，由我率领云、燕二州的府兵，将营地团团包围……”

林邝想起当日情形，心有余悸地叹息一声道：“皇帝不欲让臣下寒心，所以让我做这刽子手。我原以为他们群龙无首，不过是俎上之肉，没曾想，这一番困兽犹斗，竟让我云、燕二州的将士死伤殆尽！”

“当初那场面，犹如修罗地狱，惨不忍睹。林家受此重挫，亦是元气大伤，花了十年的时间才恢复过来。这样的牺牲，换来的却是林媛的中宫之位。”

他提起乃姐，话音中仍是不免怨愤。

“她掉过头来，对林家戒备防范……”

他喃喃地咒骂着，想起这次的惨败，心中更是深恨林媛不肯斡旋，面容都随之扭曲。

晨露什么也没听见，秋夜晦暗，大风从天窗的缝隙中吹来，将她的衣衫卷起，她无意识地凝视着微弱渺然的灯烛，仿佛从中看到一个个鲜活的面孔。

他们以武勇之名称冠世间，却没有死于沙场之上，而是在喜庆的憧憬中，死于皇帝的一纸诏令！

仿佛应和着她的悲愤，风在下一刻变大，席卷着雨点轰然落下，纷落飞溅到铁栅栏上，发出清脆的声响。

她手握长剑微吟，寒光闪动间，好似有无数英魂从黄泉地底发出怒吼。光影的迷离间，林邝感到毛骨悚然。

残灯被风吹得忽明忽暗，窗外雨声越发大了，有如巨大的咆哮声在天地之间响彻。

半晌，晨露才开口："你做下这件事，可曾想过有朝一日会有业报？"

林邝颤抖了一下，声音还算平静，"杀人者人恒杀之，什么业报，也顾不上了。"

他亦不是笨人，到了这等绝境，已是明白了五六分，微微抬头，他问道："你和此事有渊源……"

猝不及防地，他直直看进她黑眸深处的那幽寒一点，禁不住打了个寒战。

"我明白了，是讨债来了……"

他勉强笑着，仿佛看见了什么荒诞的神鬼妖魅。

夜雨轰鸣声中，长剑的龙吟声却是分外清晰。

林邝闭眼，感受着颈项间的沁凉，战栗着，等待那解脱的一剑。

"不……"

"不能让你如此逍遥……"清冷的声音低喃道，仿佛雪玉碎裂的决然。

下一瞬，长剑撤回，林邝惊魂未定地睁开眼，只见那双眸越发黑不见底。

"你且在这里安心住下吧。"

凛然冷笑声中，她转身离去，长剑无声无息地收入鞘中。

由阶梯出了城狱，到得地上，一旁等候的沈参将上前来递过一柄竹伞。

"襄王虽为俘虏，却是逆乱之首……"

晨露知道他担心什么，抬头微微一笑："我没有杀他。"

她不接竹伞，只是低低地问道："你是直属大将军麾下的？"

"是。"

"周浚与我有约定，此人由我处置，是生是死，你们不必挂怀。"

她转身走入雨幕中，不带一丝一毫的犹豫。

第二十九章 守城

第二日清晨，秋雨仍是不停，只是逐渐小了，竟有些缠绵的意味。风一阵一阵地刮，居然带出些阴冷来。

“一阵秋雨一阵凉了……”晨露感叹道，伸手接住由城中飘来的落叶。

她站在城墙之上，居高临下地俯看了一眼，不禁微微蹙眉。

“有什么不妥吗？”沈参将在旁问道。

晨露指了指墙体上的青石，“看这裂缝。”

“不过是小小的一道。”

沈参将虽然骁勇果敢，却不曾留意过这类事物。

“这是西北的门户重镇，虽然城小，亦是用整块的青条石灌注米浆铸成的。这些日子以来，这城池几番易手，连续的攻城撞击，已经让它不堪重负。”晨露淡淡说道，她在这方面可以说是行家里手，无人能出其右。

“我们兵力有限，若是大力修缮，又怕鞑靼军趁机……”

沈参将面露难色，他在雨中远眺，仍可见另一端隐约的鞑靼军营。

“城中幸存的百姓可以派上用场。”晨露如此说道。

沈参将苦笑道：“娘娘有所不知，早在城池陷落时，有血性的男丁便主动帮助平王守城，结果被屠戮一空。这些幸存者，都是当时主动投诚才得以免死的，让他们帮忙守城，等于是与虎谋皮。”

“当老虎觉得性命不保时，它会乖乖地奉上皮毛的。”

晨露微微冷笑，难得说了句俏皮话。

雨势越来越小，却是淅淅沥沥地延续到了午后。天色仍是阴郁，完全没有放晴的迹象。

紧闭家门的百姓被挨家挨户地唤出户主，到城衙前的广场上集合。

一大群人密密麻麻地聚集在广场上，远处树上和屋脊上也站满了人。

“作孽啊，没完没了的兵凶灾祸……”

“还好我躲得快……”

“官军不去厮杀，找我们有什么用？！”

这些户主大多是男子，却是神情惫懒懦弱，有些甚至编派着官军的不是，少数的几位老者也是惶恐不安地喃喃自语。

沈参将见气氛如此低颓，于是登上高台，扬声道：“各位……”

“大声点儿，我们听不见……”

有人怪腔怪调地喊道，引起一阵哄笑。

沈参将顿时大怒，他在军中从未遇到这等无赖，原先准备好的保家卫国之类的词句，一条也派不上用场。

正在僵持着，却见一列侍女簇拥下，一位宫装女子款款登上了高台。

她身着锦绣银红宫裙，以金线缠绕丝萝，在日光下灼然耀目，瞧着便知是名贵至极。她以帷帽纱幕遮面，有些见识的行商，一看便知她身份尊贵，不能轻示人前。

沈参将很是诧异，一则为她抛头露面，二则奇怪她的衣着风格——这位娘娘素爱清淡，出发前大将军便有交代，现在怎么判若两人？

“普天之下，莫非王土，各位生为天朝臣民，难道乐意去做鞑靼人的奴仆？”

百姓立即大哗，这女子说话如此刻薄，早有人忍不住鼓噪起来。

“即使你们这么想，这会儿也不成了！”

晨露笑声清脆，朗朗道：“我敢断定，此城一破，你们一个也逃不了，都要成阎罗的座上客了。”

这话更是嚣张恶毒，有人在底下已经忍不住骂人了。

“小娘子，你凭什么咒大伙啊？！”

又是一阵油腔滑调的声音响起，晨露不仅不怒，反而微笑道：“一则，穆那王子死在城中，鞑靼可汗早就派人来屠城作祭，若不是我军及时赶到，大伙早就成王子的陪葬了。”

这一条冠冕堂皇，底下人鼓噪道：“还不是你们官军派刺客做的，左右都是我们百姓遭殃。”

晨露冷笑一声，竖起食指道：“二则，本宫身在此城之中，若是城破沦陷，诸位只怕脱不了干系！”

她这一声“本宫”好生突兀，那骄纵凛然的语气，让沈参将都为之一愣。晨露瞥了他一眼，微妙地使了个眼色，他顿时领悟，于是高呼道：“这位是宫中的晨妃娘娘，恰巧被困在城中，若是有什么闪失，你们怕是想苟活也难！”

他满意地扫视着底下一片惊慌，忍着窃笑，又道："娘娘乃万金之躯，若你们贪生怕死，将鞑靼人放进来，即便能活命，朝廷也要诛你们九族！"

他这一番半真半假的胡诌，顿时让全场陷入沉寂。

片刻，才有人哭道："老天爷……"

"你们也可以开城把我叛卖！"

晨露冷冷道："只是各位拖家带口的，忽律可汗未必能护你们周全，孰重孰轻，各位可以自行掂量。"

一片死寂，所有人的眼中都染上了死寂和绝望。

沈参将佩服得五体投地，他清了清嗓子，又扬声高呼道："如今只有守城这一条路，男子汉大丈夫，难道要把命放在人家手心里攥着吗？"

底下的眼神，逐渐由茫然转为疯狂。

半晌，有人率先喊道："左右都是死，拼死也不放鞑靼人进城！"

仿佛被这气氛感染，其余人也振臂高呼，广场上顿时笼上了破釜沉舟的悲壮和决然。

沈参将趁热打铁，将各家青壮年男子分散编队，一齐派到城墙上去加固修筑。

一番忙碌之后，他退到箭楼之上，只见晨露正在仔细擦拭着宝剑。

"娘娘深谋远虑，末将实在佩服！"

晨露转过头来，微笑道："诏之大义，不如胁之利弊，人们永远是贪生怕死的，与其说什么保家卫国，还不如告诉他们说——你跟我是一条绳上的蚂蚱了。"

沈参将因她的俚语而开怀大笑。晨露却没有笑，手中动作不停，侧耳仔细倾听着，说道："鞑靼人马上要攻城了。"

沈参将大吃一惊，正在半信半疑，有兵士急急跑来报告："鞑靼大军已到城下！"

"果然如此。"

晨露一笑站起，"雨若是不停，他们不会攻城……可惜，仍是太急了些，城下泥泞不堪，他们怕是要吃苦头的。"

她举手投足间悠然从容，仿佛不以眼前敌人为意，只有深谙她性情的人，才能看见她眼中那团火焰。

她站在城楼上，看着由远及近的烟尘弥漫，心中无比宁静。

"都准备好了吗？"

那烟尘由远及近，仿佛一大块黑布遮天蔽日，好似暴风雨前的乌云落到地上，来势并不如何快，却有一种威势无可逃避，然后闷雷响起，压抑得人喘不过气来，那是几万只马蹄以同样的步伐踏在地上的声音。

“苍天……”

将士中有人呻吟了一句，气氛变得紧张不安。

“大约有五万人吧……”

晨露遥望着这遍地敌军，很是悠闲地笑了，“能剩下多少人安全到得城下呢？”

众人乍听此言，不禁一愣，却见身着甲胄的骑士们冲到距离城下约三十丈的位置，突然齐齐骚动起来。

“鞑靼与中原交战多年，攻城的伎俩也算学了七八成了，可惜，对于如何守城，他们仍是一窍不通。”

众人更加疑惑。鞑靼人逐水草而居，哪里用学什么守城的技艺？沈参将却是浸润日深，他蓦然想起周浚曾说过的话——想要攻下城池，就要先谙熟守城者的方略，对症下药，方能成功。

却听晨露继续道：“兵书之中多守城的要诀，而我要做的，却是最简单的一点——让尽可能少的敌军威胁城池。”

仿佛在为她的话作注解，不远处的战马嘶鸣不已，有些甚至在原地直立冲撞，它们动作狂躁，连朝夕相处的骑士都不能制止，一时之间，损伤无数。

雨停歇不久，满地的泥泞黏腻，人和马都骚动混乱着，浑身都沾染着污泥和鲜血，守城兵士看着这一幕，不禁大笑出声。

晨露冷冷瞥了一眼，疾声道：“等活下来再笑吧……弓箭投枪准备！”

沈参将一凛，打量着远处部分完好的敌军队旗，心中佩服不已。

“兵者诡道，这话不假，我先前命人在城外湿土中撒下药物，让马群发情兴奋。如此剑走偏锋，也只能使敌军部分减少，真刀真枪的拼杀，即将开始。”

她声音清脆悦耳，冰雪素颜上，居然露出一抹喜悦的微笑，黑眸之中，更生出无穷诡谲森冷，整个人都仿佛沐浴在幽冥之中。

沈参将不禁轻颤，他想起昨夜之前，这位娘娘身上的凛冽之气尚且没有这般严重，是那狱中的长谈，才让她变成这般模样？

他无暇再想，呼啸的箭雨已经漫天扑来。

雪峰之上，仍是如往常一样静寂缥缈，前次系上的绳结仍然完好，所有将士不带坐骑，只着薄甲攀缘而上。

“这条小道，确定不会被发觉吗？”

仍有人心中惴惴。

“晨妃他们通过这条路到了栾城，忽律可汗狡诈如狐，虽说正值失子之痛，说不定也会发觉。”

周浚居然亲身前来，他淡淡一笑，说出的话却让周围人惊怖不已。

“大将军，您是万金之躯，不该冒这个险……”

一旁的亲信焦急道。

“这条小道不为人所知，只有上古图舆中有所描绘，忽律要找准位置，并不容易。他最有可能做的，就是在山脚设下埋伏，一旦发现踪迹，就会向大营示警。”

周浚胸有成竹，笑容中有一种神鬼辟易的自信。

“在不惊动鞑靼王帐的前提下，看看我们能斩下多少蛮族的人头吧！”

所有人敬畏地望着主帅，缓缓向上攀缘，隔夜的雨水从头顶滑落，滴得通身湿滑，更增加了行走的难度。

岘昆行宫离前方不过两三日的路程，皇帝虽然担忧焦灼，却也只得耐着性子，等待栾城那边的消息。

他虽然不在京中，却因皇后的书信提醒，早在京中布下了天罗地网，盯牢了静王和太后的动静。

如今后方书信传来，竟是空前的风平浪静——静王闭门不出，太后也径自归隐礼佛。

元祈叹息一声，揉了揉眉心，神态踌躇。

他太了解自己的母亲和弟弟了！

有侍从送来一封仪馨的请安书信，满纸关切中，状似不经意地提到，太后唯恐梅妃有所闪失，已经让她搬入自己宫中，并从内务府调来年长健妇服侍。

这一句让皇帝深皱眉头，他沉吟片刻，冷笑道：“朕就这么一个子嗣……”

他心中添了这桩隐忧，匆匆回信给皇姐，却仍是不放心，想起在栾城孤军奋战的晨露，又是一阵心焦。

晨露并没有他想的那么凶险，虽然滚木与箭矢齐飞，时不时还有投石机的急袭，鞑靼人又调来了喷缊和楼车，她也处之泰然。

“娘娘，危险！”

沈参将扑过来将她推开，一块巨石就在他们身侧不足二尺处落下，青石城墙不胜其荷地剧烈颤动。一名士兵逃避不及，惨呼一声，石头砸在了他的身上，他的身体顿时四分五裂地炸开，鲜红的、分不出形状的肢骸脏腑撒了一地。

“大家卧倒，不要高于城堞！”

沈参将回身喊完，心有余悸道：“您没事吧？”

晨露瞥了他一眼，悄声道："这又不是箭，扑在地上被砸中的机会更多。"

她纵身一跃，从一个躲在城堞下的侍女手中取过自己的玄铁弓，不顾身旁的惊呼，搭箭向着那面大旗射出。

那支小小的、雪白的箭矢从漫天巨石的空隙中钻出，极尽轻灵地纵情飞翔，天光下，它雪白闪烁，快如闪电。

旗下一名漆黑重甲的王帐勇士射出一支箭斜掠而来，将它撞开，却冷不防咽喉一痛，他怒睁着眼，不可置信地倒了下去。

晨露同时射出两道羽箭，一箭杀敌，一箭朝着大旗而去。另一名守旗武士怒吼着，用胸前铠甲来遮挡。

他的庞大身躯落空了，这一箭并非真正射向大旗，而是射中了最先一箭，两道羽翎纠缠着，斜行直中大旗上的狼身，将那凶悍勇猛的图腾，豁出了个大口。

被风高扬的旗帜在这一瞬萎靡无力，大风将缺口撕扯得更大，丝丝缕缕地破烂，让所有鞑靼人颜面扫地。

"我们的沸油滚石呢？"

沈参将怒吼着，守城的军民如梦初醒，连忙装备起这些物件，城楼下又是一阵惨号。

"再坚持一下，这座城很快就属于你们了！"

晨露对着城下低喃道，黑眸中显出诡谲的愉悦，沈参将在旁听着，更觉森然。

栾城下的一片混乱，全数映入忽律的眼中。

他镇守在后军中，并不焦急，却也皱起了眉头，但并不是为了眼前的危急局面。

"父汗，您在担忧什么？"

不脱童音的稚气，出自他的幼子口中，他竭力做大人的老气横秋状，将忽律逗得开怀大笑。

"我在担忧，中原人又有什么诡计了。"

忽律远眺着箭矢满天的城楼，似乎是在自语，又似乎在回答儿子，"情势虽然凶险，守城者却不急不躁，这个对手，不容小觑……"

有王帐勇士急急来报："抓到两个潜逃出城的人。"

忽律示意将他们带上。不到半刻，两个五花大绑、衣着破烂的人便到了眼前。

在士兵的呵斥声中，两人跪下，磕头如捣蒜。

忽律仔细打量着他们，见他们衣冠虽破，质地却很是光鲜，举止之间，也不像是做粗活的。

“你们是哪里的奸细？”

他和善地微笑着问道。

那两人虽不知他的真实身份，却也隐约知道是上位者，见他并不凶恶，壮着胆子哭诉道：“冤枉……我们都是良善城民，不是什么奸细。”

忽律冷笑一声，道：“将他们推出去斩了。”

两人被拉扯着朝外走去，涕泪交加，浑身都在颤抖。忽律观察了一阵，直到他们被拖带到帐门口，才又将他们唤了进来。

“你们是什么人？”

年长者哭得手脚瘫软，年轻些的见不是事儿，颤抖着说了前因后果。

原来这两人是城中富户，不愿被驱赶着去修筑城墙，于是以重金买通相熟的守军，从狗洞钻了出来。

鞑靼人屡次征伐中原，很多人都略通汉话，听着此人说得猥琐逼真，都哈哈大笑起来，眼中满是不屑。

忽律锐利的眼睛凝视着他们，直到后者又出了一身冷汗，才道：“你们可知道城中守军的情况？”

年长者一听，更加害怕，在地上缩成一团，年轻些的也露出了恐怖的神情。

“我们只是蚁民百姓，哪敢管官家怎么守城。”年长者颤巍巍说道。

忽律微微冷笑，随意吩咐道：“将他们拖出去。”

又是一阵哭号，那年轻些的殷商惊得肝胆俱丧，挣扎着跪地求道：“可汗容禀！”

明媚的艳阳照在他身上，刺得人眼生疼，他面上露出痛楚的挣扎来。

仿佛下定了主意，他走上前去，悄声道：“可汗可曾见到那城头的白衣女子？”

此话一出，周围的温度瞬间下降，王帐陷入了诡异凝滞的气氛中，即使是最得宠的勇将也不敢开口。

那人莫名所以，战战兢兢不敢再说下去。忽律眸中光芒大盛，随即变幻莫测，他慢慢轻声笑道：“曾经有一面之缘……”

旁边的鞑靼勇将恨得睚眦欲裂——几个月前，可汗被她一剑射中，损及心脉，居然留下咳喘之症！

那人擦了擦额头的汗，继续道：“这位姑娘英姿飒爽，城中人都是既敬又畏……”

他瞥了一眼众将眼中的凶光，胆战心惊地继续道：“只是她的真实身份，却实在是骇人听闻。”

他有些畏惧地低头，声如蚊蚋，“她是当今圣上的宠妃……”

忽律唇边绽出一抹微笑，暖如绚日，“天朝皇帝的妃子？！”

“是……听说这城中事务，皆是由她执掌，周大将军的属下，也都要听命于她。”那人愧疚地垂下头道。

待所有人退下后，忽律若有所思地来回踱步。

“可汗是想……擒贼先擒王吗？”

军师在旁笑道：“天朝有句话，叫作投鼠忌器。”

忽律叹道：“我确实在动这个心思，可惜，那女子也并非易与之辈……”

他回头问道：“她率军突现栾城，你们可曾在山上找到什么秘密栈道？”

军师不禁失笑道：“可汗，那雪峰之上平滑如镜，峻峭至极，飞鸟亦是难渡，我们的将士尝试多次，都以失败告终。倒是平州方向，虽然官道封锁，却仍有小路曲绕，他们大约是从那里来的。”

忽律闻言，正想继续询问，一阵胸闷，逼得他咳嗽不已。

他苦笑着平躺在貂皮木床上，挥手示意军师退下。

营帐的布帘被放了下来，他凝视着外面射入的阳光，叹息不语。

不知道要多久，才能将天朝的锦绣河山拿在手中，自己还能支撑到那一天吗？

他扪心自问，想起惨死的穆那，又想想还在冲龄的幼子，终于不再踌躇，下了决定——只有兵行险招，才能更快达成心愿！

晨露与沈参将正在巡视城墙，她衣着简洁，月白对襟袍别无奢华，只在衽腰处绣了一枝红梅，十分清新可喜。

修筑城堞的百姓们有些惶恐地闪避到一旁，也不说话，端着瓷碗吃饭，城墙上一片寂静。

有个别胆大不识相的，想从旁偷窥她纱幕后的容颜，被那两点幽寒黑眸一瞥，竟是惊得魂飞魄散。

“听说那是皇上最宠爱的娘娘……”

“妈呀，这般凶狠的性子，万岁怎么消受得起……”

有人私下咕哝着，却再不敢抬头看一眼。

“娘娘，这些人不过是无知愚民，不必跟他们一般见识。”沈参将委婉劝道。

晨露微笑着，并不动怒，“将军未免小觑我的耐性。”

“这些人并不是寻常庶民，而是城破之后幸存的——有血性的都被杀了，只留下这些惫懒油滑之徒，若是跟他们讲什么忠恕之道，等于对牛弹琴。我以严威迫之，还能压制他们一段时日。”

“更何况，”她狡黠笑道，“我在民众中留下刻薄无礼的印象，不日便会传到忽律耳边。”

此时有人来悄声报告：“那两人已经逃出城了……”

晨露微笑着，声音低而清晰，含着不容置疑的果决，“沈参将，我以自身为饵，引鞑靼人全力攻城，稍后便要辛苦你了。”

沈参将一愣，下一瞬便明白了七八分，他正在踌躇，却听城墙上吹起了警哨——鞑靼人又攻来了。

随即，城外也响起了奇特的哨声。

皇帝在奏折上批下厚重淋漓的一笔，又让掌笔太监盖上自己的小玺，这才满意地让人以蜜蜡封边。

这是给留守北郡的将士的上谕，让他们密切戒备，防止鞑靼人从草原腹地分兵前来。可接受这份奏折的，却是大将军周浚。

周浚身为此次用兵的主帅，此刻也在行宫中，皇帝却不欲绕过他直接下旨，这份御下的胸襟和手腕，实在难得。

“皇上，云嫔娘娘又送燕窝来了。”

皇帝手中一凝，有些狐疑地想道：云萝这几日，都往这院中送食盒。

他瞥了秦喜一眼，后者心领神会，躬身道：“不敢有违规矩，都是以银针验过才呈上来的。”

“今后也不必呈上来了，你们自行分食吧。”皇帝轻描淡写地说了一句。

“是有什么不对吗？”秦喜心下一沉，却不敢妄自揣测，窥着皇帝的面色问道。

“没什么不对，只是朕不想吃这些。”

皇帝看了他一眼，秦喜立即心领神会，他瞥了眼一旁的侍女，口中笑道：“想来万岁不喜欢吃甜的，奴才这就把东西撤下去。”

他将燕窝小心端起，退了出去。

经过院门时，守门的侍卫跟他开起了玩笑。

“秦公公，这样的顶级血燕，又便宜了你，几时也给兄弟分一杯羹？”

秦喜二话不说，上前就是一个栗暴，“这是娘娘为万岁准备的，可是你们吃得的？”

侍卫们年少气盛，忍不住抱怨道：“万岁不要撤下的，我们怎么就吃不得？”

秦喜看着他，露出一抹古怪的冷笑，“这是云嫔亲手烹调的，你若实在命大，可以拿回去尝尝。”

他在“亲手”二字上加重，侍卫虽然年轻，却也不是傻子，闻言有如醍醐灌顶，惊出了一身冷汗。

“难道这囊里……”

秦喜又给了他个栗暴，“胡说些什么呢！”

他不理这懵懂的青年，径自走开。一旁年长的侍卫宽慰道：“贵人们的东西，你最好少碰，里面保不齐有银针也测不出的东西……”

他说着，自己也打了个寒战，于是闭口不言。

城墙上的警哨声凄厉，充斥了所有人的耳朵，可那城外的一点奇特哨声，却是清越激昂，在这万钧之重中决然穿过。

“是鞑靼王帐的鸣镝！”

晨露面色一寒，沈参将已经说出了口，他神色冷肃，好似已经把生死置之度外。

王帐的鸣镝，象征着可汗的无上威权，一令既出，即使所指的是父母友人，也必定万箭齐射。

“是要赶尽杀绝吗？”沈参将一边命人紧急加固城墙，一边低语道。

日光照着城下广袤的平原，只见蒿草被践踏得青黄衰败，玄黑色甲胄刀箭罗列阵前，那一张张粗犷的面容看不分明，却带着悍烈的煞气。

无数的寒光在烈日下灼灼发亮，山川草木都为之战栗。

远处的雪峰晶莹闪耀，仿佛一位天人，静静俯视着这一场人间杀戮。

滚木从上坠落，云梯被掀了又架，带着火焰的弩箭在城头飞越，城砖的缝隙中流淌着永不歇止的鲜血。

有人从城头坠落，或是惨号，或是无声，旁观者却是睚眦欲裂，怒吼着冲上前去。

天空一碧如洗，处处可见强矢在阴暗里散发的幽然光芒。

鞑靼人越发近了，几乎可以听见他们欢呼和祷求长生天的声音，仿佛风声瑟瑟。

沙尘将天空遮蔽了半边，大地仿佛都在呻吟不止。

城头上已经可以看见鞑靼人特制的弯刀，雪亮地映着飞溅的鲜血，转瞬即逝，却也是越发危急。

尖厉的呼啸声从头顶飞掠，晨露从容闪过一支箭，任由它钉入城砖，发出嗡嗡的声响。

“好箭法！”她居然笑着赞道。

沈参将瞥见这一幕，吓得魂飞天外，无奈他身负守城要责，也无暇分身来管。

城头上的弯刀逐渐多了起来，身着黑甲的鞑靼勇士在城墙上终于占住了一小块地方。

仿佛一朵小而危险的乌云，却即将压城欲摧！

守城的将士们在金戈声中汗湿衣襟，他们用憎恶的眼神看着这一片不祥的乌云。

仿佛急流遇见巨石，乌云仍是被拆散着，杀戮着，片刻破碎，却又执拗地恢复。

云梯上的第二批将士已经赶到，他们大喊着冲上城，用木和皮革的盾牌替同伴遮挡着。

晨露轻笑一声，手中羽箭指向湛蓝的天空。

随着她的手势，无数大弓的弦在颤动，发出奇妙的嗡嗡声，越过这些鞑靼将士，弯曲落于城下大军之中。

闪着寒光的箭头随即绽开了一朵朵鲜艳的红花，大军骚动着，再也无法聚成完整的阵形。

一筒筒箭夺走了无数人的性命，城头几经反复，守军终于支撑不住，士气开始低迷。

“是时候了！”

晨露示意沈参将，后者虽然踌躇着，却还是鸣起号角，示意撤退。

守军们如潮水一般从城墙上飞快撤退，胜利者们喘息着，就地坐下，也已经异常疲惫。

第三十章 缘尽

忽律踏上这座城楼时，只觉得脚下的青石砖仍然是湿腻的。

鲜血的气味从地上升腾而起，在日光下一蒸，越发阴森浓腥。

他叹了口气，看着眼前堆积如山的尸体，吩咐道："不分敌我，都入土为安吧！"

随身的将士有不服气的，道："小子们素来以头颅来记载战功……"

忽律冷冷一瞥，让他愣在当场，"这里不是极北雪漠，而是中原西部——你想让大军生出瘟疫吗？"

他又想起一桩紧要的，于是问道："天朝皇帝的妃子呢？"

无人应答，半晌，才有人回道："好似看见她随溃军撤入城中。"

"搜城！"

忽律一挥手，便有潮水一般的将士涌入城中。

"那中原女子确实是美丽如花，可惜，性子太凶悍了……"有勇将在旁笑道。

忽律回以淡漠微笑，"即便是天仙，我也无心去看——擒住她，才能使中原皇帝低头。"

"皇帝有后宫三千，不会为她一人放弃天下的。"军师在旁说道。

"我要他献出江山做什么。"

仿佛有些新鲜似的，忽律那幽蓝的眼眸中闪过笑意，"再好的鲜肉，也要一块一块地吃。我只要天朝皇帝割让平州一线，便心满意足了。"

他虽然语意平淡，眉宇间却是不可动摇的决心。

"慢慢来，我总能在归去长生天之前，见到自己亲手打造的帝国！"

声音清朗铿锵，仿佛是刀剑镌刻于冥冥之中的命定。

整个栾城都在寂静之中。

这份寂静，却透着诡异和惊怖。

一队鞑靼人挥舞着长刀，在街巷间穿行，一阵风吹过，各色民宅的门窗被吹开，里面空无一人。

街道上的店铺仍是琳琅满目，主客却都是渺然无踪。

还有先前撤退的天朝残军……

“什么人也没有……这难道是一座被诅咒的城？”

有人小声咕哝着，被同伴狠狠地瞪了一眼。

此时阳光明媚，这些杀人不眨眼的勇者，却都想起幼时流传的一个可怖传说。

一座城池被鬼物洗劫，万物齐聚，却不见一抹人烟。擅自走入的人，都将永远在原地绕圈，直到死去。

他们再不敢想下去，只是沉默着向前搜寻。

街巷曲折，一色的白墙黑瓦，看起来也没什么不同——仿佛是在原地打转！

已经有人惨白了脸，正想回头，却见天空瞬间暗淡下来。

巨大的重物轰然而下！

最先一人当场脑浆开裂，其余人踉跄爬起，却只见角落中飞出一阵弩箭。

闪着寒光的箭头又带走几人的生命，久经鏖战的几人在拼力闪躲，身后戳入半尺刀刃。

墙边跃下一个百姓打扮的男子，得意地笑道：“这是我们家祖传的大缸，侍候你们几个绰绰有余了！”

他突然一击掌，恨恨道：“不好！缸都砸碎了，来年的腌菜可怎么做啊！”

狭窄小巷中传来一阵笑声，有人隐在黑暗中笑道：“我们镇北军常年戍守边塞，漫说是缸，就连木桶木盆，也可以拿来将就腌菜……”

这样的一幕，在城中层出不穷，忽律在接到急报后，才发现己方胜利入城的将士，已经蒙受了惨痛的伤亡。

“攻下这城池，我们也不过损失了五千人，如今居然在这些民居街巷中折了三千！”

忽律沉声道，望着眼前如出一辙的宅门白墙，微微冷笑。

“我道他们在玩什么花样，原来准备在街巷中暗算我军！”

军师忧虑道：“街巷曲折幽深，蜿蜒混乱，我军不熟悉地形，又是在明处，很是不利！”

“无妨，将那两人提过来。”

忽律一声令下，先前借狗洞逃遁的两位富商又被提了过来。

“他们最为熟悉地形。”

忽律的一句话，让两人顿时面如土色，身体抖成筛糠。

“悔不该……钻什么狗洞！”年轻人含恨说道，已是悔断了肠子。

“满城军民人数甚多，若全在街巷中，不可能不露痕迹……”

忽律沉吟着，又问道：“城中可有什么密道？”

那两人对视一眼，年轻人嗫嚅道：“有……”

“带路。”忽律起身说道。

一行人走到府衙门前，这里自穆那被刺后，便一直荒废着。

吱呀一声，推开镂花扇门，露出后堂的卧室。那年轻人颤抖着，再也说不清其中机关。

侍从们搜索着，将书画、瓷器翻得到处都是，却仍是找不到所谓的密道。

有人气恼起来，推开门便要到庭院中再搜。

门被推开的刹那，只见一阵寒光，带着凛冽的杀气冲天而来。

忽律愕然抬头，只见院中、墙上、屋檐都是累累的刀剑和铁箭！

傍晚的日光依然明媚，他仿佛想到了什么有趣的事物，居然微微苦笑起来。

“我中计了？”他笑着问道，声音清朗醇厚，好似对眼前的危局并不担忧。

“你太急于求成了。”

声音宛如玉碎落地，冰裂破堤。

“这两位富商，本来就是我为了迷惑你所用的死士，他们生于此城，别无牵挂，所以放胆一搏，果然将你也骗了过去。”

从刀枪剑戟后款款行来的女子，肌肤晶莹剔透，在傍晚暖日的照耀下，清冽出尘，仿若天人。

忽律微微眯起眼，从心底感到一种奇妙的熟悉。

“你是谁？”

“可汗不是正在搜寻我吗？”

那女子微笑着，眼底却幽寒清冷，微微一瞥，便要连血脉都为之冻结。

“你自认能制住我？”

忽律依稀认出，这便是那日将自己射中伤及心脉的女子，他眼中威仪大盛。

“不能。”晨露坦然答道。

她随意抬眼，忽律便好似有冰屑激于面庞，竟生生地刺痛。

“若是乱箭齐发，可汗必定殒命于此。”

“你难道不顾惜自己的性命？”

好似听到了什么可笑的言语，晨露正要放声大笑，却仍是抑住了。她眸光如雾，

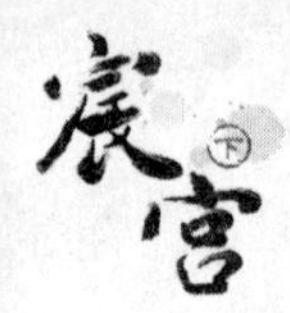

仿佛有无穷的怅然幽远，“生亦何欢，死亦何苦，一命换一命，对天朝来说是桩合算的交易。”

忽律望入她的眼中，被这份诡谲而深深震撼，知道对方说得出，做得到，他的微笑慢慢消失，鹰隼般的眼睛打量着四周敌军。

“放下武器吧，可汗，你们已经没有退路了。”晨露宣告道。

鞑靼军不知统帅在这小院中遇到凶险，仍在城中搜索着。

与攻城的九死一生相比，街巷好似一个张开大口的幽灵，无声地吞噬着人命和鲜血。

每一处暗角，都有可能成为殒命身亡之地，每攻克一条街道，都要付出几十个鲜活的生命。

素来懦弱的庶民，也和守军一样，杀红了眼，他们清楚地知道，穆那王子的死，需要全城人的命来殉葬——再懦弱的羔羊被逼至绝境都会反噬到底。

喊杀和惨叫声不断地追逐而来，血腥与铁臭愈来愈浓烈地拥在鼻端，鞑靼军首次感受到修罗地狱的模样。

一阵号角声响起，鞑靼军一齐大惊——竟是撤退的信号！

纵横北疆，甚至铁蹄踏尽万里河山的鞑靼大军，居然会有撤退的一日？！

然而军令如山，所有人如潮水一般退出了城门。

很多将士望着满地遗留的尸骸和鲜血，恨得双目几乎泣血，面容都因之扭曲。

城门一旁，忽律悠然站立，身后一柄短刃，却昭示了他目前的处境。

“你准备挟持我到何时呢？”忽律沉声问道。

“一旦你们撤退，我立刻放人。”

忽律突然微笑起来，眼中甚至带着怜悯，“我能攻占此城一次，便有第二次。”

晨露含笑不语，望着忽律身后，黑眸中瞳孔为之一缩。

忽律心中一沉，不禁向城外远眺。

只见城外烟尘漫天，一道赤色大旗上书一斗大“周”字，正遮天蔽日而来。

“原来你另有援军，另有密道。”他缓缓说道。

晨露瞥了他一眼，黑眸中的幽寒让他为之一凛。

“没有什么密道，只是你疏忽了雪峰，即使是飞鸟不渡的天险，也会被人踏在脚下——你太轻视了这世上的万一。”

“原来如此……”

忽律咀嚼着她话中含义，怒极生笑，“本王今日真是受教了。”

“可汗不用客气……”

晨露素颜之上掠过一丝不易察觉的冷笑，“之前承蒙您的‘恩惠’，我今日不过投桃报李而已。”

她说到“恩惠”二字时，目光幽然，仿佛想起了多年前辗转悠长的心事，忽律一触之下，只觉得遍体森寒。

“我们从前见过？有什么冤仇？”他剑眉一轩，突兀问道。

“言重了……天朝万千子民，哪个不是恨你入骨——你看这城下几万儿郎，战意如虹，若能斩得你的首级回师，那才是畅快圆满！”

仿佛故意激怒他似的，晨露轻笑出声，玉碎雪裂一般的清冷。

忽律俯身望下，只见城下剑戟如林，甲胄黑寒，却并不进攻，只是静静排列着，蓄势待发。

“既然如此，何不一试？”忽律微笑答道，掩下了心中的微妙感觉。

马蹄掀起的烟尘，将这无瑕的女子掩盖，她微微侧过头去，烈日在她脚下投出极清淡的影子，仿佛连她这柔弱的身躯都被融化。

她雪白的面庞隐没在阴影中，一双寒星般的眸子熠熠生辉……

忽律皱起眉头，只觉得这一幕似曾相识，却怎么也想不出头绪来。

只听那清冷的声音响起，“将士们勇武可嘉，我却不愿意他们将大好鲜血洒于此地。”

她抬起头来，一字一句，异常清晰，“若可汗愿意，请将城门打开，你率军平安离去，将此城奉还朝廷。”

忽律为之一愣，随即大笑出声，“你们中原人有句话，叫作与虎谋皮……”

“可汗的性命，仍在我手中呢，所谓匹夫之怒，血溅五步，你也该听说过吧。”

两人唇枪舌剑，针锋相对之下，两军却是隔着城门遥遥对峙，怒吼声仿佛从大地深处迸出，连日光也为之失色。

沉重的城门被擂响，如此挑衅，让鞑靼军忍耐不住。忽律回身示意他们安静，看着晨露的眼中带上了讥诮，“难道我像是贪生怕死之徒吗？”

“你不是。”

仿佛有些倦意，晨露断然反驳道：“这世上怕死之人不知凡几，你却断然不是。可你此刻却绝对不能出任何闪失。”

她凝视着忽律，瞳中幽光大盛，缓缓道：“你长子已逝，若是你殒命于此，鞑靼十二部群龙无首，将是一片散沙，草原又将陷入血腥混乱之中。因此，你绝对不能用性命来冒险。”

忽律闻言，长叹一声，再不开口。

半晌，他才道："我答应你。"

他们两人下了城墙，忽律唤来部下大将，在众目睽睽之下，平静道："开城门。"

"可汗不可……"

无数声音在这一刻焦灼，忽律一摆手，这滔天声浪便消失于无形。

"开城门。"

他第二次吩咐道，平静，而不容置疑。

沉重的城门随着铁栓的拖动终于被缓缓拉开，城外的将士们面面相觑，简直不敢相信自己的眼睛。

周浚身着黑甲，一拍身下飞龙骏，越众而出，眼中因极度愤怒而冒出火焰。

"忽律——"

他咬牙切齿，看着这日夜惦记的仇敌，心中激昂，眉宇间杀意激荡。

"大将军！"清冽的声音及时喝止道。

他抬眼望去，这才看到被忽律高大身影遮挡着的一抹雪衣。

"大将军，忽律可汗愿意以此城来赎得性命，鞑靼军立刻撤离，你可以安排我军入驻了。"

仿佛从九天之上传来的声音，清冷，然而带着无上的威仪。

周浚心中惊怒交加，半晌，才咬牙躬身道："臣……领命！"

晨露望了他一眼，不无歉疚地转开了脸。

大军鱼贯而撤，另一股却是鱼贯而入，晨露眼见双方人数均已过半，正要放下手中的利刃，却听忽律道："你若是在此一剑杀了我，又当如何？"

"我天朝以信义立国，又岂会做这等无信之事？"

忽律回以轻松冷笑，"信义？天朝皇帝曾有书道，结为兄弟之邦，永不相争，如今又是如何？你若不能让我信服，我军恐怕不能就此撤离。"

他一声令下，尚未撤离的将士们梗在城门前后，两边立即不得寸进。

晨露望着这相持诡异的局面，心中只跃上四个字——骑虎难下！

"你待要如何？"

晨露很快就冷静下来，她望着这城门前无言肃杀的对峙，心思飞转而过。

"来而不往非礼也……为了万无一失，你陪我一起出城。"

忽律微笑起来，微蓝眼瞳映入晴碧一洗的天色，虽然被挟持而立，却仿佛天神降临一般傲伟。

他所说的，也并非是祈请，而是不容置疑的决然。

“可汗真是好决断……”

晨露凝望着他，片刻，居然也轻声一笑。四周围绕的鞑靼将士，只觉那高入云霄的雪峰好似在这一瞬迸裂四碎。

那笑意蹙在眉间，却寒似漠北极夜，说不出的诡谲。

“既然如此，我便奉陪到底。”

她慢声细语道，仿佛是才掷下金钿眉笔，由香闺中步出，素来清澈的眼中，却因这最后的一个“底”字，决绝冰封。

两人并肩而行，仿佛是最亲密的友人，一起步出城门。他们的身后，潮水一般的军队又开始了通往彼方的迁徙。

直到暮色初露，栾城才重新回到天朝的辖下，城门之下，人头逐渐稀疏。

只听一阵马蹄疾驰，沈参将着了薄甲，骑马冲过城门，他一手执缰，另一手伸出。

“娘娘快接住！”

未等他靠近，王帐勇士们便将他的马辔制住。他们生于草原，手法异常巧妙，那马打着响鼻，却只是畏缩着不敢近前。

“沈参将，你先回去吧。”

晨露淡淡道，手中长剑仍架在忽律颈间，丝毫不曾放松。

“可是——”

“之前大将军曾吩咐你听命于我，难道镇北军军纪如此松懈？”

她语声仍是不大，却已带上金石之音。

沈参将策马不行，半晌，颓然泄气道：“遵命……”

沉重的城门被缓缓关上，粗犷狰狞的狼旗翩然坠落，宣告这段短暂的沦陷到此终止。

“此去前路甚远，颇多荆棘，要有劳晨妃你随行了。”

忽律的意思，是要以她来要挟天朝皇帝。

晨露亦回以一笑，“且莫说前路，可汗的性命，如今还在我手中攥着呢。”

“如此说来，我们彼此都投鼠忌器……”

忽律朗声大笑，因这微微颤动，剑锋将他的脖子划破，洇出几滴鲜血来，红得惊心。

“这么麻烦，我肯定手酸，还不如早些放下。”

晨露微笑调侃着，却没有放下手中长剑，她微微蹙眉道：“可汗可愿意与我再来个约定？”

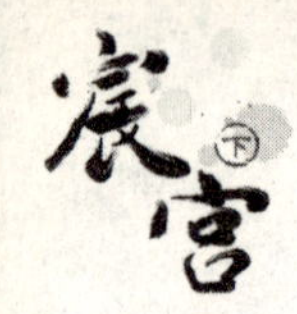

说到“再”字的这一瞬，她想起多年前，在京师城门边，那段短暂的生死逃杀。

那次，她以失败告终。

风将她的声音吹得空旷辽远，仿佛是黄泉忘川之畔的幽叹。

“怎样的约定？”

“此地风景甚好，我们不如在此切磋一二，败者剑下殒命，不必多说。”

此一句，直截了当，却犹如在水面上投下一块巨石，惊起重重涟漪。

鞑靼将士们顿时一阵鼓噪，有凶蛮的，已经不客气地破口大骂起来。

忽律一摆手，所有喝骂声顿时停止，他双目炯炯，凝视道：“上次你那一箭，本王铭记在心……天朝不是一向推崇女子无才吗？皇帝怎会娶你这般人物？”

他说这话时，仿佛想起了什么，到末了，竟是无比怅然和感伤。

晨露心中雪亮，情绪激越之下，手中长剑不由紧了紧，却听忽律道：“也好，我若是胜不过一介女子，又谈何饮马中原？”

四周人潮退去，方圆几十丈，只剩下他们两人，静静伫立着。身后，便是巍峨耸立、千古不语的青黑城墙。

一如，多年前，他们初识对决之时……

晨露微微眯眼，仿佛不忍目睹这青黑城墙，她摇了摇头，从这短暂的失神中清醒过来，她握住剑柄，呛然掣出剑来。

剑匣中这一声清越龙吟，在人们头顶肆意弥漫，仿佛响彻了整个天地。乍停时，耳边仍有微微余响，所有的马匹好似不胜惊骇，都扬头嘶鸣。

晨露雪白的面庞遮掩在城墙的投影中，让人看不清她的眉目，仿佛在那儿孤单伫立的，只是一袭白衣以及多年前的一抹幽魂。

忽律正要拔剑，却见己方阵营中，有一位其他部落的勇将大吼着冲上前来，“根本不用可汗出手，我来！”

他语气虽然忠心，眼中却满漾着骄狂，不可一世的嘴角笑得歪斜，仿佛天上地下无人可敌。

忽律唇角勾起一抹无温度的微弧。

那勇将手持金锤，怕有百斤上下，纵马上前。众人见两人身形悬殊，众目睽睽，也觉胜之不武，正不知该赞还是沉默，却见剑光一闪，亮如暗夜霹雳，光尽处，晨露伫立依旧，那勇将却已被斩成两截。

鲜血喷洒漫天，皮肉却仍诡异地相连着，纤弱的少女眉目模糊，仿佛在阴郁地冷笑，嫣红的血把她的清秀浸染成诡谲的艳丽。

那雪亮的锋刃散发着清越的冷戾，所有人惊怖，一时竟无法出声。

忽律抢身上前，再无一言，长剑凌空指来，两人以快战快，瞬间便激烈异常。

暮色仿若虚幻，只见两道身影几乎化作黑白二光，凌厉诡谲，衣袂飘飞处，竟似带起辉赫光焰。

忽律的剑招刚柔并济，浓眉因着杀气而蓦然挑高，摄人肝胆的剑意宣泄而出，森然霸气。

晨露的剑式却是极尽古怪，有如在惊涛骇浪中一息尚存的小舟，虽然风波不尽，却犹自安逸。她荡开对方重剑，剑尖带起一阵疾风，刺入忽律饱满威势中。

有如小舟居于漩涡中心，微力便可撼动天下！

她看似漫不经心地轻点，忽律瞬间大惊，那道煞气便猛然现了破绽，他只见身前白影一花，恍惚迷离之间，便觉腹中一痛。

他不敢置信地睁开眼，只见雪衣轻拂，不过咫尺，半截剑锋，却已深入自己的腹中。

他缓缓抬头，看到了这一生一世的梦魇。

那少女蹙眉冷笑，那一双清冽出尘的黑眸，似讥讽，似决绝，多年前极为熟悉的，从城墙上一坠而下的……

忽律全身的血都要为之逆流，它们奔涌着，凝聚到心尖，在这天地苍穹间，化为一个暗夜梦回的名字。

“是你！”

天光在这一瞬暗走，忽律耳边，只余下风声萧萧，他情不自禁地微笑起来。

“是你……”

他喃喃重复着，伸出手，想要触摸那近在咫尺的清秀容颜。

“是你。”

他喜悦而悲伤地、惆怅而呆滞地，第三次说道，却又踌躇着、隐忍着，将手缩回。

有力的大掌，用力回握着腹前剑刃，仿佛要抓住什么刻骨铭心的东西，用力，至深！

鲜血如泉一般喷涌而出，染上了她的鬓发，如珊瑚一般红艳。

“林宸……”

低低的呢喃，从他刚毅的唇中唤出，忽律忍住剧痛，用尽全身的力气，将雪刃从腹中一寸寸拔出。

他微笑着，仿佛极为甜蜜，极为喜悦，这一瞬，他什么都明白了。

“是你，回来了……”

呛啷一声，晨露手中长剑落地——忽律将它拔出丢下，发出清脆的声响。

他站起身来，以眷恋的眼神再看了她一眼，只一眼，便若无其事地转身离开。

他走得很慢，每一步，却很稳，鞑靼军见他如此凶险，早已有人过来搀扶，他却强行站住。

最后一丝暮色，在他身上消失，在那重重黑甲中的，仿佛只有一具微笑着的灵魂。

城墙上遥遥传来惊呼，依稀是沈参将的声音，他遥遥观望，见忽律居然不死，再也忍不住心中惊怖。

“只是当时已惘然……”

忽律低声笑了，轻吟了这句众人都不懂的中原诗句，中气十足地扬声命道:“撤离——”

这悠长的一声，隔绝了所有的光明——黑夜终于到来了。

随着鞑靼大军潮水般退去，城门又被打开，沈参将急急奔来，险险接到晨露瘫坠而下的身躯。

他一时为难，却听晨露轻声道：“我那一剑……”

她仿佛累极了，良久，终于说道：“忽律……他最多只有三个月的寿命。”

十月初七，鞑靼大军撤离栾城，原本兵分三路进逼的大军不再疾进，而是沿着平州一线，慢慢开始退却。

此次危机，原本是个大战不休的架势，却在如此之短的时日里，以鞑靼军的撤退告终。消息如生了翅膀一般传开，天下九州为之哗然。

沈参将兴冲冲地奔入室内时，晨露手持一柄犀角雕梳，正在窗下对镜端详。

乌檀似的长发垂在身后，有如一匹上好的黑缎在闪烁光辉，她慢条斯理地梳理着，慵懒而随兴。

秋日寒深，遥遥看去，重重绸衣包裹下，她仿佛弱不胜衣，很是惹人怜惜。

这样一位深闺宫妃，竟是斩断鞑靼可汗生命的绝世强者！

沈参将暗自嗟叹，定了定神，才发觉自己不该直视，他避过一侧，禀报道:“圣上送来急件——”

一只苍白细腻的玉手从他手中抽走书信，晨露展开信笺略略一瞥，已知端倪。

“群臣怎么说？大将军又是什么主意？”她如此问道。

沈参将深深一礼，表示对自己主帅的敬重，“大臣们的意思，是要乘胜追击，将鞑靼人彻底驱逐到大漠之外；大将军认为此时应求稳，不能轻举妄动。”

“乘胜追击？”

晨露轻笑出声，黑眸中闪动着冰雪一般的讥诮，“是谁胜利了，又是谁落败？”

沈参将见她话音不善，垂手不敢开口——他心中对那些饱食终日的朝中大臣，也颇不以为然。

“鞑靼人开始撤退，不是为了什么失利——孤狼一旦受挫，只会更加凶狠地反噬。只因忽律伤重不治，他要迅速赶回王庭，安排身后的一切事宜。”

晨露声音中并无半点喜悦，她缓缓地梳发，想起忽律身上的致命一剑，心头有一个念头缓缓浮上，最终，化为无声的叹息——

这世上，终究又少了一位劲敌！

自得知真相以来，她想起忽律，只觉满腔怨恨无处发泄，如今得偿所愿，却只觉心头一阵惆怅虚无。

她隐隐知道，此人一去，这世上懂得自己的人，又少了一个。

是劲敌，亦是知己……

她微微苦笑，雪白的面庞浸润在昏暗中，缥缈朦胧，连眉目都瞧不真切。

“鞑靼人撤退的消息，很快便传开了吗？”她如此问道。

“已经八百里加急，通知京城那边了，其余各地，不日也将知悉这一喜讯。”

沈参将偷窥着她的面色，险险将“喜讯”二字吞下肚中。

“对于百姓而言，这确实是件喜讯啊……”

晨露的话，好似别有含义，沈参将打了个寒战，不敢再想下去。

第三十一章 秋凉

“鞑靼人从全境撤退，此次算是逢凶化吉。”

太后的声音，在熟悉的从人们听来，竟是前所未有的尖锐。

留守的刘大学士微微躬身，递上了封好印章的公文。太后展开细细看完，好半天，才道：“这可真是普天同庆啊！”

话虽如此，她却毫无喜庆的情绪。刘大学士以为她在担心自己的大弟，便凑近低声道：“襄王殿下如今仍被囚在栾城，生命无恙。皇上此次大胜心喜，太后娘娘再劝着些，定能减免他此番大罪。”

“住口！”太后一时大怒，冷喝道。

她声音不大，却仍是不减昔日威仪。刘大学士顿时面色如土，战战兢兢地再不敢开口。

“林邝自绝于列祖列宗，叛国谋乱，乃是我林家最大的罪人，你怎么还是满口襄王襄王地叫着！”

她喘着气，咬牙切齿道：“他生也好，死也好，自有皇帝明正典刑，又与我何干？”

刘大学士素来以她马首是瞻，这回碰了这个硬钉子，只得带了满面晦气离去。

太后犹自恼怒，想起前线局势，又想起林邝此人，一时竟觉得有如蒺藜刺身。

她打开窗子，任由满院秋风将身体吹得冰凉，脑中却在不断思索，直到天色暗下，才在侍女的伺候下，回殿坐定。

她拿起一管狼毫，犹自踌躇不定。

这一招，怕是她一生中，最费思量的一步了！

成，则天下尽安，千秋百岁后，人们仍会记得她这位太后的威权；败，则溃散如山，即使要安老宫中，怕是也不能了……

她仍在犹豫，笔尖的一大滴鲜红朱砂掉落，溅得宣纸上一片触目惊心。

太后惊得一颤，凤眸在黑暗中灼然生辉，她咬咬牙，换过了一管，蘸了墨汁，终于下笔写了起来……

窗外秋风呜咽，天，越发凉了起来。

岘昆行宫中喜悦安宁，又生机勃勃，鞑靼大军虽然退走，一切的善后，仍是让皇帝和群臣们忙碌不已。

晨露仍在栾城未归，皇帝思念之下派人询问，却只得到“有未尽事宜”这模糊的回答。

“娘娘，您簪花的模样可真是好……皇上看了，都要移不开眼了。”

一旁巧手服侍的侍婢小心拨弄着，口中甜如蜜糖道。

云萝端详着镜中盛装珠玉的丽容，却殊无喜色，她微蹙着眉，眸中那一点浓黑，格外幽深，虽然身体坐得笔直，双手却紧握着绢帕，将它绞得满是褶皱。

仿佛为什么事而困扰着，她咬唇沉吟着，长而密的眼睫颤动着，在玉容上撒下一点阴影。

“娘娘，胭脂要咬掉了……”侍婢小声提醒道。

云萝这才松了牙关，她眸光微闪，若无其事地问道：“皇上那边，你去打听过了吗？”

“娘娘的吩咐，奴婢怎敢不尽心……只是，皇上仍是忙于政务，怕是没什么心思来见您呢……”

侍婢小声说道，越说越是胆战心惊。

“皇上忙于国政大事，我也不好去打扰。”

云萝仿佛松了口气，居然有些欣慰地喃喃道。她转过头，却正瞥见那侍婢吞吞吐吐地作难。

“还有什么事，你一并说来。”她不悦道。

“是……”

侍婢声如蚊蚋，“皇上一连发了几封书信，都是在催晨妃娘娘回返。”

听到那最不想听的答案，云萝顿时面沉似水，她冷哼了一声，连指甲上的金套都为之一颤。

“皇上只顾记挂她一人！”她满是心酸和不甘地低斥道。

侍婢在旁惶恐异常，已然跪倒在地。

云萝的胸膛微微起伏，她暗自咬牙，若无其事地回身道：“你下去吧。”

看着侍女远去的身影，她再无迟疑，打开了八宝壁橱……

元祈这几日正忙得焦头烂额，只跟户部商量边民迁徙之事，便用了两个多时辰，直到众人散尽，感到饥肠辘辘，这才发现自己还没用晚膳。秦喜素来机灵，见他皱眉，正要传膳，却见云嫔手提一只鸳鸯什锦漆盒，正步步生莲地走来。

她又是来送点心的吗？元祈不易觉察地皱了皱眉，随即不由得苦笑起来。

云嫔这一阵子很是勤勉，她在帝后之间传递宫中消息，很是立了几分功劳，在膳食点心上头也很用心，每次都是亲手剥莲子，烹燕窝，一切弄得妥当，才送到皇帝案前，可算是贤淑得体，无可挑剔。元祈虽然从不食用，却也感念她素日的勤苦不易，对她的恶感不由淡了几分。

"皇上辛苦了一天，且尝尝臣妾煮的银耳羹吧，最是补气养神的……"

云萝温婉笑道，好似怕皇帝拒绝似的，手中丝帕扭绞在一块儿。皇帝见她这样，也觉得不甚过意，再加上香气萦绕，更觉饥饿，于是揭开瓷盖，舀了一勺，放入口中，轻轻咀嚼之下，只觉得唇齿留香，不由赞道："果然用了心思……"

云萝目不转睛地看着他，微笑间妩媚动人，别有一番风致，"皇上觉得好，这便是我虔心到了，能让您多进一点儿，便是天下子民的福气了。"

"好好……"

皇帝似乎兴致颇好，满口称赞，居然笑道："朕今晚便去你住处看你……晚上露深，你先回去吧。"

云萝一听，面露喜色，也不疑有他，转身盈盈退下。

秦喜微微惊愕，开口问道："万岁，您今晚……"

他声音戛然而止，却见皇帝面色苍白，全身大颤，好不容易才吐出完整的几朵银耳，又咳出了几口血，这才罢了。

"皇上，这银耳羹里……"

秦喜已是惊得魂飞魄散，皇帝挥手示意他不要声张，又让他倒水来漱口，好半天才回转过神色来。

他不敢怠慢，盘膝运功了三十六周天，这才睁开眼，声音已见嘶哑，"你不要声张，悄悄将云嫔请来，在此院中就地拿下。"

秦喜答应着，忙不迭去办了。两刻后，只见云嫔发髻散乱，鬓横钗乱，很是狼狈地被拖了进来。她一见皇帝便好似有了主心骨，上前哭诉道："冤枉啊……"

云嫔这一夜，简直有如从云霄中掉落深渊。

她先是喜滋滋地等候侍寝，又接到秦喜报说，万岁在自己院落等她，顿时喜不自禁。

历朝后宫中，都有不成文的规矩，除皇后以外，其余嫔妃一律不准在御榻上过夜，如今虽然远在行宫，却也有个宫中的仪礼气象，皇帝居然让她来自己院落，可不是天大的恩赐？

没曾想，到了此处，未及见人，却有一群粗恶狰狞的侍卫将她五花大绑推了进来。

“你还想喊冤？”

皇帝不敢置信地冷笑道：“你宫中的使女已经招供，见你把她支开，鬼鬼祟祟地在羹里放了粉末——这一碗银耳羹，”他指了指桌上的银耳羹，怒意满布心胸，“给猫狗试吃，半个时辰便七窍流血而死！”

云萝睁大眼睛，一时之间，简直不敢相信自己的耳朵。

“怎么会？！”

她发疯一般挣扎着，嘶声喊道：“我没下毒！”

“难道你自己的贴身使女会冤枉你不成……她连纸包都找了出来！”

皇帝扔下一个纸包，里面尚有些残余粉末。

云萝颤抖着捡起，失神地喃喃道：“怎么会？”

她抬起头，凄厉叫道：“这纸包是我的，可里面不是毒药，却是——”

她说到此处，支吾着不敢继续。皇帝逼问道：“是什么？”

“是……是燃情袅……”云萝再顾不得羞耻，低声说道。

听这药的名字，便知是春药催情之物。皇帝目光闪动，仍是冷笑道：“你亲自放的药，却要跟朕说你不知情？”

“臣妾真是冤枉的！”

云萝急得泪落如雨，花容黯淡失色，却想不出一言一语来为自己辩驳，她哽咽道：“是臣妾一时糊涂，希望能得到恩宠，才从书信中夹带而来的。”

“是谁递来的？”

“是……”

云萝支吾着不肯说，抬头看见皇帝森冷的目光，心中一阵战栗，索性把心一横，低声道：“是皇后娘娘。”

宛如一声霹雳横空响起，秦喜吓得面色发白，偷偷窥了皇帝一眼，却见仍是稳如泰山。

“焉知道不是你胡乱攀咬？皇后的禀性朕一向深知，她并不是那等丧心病狂之人。”

皇帝一脸不信，云萝觉得整颗心都沉了下去，她抽泣着，突然眼前一亮，如抓到了救命稻草一般，伏地高喊："皇上若是不信我说的，尽可以去检视那原封的信笺，包管里面也有些颗粒痕迹！"

皇帝听她说得如此决断，微一沉吟，便命人将她带下，另行软禁看管，他自己在房中踱步，仍是踌躇犹疑。

他觉得气闷，便咳嗽了几声。秦喜在旁看得真切，焦心道："万岁当时便把毒物吐出，可仍是受了些浸染，还是请太医前来诊治为妙。"

于是宣太医觐见，由于出门在外，医正要侍奉太后跟皇后两位，就没有随行，只是择了年轻精干的随銮办差。

年轻的太医跪地请安后，便恭请皇帝坐下，卷了衣衫，又取了全套银针，便要在颈后等几个穴道用针灸逼毒。

灯火将室内照得白昼一般，"啪"的一声，一道灯芯爆花，惊得太医手中一颤，险险将针掉落。

银针的灿芒在眼前一闪而过，皇帝一愣，仿佛不敢置信似的，慢慢放下手中的奏折。

"把针给朕看看。"

太医依言递过，他眼神游移，有些心神不宁似的。

"银针最能试毒，因它遇毒会变成黑色，是吗？"

"万岁圣明。"

皇帝凝视着针尖，缓缓道："可若是银针变白呢？"

太医全身一颤，抬眼偷望而来。皇帝眼疾手快，抢上前去，将他下颌扯开，这才任由左右将他绑缚。

"银针变黑，那定是遇毒无疑，可有些毒物却是生性奇特，会让银针变得微黄，甚至微白。这一点，晨妃曾经当趣谈一般，跟朕讲过。"

皇帝想起自己身边竟然潜伏着这样一个野心贼子，有些不寒而栗。他目光幽邃，声音不大，却带着暴风雨般的压迫。

"谁派你来的？"

那太医惨笑着，不肯回答。

"带下去慢慢审问……"

皇帝吩咐道，又追加了一句："可以刑求，但要留活口。"

侍卫们因皇帝频频遇险，正觉脸面丧尽，听这一声，顿时如狼似虎一般上前，将那人拖下。

皇帝自去查了医书，将几味常见的祛毒药开了单子，命秦喜亲自配来，这才稍稍止了咳嗽。

“万岁且先忍耐一晚，等天明，自能寻来地方名医，为您拔除毒性。”

秦喜看他如此，心中不忍，几乎落下泪来。

“若不能找出幕后黑手，我就是解了毒，也救不了命。”皇帝阴郁道。

他看了秦喜一眼，问道：“是谁荐了此人到太医院来的？”

秦喜记性绝好，微一犹豫，便道：“是靖安公府上的管家。”

又是涉及皇后！

皇帝剑眉一挑，好似雷霆即降，却在下一瞬敛住了。

“不……不可能是她。”

他露出一丝冷笑，低喃道：“她若要动手，只会在梅妃诞下皇子后，如今是男是女也不尽知，她绝不会如此草率。”

他旋即回头，断然道：“吩咐下去，查清一切的往来信件，大到奏折文书，小到私人小笺，尽数报来。”

“行宫那边，都失败了……”太后咬着唇，有些失神地喃喃道。

“就知道云萝这丫头成事不足，败事有余。索性拿她当个烟幕幌子也就罢了，没曾想，太医的银针也没派上用场。”她以扇掩面低语道。

她轻摇着画扇，一阵凉意袭来，才恍然发现，眼下已用不到此物了。

索性将画扇扔开，她由窗中远眺着宫檐一角，叹息一声道：“只希望栾城那边，能遂我心意。”

此时宫人前来禀报，却是静王觐见。

“母后气色不好，是在为什么事烦心吗？”

静王一身儒装，以折扇掀开珠帘，意气飞扬中，更见不羁风采。

“天下大喜，我高兴还来不及，有什么好烦心的。”

太后又道：“你皇兄这次真是福泽深广，如今蛮夷尽退，天下河清海晏，都在感念他的恩德呢！”

静王仪态如常，恭敬微笑道:“圣天子百灵护佑，确实不假……只是可怜了舅舅，螳臂当车，如今还不知是个什么凄凉光景呢。”

太后最是忌讳这个，闻言冷笑道：“他自作自受，与旁人有什么相干！”

静王却恍如未闻，淡淡道：“母后也很担心他吧。”

太后见他如此悖逆，正待发怒，却仍是敛住了，冷声道：“这话是什么意思？”

“母后，在儿臣面前，您不用再托词掩饰了……”

静王双膝跪在她面前，目光诚挚而清澈，带着淡淡的怜悯忧苦。

“当年舅舅威凌朝廷，想要做第一位外姓藩王，世人都以为您偏袒长弟，却不知，竟是他以某物威胁您，才能得逞的。”

仿佛一道焦雷劈过太后耳边，她顿时面色苍白，身形摇摇欲坠。

“你……怎么会知道……”

“先帝曾将一道圣旨交给我母妃保管……”

静王停顿了一下，殿中气氛顿时转为凝重诡谲——

“可惜……”

这一声可惜，让太后的心都紧缩成了一团，几欲窒息。

“可惜她太过轻信，居然被林邝的花言巧语所骗，将圣旨转交给他，竟成了他要挟母后的把柄。”

太后全身都放松下来，她无声地舒了口气，微笑着，悲悯而温文地低喃：“是啊，惠妹妹的为人再是良善不过，被此贼所骗，也真是命数……”

“那道圣旨？！”

林邝阴险的笑声在昏暗的狱中回荡不止。

“是先帝交给惠妃保管的。林惠这丫头，算是我林家的一个异数了，那么单纯轻信，我在她面前诉说了姐姐的独断专行，她便将那道圣旨给了我。”

“大家毕竟是骨肉血亲，本不必撕破脸皮硬来的，但林媛实在是天下第一狠毒刻薄的女人！林家煞费苦心，将她送上皇后的宝座，她居然掉过头来防我！我们前朝便是世家大族，坐拥云、燕二州，如今想要更上一层楼，得个王爵，有什么不对？她居然驱逐我的使者！”

林邝说到此处，简直是咬牙切齿。

“她既然不仁，我便不义，只是放出消息，说圣旨在我手中，她便只能乖乖从命了！”

“你可知道，圣旨里写了什么？”

林邝拖着脚镣，缓缓逼近，眼睛因为怨恨和狡诈而白亮异常。

“那道旨意上说，要废去林媛的后位！”

“母后您乍听林邝落在皇兄手上，便很是担忧吧……那道圣旨，可是对您很不利啊。”静王在旁劝慰道。

太后抑制住全身的颤抖，低声道：“他毕竟是我的亲生骨肉，即使知道，也没什么要紧。”

“母后……”

静王叹息道：“我自小由您带大，和亲生的也没什么两样，您又何必骗我呢？若真是不要紧，您又何必调包皇后给云嫔的药，又特别嘱咐了太医？”

这一句，点中了太后的死穴，她颓然坐下，半晌，才咬牙冷笑道：“这一回，你可真是长进了。”

“母后，我也是为您着想，所以才未雨绸缪，管了点儿闲事。您这一回，可是出了偏差啊，皇兄不是省油的灯，很快便会疑心的。”

风一缕一缕从窗纱的缝隙中吹来，太后觉得遍体生寒，却也顾不得添衣，只是僵坐不语。

“到了这个时候，母后还是信不过我吗？皇兄对您如此忌惮防范，可只有我，一直在帮您分忧啊！”

太后用冷冷的目光瞥了他一眼，静王镇定自若地微笑着，更显得俊美不凡。

“你想要什么？”

太后终于放下了所有的伪装，冷然问道。

“皇兄若是有个万一，我身为亲王，那须弥座，也可以问上一问吧！”

静王首次公开透露了他对御座的野心。

“你……很好。”

太后微微冷笑着，神情却越见平和，“我若废了亲儿的皇位，立你为帝，这样的事，可是千古未有啊。”

“古时也未有要弑杀亲儿的太后。”

静王直接回道，看着太后大怒的凤眸，又道：“母后您可不是蛇蝎心肠，而是圣旨若落入皇兄手中，后果不堪设想，您这才出此下策。”

“我和皇兄不同，定会孝顺母后，事事敬重垂问。”

他加重了最后一句的意味，笑道：“您若是不信，不如由我预先写下恭请太后训政的‘旨意’。”

狼毫濡过浓墨，一封字据笔走龙蛇，静王亲笔写完，又盖上自己贴身的印章，指着它笑道：“这是以前科举舞弊玩的伎俩，我今日也沿用一二。上面写的日期是新元二日，若是那时我成不了‘朕’，您自然也训不了政！”

太后笑道：“你考虑得真是细致啊！”

静王涵养甚好，对话中的讽刺意味充耳不闻，起身仍是有礼地告退。

殿中恢复了平静，只剩下太后用瓷盖拨弄茶盅的声响。

“痴心妄想！”

她低低道，然而想起那道失落在外的圣旨，想起皇帝恭敬而疏远的神情，再想起连续的毒杀之举，心中已有了决断。

“元祉若能安于帝位，倒也算是最佳人选……”

她有些不甘地提着静王的名字，长叹了一声，却并不颓唐。

十月十二，晨露终于从栾城回返，风尘仆仆地进了院落，便见一叶梧桐平直飞来，她伸手一接，却是毫无杀气。

“一叶落而知天下秋……对皇上来说，如今真是个多事之秋啊！”

她将黄叶放在手中端详，对着树下的人影笑道。

一阵枝叶婆娑，梧桐仿佛受了惊吓，叶落如雨。皇帝舞了个漂亮的剑花，收了长剑，大步趋前，也不顾其余人的目光，上前便握住她的手，久久不肯放开。

他的目光，如晨星一般明亮，又惊又喜的神情，让平静清俊的面容顿时鲜活起来。

“你回来了！”

万千思念，只化为这一句，却是刻骨铭心，道尽相思。

“我回来了。”

晨露低声答道，任由他握紧了手，眸光幽邃。

她指尖滑过他的腕脉，顿时面色一凝，“你中了毒？！”

“第一口我就发现了，毒性尚浅，不打紧。”

皇帝安抚道，说了事情经过，对那日的惊险，仍是心有余悸，“云嫔的东西，朕素来就不吃，所以也没中太深的毒，倒是那太医，实在让人心惊。若不是想起你平日所说，这条性命就葬送在他手里了。”

“云嫔呢，皇上准备如何处置她？”

皇帝有些为难地蹙眉，“她罪证确凿，却仍是终日啼哭喊冤，事涉皇后，只能回京慢慢审问了。”

晨露沉思了一阵，道：“若是追究皇后，可算是无根无据，若是不追查，云萝立刻便是弑君之罪，她一旦被凌迟处死，更加无法查清了。”

她抬起头，直望着皇帝，问道：“皇上真的相信皇后是幕后黑手吗？”

“朕不相信，因为这对她毫无好处。朕在，她才是皇后，梅妃的胎儿尚未落地，若是静王即位，她便是皇嫂，一字一差，乃是天壤之别。”

皇帝想起昔年恩爱的中宫，又是沉痛，又是嘲讽地说道。

“我也如此作想……不过，栾城之中，倒也出了一连串的暗杀和‘意外’，与此事有异曲同工之妙呢！”

晨露清澈的眼中闪过一抹冷笑，道：“林邝在狱中和路上，有好几拨人一直对他兴趣不减，下毒、劫狱、明袭，手段真是层出不穷呢！”

“他也受人暗杀？”皇帝有些疑惑道，“可有什么特征？”

“来人一律训练有素，虽然掩饰了痕迹，却像是宫中的做派。”

皇帝心中一凛，却听晨露继续道：“我也讯问了林邝，他只是含糊其辞，说他掌握了某人的把柄，所以某人必杀他而后快。”

她隐去了先帝的圣旨不提，只是若有若无地说出原因，让皇帝心中更生警惕。

林邝熟悉的，无非是……

皇帝眼前浮过一个雍容高贵的身影，一个可怕的念头从他心中划过——

“难道是母后……不，不会的！”

他断然摇头，心中却被那个隐秘而可怕的念头撩拨着，越发向它靠近。

“皇上……”

晨露的声音将他从沉思中唤醒，皇帝问道：“林邝如今在哪儿？”

“他中了刺客的一记毒剑，正昏迷不醒呢！”晨露恨恨道，好似对刺客的大胆挑衅很是愤怒。

十月十五，御驾自行宫回程，龙舟沿途受到黎民百姓的热烈欢呼，他们对凯旋的皇帝致以最纯朴深厚的敬意。

京城之外，太后一反惯例，率着满朝臣属，在郊外四十里处迎接。

两旁的黄帷将她的容貌遮挡，太后望了望不远处的红叶初染，居然微笑起来。

“到底还是失败了……”

她低喃着叹息道，想起劫获的消息——林邝将随御驾一起入京，心中更添阴郁。

信手摘下道旁的嫩枝，瞧着上面尚未枯黄的绿叶，太后素手一折，将它断为两截。

“皇帝，你不要怪我，是你逼我的……”

低喃几乎无声，那被弃置尘埃的无辜嫩枝，仿佛昭示了京中即将到来的惊风密雨。

“皇帝真是好运，捡了这个现成便宜。不过，晨妃娘娘，你如此尽心为他，就不怕有朝一日会鸟尽弓藏吗？别怪我没提醒你，先帝在这方面的作为，真是精彩绝伦啊！”

悠闲坐在车中，以讥讽和幸灾乐祸的口气说话的，赫然是被称为“昏迷不醒”的林邝！

他嘴角泛着阴险恶毒的笑意，若不是手脚被大镣锁住，简直看不出是个囚徒。

“担心我之前，你先担心自己的性命吧。京城可是太后的地盘，她在此经营多年，不会容你活着的。”晨露瞥了他一眼，冷冷说道。

“你会保我周全的，是不是呀？若我被太后灭口，普天之下，就再也无人知道先帝的圣旨在哪儿了！”

林邝毫不惧怕，得意地大笑着，却不慎吸入一口凉气呛着了，咳嗽不断。

“说话太满，当心被风闪了舌头……”晨露微笑着讥讽道，“太后临朝多年，她的实力盘根错节，不知会有何等明枪暗箭，你要我度灾解厄，怕是太高看我了。”

“但你是皇帝的宠妃！难道你们想让林媛继续插手朝政吗？”林邝有些发急道。

“我们当然不愿，但若没有缘由，皇帝是不愿承担忤逆罪名的。这个缘由，还得着落在你身上。”

两人唇枪舌剑，话题又回到原点——那道先帝的圣旨！

林邝有些心动，又有些焦躁，他深谙姐姐的狠辣手段，当然更明白皇帝加上晨露有多么棘手艰难，可要他拿出唯一的护身符，他又万分不愿。

大道旁潮水一般的欢呼声，显得热闹非凡，晨露见帘外人影晃动，知道皇帝遣人来催，于是起身道：“我所说的，你且仔细思量，若想活下去，最好善尽合作。”

她敛眸，压下其中的憎恶冷意，揭帘而出。

太后亲迎，皇帝由銮驾而下，以大礼拜见后，母子共乘一车，彼此叙话，在万千庶民眼中，好一幅母慈子孝的景象。

回到宫中，又是一番御宴大贺。宫中上下喜气洋洋，后宫自皇后以下，皆是宝冠珠鬟，华衣锦绣，盛妆之下，既合着这凯旋的大喜，又希冀皇帝能在众人中注目一二。

人群中独不见云萝，皇后心中不禁犯了猜疑，在宴会间隙，开口问皇帝：“怎么不见云萝这小丫头？她没服侍好皇上吗？”

元祈把盏不饮，皇后心中一沉，想起自己那些信，于是悄声问道：“那些信，皇上可都曾看见了？”

“朕看见了，这一阵你在宫中辛苦了。”

他沉吟着，问道："你可曾给她寄过别的物事？"

皇后听了，心中一颤，手中玉盏倾洒少许，强笑道："只是些茉莉粉，调理肌肤最是得宜。"

"够了！"

元祈以极低的声音喝止道，面上却是冷静自若，任谁也看不出他正在发怒。

"你一开始派她随侍我左右，就是居心不良，对朕用这等下三烂的手段，你也算是贵家淑女？"

这话虽然隐晦，却暗指春药之事，皇后深谙他的脾气，知道不能硬顶，于是美眸含泪，雾气氤氲道："这都是我的错，皇上且恕她年幼无知，饶她这一回吧！"

"饶她这一回？！你可知那包药里放了什么？"

皇帝将那毒药之事说了，惊得皇后全身惊颤，吓得酥软了半边。

"这绝不是我的主意！"

"你跟云萝频繁地书信往来，却不知早被有心人盯上，将纸包调换了。"皇帝叹道。

皇后又是惭愧，又是心惊。

她并不愚笨，将其中诀窍想了半晌，才喃喃道："这宫中，能调换我所发密件的，只有……"

她将目光投向高处的太后，咬牙含恨地怒瞪着。

仿佛感受到芒刺一般的目光，太后转身，看向帝后二人，"小两口儿在说什么悄悄话呢？"

她笑得慈祥欢喜，皇后不禁在心中打了个寒战，笑靥如花道："很久没见皇上了，倒是让母后笑话了。"

她很是亲昵地示意皇帝道："妹妹们久居深闺，日夜思念，盼你凯旋，皇上也该敬她们一杯才是。"

于是众嫔妃含羞上前敬酒，宴过中夜，才逐渐散去。

太后却未曾就寝，她双目炯炯，带了心腹婢女来到慈宁宫中，肃容道："我要在佛前还愿，长跪一夜，你们在外守着，任何人都不准入内惊扰。"

启动了密道，她又到了那间密室，只见王沛之匆匆而来，有些愕然道："又出了什么事？"

"我的性命……大约要不保了！"太后阴郁道。

"这是何意？"王沛之一震，愕然道，"就算是林邝此次有大逆之举，皇帝会更添猜忌，但他毕竟不能弑母啊！"

“是先帝……”

太后声音低沉，将事情说完，眼中已是珠泪盈盈。

“我为他执掌后宫，为他生儿育女，换来的，却是这样一道密旨！”

她咬牙，一字一句如同从幽冥中迸出。

“他要废黜我，终生幽禁。”

王沛之垂首不语，密室的昏暗笼罩了他，仿佛黑夜将他整个身躯都消融殆尽。

良久，直到太后停止了低泣，抬头看他，他才阴郁道：“你准备怎么做？”

“那道密旨在林邝手中，很难揣测皇帝是否已经知情。元祉也知道了此事，我与他虚与委蛇……他还打算做皇帝呢！”

太后低低笑道：“跟他母亲一样天真，还想用训政来诱骗我，难道他不知道，这世上最容易背弃的，就是誓言二字吗？”

她抬起头，目光坚决刚强，稳稳地看着他，“沛之，只有你了，只有你可以帮我。”

她声音不高，也不再哭泣，却是带着决绝的隐忍，郑重问道：“沛之，你的决定是……”

仿佛过了一瞬，又仿佛已是千百年，王沛之长叹一声，道：“开弓没有回头箭……我总不会眼睁睁看着你出事。”

他沉吟着，又问：“你要我怎么做？”

“京营上下，虽然隶属孙铭统辖，那些将官校尉却大半是你的袍泽部下，若能调动他们……”

太后的声音在昏暗中清脆入耳，王沛之不禁打了个寒战，他不敢置信道：“你真忍心？皇帝是你的亲生骨肉……”

“亲生骨肉……”

太后冷笑道，清脆优雅的声音，在暗室中分外诡异。

“生于皇家，便没有任何亲情可言了，更何况……”

她仿佛有所顾忌似的掩住了唇，将到嘴边的话咽了下去，咳了一声，转移话题道：“沛之，这世上只有你一人，愿意无条件地帮我……”

“我能依靠的，只有你了……”

她的声音伤感微渺，带着玄奥难懂的意味，在这秋夜中丝丝入脉。

第二日晨省，帝后联袂而来，叙话闲谈之后，太后正要回后堂，皇帝却紧赶两步道：“母后……”

他上前小心搀扶着，笑道：“昭云宫毕竟太过偏远荒凉，母后乃万金之躯，还是搬回慈宁宫为好。”

“家门不幸，出了这等逆贼……”太后黯然道，又要垂泪。

皇帝连忙宽慰道：“母后在宫中安养礼佛，朝中之事跟您无关，又怎么算是您的不是……”

太后听得这“安养礼佛”四字，目光幽冷一闪，转瞬便恢复了微笑，叹道:“皇帝的孝顺，天下皆知——此事容后再议吧！”

她转身迈入后堂，凉风透过锦绣重幕吹来，她身上一阵寒意，不由得紧了紧身上衣袍。

皇后在旁看得真切，连忙取过侍女手中的曲襟长袍，小心披在她身上。

“皇帝昨夜宿在你那里了？”太后笑着问道。

她本以为皇后会粉面含羞，却见她垂头，泫然欲泣道：“他只是来坐了会儿，就离开了。”

“哼……他全无心肝了。”

太后冷笑着，对着皇后道：“你对他真心一片又如何？他还不是把你的真心放在地上践踏！”

皇后哽咽，太后无意听她哭泣，只是安慰了几句，示意她回去休息。

皇后到了廊下，才敛了哭声，静静地，绽出一抹微笑——

“你错了，姑母……”

“我对皇帝，早已死心，他又怎么践踏得到我呢？倒是你，嫁祸于我，让我险些背上弑君之名。”

她笑声清脆曼妙，低语道：“大家走着瞧……”

第三十二章 宫变

十一月初三，退隐已久的前上柱国大将军王沛之，在京中大宴同僚故旧。

他与先帝自小莫逆，在义军之中亦是位高权重。本朝建立之后，先帝许以宰辅之位，他坚辞不受，这上柱国大将军的名号，也是他多次拒让后，先帝御笔赐封的。

这样一位朝中重臣，却因为战时旧伤而不得不早早归隐。虽然如此，年长的勋贵老臣们却仍是不敢怠慢，一时之间，宁静的府邸前，车马川流不息，热闹非凡。

孙铭在觥筹交错的宴席上，仍是心神不宁，仪馨的关切叮咛，仿佛仍在耳边。

“你老师这次生辰大宴，瞧着有些蹊跷。”

当时自己是怎么说的，是杞人忧天吧，孙铭握着象牙杯，苦笑道。

正中主位之上，恩师王沛之一身蓝缎锦袍，虽然两鬓微霜，却仍是不减当年的豪迈气度。

他正在与一些老臣品酒谈奇，看来兴致颇高。

“不该是这样的……”孙铭环顾四周，越看越是惊愕，他低喃道。

一旁的副将看他有如中了魔怔，只觉得一头雾水，他试探着唤道：“大人……”

孙铭回神，凝视着一张张虚伪谄笑的面孔，按捺不住，几乎想上前问个究竟。

恩师素来豪迈不羁，若是品行合他心意的，便是贩夫走卒也可千杯共醉；若是他瞧不上眼的，任你三公九卿，也休想得他正视。

他知己亲朋甚多，每逢生辰，总会在高楼举宴，不醉不归。可这次，虽然仍是宾朋满座，却尽是朝中权贵，军中骁将。

事出反常则为妖……孙铭有些郁闷地喝尽了杯中残酒。堂下丝竹缠绵热闹，带来江南的清新韵味，主人微笑而惬意地看着这一切。孙铭看着同僚们个个笑容满面，随兴和睦，再想起朝中的暗涛汹涌，不禁打了个寒战，酒意上涌，他的双眼开始模糊起来。

“我家大人请驸马去后堂一晤。”

身边悄然出现了一位身缠红绡的美貌侍女，她低声说完，便冲他抛了个媚眼，雪白皓腕上金镯乱晃，一片叮当声。

在人们“真好艳福”的笑谑中，孙铭面色微红，起身离席。

他在书房里等了许久，王沛之才从容而入。

“老师，好久没来拜望，您着实瘦了。”孙铭有些愧疚道。

这一年之中，大小事务一桩接着一桩，他在京营之中忙得脚不沾地，倒真是许久没来将军府了。

“跟我来这些虚礼做什么，我又不是那庙里的菩萨，需要人每日三供。”王沛之笑道，仍如往常一般，风趣而洒脱。

他换过一身儒装，玉冠折扇，四五十岁的年纪，大笑之间，孙铭感到一阵轻松和熟悉。

“你必定是在猜想，我这次生辰，为何要大肆铺张？”

王沛之叹息一声，望向窗外幽黑深邃的星空，眼神变得空旷寥远，眼角一丝丝的细纹也随之舒展。

“我已经老了，这个世界，要靠你们年轻人来掌握了。”

他敏捷转身，举止毫不见颓态，鹰眸中灼然生辉。

“可是有些事，如果不在我手上解决，我死不瞑目。”

夜风从窗外席卷而入，将灯烛吹得摇曳闪烁。王沛之双目炯炯，整张面庞都沐浴在昏暗之中，昂藏身形仿佛是远古的鬼魂一般。

“什么？！”

孙铭听完他所说的，已是双目尽赤，惊愕得不能成言。

“老师……您为何要如此？”

“孙铭你听着，今日之言，出于我口，入得你耳，跨出这道门，便再没第三人知道，除非我死，否则，绝不许跟任何人说！”

王沛之直视着他，目光犀利，他沉静地微笑着，补充了一句：“连皇上那里也不能。”

“究竟是为什么，大家要斗个你死我活？这一年来内忧外患，难道还没受够吗？”

孙铭勃然大怒，嘶声吼道，连口中也泛着铁锈般的血腥苦味。

“这天下至尊的宝座只有一个，能号令天下的权柄也只能由一人执掌。在这无上威权之下，什么亲情友爱，都不过如纸糊一般脆弱。”

“那老师，您又为何要来蹚这浑水呢？在家颐养天年，不成吗？”

孙铭几乎是哀求了。

王沛之轻笑着摇头，举止之间，依稀可见当年的俊逸不羁。

“我作的孽，天看着，终究是躲不过的。”

他笑着摇头，眼神迷蒙，低喃道：“有时候我也奇怪，这二十多年，是怎么活过来的……多么希望，这只是一场噩梦，一觉醒来，元旭和我还在破庙里煮食，黄粱还没熟呢……我们两个破落世家子，梦想着有一日能平靖天下，传诵千古……”

他叹息到底，却哽咽住了。窗外树影婆娑，仿佛亘古的幻境，风声凄厉呜咽，好似多年前看过的那场喧闹悲凉的戏剧。

“人这一生，总会有意外在拐角处等着你，不知不觉间，便会成为年少时所痛恨的人物。”

王沛之微笑道，那一抹笑容，温和而忧伤，然而隐忍决绝。

“是该了结的时候了。”

他转身拿了一枚小印，递给孙铭，道：“这个你且收着，到‘那时’再用。”

仿佛有万钧的力量，他将它放在孙铭的掌中，才舒了一口气。

“一切，全看你的了！”

夜已经深了，云庆宫中已是一片寂静。

鲛绡裁成的窗纱被轻弹了两下，晨露很是警醒，睁眼披衣而起。

涧清亦是警觉，也在廊下候着了，来的却是辰楼在宫中的联络人。

“主上，裴桢那边传来消息，静王有异动。”

“他要做什么？”

“静王派系的人物，今晚二更秘密聚在他的别院，目前还未散去。”

“今晚？！”

晨露皱了皱眉，忽然想起道：“王沛之的生辰大宴，好像也在今晚吧……”

“果然是个多事之秋啊！”

她叹道，想起晨间亦有人来报，道是几位握有兵权的武将家中，都有朝中之人拜访，不禁蹙眉冷笑道：“好不容易安生几日，难道要学曹操逼宫吗？可惜，今上也不似汉献帝啊。”

她回身，断然道：“加紧侦听，必要时，可以动用‘干将’，将相关人等诛杀！”

皇帝这几日也颇为头疼，朝堂上看似一团和气，暗中却都想在退敌的功劳簿上添上自己，抹去对头。户部与兵部，为了一批转调的粮草而互相扯皮，最后竟扭打到了朝堂之上，什么官体尊严都不顾了。

市井里也颇有一些奇谈怪论。前次奉先殿倒塌，正逢林邝勾结鞑靼人进犯，于是朝野都传说凶多吉少，这次战事过后，本该谣言消散，却不料居然出了些古怪的童谣，影射今上不孝无能，触怒了列祖列宗，才会有宗庙崩塌之事。

这种无稽之谈，言官们当然不敢传到皇帝耳中，但他自有“暗使”缇骑，也并非一无所知。

原本以为这等愚夫愚妇之谈，几日便会烟消云散，没曾想，谣言越传越烈，看这架势，分明有人从中挑弄。

紧接着，朝中官员家中也有一些不明身份的人出现。京兆尹才官复原职，又遇到了几起武将被刺案件，他从此落下一个毛病，听得一个“刺”字，便要浑身打战，口吐白沫。

这些武将，虽称不上是国之柱石，却也是骁勇有力的高手，而刺杀者能一击毙命，实在是匪夷所思。

这一日，皇帝正在跟户部商议此次亲征的善后抚恤银两，却又有噩耗传出。

天牢被劫，又被点燃了几处大火，如今正是一片混乱。

皇帝这一气非同小可，望着阶下战战兢兢的官员，却一丝怒火也发不出来。

于是调拨人手紧急去救，却已是断壁残垣，烟熏火燎得一塌糊涂了。皇帝问起大理寺的官员，却道是狱中也没什么重要人物，只有羁押候审的前襄王林邝。

听到亲舅舅的名字，皇帝心中一沉，想起前日晨露所说，心中更添了警惕。

直到回到宫中，他仍是闷闷不乐。秦喜在辇旁轻声问道:“万岁可要回乾清宫？”

“去云庆宫吧。”

御辇转了个方向，不一会儿便到了云庆宫。

此时正是秋凉之时，百花都逐渐凋谢，梅树却是枝干苍虬，等待冬日来临时，可以怒放胜雪。

皇帝见苑中花木扶疏，也不在意，径直朝着正殿而去。

他用眼角余光瞥见朱红廊柱旁有一个纤影飘过，于是回身道：“什么人？”

那人影羞怯躲闪，却终于在他的呼唤下，现身出来。

那是一个中等清秀的宫女，有一双爽朗大眼，她上前敛衽为礼，哆嗦着不知说什么好。

“朕好像见过你，你是晨妃原先的同伴……是吧？”皇帝很是和蔼地问道。

“是……娘娘原先，跟奴婢们同一间房舍。”

“你是叫……”

皇帝记忆颇佳，却也一时唤不出她的名字。

“奴婢叫蓉儿。”

皇帝瞥了一眼，见她虽然惊恐，眉宇间却堆积了重重愁绪，他想起晨露所说，于是笑道：“急着出宫返乡是吧，你先安心住下，要遣宫女出去，也得要开春过后，这是规矩，朕也不好打乱的。”

“奴婢感谢皇上和娘娘的恩德……”

蓉儿张了张口，似乎有什么话要说，却还是咽下了。

她望了花圃一眼，低声道：“奴婢和晨妃娘娘，以前都是料理花圃和走廊的……”

她嗫嚅着，再也说不出什么来，终于福了福身，转身离去了。

皇帝却没把这事放在心上，他迈步进了大殿，只见其中宽敞明亮，十六扇花鸟精雕木门都齐齐敞开，显得无比敞亮。

晨露正在绘制丹青，是一幅晚荷的水墨画，虽然用色只有黑白，却显得亭亭玉立，气韵不凡。

皇帝在旁看着，正觉得一阵神清气爽，忽然外面秦喜踉跄着跑进来，惊慌道：“不好了！”

皇帝一听这三个字就怒从心起，这几日一遇这话，就有无穷的麻烦上身，当下瞪住了秦喜，问道：“什么不好？”

“梅妃娘娘……”

秦喜有如见了鬼魅，又急又气道：“她跌了一跤……”

当的一声，却是皇帝手中的砚台落地。

晨露目光一凛，起身道：“我们一起过去看看。”

与上次云萝那拙劣的“小产”事件不同，梅妃的麟瑞宫里毫无草药熏香，太医们正在商量着，饱蘸了浓墨的狼毫放在一旁，却始终无法动笔。

“脉象怎样？”

皇帝驾临时，已经恢复了冷静，他扫视了下四周，便问起了太医。

太医们匍匐在地，身若筛糠，谁也不肯先开口。

“你们都死了吗？”皇帝森然道。

领头的医正面有难色，只叩首不语。每日诊脉的两位太医却是魂飞魄散，急道：“脉象一直平和，现在也无任何不妥。”

“好，你们也说不出个所以然来，若是胎儿有个万一，少不得要尔等性命！”

医正见性命攸关，不由低声道：“腋下好似有所不顺……”

“什么？！”

“腋下三寸。”晨露从内室返回，接过话来说道。

她目光一闪，看着医正恳求感激的目光，继续道：“脉象虽然平和，却内火虚寒，腋下三寸有些微瘀青。”

“那是娘娘跌跤摔的。”岳姑姑在旁颤声道。

“是吗？”

晨露似笑非笑地扫了她一眼，道：“眼下就有你这等刁奴，揣着明白装糊涂……你在梅家伺候了半辈子，有带针孔的摔伤吗？”

这一句如晴天霹雳，岳姑姑面色惨白，浑身都为之瘫软。

医正这才恍然大悟，颤抖着指定了她道：“微臣是隔帘诊脉，就是请这位姑姑为娘娘验伤的……”

皇帝一挥手，就有人将岳姑姑拖到一旁。

“母子都还有救吗？”

医正不敢回答，半晌，殿中都没有声响，寂静得令人发颤。

“可以。”

晨露终于开口，她目光幽邃，仿佛正瞧着不知名的虚空之中。

皇帝霍然转身，凝望着她，仿若针刺心房，他痛得一个激灵，“怪我无能，把你扯进这件事里。”

“难道我是那等拈酸吃醋的妇人吗？”

她绽开一抹微笑，清雅从容，黑眸深处却有一分黯然。

由太医处取了金针，以火焰燎烤、沸水烫过，在相关穴道以内力贯穿，梅妃的面色由紫转白，却仍是呻吟不醒。

晨露拔出金针，在脚底以利刃划开一道，顿时黑血涌出，浸透被褥。

“孩子中毒还浅，侥幸能救回来，但母亲恐怕寿元不久了……”

她缓缓摇头，表示回天乏术。

岳姑姑再也撑不住，挣扎着低泣道：“我的孙儿……可怜这一根独苗在他们手上啊。天地良心，我是看着娘娘长大的，再没什么歹心的！老天爷啊，是他们逼我的！”

她哭号着，声音绝望转高，皇帝逼近她问道：“他们是谁？”

岳姑姑被他眼中的冷戾吓住，拼命摇头，却一字也不吐。

“梅妃身上的瘀青和针孔是怎么来的？”

“是我搀扶她的时候，用手帕裹了这针戳的……她当时完全不痛。”

晨露检视着那几枚细如牛毛的黑针，很平凡的塞外毒物，看不出什么端倪来。

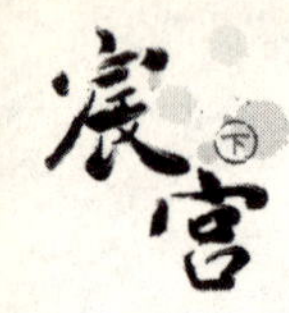

榻上的梅妃微微呻吟着，即将醒来。晨露低叹一声，对元祈道："你陪陪她吧！"

她也不乘辇车，独自步行而回。一路之上，但见秋景萧瑟，唯枫华绚烂，她也无心观看，回到了云庆宫。

花圃中泥土湿润，有一个人影正在其中忙碌，晨露微微一笑，上前唤道："蓉姐！"

蓉儿猛然抬头，仿佛受了惊吓，手中花铲落地。

她慌忙叩见，晨露连忙拦住，问道："不是让你歇着吗，怎么又来干活了？"

"没办法，闲不住……"

蓉儿的面色有些苍白，额前的乱发被风吹拂着，低声道："我是个闲不住的人，帮其他姐妹做些事也好。"

晨露笑道："这些花都即将凋谢，却仍有余香，都是你调理得好。"

蓉儿听着这话，身子一颤，慌忙道声不敢当，目光却一直没曾离开晨露。

直到晨露走入殿中，她仍倚在朱红廊柱旁，呆呆地看着。

晨露还没坐定，涧清就匆匆而来，面带焦虑道："裴桢那边传来消息，静王即日怕是有大变！"

"他要做什么？"

"他与己方人员密商，好似在议论京中防务。"

涧清答道，好似又想起了什么，黛色面容之上，又露出了一丝羞怯的暗红，"那个侍卫郭升，今晨也跟我说，他在上朝路上遇到好几位父执辈的车马，他们都是归隐的老将，从不轻易外出的。"

晨露以古怪而微妙的目光看着她，直到她脸红地低头，才笑着调侃道："你跟郭升这么熟了啊！"

笑完，她面色转为凝重，低喃道："京中防务……他想搞出一场宫变吗？"

"难道他自信可以制衡京营吗？孙铭可是今上的姐夫啊！"涧清不敢置信道。

"哼……主将忠诚与否，其实并不重要。"晨露冷笑道。

谈及军政，她的双眸瞬间晶莹生辉，仿佛是世间无坚不摧的绝世神兵。

"若能策反中下级军官，要在京城翻云覆雨都可以——军队的灵魂都在他们身上。"

她起身道："等皇帝回来，我会请他严密防备的，如今正是图穷匕见的时候，若有差池，就会一败涂地。"

她换过一套简装，出了寝殿，一个从人不带，到了御花园旁的废墟前，又一次步入其中。

那座熟悉的宫殿，仍如往日一般，遗世矗立于前朝废墟之中，仿佛在无言诉说着它的悲愤。

她走入其中，熟练地打开正殿大门，进入阴暗的书房之中。

这里早就被洗劫一空，空荡的墙角边，有一人被五花大绑地蜷缩着。

“林邝，如今你总该知道，你姐姐除去你的决心有多么坚决了吧！”

幽暗的书房里，窗纱都被密密封住，奇形怪状的符咒虽然颜色剥落，却更添诡异。

“这间……是原先的天宸宫吧？”

林邝被灰尘呛得咳嗽连连，瓮声瓮气地说着。

“难为你还记得……”

晨露无声地笑了。

“怎么能不记得呢？当年我陪送林媛到此，我们两人战战兢兢地跪候，希望林宸能不念旧恶，宽恕林家……当时此地巍峨典雅，锦绣千重，是何等胜景，弹指一挥间，却已衰败若此……”

林邝感叹着，晨露站在殿门前，任由衣袂被风吹得猎猎作响。她眯眼回忆那一幕，却了无痕迹。

我竟不记得了啊……她想起自己那时的匆忙和漫不经心，几乎要大笑出声。

“当时我心中羞愤，而姐姐跪在身旁，轻声道，‘如此胜景，他日我也会拥有。’当时以为她不过是女子戏言，却不料，她真的成功了。”

林邝打量着四周的符纸，笑谑道：“姐姐终于大获全胜，从林宸手中夺走夫君和荣华，却害怕她鬼魂作祟，在这儿贴满了符咒……女人啊！”

他感叹嘲笑着，仿佛在为女人的胆量而好笑，却听到不远处传来清渺的声音，“你……不怕鬼吗？”

“无稽之谈，这些达官贵人手上的血腥多了，若个个来作祟算账，京城可成为鬼蜮了！”

林邝大笑，却在抬眼看时，将笑声呛在喉中。

一只木匣被打开，中有一顶珠冠，凤首高昂，光华璀璨。

“你见过这个吗？”

“这是林宸的凤冠……”林邝沉声道。

他有些不安地抬头看着晨露，“我知道你与她颇有渊源……”

“你还是这么自以为是啊……”

昏暗的书房里烛光摇曳，那道纤弱的身影似乎跟着飘荡，林邝不免觉得，眼前的，只是一道魂魄。

寂静中，晨露叹了口气，伸手拿住桌上的烛台，慢慢走到他跟前。

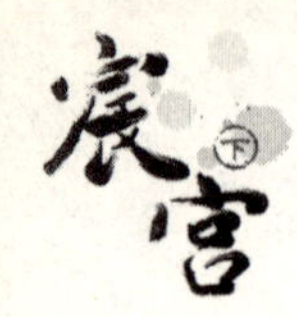

“你那时见我一次，便要率着恶奴，将我迫在墙角踢打，直到我武功略有小成，才有所收敛……”

灯花爆了一声，突如其来的明亮，将她眉宇间的刻骨冷笑照亮。

“你说什么……”

林邝瞳孔猛地收缩，随即又大笑道：“别装神弄鬼了……”

他的笑声带着不安和惊恐。风声在窗外呜咽着，仿佛无穷的妖魔鬼魅倾巢而出，正在张牙舞爪。

“每次你贴着我耳边说的，都只有四个字——杂种、贱人……”

那声音幽渺清冷，仿佛从天外传来。

晨露走到他的跟前，贴着他的面庞含笑打量，“弟弟你向来无恙……”

林邝听到这“弟弟”二字，终于支撑不住跌倒在地。他双手哆嗦挣扎着，想要挣脱开绳索。

雪白柔腻的玉手伸到眼前，仿佛要搀扶他。林邝狂叫一声，咬牙道：“不是我害的你……”

“我知道。”

晨露清婉微笑道，神态高远飘逸，“你听说过十大酷刑吗？”

“十大酷刑中，有剥皮、剔骨、腰斩、车裂、缢首、宫刑、刖刑、棍刑、灌铅等，各有名目，都是前人心血所聚。”

林邝听着这寒幽的声音，只是怒叫道：“不是我害的你，你去找林媛……”

“我会的……林家和元氏的每一丝血脉，我都不会放过。”

晨露继续道：“世人只以为伤筋动骨便是极尽惨烈的酷刑了，却偏不知江湖人的手段，有过之而无不及。”

她的手指轻戳着林邝的头颅，林邝只觉得一阵冰冷彻骨。

“从这里，用刀划个口子，再灌入水银，慢慢地剥下，一套完整的人皮便能取下……”

“你别发抖啊，我还没说完呢……那时候，你还没死呢，只有一个粉红的人形肉团在地上翻滚呻吟。我再在上面细细撒上蜂蜜，无数的蚂蚁就会——”

“别说了！”

林邝终于崩溃了，他剧烈颤抖着，瞳孔几乎涣散。

“我还没说完呢！”

晨露微笑道：“我在地狱二十六年，念念不忘的，就是把你们林家人挫骨成灰，撒到十八层地狱之下。”

林邝无力地呻吟着，仿佛被那目光中的锋芒所摄，再也无法挣脱。

他垂着头，喃喃道："不关我的事，是林媛设计的……"

"可我目前，无法找她的晦气，只有你，近在眼前。"

晨露轻笑着，呛然一声，长剑出鞘，对着林邝的脖颈缓缓划去。

"住手！"

林邝大喊，见那凛冽的锋刃逐渐靠近，终于大喊道："你去找林媛吧！"

锋刃不为所动，刺骨的寒意侵入肌肤，竟沁出血来。

"住手！我把先帝的圣旨给你！"

锋刃在千钧一发之际停止，林邝大口喘息着，仍是惊魂未定。

"我把圣旨给你可以，但你如何保证不杀我？"

森寒而清脆的笑声，仿佛从幽冥中传来，晨露敛了笑意，静静道："以我母亲的名义发下誓言，交出圣旨后，若再伤你一丝一毫，让她在天之灵，永不安宁。"

林邝听了这等毒誓，方才满意地笑了。他沉吟片刻，终于开口道："那道圣旨，其实在……"

轰隆一声，满天的乌云都化为暴雨倾泻而下。

巨大的轰鸣声，掩盖了室中的一切声响，只那一道灯火，闪烁未熄。

皇后颇为担忧地踱着步，焦急地等待着麟瑞宫的消息。

"是谁下了这等毒手？"

她又气又急，眉间露出一丝冷怒。

那个孩子……

她想起梅妃腹中的胎儿——御医私下断定，这是个男胎，心中像被剜去一块，火辣辣地疼痛。

是谁？

她第一个想起太后那高深莫测的微笑，却又被自己否定了——

不会是她。

太后虽然表面不甚在意，暗中却也派稳婆看了好几次男女，她定然也想挟这孩子，做她的太皇太后。

想得真好！

皇后咬牙道，她的眼前又浮现出一个俊美已极的男子容貌。

静王！

一定是他！

此人虽然面带微笑，却是条不折不扣的毒蛇。他对皇位觊觎已久，若是皇帝无子，他便是当然的皇嗣，若再从中动些手脚……

皇后被自己的猜测吓出一身冷汗，心中担忧更甚。

她烦躁地等着麟瑞宫的消息，却听廊下有人禀报：“晨妃娘娘求见。”

她来做什么？

皇后愠怒更甚，真想闭门不见，再一转念，终于勉强道：“请她进来。”

晨露进来的时候，皇后仍是一脸冷漠凛然，并不开口说话。

“我刚从麟瑞宫来。”

皇后抬起了头，看向她。

晨露微笑道：“托皇上洪福，我稍尽绵力，皇嗣终于无恙了。”

仿佛从心中轻松下来，皇后嘘了一口气，全身都瘫软下来。

“可是，梅妃娘娘却中毒已深，寿元所剩无几了。”

晨露的下一句，让皇后愕然生惊。

“怎么会？！”一阵悚然后，皇后心中冒出淡淡的喜悦，面上却是痛心疾首。

“这是天命，谁也强求不得。”晨露继续道。

“天命？！”

皇后讽刺地笑了，“晨妃也信这个吗？”

“所谓天命，也不过是阎王要你三更死，谁敢留人到五更——”

晨露的话，仿佛大有玄机，皇后咀嚼着话意，面色阴晴不定。

“晨妃的意思，本宫不太明白。”

“娘娘又何必如此，说起来你自己也很是疑虑，不是吗？”

晨露微笑着走近，“若不是我金针渡穴，今日便是一尸两命了，娘娘你以为，会是谁做的呢？”

皇后面容苍白，咬牙不语。

“这胎儿对您大有裨益，如今梅妃元气亏损，就算是华佗再世，也很难保证胎儿能顺利出世，所以……我有个不情之请。”

“什么？”

“听闻您家世渊远，云、燕二州又是林家所属，想必珍藏不少，我想到府上取一株北地雪参，要八叶的。”

晨露好整以暇道：“云、燕二州以人参为特产，宫中只找到五叶的，梅妃的身体却是耽搁不起了。”

皇后一听居然是这等请求，不由面色缓和，却仍道：“区区小事，由我派人去便是。”

“不然，必须我亲自去您府上。”晨露坚决道，“这药非同小可，即使是珍贵已极的八叶参，也有性味的区别，差之毫厘，谬以千里，更何况，再被人动了什么手脚，您可就百口莫辩了。”

皇后一听，大觉有理，由晨露经手，即使有什么好歹，也算不到她头上。她有些狐疑地赞叹道：“你对梅妃和皇嗣这么关心，真不枉皇上宠爱备至了……”

晨露听她话中有话，坦荡微笑道：“皇上子嗣艰难，若不能替他分忧，也是平白便宜了别人。”

皇后听到这‘别人’二字，禁不住想起静王来。两人皆是玲珑剔透的人物，对视一眼，顿时生出微妙的默契来。

“事不宜迟，我们赶紧出宫去吧！”

于是皇后命人准备车驾，两人轻装简从，向着靖安公府而去。

靖安公府很是惶恐地接驾，听说来意后，很是为难，但仍带两人来到了密库，将药材都取出陈列，让晨露一一挑选。

八叶的雪参本就是稀世珍品，晨露挑选得仔细，皇后完全插不上手，觉得气闷不耐，于是便让家中管事伺候着，自己径自离去。

“娘娘真是识货，这几根都是襄王送来的，连存放的匣子都是上乘乌木的呢！”管事有意炫耀道。

晨露微微一笑，手中摩挲把玩着，漫不经心道：“你还称他作襄王啊？”

管事面色一白，这才发现自己居然没改过口，再不敢作声。

晨露什么也没挑中，“难道云、燕二州的珍藏，就这些吗？”

管事再不敢小觑，嗫嚅道：“还有一匣，是传说中千年难遇的九叶雪参，是襄……是二老爷寄存在我们这儿的，他每回上京，都要把玩许久的……”

“林邝已属逆犯，他的东西，难道本宫动不得吗？”

晨露声音不大，却带着上位者的威压。管事吓了一跳，本想用皇后的名头来制衡，也再不敢开口。

“去取来，耽误了梅妃和皇嗣的性命，你担当得起吗？”

东西很快被送到眼前，晨露瞥了一眼，连匣放在手上掂量着，终于露出了笑容。

皇后正等得不耐，见她出来，不禁抱怨道：“宫门快下钥了！”

两人也不多说，各自上了车轿。晨露将帘子放下，用贴身带的短刃将乌木匣割开。

一道明黄卷轴正安静地躺在其中，虽然色泽微微暗淡，其上的五爪金龙，却仍是鲜活明亮。

“终于找到了……”

晨露漾出一丝冷笑，却不愿打开它。

她怕自己看到那熟悉的字迹，会忍不住将它撕裂。

元旭……你写下这诏书时，是什么样的心情呢？

她轻不可闻地低喃道，心神都有些恍惚了。

手中加紧，她掌心握得发白，却仍保留了最后一丝理智，没有将它捏成齑粉。

裴桢清晨便起身离宅，到了兵部。

这几日兵部人丁稀少，所有部员不过虚应个卯，便回家度日了。大战刚歇，他们也松了口气，所以偷懒些许，也没人过问。

裴桢跟人打了招呼，便伏在案前，开始整理递上的部文。

他看了一个多时辰，正想活动下酸疼的脖子，却突然凝住了。

他手中那道部文，事关换防，虽然说得冠冕堂皇，却仍看出了蹊跷。

想起前几日，静王隐晦的暗示，他悚然一惊。

即将开始了吗？

他的手一颤，险些拿捏不住，那份公文有如泰山压顶一般。

裴桢心中剧烈搏杀着，恨不能起身冲到帝阙之下，将这份奏折呈给皇帝。

但他忍住了，他凝视着这份公文，拿起自己的印，小心地、稳稳地，盖了下去。

“裴桢此人，总算可靠……”

静王在兵部也有耳目，一个时辰后便接到了消息。他露出一抹微笑，表示裴桢已通过考验。

“这样做，终究太冒险了吧？”师爷仍有些不赞同。

“无妨，若他是皇帝的人，即使再想虚装，也会忍不住前去告密。这道换防公文实在重要，一旦履行，京城便是瓮中之鳖了。现在皇帝毫无反应，可见此人的忠诚可靠了。”

静王微笑着斟了一杯酒，品味着其中的甘洌酣畅，又道：“这最后的一次试探，既是对他，也是对皇帝的……这一次，我志在必得！”

他话音中带着金石之声，宛如绝世兵刃，一击即中，决不退返。

“太后那边，殿下真准备请她训政吗？”师爷小心翼翼地问道。

“怎么可能？”

静王失笑道，微微眯起的眼中，带着毫不掩饰的怨毒冷笑。

“虽然是白纸黑字，可太后身体衰老，在冬春之交染病薨去，也不是什么稀罕的事。”

“殿下的意思是……”

师爷做了一个抹脖子的动作，又有些担忧道：“太后狡诈阴险，怕是不容易做到的吧？”

“哼，我早就在她身边布下棋子了。”静王胸有成竹道。

慈宁宫被闲置了月余，如今门庭重新光鲜。

皇帝亲自下诏，道是林邝的谋逆与太后全无干系，如今朝中大安，他率百官大臣，恭请太后回驾。

太后坚辞不行，使者三至，终于应允，于是左右亲近都随之忙碌起来，一些箱笼琐碎，两日后才完全迁回慈宁宫。

太后身边，原本最得力的便是叶姑姑，自从那次中毒后，一直病恹恹的，不时要卧床休息，一应琐事，倒是偏劳了两个贴身侍婢。

芳云手巧，惯能按摩推拿之术，太后若是疲惫惊噩，不免要倚仗她的巧手，才能略得平静。玉琴则嘴甜伶俐，经常以一些古记笑话让太后解颐一笑。

这两位贴身宫女一贯得太后喜爱，虽然并无品阶，宫人们见了，也要尊称一声姐姐。

这一日清晨，芳云替太后梳了个新髻，这才退出寝殿，却没有如往常一般回房，她看准了无人注意，去了御花园。

“太后昨夜又做了噩梦吗？”晨露坐在清池旁的白石上，轻声问道。

“是。”

芳云道：“遵照您的吩咐，熏香里的那味药又加重了两分，她一点儿也没有疑心，只当是夜梦鬼魅。”

晨露微微一笑，不再提这事，转而问道：“那个玉琴呢？”

“她这两天也是行踪诡秘，大约是静王差遣她在做些什么。”

“既然如此，倒不如让这两起遇上一遭。”

晨露眸光晶莹一灿，沉吟着，已改了主意。

先前在太后的熏香中下药，是想让她沉溺于惊怖狂乱，逐渐消磨她的神志，如今看来，倒是可以演一出好戏。

她又吩咐了芳云一些关键，这才起身离去。

芳云回到慈宁宫时，玉琴便迎了上来，亲昵地抱怨道：“如今刚搬回来，事多得做不完，姐姐居然偷懒去了！”

“什么偷懒啊，我值夜刚毕，都吓出黑眼圈来了，所以出去疏散一下。”

芳云苦笑道："昨夜幸亏是我轮值，要是轮到你，怕是要吓出病来。"

"出了什么事？"玉琴目光一紧，随即若无其事地问道。

"太后又做噩梦了，这次越发严重了，唉！"

芳云故意做出欲言又止的模样，更引得玉琴心中狐疑。

"哎，你若不信，今晚在窗外仔细听着就知道了。"

夜幕低垂，太后的寝殿中一片寂静。

素雅的熏香在殿中氤氲，太后正在沉睡之中，却觉得身子越来越重。

她睁开眼，只见淡紫烟云中，隐隐又有人影浮现。

"林惠！又是你！"

惠妃轮廓依旧，只是五官模糊，只着一件白衣，脚下缥缈不定，随风扶摇而来。

与往常的幻象不同，她越飘越近，转眼便到了太后床前，也不言语，伸出手就扼住了她的咽喉。

太后惊怒交加，满心里念着醒来醒来，却仍不如往常一般惊醒，只觉那咽喉上的手冰凉沁骨，缓缓收力，简直要让自己窒息。

她剧烈挣扎，那手不再加紧，却也不放。太后咳嗽着，含混不清道："我已请道长度你，你为何不回黄泉幽冥……"

一丝幽渺的低音，在耳边响起，"你害了我，还想害我的孩儿吗？"

太后更加惊怒，浑身都在轻颤，强生出勇气，从枕下掏出一道符咒。

白影低叫了一声，有些狼狈地松开手，退到一旁。

太后冷笑道："是又怎样，你活着的时候没能斗过我，死了难道还想来跟我为难？你那儿子，一心想做皇帝，却不知我早有预备。一旦他弑君成功，无数京营将士便会入宫，将他以大逆之罪拿下……"

此时门窗紧闭，玉琴俯身贴在窗纸上，费力听得清楚，已是吓得簌簌发抖。

她听不见什么鬼魂话语，却只听得太后在梦中咆哮，说了些至关重要的话。

见里面动静消寂，她踉跄着起身，却因腿脚发麻，险险一头栽倒在地。

待她走远，晨露才从屋檐上跳下，等了片刻，润清由殿中藻井潜出——她仍是一脸血污，一身白衣，深夜看来绝似鬼魅。

"传音入密，居然还有这等用场！"

两人望着玉琴远去的方向，对视轻笑。

静王对玉琴这边的消息一向重视，听到她悄然返回，立刻便予接见。

问及太后的情况时，玉琴有些不安道："太后这几日梦魇，一直在喊一个名字……"

"是谁？"

"是您的生母，惠妃娘娘。"

玉琴回想着当时的情形，心有余悸道："奴婢听了，只觉得头发根根直立，太可怕了！"

她讲了那夜窥听到的情形，静王咬牙听着，双拳握得死紧，几乎沁出血来。

"妖妇居然算计我！"

他怒不可遏，拿起桌上的玉狮镇纸，掷到地上，摔了个粉碎，却仍是不能解他心头之恨。

"果然是她，是她害了我母妃！"

这怨堆积了十余年，今日再无疑问，静王只觉得怒火有如岩浆，冲天而起，无处发泄。

师爷在一旁听得惊心动魄，见他如此失态，忍不住提醒道："殿下，惠妃娘娘早已仙逝，可以慢慢跟太后算账，可如今她暗中布局，分明是要引您入套，坐收渔翁之利……我们不得不防啊！"

"哼……还以为她真被那圣旨所挟，准备孤注一掷弑杀亲子，却原来是要我做垫脚石，然后拿我的人头来遮掩真相，算盘打得真好啊！"静王剑眉凝聚，森然冷笑道。

"京营？那是孙铭统辖的，怎会为太后所用？"

师爷在旁，百思不得其解。

"京营？"

晨露带了澜清回到云庆宫，却对太后的话心生疑惑。

"静王笼络朝中武将，而太后，居然将主意打到了京营身上，她真能调遣这支军队吗？"

澜清也是大惑不解。

"京营……"

晨露沉吟着，想起三十年前这支军队的前身。

所谓的京营，本是跟随元旭起义的本队精锐，几番裁增后，一直是由皇帝最亲信的将领统辖。孙铭以驸马之亲来担任这职务，可算是无人置疑。前代被暗杀的统帅，乃是太后与元老间平衡的产物，而再往前推溯……

“是他！”

仿佛被一道亮光击中，晨露豁然开朗地喊出了声。

面对涧清不解的目光，她神情凝重地低声说道：“我记得最前代的京营统帅，是前代上柱国大将军——王沛之。”

她蓦然想起，王沛之前几日大办贺宴，连皇帝也为他的生辰而厚加赏赐。

晨露闭上眼，眼前出现的不是那威势稳重的武将，而是那个嬉皮笑脸地喊“嫂子”的精灵少年。

她缓缓睁开眼，吩咐道：“查清王沛之的一切行踪，如果可以，派人潜入他府中探查。”

涧清正要下去，却见医正急匆匆地来求见。他也顾不得礼数，焦急道：“娘娘，皇后下令，让太医院为梅妃炮制陈年老参，可梅妃的症状，怕是虚不受补……”

“你不用说了，我全明白。”

晨露只觉得啼笑皆非，她为了得到那棵千年雪参——准确地说是为了得到那匣中的圣旨，才扯了个谎，皇后却把它当了真，为确保胎儿万无一失，才让太医们兴师动众。

“你不用准备老参了，我亲自去跟她说明吧。”

医正如蒙大赦，连忙称谢辞去。

涧清毕竟是少女心性，忍不住好奇道：“梅妃娘娘虚不受补，那棵千年雪参——”

“我把它放入大厨房的锅里了，它化为几千份汤，让全宫上下都滋补了一回。”

晨露微笑着，却转为叹息，“可怜梅妃，有这等珍奇，也救不了她的命。她蹚进这浑水之中，竟被静王害得不得善终。”

涧清想起那雪白肌肤上触目惊心的针孔，不禁打了个寒战，想起昨夜的情形，又道：“静王也真是可恨复可怜，他的母妃被太后害死，大约从小就心智扭曲了。”

“这宫中虽然金碧辉煌，却实在是吃人不吐骨头的黑暗所在，要么被人所害，要么去害别人，哪有什么清白无瑕的人。”晨露眸光微闪，由衷叹道。

她看着涧清，莞尔微笑道：“这宫里并不适合你，将来有什么打算吗？”

“我不想嫁人，但宫里待得实在气闷……”

“那个侍卫郭升呢？人家对你可是痴心一片啊……”

“娘娘取笑我……”

两人轻声笑语，朝着昭阳宫而去，声音飘荡在风中，逐渐消逝无踪。

十一月十三，夜色初上，月儿半明半隐，缓缓东升，它的光芒近乎血红，普照着万物苍生。

重重的楼台宫阙，被它照得迷离瑰丽。万千繁华隐没在夜色中，只剩那清澄的琉璃明瓦，被这血色映出末世般的苍凉华丽。

“这月色太过不吉了……”

仪馨坐在轿中，揭开绣帘一角朝天上张望，仿佛被这凶光刺痛了眼，她紧紧蹙眉，近乎泄愤地将轿帘甩下。

她是去探望梅妃的。

虽然太医悉心照料，皇后亲自操持汤药，皇帝也是温柔呵护，但纸包不住火，梅妃终于从小宫女的私语中，知道了自己的病情。

在确信自己将不久于人世后，她陷入了狂乱崩溃之中，任何宫中嫔妃的接近，都会引起她惊恐的尖叫。

仪馨在皇帝远幸行宫之时，曾经受他之托，照看好这身怀六甲的妇人，两人处得颇好，如今听说她这等惨状，连忙入宫探视。

“好好一个玲珑剔透的人，竟成了这般模样……”

她正心下唏嘘，却听轿外有人道：“公主请留步。”

声音清脆好听，却是威仪自生，仪馨微微皱眉，心中浮起“晨妃”二字。

她早就听过这位皇帝宠妃的种种传闻，本来对这等巾帼传奇也颇为心折，但上次安、平二王谋逆之时，孙铭被她全程压制，他虽然心胸开阔，仪馨心中却不免生出芥蒂来。

这般跋扈狠绝的女子，亲近帝侧，并不是什么好事啊！

她心中想着，面上却丝毫不露，吩咐从人停轿，由轿中款款起身，矜持笑道：“娘娘有什么事吗？”

“倒也没什么事，只是公主深夜回府，有些不太安全，为免万一，不如在我宫中宿下可好？”

晨露虽然是问询，却带着不容否决的意味。仪馨素来脾气骄矜，闻言干笑了一声，摇头道：“多谢好意，天子脚下，帝京之中，哪来那么多宵小不轨之徒——我这就告辞了。”

“公主请留步。”晨露再次说道。

润清眼明手快，已经命人将轿夫带下，半强制地请公主“留步”。

仪馨勃然变色，正要发作，晨露靠近她身畔，低声道：“今夜有变，皇上恐你归家途中遇险，所以让我把你留下。”

仪馨一听，愣在了当场。她生于宫闱，亦是天分极高，听这一句，再联想起丈夫近日心事重重，不禁打了个寒战，“到底出了什么事？”

“谋逆。”晨露简短回道。

她望了一眼慈宁宫的方向，又添了一句：“恐怕，接下来还有宫变。”

“宫变？！”

仪馨顺着方向望去，悚然，接着便是惊悟。

“是她？！”她有些不信，“虎毒还不食子呢，怎么会……”

“宫中妇人要想凤临天下，哪个不是认得一个‘媚’字，识得一个‘狠’字——林中猛虎可比她们逊色多了。”

仪馨第一次听到有人敢在宫中如此讽刺，饶是她性格刚强，也听傻了眼，一时不知该如何对答。

“总之，现在一旦出宫，您恐怕会成为要挟驸马的利器，为免被乱党所乘，您还是在云庆宫中暂歇吧，我会派人通知驸马的……”

晨露的话，有些意味深长。仪馨想起孙铭，一时又是担心不已。

几百支弩箭破空而至，带着锐利的呼啸，瞬间夺走人的性命。

毫无心理准备的城卫军被这股突如其来的死亡巨浪吓蒙了，许多人来不及取下城头的铁盾遮挡，直接被射成了刺猬。他们在倒地前发出的凄厉惨叫声，震撼着邻近同伴的心神。有几个甚至被皮肉撕裂地钉在山壁之上，手脚还兀自抽搐着。夜色中响起一阵沉钝的噗噗声，那是箭头破肉入骨的可怕声音。

还没等受袭者从震惊中恢复过来，第二阵密集的射击接踵而至，然后是第三阵，第四阵……疯狂的弩箭攻势宛如雪崩，人命在其中转瞬熄灭，微渺有如一片片雪花。

“快下城楼——”

城卫队长的话音未落，便被一支箭矢刺穿在地，血雾暴洒之下，一命陨天。

剩余人等正想避其锋芒，撤下城楼，却听城楼下发出一阵令人牙酸的沉重拖曳声。

“城门被打开了，有奸细！”

随着这声嘶力竭的喊声，局势彻底陷入无法控制的深渊之中。

住在城门近侧的百姓从睡梦中醒来，却只是瑟瑟发抖，不敢伸头去看，他们心中嘀咕：难道安王或是别的什么人又造反了？

孙铭接到禀报时，剑眉怒挑，却没有任何动静。

“将军！”侍从在旁耐不住，焦急催促道。

“传我的命令，全营严密戒备，不准擅自行动。”

孙铭目光闪动，心中千百个念头流过，却只剩下恩师殷切的一句话：“铭儿，一切……全看你的了！”

“将军，难道我们不去救援城门吗？”

侍卫不解的惊叫中，几乎带上了愤怒。

孙铭抬起头，目光犀利，稳如磐石。

“我自有分寸，执行命令吧！”

侍从还想说什么，却被他目中神光所摄，于是领命而退。

“老师……您真的，要我走那一步险棋吗？”孙铭喃喃道。

漫天的箭雨，遮住了月亮的光辉，那一轮血红的月儿仿佛不忍目睹这场景，隐没在云中。

随着城门从内打开，无数的士兵从缺口冲入，如浪潮一般连续不断。

甲胄的寒光在幽夜中闪烁，他们有如魔魅一般长驱直入。

街道上空旷无人，百姓们闭了门窗，战战兢兢地躲在被窝里，只是聆听着铁蹄肆虐的声响。

皇宫四门紧闭，平日里繁花似锦的宫阙千重，仿佛陷入了更大的沉眠之中。

晨露安顿好仪馨，便亲自去神武门前看个究竟。

瞿云全身黑甲地迎接了她。

“光凭这些宫中禁军，恐怕不是那些叛党的对手……你真要让京营按兵不动吗？”

瞿云遥望着天上那轮血红弯月，很有些忧心忡忡。

“我就是白起重生，也不敢以如此悬殊的兵力来对战。”晨露瞪了他一眼，又好气又好笑道。

“如果让他们进驻，我们根本不知道哪些是林媛的人，若是有个万一……”

“所以我们要尽力防御到最后。皇帝早已发出密旨，让离京最近的几路官军进京勤王。只要我们能独立抵挡乱军一天，那几路官军便能到达，到时候用掺沙子的办法，将京营建制暂时打乱，调入友军之中，他们就掀不起什么风浪来了。”

“一天……”

瞿云苦笑道：“这可真是个艰巨的任务啊！”

两人正在对谈，却见涧清急匆匆地前来禀报：“驸马只身前来，请求入宫，与公主团聚。”

“什么？！”

两人齐齐惊喊，都在对方眼中看到了绝大疑惑。

“皇上先前便有密旨，让他按兵不动，先将军中的异己甄别出来，他为何来了这么一出？”瞿云沉声道。

“先去见一下他再说吧。”

晨露清眸幽闪，想起前几日辰楼中人查到的一些秘辛，心中的疑团越来越大。

“为何擅离职守？”皇帝很是不悦道。

“因为……臣实在太过懦弱，没有勇气去看接下来的一幕惨剧。”

孙铭端起茶杯，曾连斩十余首级的刚毅手掌，此时竟有些颤抖。

“何来此一说？”

“皇上，不知您是否记得，从先帝开创本朝起，第一任的京营将军……”

元祈见他话题突兀，闭目沉思了片刻，答道：“是王老将军，他于战火倥偬间戍卫先帝，立下赫赫功绩，后来便是本朝的上柱国大将军。”

“他也是臣的恩师。”孙铭有些沉郁地叹息道。

“哦？”

皇帝眸光闪动，显然从中联想到了什么。

“恩师虽然称病归隐二十余年，军中袍泽故旧却是遍布天下，他生性仁德，如今赫赫有名的武将，有大半是他手里使出来的。”

孙铭提到恩师，语气崇敬，然而凝重。

“这一次乱党作祟，恩师早在寿宴之时便有所察觉，但他吩咐我的话，却是与为臣之道全然不符！”

“他也参与了这谋逆？”

皇帝声音不大，却满是沉郁的压迫力。

“若是恩师有此意愿，怕是京营此刻已冲入宫中了。”

孙铭苦笑道：“恩师今日忽然到了营中，于是我立刻便被架空……他威望之高，若不是我亲眼所见，根本难以想象，京营的中下级将领校尉，大半唯他马首是瞻。”

他抬头看向皇帝，语气带着微妙的自豪和苦涩，“京营之变，实在是惊心动魄，我自忖无法抑制……但我敢以全府百余人的性命担保，恩师绝无对皇上不利的意思。”

“你担保？你们百余人的性命，能抵得上皇上的安危，能抵得上社稷江山的重要吗？”

瞿云在殿外正要迈步进来，听到这话，气得面色都为之紫涨。

“亏你还是帝亲贵胄，却原来如此胆小怕事，京营即使哗变，你也该死于职守，一句无法抑制，就想推脱责任吗？”

“瞿统领，我敬你是前辈老臣，但这一句还请收回！”

孙铭双眉一轩，不怒而威，“我鏖战沙场，九死一生的时候还少吗？若是怕死，当时便可逃遁而回，又何须今日？”

“你擅离职守，可否给皇上一个理由呢？”晨露缓缓而入，听着他话音含糊，好似有什么难言之隐，终于开口道。

孙铭皱眉不语，半晌，才哑着嗓子道：“恩师只对我说了一句，这里用不着你了，去保护皇上吧。”

他从袖中掏出一件物事，展开给众人看。

“恩师说，他为国尽忠，已用不着这个了。”

“丹书铁券？！”

这次，连皇帝都为之一惊。

众人听着这一句，面面相觑，交换了眼色，都不再说话。

夜色越发深晦，神武门前城楼紧闭，并无一兵一卒把守，夜风吹来，带着无边的萧索。

櫑木火石的攻势，在这铁门紧闭前，全部化为乌有。

夜袭的叛军怒吼着，又调来攻城巨器，意欲长驱直入宫中。

下一瞬，所有的喧嚣都逐渐停止了。他们抬起头，惊讶地发现，城楼上的宫灯被全数点燃。

冠盖华冕迤逦而出，身着玄色龙纹朝服的皇帝随即缓缓出现在城楼上。

“你们深夜逼宫，到底意欲何为？”

宫灯将四周照得亮如白昼，皇帝神色如常，凛然不惧，如平日一般侃侃而问。

叛军的将领被这“逼宫”二字的威压分量惊得身上一颤，但箭在弦上，不得不发，他硬着头皮上前答道：“帝阙中有奸佞小人，臣等是为清君侧而来。”

他仿佛很是为自己的答案而得意，回头对自己的僚属扬声道：“奸佞挟持了皇上，我们定要为国尽忠！”

“清君侧？”

仿佛听到这世上最好笑的言辞，皇帝畅快大笑起来。

他神态从容悠闲，天生的帝王气度，让城楼下的叛军们心生暗惧。

“你们是想清掉谁？”皇帝忍住笑，近乎调侃地问道。

瞿云站在一旁，心中却是雪亮。皇帝不愿把命运交托给态度暧昧的王沛之，决定尽力拖延抵抗，以待援军。

“这——”

那将领顿时惊慌起来，很有些手足无措，他也是从上级口中鹦鹉学舌来的借口，如今要他说个明白，却实在是难为他了。

一个生得伶俐些的参赞凑在他耳边低语，他顿时来了精神，高声道："有奸佞唆使皇上裁撤兵士，以为鞑靼人败退就可以不要咱们了！"

他这一句煽动，虽然粗糙，却很是奏效。士兵们虽然不懂什么清君侧，可裁撤兵士还是听得懂的，这就是砸他们饭碗的意思，于是越发头脑发热，齐声鼓噪起来，一时倒也是声震云霄。

皇帝并不急躁，等这阵乱喊过后，不疾不徐道："是谁说朕要裁撤兵士的？诏令呢？"

那将领怒声答道："密诏既下，皇上还要继续隐瞒吗？上面可盖了兵部的戳啊！"

身旁的参赞从身上掏出一道揉得半烂的公文，士兵们虽然识字不多，可那明晃晃的大印还是认得出的，于是怒火越炽。

"兵部？"

皇帝冷笑着，朗声说道："你们身上的秋衣，都是兵部新发下的，若是要裁撤你们，还用缝制这些物件吗？"

这道理虽然通俗，却是一针见血，兵士们面面相觑，都觉得皇帝说得在理。

皇帝见人心动摇，于是继续道："清君侧是什么意思，各位也许不明白，这就是谋逆作乱，是要诛九族的大罪，有安、平二王的失败作前车之鉴，你们真以为能成功吗？"

他声音不大，却是清朗响亮，以一口真气贯入，在夜色中响彻在所有人耳边。有些士兵不由得心生惧怕，踌躇着，连手中兵刃落地都浑然不觉。

"皇上被奸佞所挟持，目前说的不过是违心之语！"那将领见人心有所涣散，焦急怒吼道。

"笑话！朕是何等样人，难道会重演汉献帝的故事吗？"

皇帝冷笑着，居高临下地瞥了一眼，连对话的兴趣也再无半点，只是沉声喝道："何去何从，各位该有个抉择，你们不怕死，难道要九族殉葬吗？"

城楼下发出低沉的嗡嗡声，很多人被这"九族殉葬"震慑住了，失魂落魄地窃窃私语着。

"弟兄们，我们走上这条路，就无法回头了，如今放下武器，也是造反的死罪，不如厮杀一场，兴许还能博个封妻荫子。王侯将相，宁有种乎？如今该轮到咱们立这拥立之功了！"

那将领咬咬牙，顿时豁了出去，用既成事实来断了兵士们投降的念头，又许以重利。这一招果然见效，许多人血往上涌，想起前次安、平二王造反时，几百颗首级传街示众的惨象，自觉反正逃不出惩罚，不如搏它一搏！

他们眼中狠色加重，呼啸声又起，瞿云连忙对皇帝道："这都是些杀红了眼的亡命之徒，皇上还是暂避为好。"

"不妨。"

皇帝怒极生笑，从侍卫手中抢过弓箭，弯弓搭箭，白羽翎在夜色中划过一道残影，呼啸而出。

说时迟，那时快，那将领只觉得眼前一花，咽喉一痛，咯咯作响，却再也说不出什么话来。

他颤抖着伸出手，指定了前方，仿佛不敢置信，却仍是不甘心地跌落尘埃。

"首恶已除，余犯不问，汝等放下武器，即可自由散去，若朕违背允诺赶尽杀绝，他日如此人一般，横死箭下！"

皇帝这一句，宛如在热锅里洒下沸油，许多人惶恐狂乱，惊叫着后撤，转眼间便不见了踪影。

剩下的死硬之人，也不复方才的嚣张气焰，只是剧烈喘息着，仍在城楼下剧烈撞击着铁门。两方对射的箭矢又开始在空中横飞。

"一时半会儿还算安然，可这也挺不了多久……这些都是静王许以重利收买的外镇官军，虽算不上绝顶精锐，却也是剽悍老练。一旦攻入宫中，禁军根本抵挡不了多久。"瞿云很有些忧虑道。

皇帝不见晨露的身影，于是问了一句。瞿云叹了一声，道:"她出宫去会王沛之了。"

京营之中，却不似孙铭所说，一命既下，无所违拗。

大堂之上，气氛凝重僵滞。

"大将军，我们都是你手里使出来的，如果是别的事，就算是水里来，火里去，也不过是一条性命，我齐某皱一皱眉，就不算是京营的老人！可唯独这次……"

说话的中年人，鬓发也已斑白，听他话音，也是当年最早从龙的义军一员。王沛之虽然早已隐退，他却仍称他为大将军，执礼甚恭。

"大将军，家父是您的老部下，我幼时便听闻您的威名，实在心生景仰，若今日我们面对的是鞑靼蛮夷，即使马革裹尸而还，也绝无怨言……"另一名年轻些的将领也是忧心忡忡道。

"你们都在担心，谋反的污名……会玷污了自己和家族，对吗？"

王沛之微笑着品茗，如此紧急之时，他居然仍有此闲情逸致。

他神态宁静安详，仿佛刚从甜睡中醒来，又好似等待情人相会的青涩少年。

众人交换了个眼色，将焦灼疑虑都沉淀于心，却再不愿开口。

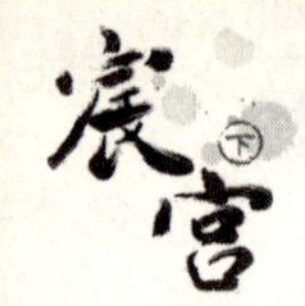

"当今天子无德，我奉太后之命行废黜之事，又有什么不对？"

王沛之的微笑在茶香氤氲中飘忽不定，众人听他这一句，惊得脸色煞白。

半晌，那齐姓将领才沉声回道："大将军，你一来便夺了孙铭的军权，道是要襄扶帝室，我们没什么话可说，跟着您就是了——可今上虽然为人冷峻，却实在是勤勉有为的好皇帝。他刚平复了鞑靼之乱，我们虽然远在京城，对他也是佩服得紧。要大伙儿把他废黜，实在是万万不能！"

他说完一咬牙，竟然双膝跪地，双手奉上佩剑，道："末将不肖，不能陪同大将军行此倒行逆施之事，唯有将这条命还给您——说起来，在潼关一战蒙您搭救，已经多活了近三十年，大恩大德，只能来生再报了！"

那年轻将领面色苍白，牙齿都在哆嗦，却也毅然起身道："今上圣明，为臣者慎宜自重——我亦不愿落下千古骂名！"

其余人对望几眼，默不作声，几乎都站了起来，走到两人身旁，只有几人与王沛之渊源太深，实在踌躇不决。

"哈哈哈哈……"

在这寂静得窒息的大堂上，犹如狂飙突起，惊破天阙的大笑声，居然出自王沛之本人。

他仿佛愉悦至极，畅快大笑着，声音绵延浑厚，到最后，几乎要笑得咳嗽起来。

"今日真是高兴啊！"

众人正在一头雾水，却见王沛之低声笑道："孙铭那个傻孩子，还以为老夫我一出面，就会从者云集呢，若是叫他看见这一幕，我这做老师的，定然是面子全无了……"

他止了笑，从怀中掏出一件物事，"你们且看此物。"

众人凝神一看，竟是一枚玄金令箭，内圈刻有清晰的铭文：如朕亲临。一旁刻有蛟龙图饰，有家学渊源的，早已在旁惊呼道："这是先帝的贴身信物！"

"以此物件，可否请各位听我号令呢？"王沛之轻声笑道，用手轻抚着令箭，笑容中含着怀念和怅然。

他长身而起，仿佛充耳不闻众人的窃窃私语，只一句，便封缄了所有的疑虑。

"你们即使不相信我，也该信任先帝的眼光。这令箭一向颁给钦差，回朝之后必得奉还，而他在临终前，却赐给了我。"

齐姓将领艰难地起身，活动着麻痹的腿脚，仍是耿耿道："大将军，今上……"

"呵呵，你们以为，我真要废黜皇帝吗？"

王沛之哑然失笑，以戏谑的目光环视着众人，眸中神采却越见柔和。

"倘若谁唯命是听，真的随我去行这废黜之事，刚才我便会斩下他的人头！"

与温暖柔和的微笑截然不同的，是那低沉狠绝的声音，王沛之目光犀利，缓缓说道："你们要是仍有疑虑，入宫之后便可依本心行事，宫中正在抵御逆党，所谓襄助帝室，可算是正当其时了。"

这一句实在有理，所有人都不由得点头，暂时打消了疑虑。

气氛刚有些松动，却听堂外有人报道："宫中有一骑疾行而来，要求大将军到营前一会！"

王沛之赶到时，只见夜风秋凉，吹得一地落叶，将黝黑大地铺得满满一层。

沙沙的叶声，衬得深夜越发寂静，那轮血月高悬空中，诡异而怜悯地望着这世间众生。

他好似看到了幼时最为精彩的武生打戏，禁不住微笑起来。

他望着地上，眼角的余光却不由自主地瞥见那个雪缎纤影。

那抹雪色，几乎刺痛了他的眼，他微微转头，以冷淡调侃的声音笑道："娘娘不在宫中侍奉皇上，来这粗鲁不堪的军营之中，有什么指教吗？"

"何必明知故问……"

声音清冽如同冷玉碎琼，王沛之的身躯微不可见地一颤，全身的血液都似要在这一瞬间挥发开去。

他攥紧手掌，只听见他又笑道："是为了驸马的事吗？我有先帝'如朕亲临'的令箭，就算他是帝家亲眷，也只得交出军权让贤。"

"先帝的信物？"

仿佛听见了什么不可思议的事，又好似带着惊奇的怨毒，晨露冷笑着反唇相讥道："先帝给你信物，就是让你谋害他儿子的吗？"

"若真是谋害，驸马怕是死于当场，也不肯把军权交出吧？"

王沛之笑道，心中却是如刀绞一般疼痛。

阿媛，你素来坚强，可这一回，你面对这绝境，将如何呢？

他暗自默念着，终于抬起了头。

晨露只觉得那双眼，含着虚无的怅然，近乎淡漠的狂然，哀伤地、隐忍地、决绝地望向自己。

她压下心头怪异的感觉，答道："即使如此，你手握京营，在这等险恶关键的时期，实在难以让人放心……你若还有为臣之心，就应当交出军权。"

"若不我愿呢？"

"那便是——"

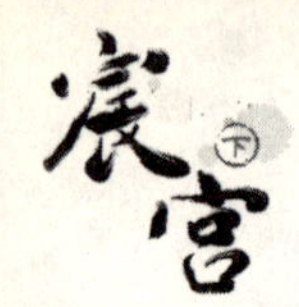

呛然一声，太阿剑瞬间出鞘，在幽暗中灼然生辉，疾速向着他的咽喉直刺。

王沛之虎口贲张，以迅雷不及掩耳之势旋身，这才险险逃过一劫。

“于阵前取大将首级，不愧是她的传人，风格亦是酷似啊！”他轻声低喃道，居然再次微笑起来。

金戈火花迸裂之间，两人身影在半空中变幻，再次落地时，晨露衣袖被刺出一道两寸裂口，而王沛之倒退两步，终于忍耐不住，哇地吐了一口血，顿时面色苍白。

“原来是你！”

晨露豁然开朗，以剑指他道:“那夜的刺客，我一直觉得招式眼熟，却没曾想……居然是你！”

她冷笑道：“你到底是静王一党，还是替太后办事的？”

“我只是依从我的本心。”

“好一个依从本心！夜袭取我的性命，也算是依从本心吗？”

“那是还债……人作的孽，总是欲解不能，总是一再蹉跎。”

王沛之的嗓音低沉，仿佛沉溺于某种隐痛之中，他抬起头，轻声道：“你上次伤我的剑招，是寂灭三式吧？”

晨露微微一凛，沉吟不答。

“我不知道你是从哪儿学来的，但于我来说，看到这剑招，就想起自己最深的一桩冤孽来……”

王沛之声音坦荡地继续道：“这些冤孽，都是我年轻时候造下的，午夜梦回，仍会汗湿重衣，心如刀绞。”

“桩桩件件，到今日，终于要了结了……”

他的声音在血月下仿若虚幻，晨露蓦然想起自己在孟兰节的夜晚，追着幽渺河水中明灭的莲灯随波漂荡……

那种感觉，就好似即将熄灭的灯焰，怅然地、宁静地，用尽自己全部神粹地，燃烧。

“你到底意欲何为？”

“入宫，襄帝勤王。”王沛之毫不迟疑地答道。

“京营将士到底效忠于谁？”

“当然是……”

王沛之笑得怅然苦涩，一字一句道：“当今圣上。”

晨露见他如此坚定，于是沉吟道：“口说无凭，你要我如何相信……”

“这位娘娘，王大将军如何，我们不敢担保，但我们自己，却绝不会为虎作伥，做那谋逆之事。”

大营后面，出现几道人影，忍不住开口说话的是那位齐姓老将。

“是啊，大伙儿虽然敬仰大将军，但还不至于是非不分，况且王大将军刚才也说了，就是信不过他，也该信得过先帝的眼光。”

先帝的眼光？

这话本来极是妥当，晨露听了，却顿时面沉似水，目光冷冽森然。

一旁那年轻将领终于开口了：“一旦有变，将士们是听我们的。朝廷如果担心我们谋反，尽可以先派人将我们的家人看管羁押。我先说了，我家在燕子巷……”

其余几人也纷纷开口，爽朗地报出自家底细。

晨露望着这一双双期盼的目光，点头道：“不用说了，我相信你们。”

京营开拔之时，朱雀大街上响起一阵甲胄碰撞的钝响。

所有人都寂静无声，只有当前两骑在悄声低语。

“京城乃是国之中枢，这几个月间，却迭遭变故……”王沛之有些心疼地望着青石条砖上新增的裂痕，叹息道。

他又看了一眼晨露，笑道：“你现在仍对我心存疑虑，却又为何肯随京营将士一起入宫，不怕引狼入室吗？”

“我既然肯放你们入宫，便有万全之策，与其让京营动向不明，还不如让它到风口浪尖上试试，谁忠谁奸，一下便能分明。”

“万全之策？”

王沛之咀嚼着话中含义，心中也明白了几分，于是又问道：“入宫之后，这些京营将士们务必由圣上调配，不然，他们绝不会听从。”

“那是当然……”

晨露还待再说，却见不远处西华门宫门洞开，前来接应的涧清面色惊慌，仿佛受了什么绝大的惊吓。

“出什么事了？神武门被攻破了吗？”

涧清喘息着，勉强摇头道：“不……神武门那边有瞿统领在，一时还能撑着——只是慈宁宫那边……”

“慈宁宫怎样了？”王沛之在旁问道。

涧清看了他一眼，道：“慈宁宫被人攻破占领，太后已被挟持。”

第三十三章 月惑

太后入夜后就很不安稳，她咳嗽有些加剧，却不肯宣太医，只是望着天边的月儿低喃道："这月红得邪意……"

芳云心知肚明——她是在为宫变的进程而焦急，于是安慰道："娘娘若是睡不着，不如点些熏香来抹牌，也好消磨这长夜。"

太后答应了，于是加上叶姑姑和这两个侍女，四人支起檀木桌，抹起了牌来。

太后拿了一手好牌，却是心不在焉，屡屡失误，不一会儿，桌上的金锞子便输了大半，这还是三人不敢让她太失颜面，暗中放牌的缘故。

"也没什么意思……"

太后只觉得昏昏欲睡，她打了个哈欠，只觉得人影在灯下拖曳晃动，竟绝似鬼魅狞笑，她不由得打了个寒战，凝神再看，却是平静如常。

难道真是人老阳气少，平白见鬼魅吗？

她心中咯噔一沉，顿时心绪大坏，随手推乱了牌道："乏了，睡吧。"

太后由几人服侍着宽衣上床，不知怎的，却是辗转反侧，怎么也无法入眠。

梆更的声响在静夜里越发清晰，纱窗虽然紧闭，血色月光却从中隐约透出。

太后侧耳静听，前廷方向仍是一片寂静，没有任何喧哗，她喃喃自语道："怎么还没有动静？"

"母后这么急着让我来送死吗？"

阴冷的声音突兀而起，太后身子一颤，只见密室的门徐徐而开，出现在眼前的，竟不是王沛之，而是静王元祉！

"怎么会是你？！你怎么进来的？"

太后既惊且怒，正要张口唤人，却听殿门吱呀一声被推开，正是今夜当值的玉琴。

"玉琴快喊人——"

太后惊慌的声音，却因玉琴的动作戛然而止——

她微笑着朝静王点头示意，随手将门闩放下，殿中与外界从此隔绝。

“母后，玉琴是我特别孝敬您的，这一阵，她伺候得您可好？”

静王低笑道，拍了拍玉琴的手背，让她在门边伺望着，对着太后又道：“至于为何出现的是我，而不是王老将军，这便要怪母后你太粗心了。”

“上次四弟谋反，您身陷险境，却莫名有银光一闪，外人不知就里，以为是我发的暗器，可我一直在琢磨这问题呢——还好玉琴伶俐，终于发现了您的秘密。话说，您可真是晚福不浅啊！”

静王笑得轻佻，太后狂怒攻心，眼前一黑，险些跌倒，勉强撑住床柱，这才缓缓坐下。

“你这畜生，我对你不薄……”太后咳嗽道。

“对我不薄？”

静王好似听到了天大的笑话，眼中火光如灼，“你害死我母妃，对我利用之余，严加防范，这叫对我不薄？”

他越说越是怨毒，“就是这次，你也拿我当替死鬼……哼，一旦我弑君成功，京营将士便会以大逆之罪拿我，到时候你身为太皇太后，挟幼主而自重，真是好计谋好手段啊！”

他凑近太后，以戏谑残忍的目光看着她道：“母后，我的人已经在神武门前动手了，离京城最近的援军也被我以一纸换防公文调离，皇帝手中能调动的力量所剩无几。这一次成则万事好说，若是不成，母后你也休想安然脱身！”

“畜生……”太后呛咳着，以险恶的目光瞪视着他，低声咒骂道。

这母子二人在这一刻终于撕破了伪装良好的画皮，彼此以狠绝的目光瞪视着，殿中的气氛因这一份对峙而分外僵硬。

“你进了王沛之的府邸，他不在家中是吗？”太后打破了这一沉寂，低声问道。

“你那老情人此刻大概在京营之中吧，他即使能成功夺得军权，也会投鼠忌器，不敢动我分毫！”

静王以轻蔑露骨的神情扫视着太后，啧啧赞叹道：“母后，您真是有本领有手腕——”

“腕”字还没出口，他蓦然挥袖，一抹流光从袖中飞出，直直穿过镂花殿门，消失不见。

殿外随即传来一声闷哼，好似有谁受伤忍痛，玉琴闪身追了出去。

静王神色间不复方才的悠闲，俊美如神的容颜在灯下显得阴森扭曲。

“是谁？”他冷声逼问着太后。

太后听那声音耳熟，暗忖十有八九是芳云，不由心中暗喜，口中却不耐地冷笑道："人是你发觉的，问我有何用！"

暗夜如霜，血色弯月在头顶洒下不安的光华，芳云在宽阔大道上竭力奔跑着，身后一阵轻风扶摇而来——那是玉琴在追赶。

平日里嬉戏友善的姐妹，此时在她眼里却是狰狞有如套了画皮的女鬼。

两人身法都算轻盈，但并不是多么上乘的武功——专职潜伏的细作，一般并不会修习多高强的武功。

一道软烟罗从身后席卷而来，玉琴身不由己地被拖拽而回，她脖颈被缠，几乎窒息。

一个人影从前方掠来，下一刻，玉琴从束缚中解脱开来，她看着眼前这异常熟悉的面容，呛着咳嗽道："太后被静王挟持……"

静王的不祥预感，在一刻后化为现实。

慈宁宫外脚步声混杂，从窗纱中可以看到影影绰绰的人影。

"静王，出来答话吧！"瞿云忍着怒气喊道。

他从神武门前被紧急请回，竟有这等混乱局面等着他。

静王冷笑一声，正要高声拒绝，只听瞿云沉声道："你再不出殿，我就要放箭了！"

静王一惊，怒喝道："你敢！太后也在这殿中！"

"你不肯出来，谁知道太后是否已经遇害！"

静王一凛，头脑顿时清醒下来，他这才意识到，外间这些人，大都是皇帝的亲信，他们怕是巴不得趁着这混乱让太后早早归天。

他主意一定，用短剑横在太后颈项前，另一手推开了殿门。

冷冽的空气扑面而来，殿外中庭里满是黑压压的人。

静王孤身在此，却并不慌张，他只是想拖延时间，等待前廷那边的胜利。

"静王殿下，挟持太后并不是个好主意，前次平王的愚行还历历在目，想不到你也要重蹈覆辙。"瞿云的口气并不重，只是语言直接而辛辣。

"见笑了，我实在是无奈呀！"

静王满面无辜，正要天花乱坠地继续往下说，只听远处传来沉闷的甲胄钝声，他面色终于变了，却是略带喜色的轻松。

京营，终于到了！

京营的到来，终于把静王从窘境中解放出来——有王沛之在，太后这张牌终于能发挥效力了。

“你先回神武门吧，这里有我。”

清冽的女声，决断从容，静王抬起头，有些意外地在大队人马中找到了声音的主人。

“嫂子，好久不见了！”

他仍是佻脱地打着招呼，眼中却警惕更甚。

晨露瞥了他一眼，又瞥了一眼被挟持的太后，下一刻，她微笑着开口：“为什么不刺下去呢？”

身后京营的将士们齐齐惊呼，他们常年受皇家正统的熏染，君臣尊卑早已深入人心，如今听到这等大逆不道的言语，顿时哗然。

晨露回身微一示意，只见外层重重涌出无数刀剑甲胄齐整的将士，将入宫的这一队京营人马完全包围。

“怪不得你让京营的其余四队都去援救神武门……原来这圈套是专为我们准备的！”齐姓老将恍然大悟道。

其余人见这等架势，也都是面色阴沉。

“言重了，只要大家不轻举妄动，我们绝不会冒犯。”

晨露淡淡回了一句，观察着场内的诡谲局面。

以太后、静王为中心，京营围成一圈，外层又包有自己的人马，气氛实在是诡异险恶。

“看这甲胄的花纹，是周浚的镇北军吧！”

王沛之只瞥了一眼，就认出了其中渊源。

“果然眼力如炬……”晨露淡淡道，也不知是贬是褒。

静王见自己这边被忽视，于是加重了手上力道，太后不由发出一声呻吟。

“静王殿下，你这样做是徒劳的。”

晨露淡然道，一副漫不经心的模样，好似丝毫不以太后性命为念。

静王见四周兵士重重，心中一阵凛然，却还是强笑道：“离京最近的援军已被我调开，即使周浚借你人手，难道能把镇北军搬来不成？”

“王爷，这个问题，还是由我来说个清楚吧。”

从晨露身后出现的，竟是身着朝服的裴桢！

“原来你竟是……”

静王惊怒交加，只觉一阵颓然。

“王爷，那一纸换调令，我确实盖了印，但若是细读，便会发现所写的驻扎期限，是到明年闰二月二十九……明年并不遇闰，又怎会有闰二月二十九这一天呢？所以当地的卫所长官定会有所拖延，以待核对。你现在快马加鞭前去，这几支驻军定还是分毫未动！”

裴桢悠然轻笑，一身朝服穿在身上，显得格外轩昂挺拔。

静王再也忍不住，微一咬牙，手下用劲。

两道银光在这一瞬暴涨，不约而同地直奔他面上袭去！

只听得当的一声响，两道银光在空中交撞，然后在静王眼前寸许齐齐落地。

静王惊得四肢百骸的血都凝到了心尖，他定下神来仔细一看，竟是一根银针，一柄发钗。

“对不住，静王也是先帝苗裔，若非必要，不能让你取了他的性命去。”王沛之轻拂广袖，对着晨露道。

“那就让静王取了太后的性命吧……”

晨露微微一笑，居然没有动怒，自得其乐地在一旁冷眼旁观。

“静王殿下，请你也就此罢手，悬崖勒马，为时未晚。”

静王冷笑不语，清漠俊美的面容上现出一道扭曲的阴霾，他手下更加用力，让太后发出凄厉的呻吟。

“看样子，我是走投无路了呢。”

他苦笑道，扫视着周围虎视眈眈的人群，眼角因兵刃的寒光而微微眯起。

“太后是我唯一的筹码了，你若是我，会轻易放开吗？”

王沛之双瞳瞬间紧缩，眉宇间威仪摄人。

游龙般的剑光让漫天星辰都为之黯然，悍烈杀意一出，让人肝胆俱丧，血月的光华幽转，仿佛也为这人间名将的一剑而惊魂。

静王拖了太后，却仍是躲得狼狈，闪避腾挪之间，越发捉襟见肘。他索性豁了出去，一咬牙将太后直直抵上剑尖。

太后的凤眸因极度的惊恐而睁大，剑刃闪着凛冽寒光朝她而来。

宛如无边的镜面在这一瞬破裂，她清晰地望入王沛之眼中。

他那刚毅无畏的脸容，此时却带有某种奇异的光芒，像触摸到海市蜃楼的那一瞬，又像顽童俯身河川，去捉捞那镜花水月……

仿佛在直面幻象，渴望着，却也知道是徒劳。黑瞳深处的那一抹幽华，一点点扩大、勾起，几欲溃散，却又终于艰难地拼凑起来，化作一抹苍凉宁静的微笑。

剑气已侵入她的肌肤，杀意有如岩浆喷涌，毫无掩饰。

太后在这一瞬完全失去了反应，一切仿佛无声变慢。她任由静王狼狈一拖，任由自己的面庞擦过锋刃，一滴鲜血沁出，她也茫然不知。

众人只听得一声剑吟，接着，便是骨头碎裂的声响。

静王坠落在两丈开外，他肩骨以下被王沛之一掌拍碎，鲜血横飞，竟露出了森然白骨。

剧痛攻心之下，他无力松手，太后支撑不住，翩然跌落。

一双宽厚的大掌将她扶起，平素的温暖安宁，在此刻，竟感觉冰凉沁骨。

“沛之……你终于来救我了……”

她低喃着，如溺水者抓住浮木一般，紧紧握住那双大掌。

王沛之将她扶住，下一瞬，他却做了一件让太后惊骇心痛到极致的举动。

他坚决地、一寸一寸地——将手掌从太后白皙莹润的指间抽离！

“沛之！”太后简直不敢相信自己的眼睛，她只觉得一阵眩晕，茫然地低声喊道。

“将静王拿下！”

王沛之沉声喝道，当年统率万军的威仪和气度毕现。有几人便上前搀了静王。他已是气息奄奄，于是连忙止血包扎不提。

“先帝曾经有遗旨，因时世艰危，所以一直没有公布，现在是它大白于天下的时候了。”

王沛之对着晨露道：“请娘娘请出旨意。”

晨露闻言眸光一盛，很有些惊愕，但她瞥见四周的京营以及禁军将士正在侧耳倾听，顿觉时机已到。

一声口谕传下，重重叠叠地传回前廷，不到一刻，秦喜便捧着乌木匣子到了。

“中宫林氏怀执怨怼，擅权威凌，宫闱之内，若见鹰鹯。既无关雎之德，而有吕霍之风，岂可托以幼孤，恭承明祀？今除其皇后玺绶，黜其尊号，永禁昭云宫中。朕百年之后，亦不得以帝母之尊干涉朝政……”

秦喜响亮而略带尖锐的声音，在夜空中扩散开去。那卷半旧的黄绫绣龙圣旨，在他手掌间灼然生辉，刺痛了所有人的眼睛。

“好……好！”

太后嫣红的唇上都失了血色，她全身都在轻颤，竭力撑住摇摇欲坠的身躯，尖利的指甲刺入掌中，磨得鲜血淋漓，也丝毫不觉。

“是先帝的旨意吗？”

她咬牙冷笑着，姣美的容颜也随之蒙上一层暗青，面上的肌肉也随之微微扭曲着。被妆容掩饰的苍老，在这一刻暴露无遗。

“太后，这是先帝的旨意……您受了这场惊吓，还是先回昭云宫休息吧。”秦喜上前恭敬搀扶道，亦是给了她一个台阶下。

太后并不领情，仿佛见了什么污秽似的，将他的手甩开。

“什么先帝旨意，分明是伪造的！皇帝不忠不孝，行这弑母之行，居然还假托先帝名义！”

她语调悲愤，神情之间郁郁含冤。

众将士中爆发出一阵微微的鼓噪声。晨露微微冷笑，开口反驳道：“那道旨意，原本是先帝交给惠妃秘密收藏的，当时消息走漏，惠妃宫中一连遭到好几拨刺客的急袭，她情急之下，只能将圣旨交给林邝保管。”

“之后惠妃就因病急薨，密旨就一直留在林邝手里——”

晨露最后道：“然后，朝廷就从他手中缴获了此物。”

“林邝是我家门败类，他的话也能相信吗？”太后冷笑着，仍是冠冕堂皇道。

王沛之望定了她，幽然吐出一句：“那一年，先帝与你争执，错手将一道卷轴掷中你的手腕……”

太后的脸色顿变，只听王沛之继续道：“你并没有细看内容——其实那便是这道圣旨……那次你的手腕被木轴砸伤，在这道圣旨上留下了一滴血。”

太后面色越发灰白，腕间的翡翠玉镯碰撞着墙角椒壁，发出泠泠之声。

“你的手腕上，现在还有一块淡色伤疤。”

这一句如离弦之箭，挟着锐利的啸鸣从太后心间射过，她不知是惊还是怒，全身都簌簌轻颤。

在场众人都是男子，晨露使个眼色，秦喜爹着胆子上前，惴惴不安道：“太后娘娘恕罪……”

他揭起太后的罗袖，在雪肤之上赫然见到那块疤痕，果然是分毫不差！

太后也不反抗，只是扶墙伫立着，说不出的孤单萧索。

血色的月光照在她身上，玄色罗衣上重重团了本色暗花与金红缠丝绣，虽然眼角有淡淡细纹，却仍遮不住那份姣美高华。

“沛之，你为何要如此待我……”仿佛已痛彻心扉，她低低问道，平日幽深平静的凤眸中，宛如盛了两团火焰，灼热而凄厉。

“阿媛，你不能再这么错下去了……”王沛之的声音平静无波，却带着隐忍的哀伤。

“我可以为你去刺杀政敌，可以为你隐居避世，但你却仍不罢休，你要废黜今上，让未出世的幼儿即位，好让你继续垂帘临朝……九州天下被你随心所欲，却又要置苍生黎民于何地！”王沛之一字一句地说道，不顾四周众人的低哗，只是凝视着太后，目光沉痛决绝。

“够了，阿媛，罢手吧！”他温柔地、宁静地喊着她的闺名，再一次恳劝道。

太后低低冷笑，目光中混合着强烈爱憎，“你说得真是轻松……”

她笑得温柔凄楚，“我自十九岁侍奉先帝，到如今已经快三十年了……夜夜梦回，有哪一夜睡得安宁？你真以为是我恋栈权柄，欲壑难填吗？”

她眺望着重重的宫阙飞檐，轻轻地，一字一句道：“这帝阙千重，玉座珠帘，一旦拥有，便再不能失去，除非是——”她微笑着，轻轻吐出那个天地间最可怕的“死”字。

王沛之悚然心恻，正要开口，眼角余光却瞥见了一道利芒。

“小心！”

他飞身扑去，间不容发地将太后推开，那道利芒闪着幽暗的绿光，直直刺入他的胸中。

变生肘腋，大家都聚精会神地看着这两人，谁也没有注意其他。

一个矫健柔弱的身影从宫墙上跃下，以手中弩箭再次射杀两人后，负起静王转身疾奔。

无数人在这一瞬惊呆了，待回过神来，纷纷上前急喊：“大将军！”

“王帅……”

“王大人……”

王沛之平躺在地，太后近乎痉挛地握住他的手，瞳孔收缩为一点，面庞因震惊而扭曲。

“沛之……”

她颤抖着绝望地低喊，白皙柔腻的手掌被那潺潺而出的血泉沾染浸润。

一滴泪，从她的眼眶流出，灼热地、咸苦地，落进王沛之的眼中，近乎滚烫。

“不要哭……阿媛。”

他咽喉咯咯作响，却勉力撑起身躯，对着左右亲兵道：“把她拉开。”

从人无不凛然，强硬地将太后搀起，正要拖离，却见她剧烈挣扎着，竟摆脱了几个有力男子的钳制，扑回到他身边。

“我不哭。”

太后只觉得漫天星辰都在旋转，这繁华若梦的宫阙万重好似在崩塌、风化，雕梁画栋化为朽灰，一寸寸地，消逝在眼前。

她咬牙微笑着，笑容一如二十六年前一般妩媚清丽，“坚持住……太医马上来了。”

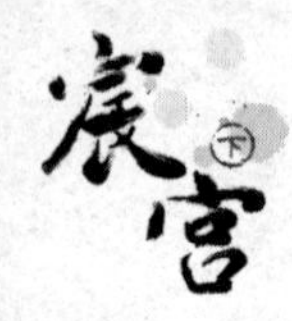

王沛之戎马半生，眼光如炬，微微一瞥自己的伤势，心便沉了下去。

他眸光闪动着，故作轻松地喃喃道："好痛啊……"

他对着太后露出温柔的微笑，低声唤道："唱一曲吧，就唱我们初见面的那首……"

太后恍惚着起身，清了清嗓子，清婉透彻的歌声便在夜色中飘忽，似远又近——

"暮宿南洲草，晨行北岸林。日悬沧海阔，水隔洞庭深……"

王沛之突然挺身坐起，一记干净利落的手刀，让太后软软躺倒。

他咳嗽着，口鼻间也溢出血来，因这一猛力动作而瘫倒在地，瞳孔也开始扩散。

"对不起……还是不想让你看着我死……"

他的意识开始模糊，苍穹万物在眼前空悬倒转，这一生许多的悲欢离合，在这一瞬流转而逝——

脚步声轻响，有人逐渐接近，一双清冽出尘的黑眸，仿佛在很远处，又仿佛近在眼前。

"嫂子……是你吗？"

他的意识越发模糊，却因这黑眸中的寒意而豁然惊醒。

"你从地府黄泉中来找我索命了吗……"

他微笑着，口鼻中不断呛出鲜血来，"也好，这笔账欠了二十六年，早该还了。"

"嫂子，是我将伪造的行军路线给了旭哥，让他以为你与忽律王子勾结反叛……也是我，偷用了你贴身的印信，让他深信不疑……"

他咳嗽着，吐出大口大口的鲜血，旁若无人地说道。

"你对我如姐如友，我却为了一己私欲，害你蒙冤身死……是我对不住你！"

"可你要是不死，阿媛就活不了……你性情刚烈，一旦从北疆返回，断不会容下她与旭哥的苟且私情。"

他咽喉哽咽着，吐出一道血箭来，回光返照似的，眼前一片清明。

那一道黑眸的主人，并非是二十年前身死殒命的林宸，而是今上宠爱的晨妃！

王沛之用尽最后的力气，伸手牢牢握住她的手腕，声嘶力竭道："你是林宸的传人吗？"

白皙的手腕被箍得死紧，晨露双目幽渺，仿佛什么也看不见，什么也感觉不到。

紧握的力道逐渐松了下来，那一只满是血污的大掌，终于僵硬松开，无力地落下。

王沛之双目怒睁，仿佛至死都在等那一声回答。

但他终于没有等到。

"这算什么……"

晨露全身都在剧烈地轻颤，雪白贝齿几乎要将朱唇咬透，嫣红的血丝从唇边落下，眸中一时火光冰焰，一时幽渺诡谲。

一句对不住，又如何能让我释怀？

她斩钉截铁地想喊出这一句，张开嘴，却怎么也发不出声音。

这一瞬，她眼中几乎滴下血来——不是因悲伤，而是因这决绝的憾恨。

为何不能让我亲手杀了你？

所有人都一时静默，仿佛不敢相信，这位名动天下、叱咤风云的开国大将军，竟以如此突兀的方式撒手人寰。

一片寂静中，有一道声音由远及近，犹如钱塘江潮水一般，逐渐浩大奔涌。

擂鼓声如万马奔腾，动地而来。随着城门轰然倒地的声音，神武门已破。叛军攻入宫中，有如暴雨惊雷的擂鼓声中，有万千人声呼啸奔涌，地面都为之微微战栗。

风云激荡中，血色的弯月隐没在了云中，仿佛不忍目睹这惨烈一幕。

"弟兄们，该是我们京营为国尽忠的时候了，让那些外来的胆小鬼看看，什么是真正的天朝精锐！"将领们高声呼喊道。

人潮如挟着风雷的怒云向前庭席卷而去，迎接那一场悍烈的激战。

身着黑甲的镇北军将士也不声不响地朝着前庭而去，他们虽然对朝廷素多怨怼，在此时也一致以大局为重。

怒云不一会儿就离开了这里，中庭顿时空旷寂静，宛如平时，只是多了那一摊鲜血，一具尸体。

夜风摇曳着庭中的树枝，花木婆娑中，仿佛连天边游云都远离了此间，只剩下碧落黄泉间这一幕，让人无语凝噎。

晨露站在这幽深庭院里，雪衣被夜露浸透，亦不自知，她的面庞雪白晶莹，没有半点泪痕，只有那唇边被咬破的血丝，蜿蜒而下。

仿佛是失去魂魄的躯壳，黑眸中不见往日的顾盼清扬，只见浓黑沉重。

冥冥中，是谁在叹息一声，又仿佛有什么碎裂，发出一声清响。

血月朝着林中坠落，黑黢黢的枝丫间，只见破碎的残光华晕，却更添妖魅。

第三十四章 星坠

十一月十三，静王作乱，叛军攻入神武门，京营将士奋勇抵御，激战一夜后，终于在破晓时分等来援军，将之一举歼灭。

随着这惊心动魄的宫变落幕，朝中掀起了追查乱党的风潮，无数颗头颅在菜市口跌落血污，又有几十家大小官员的府邸被查抄圈禁。暴风骤雨中，一道上谕并不引人注目。

“一应太后銮驾注辇，从即日起收归内务府管制，从即日起，停用太后宝印。”

老于朝政的人，一眼就看出，这是废黜太后的先兆了。

但此刻人人自危，都怕与乱党沾上关系，谁也不敢在这时候拂逆皇帝。

静王在京中经营多年，平素又任性侠义，各位朝中大臣无论亲疏，都与他相熟，不免在家中战栗不安，生怕一觉醒来，已成了诏狱的阶下囚。

三日后，京中的动乱终于平息下来，皇帝杀了几百人，却也不欲广加株连，于是朝政终于逐渐回到正轨。

“她仍是把自己关在寝殿里，不吃不喝吗？”

皇帝关切的声音中带了怒气和焦虑，他一挥袍袖，强行推开大门，进了寝殿。

涧清面有难色，犹豫了一下，终于还是没有跟进。

素来清雅的寝殿里，如今却是香氛缭绕，氤氲恍惚间，重重的玄紫凤纹缎被中露出女子的一头乌发，直垂着披泻而下。

皇帝连忙上前，小心翼翼地揭开缎被，正迎上一双大睁着的眼，深寂涣散，如同一泓噬人的清澈死水。

“你怎么了……”

他一时惊骇，心痛得皱起眉头，“你不吃不喝，到底是为什么？”

晨露微微抬头，黑眸中仍是一片茫然。

“我只是倦了……”她低低开口道，声音微弱，完全不似平时。

皇帝也不再多说，细心为她裹上毯子，将她打横抱起，也不理那零落的通天鲛纱帷帐，径直出了寝殿。

秋日的中夜沁凉入骨，深露浸湿了人的鞋袜，皇帝抱着她，一跃上了屋檐。

琉璃瓦在夜色中散发着淡淡幽光，皇帝将衾毯抱紧，却毫无亵渎的念头，只觉得伊人这一刻脆弱至极，需人怜惜。

“还记得这里吗？”他轻声问道。

“那时梅嫔出事，我一时心灰沮丧，是你在此吹笛，让我豁然开朗……”

温热的肌肤相触，锦衾重叠间，他仿佛能嗅到她发间的清雅幽香，那并非是宫中女子常用的熏香，而是白梅一般冷洁自然。

“看这夜空……”

他指了指繁星闪烁的苍穹，“千万年一如此景，一旦仰望，便觉自身渺小，什么忧愁烦恼，在它面前不过是沧海一粟，不值一提……”

“人的性命着实短暂，万事的缘由可以不提，但是人与人的争斗和仇恨，却是至死不休的。”晨露低喃道。

“若是有一日，你辗转反侧，一心一意要取仇人的性命，到头来，他却先一步步入黄泉，那你这亘长的仇恨，又要如何排遣呢？”她仿佛是在问元祈，又仿佛只是在自语。

“你的仇人？”

元祈细细咀嚼着她的话意，想起之前的忽律，又想起那天的一幕。

“王沛之也是你的仇人之一？”

晨露不答，黑眸中却因那个名字而燃起火焰。

“他倒是死得其所！”

元祈想起从那夜过后，众人转述太后的暧昧行止，心中一阵厌憎。

“想不到母后与他……”

他实在不愿再谈起此人，可这样一个肮脏的名字，却让晨露如此丧魂失魄。

元祈心中一阵隐痛，近乎同仇敌忾地，他用力抱紧衾毯，默默无言地给晨露以安慰。

皓朗星空下，这高耸的飞檐之上，坐着这一对紧紧相拥的男女，夜风拂过衣袂，宛如金童玉女一般。

“睡着了吗……”元祈忍住手臂的酸麻，低声问道。

“……”

均匀的呼吸，仿佛告知了主人的沉静。

元祈眼中闪着温存炽热的爱意，俯身看向怀中挚爱的女子。

那嫣红欲滴的朱唇，因着面庞的苍白而越发幽丽。他低下头，一分一寸地，逐渐贴近。

这一吻封缄，只是轻轻贴近，随即分开。

元祈神思悠然，仍在回味着这一吻，却是起身跃下，抱着怀中沉睡的女子，向着云庆宫而回。

他没有看到，怀中人眼睫微闪，在面庞上投下了浓黑的阴影。

晨露露出一个微笑，凄婉，然而宁静，随即睁开眼。

下一瞬，那微笑因眸中的冰冷犀利，继而转为诡谲。

“对不起……”她埋首在元祈怀里，对着这宽广胸膛中那一颗心，默默说道。

夜色如瞑，居然下起了大雨，幽黑至蓝的苍穹中，无数水流从天阶落下，遮住了一切的声响，也遮盖了人间的若梦繁华。

慈宁宫门窗紧闭，寝殿中满是熏香的紫烟，迷离氤氲中，仿佛有无穷的梦魇藏身。

太后跪坐榻上，努力捣住胸口的绞痛，以咬牙的痛楚来抵御眼前不断出现的鬼魅身影。

“所有被你害死的人，都一一见过了吧……”

清渺的低语，伴随着熏香的微微稀散，太后清醒了些，抬头看向宛然洞开的殿门。

“牡丹花下死，做鬼也风流，如今外间都在传说，太后与王大将军暧昧有私，他为了救你而死，你却只是被终身幽禁，实在是天壤之别啊……”

近乎恶毒的讽刺，从逐渐出现的清雅身影口中吐出，在寝殿中形成重重回音。

太后费力看去，却见来人只着一袭白衣，雪一般的面容几乎要融入荧荧烛光之中，双眸却是幽黑空寂，那深不见底的一点，竟让她生出无边的悚然。

“你来做什么……”

太后微微喘息着，却不愿示弱，口中只是冷笑道:“我那不孝之子遣你来的吗？”

“是我自己要来的……我来看你最后的下场。”

宛如冰玉落地，森寒中带着无边的怨毒，太后不禁一惊，愕然抬头。

“熏香的气味如何？是不是让你见到了许多故人……”

太后闻言急急起身，踉跄着行到香炉旁，以袖拂倒了炉身，紫烟却仍是渺然不散。

“徒劳无功……你真的已经老了！”

低沉的冷笑声在殿中响起，仿佛岩浆都在这一瞬冷却凝固，“当初你与他苟且私通，以一杯‘牵机’陷我于死地的勇气到哪里去了？！”

虚空中，有什么冰凉的东西掐住了太后的喉咙。

她仿佛不敢相信自己的耳朵，近乎茫然地，缓缓抬头。

“你说什么……”

“你怕我化作厉鬼来向你索命，在宸宫之中贴上密密符咒，这二十六年来，你以为可以高枕无忧，可惜呀，人算不如天算。”

低低的声音，在殿中回响，太后在这一刻眼前一暗，仿佛有无数枝蔓从黄泉中攀附伸来，将自己竭力拖下。

“不可能的！你已经死了，死在先帝的‘牵机’之下……”

她近乎狂乱地拿起灯烛，明灭闪烁的火焰将对面的人影照亮。

那一双清冽出尘的黑眸，穿过记忆轮回，穿过那黄泉忘川，停驻在眼前。

大雨倾泻如注，硕大的雨点敲打着琉璃明瓦，飞檐下铁马在叮当急响，奔腾轰鸣好不热闹。

太后听到自己轻轻笑了，笑声在寝殿中显得格外诡异。

“是你！”

太后笑得眼泪都流了出来，以罗袖拭了仍是不止，银牙将红唇咬破，鲜血蜿蜒而下，那素来齐整的发髻，也因她剧烈的颤动而散落。

“是你啊……”近乎梦呓地重复着，太后眸中的光芒狂乱明亮。

“这一切，原来是你在作祟……”她大笑着，咬着牙，一字一句道。

“是我。”

白衣纷飞间，晨露已经到了她眼前。

轻软的锦绣衾褥因着太后的狂乱而满榻散乱，她不停地咳嗽着，身不由己地朝身后蜷缩。

“你在害怕吗？”

清幽的声音淡漠低沉，仿佛只是在这秋夜豪雨中叙谈天气。

“其实你完全用不着害怕……我绝对、绝对不会杀你，就是皇帝本人，也不愿蒙受这弑母之名。”

“二十六年来，我在黄泉之中受尽业火焚烧之苦，念念不忘的就是你跟元旭……若是让你轻易死去，岂不是太过顺心遂意？”

太后咬牙蜷缩在墙角，几乎瘫软，那声音却仍在耳边继续。

“我要你好好活着，万寿千秋地活着……等待你的，不是什么太后的尊荣，而

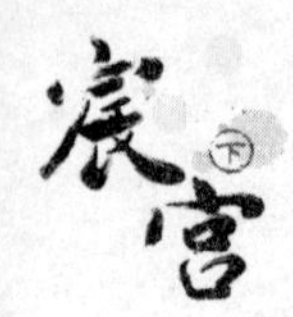

是世人的耻笑和唾骂。你跟王沛之的淫乱暧昧，已经被添油加醋，在市井间广为流传。

“而你，不但失去了所有的权柄威仪，还要顶着淫妇之骂名，在这深宫中苦度春秋。看到那梁上的香炉了吗？这熏香能让你与泉下亡魂们相见甚欢。”

晨露朝梁上轻掷，小块的香料被准确地扔入其中，熏香的芳馥顿时又浓郁了几分。

太后蜷缩在一角，闭眼不看，却仍是情不自禁地，发出低低的呻吟。

“鬼魅的惨叫声，是不是悦耳非凡……”晨露微笑着问道。

“慈宁宫中典雅大气，实在是个养老的好地方……你就在此慢慢消磨残生吧！”

晨露说完，转身翩然离去，身后传来太后狠毒的低喊：“你仍是输给了我……皇帝是我亲身所出，我的血脉，将会永远融入皇朝之中！”

晨露推门的手蓦然顿住，回过头，两人的目光对上——那是同样狠绝怨毒的，要将对方挫骨扬灰的火焰。

这一生一世的纠葛搏杀，到今日终于有个了结了。

晨露笑得清浅宁静，世间万物在这一笑间仿佛停止。

“既然如此，我会将林家的血脉……从天朝完全清除。”

她幽幽地道，转身离去。随着殿门的开合，寝殿中又陷入了一片迷离——那是永恒的、沉溺至死的黑暗。

太后倒在榻上，神志逐渐模糊，鬼魅们阴森狞笑着，又逐渐纠缠在她身旁。

她以最后的一点理智支撑，露出一抹诡异笑容。

那诡异中显出得意和狂妄，让她的面色越发苍白，她以低不可闻的声音喃喃道：“你输了……我手中的这张底牌，会让你……后悔莫及。”

氤氲紫烟又起，即使是指甲掐入的痛楚，也消退不了眼前的鬼魅。太后颤抖着手，无比艰难地，从小衣中摸出一把物事。

长三寸的小刀，如冰的锋刃上缠有一道红线，稚嫩可爱。

这是三十年前，鞑靼人索拿她侍奉王子时，年幼的她暗自准备下的——宁可自尽，也决不玷污贞节。

那时候，她还是懵懂的少女，满心里想的，也不过是找个可心的良人，执手结发，相随一生。

那之后，为何会变成这等局面呢……

太后微笑着问自己，却答不上来。

手腕颤抖着用力，清芒一闪，血雾暴起，眼前的一切便逐渐暗淡。

宫室轩敞空寂，窗外的禁城黑影憧憧，灯烛带出一点殷红，一丝丝融进浓浊的黑，终于不见影迹。

更漏的声响被那喧嚣大雨遮盖，只有那廊下的铁马，清泠泠一阵脆响。

晨露在雨幕中毫无遮挡，只是缓步向前。

喧哗的雨声在她的耳边轰鸣，眼前的宫室帝阙，仿佛一寸寸在眼前崩塌碎裂。

“从天朝……完全清除吗……”

剧烈的绞痛从胸中升起，她放声大笑，笑声无比凄凉，连暴雨的巨响也遮盖不住。

涧清看到眼前被水淋透的主子，不免惊诧，她正要起身准备巾帕，晨露止住了她。

“等天一亮，就去请齐融过来一趟。”

涧清正要开口，却被她的神情吓了一跳。

晨露眼中的些许暖意，已经消失殆尽，所有的神采，仿佛都冰冻玉碎，刺得人眼生痛。

“接下来，就是你了……皇后！”

当阁臣们上奏废后时，元祈很是踌躇。

“皇后虽然无德，却也并无显恶，与太后的阴谋更是无涉，贸然废黜，天下将会如何惊诧？”

在齐融的支持下，有御史风闻奏事，道是皇后使用厌胜巫觋之术，在今上亲征之时，秘密延请术士来宫中作法。

皇帝虽然半信半疑，却仍是派暗使加以调查，结果让他勃然大怒。

皇后并不信佛法，却对玉虚道人吹嘘的那一套深信不疑。她表面请玉虚来“祈福解难”，实则却以巫蛊之术诅咒皇帝。玉虚在受刑后，马上交出了刺有今上生辰的人偶，并供出皇后曾有“今上刻薄寡恩，如不以幼主替之，天下亦不得安宁”之语。

事已至此，皇帝仍是半信半疑，一声令下，宗人府与慎刑监在昭阳宫中搜索，不仅发现了其他的针刺人偶——有太后、晨妃，甚至是梅妃的，还在供奉巫蛊的密室中发现了一个滔天秘密……

皇帝接到整整十页的奏报，气得寝食不思，终于下诏废后。

“我要面见皇上……你们这些奴才给我滚开！”皇后在众人的拉扯下，绝望而

嘶哑地喊道。

晨露坐在主位，淡淡瞥了她一眼，笑道：“恐怕皇上不会想见你的。”

“我没有跟静王勾结！”皇后喊得声嘶力竭，凄厉宛如杜鹃啼血。

“你做出这般冤屈的模样，只会更引人厌憎……那巫蛊的木偶邪具，难道是谁故意放在你宫中的吗？”

“你这个妖女——”

皇后恨得咬牙切齿，“皇上一味宠幸你，置江山社稷于不顾，我一时昏聩，才行此厌胜之事，可我并未私藏静王！”

她越说越激动，“我跟静王素来不睦，他登基做了皇帝，于我有什么好处？”

“可你怎么解释……他重伤死于你的密室之中？”

皇后一时张口结舌，不能作答。她猛然抬头，看入晨露冷冽微笑中，顿时有所明悟。

“是你！是你这贱人陷害我！”

她剧烈挣扎着，尖利的指甲恨不能撕裂这张晶莹清秀的面容。

晨露走近她身边，以低不可闻的声音道：“要怪，就怪你是林家人吧。”

她蓦然折身而去，不顾身后凄厉的哀号和诅咒:“你不得好死……会下十八层地狱！”

晨露的唇边掠过一抹轻讽，“地狱？”

她的笑容越发璀璨耀目，却仿佛带着日曜中央的阴霾一般。

“我早已经在那里了……”

裴桢到云庆宫觐见时，颇有些不自在地看着周围的重檐帷幕。

这里是后宫禁地，朝中官员一向不得擅入，如今掌权的是晨妃，却是毫无顾忌地宣了他入内。

“你如今还在兵部掌印，是吗？”晨露仿若漫不经心地问道。

“是……老尚书的连襟也被卷入这次谋逆案中，他一生刚直耿介，气得无颜上朝，一直称病在家；那几位侍郎，皇上又不太放心……”

“周浚那边的勘合，你暂时不要收回。”

晨露把玩着手中掐丝珐琅熏香球，将它抛起又敏捷接住。

裴桢心中一凛，有些愕然道：“虽然周大将军此次是为勤王而派兵，但毕竟是京畿重地，镇北军将士并无长驻的道理啊！”

“区区几千人，难道能把京城翻转不成？”

晨露笑着调侃道：“再说，若是周浚真有异心，前次叛军攻入宫中，他只要反戈一击，便是玉碎宫倾的局面了。”

“可是皇上那边——”

裴桢仍是踌躇。晨露淡淡一瞥，那黑眸中的幽冷，让他顿时闭口。

“些许小事，又何必劳动皇上……”

清冷淡漠的声音中，一种纯粹而凛冽的寒冷无声息地蔓延，满殿都陷入微妙的阴霾中。

裴桢离去后，瞿云便匆匆而来，宫人斟茶近前，他却面色冷峻地视而不见。

“你调动辰楼中众多精锐，抢在皇帝的暗使之前将静王搜到，就是为了嫁祸皇后？”

晨露并不答话，神色安稳地端起瓷盅轻抿。

“小宸……罪不及妇孺，对于太后你怎么报复也不为过，但是皇后与此事无关，你将重伤濒死的静王放在她的密室里，是要置她于死地啊！”

“与此事无干？”

晨露大笑出声，不由得放下手中茶盅，冷笑着回道：“林媛初入宫时，楚楚可怜，也与前代的仇隙无关，我饶了她，结果呢？”

“小云，永远不要小看这些无知妇孺——那么多沙场名将都不能动我分毫，结果却陷入林媛的圈套，还不够我警惕吗？”

“所以，你就先下手为强？”

瞿云凝视着他，近乎痛心道：“小宸，你以前可不是这样的……”

“正因为如此，我沉溺黄泉二十六载，而林媛安享富贵尊荣。”晨露低低道。

瞿云因这一句而痛彻心扉，再也无法接口。

殿中气氛正是凝重，却见涧清有些急促地敲响了殿门，“娘娘，事情有些不妙，慈宁宫那边出事了！”

晨露乍一听见慈宁宫，眸中晶莹灿然，仿佛两点火焰在瞬间凝结成冰。

“出什么事了？”

涧清急步趋入，面色竟是前所未有的苍白，全身都在轻颤，也不言语，只是从怀中掏出一样物事——三寸的小刀古朴典雅，刃上的一道红线，在灯下瞧来，红得惊心动魄。

雪一般的刃面上，隐约泓起一层嫣红。

“太后她，已然自尽身亡……”

仿佛在这一瞬听到绝无可能的笑话，晨露一愣，有些茫然地抬起了头。

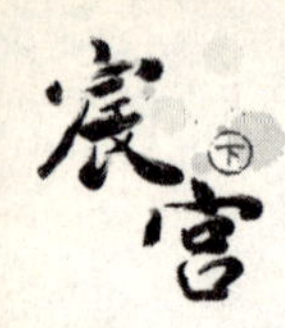

“你说什么……”

清雅淡漠的声音，在灯下听来，带着绝大的风暴与压迫。

“太后她，自尽而死。”

涧清自觉失职，低声道：“茶饭放在门前，她几日不取，原以为她是失魂落魄，却没曾想，她已经——”

“到现在才发现，慈宁宫的人可真算是尽忠职守啊！”

晨露冷笑着，眉宇中的雷霆之怒终于爆发，“这熏香惯能迷惑心志，根本没人能保持清醒，她是怎么自尽的？”

涧清回忆着，仿佛心有余悸，禁不住打了个寒战，“太后以指甲掐入肉中，以极度的痛楚来保持清醒，创口处已是烂得血肉模糊。”

“好……好，这才叫一个得遂心愿，求仁得仁！”

晨露放声大笑，声音无比苍凉愤懑。

“林媛，你终于逃过了应有的报应！”

她茫然地、失魂落魄地起身，喃喃低语道：“你们都以死亡来逃脱，那我的恨、我的怨，要如何开释？”

第三十五章 奈何

皇后被废后，有御史言官上奏，弹劾其父靖安公十二条大罪。三日后，靖安公府邸被查抄封禁，显赫一时的外戚林氏，终于在叶落之时耗尽了它最后一丝气数。

之后几日，几位阁臣联名上奏，恳请广择良家淑媛以充实后宫，另有中宫之位不可久耽之语。皇帝看罢一笑，居然留中不发。

齐融却是心中有数，上了一道密折后，皇帝仍是不发一言，却是大加赏赐。于是齐融胆气大壮，略微指点了几个门人弟子，便有雪片一般的奏折飞入帝阙，齐口称赞晨妃温良贤淑，可晋中宫之位。

如此过了几日，皇帝不顾一些老臣的反对，终于下诏，立晨妃为后。

“娘娘大喜了……”

云庆宫上下都是喜气洋洋，宫人们一一近前来恭贺主子，各个面上都是兴奋和骄傲。

“大喜？”晨露轻轻地重复了一声，却不见有喜悦之色。

侍婢们围绕在她身旁，以自己的巧手摆弄着重染如云的裙裾。

晨露凝视着镜中的自己——堆云双环髻，修眉联娟，玄色袆衣上重染了金丝翟纹，袖裾上带出精巧的云龙镶绣。

这样隆重繁丽的装束，是为封后大典准备的，镜中佳人虽然华衣云裳，眉宇间却带出冷肃沉重之色。

“望之如洛神凌波……”皇帝悄然到了身后，由衷赞叹道。

晨露浓黑修长的眼睫微微扇动，轻声笑道：“我这等姿容，只好比比无盐……”

皇帝见她笑容晦暗，心中不由一痛，柔声道：“事情已经过去多日，你且放宽心，别去想了。这次封后大典，本想给你个惊喜，没曾想，千金也难换来你一笑啊——朕真该去学周幽王。”

“皇上胡说些什么呢……你想做周幽王，我还不想做褒姒呢。”晨露含怒微嗔道，眉间的阴霾，却也消散了几分。

周围的宫人都在掩袖低笑，为皇帝的深情和诙谐而感动艳羡。

皇帝见她露出笑容，心中不禁一荡，两人又说笑了一阵，他才告辞而去。

回到了乾清宫，秦喜报告，兵部的裴大人求见。

“裴桢……他来做什么？”

皇帝对这位痴情而机智的青年官员很有好感，于是破例宣进。

裴桢进来叩首后，却很有些踌躇不安，正是晚秋天寒之时，他却冒出一身的冷汗来。

风从窗间吹入，一排的烛光摇曳，带起阴影千重，裴桢不禁瑟缩了一下。

“裴卿，你有什么话只管直说。”皇帝看着他，越发觉得不对劲，于是开口催促道。

“万岁……”

裴桢心中转过万千念头，却在这一瞬消散无踪，他暗自咬牙，低声道：“有一件事，说起来真是惊骇非常，职责所在，只得来禀告皇上……”

“是什么？”

裴桢仍是踌躇，皇帝越发觉得奇怪，催得急了，他才又叩首道：“万岁恕臣万死之罪，臣才能说。”

皇帝想了半刻，以沉静的声音缓缓道：“你说，朕恕你无罪。”

天逐渐暗了下来，乾清宫中却渺无灯火，殿中一片黑暗。

秦喜的心中有着莫名的不安，他轻扣着殿门，轻声唤道：“皇上？”

殿中无人应答。

秦喜又惊又急，手下一重，竟将殿门吱呀一声推了开来——原来是虚掩着的。

“不要进来……”皇帝的声音轻渺低沉，仿佛抽离了全身力气的虚弱，他全身都隐没在黑暗之中。

秦喜站在玄铁门槛边，竭力朝里张望，却在对上皇帝的眼睛后，惊得几乎夺路而逃。

那素来深邃睿智的眼中，竟是前所未有的狂乱茫然，还有愤怒。

“不可能的！她绝不是这种人！”皇帝蓦然低吼道。

他旋风一般起身冲出寝殿。秦喜追赶不及，只得惊骇莫名地呆在了原地。

宫阙万重在眼前飞逝，皇帝疾奔在汉白玉石宫道上，心中仿佛擂鼓一般巨响。

不，这不可能……他对自己说道。

云庆宫熟悉的轮廓逐渐在眼前出现，一轮淡色弦月低挂墙头，映得窗上鲛绡一片梅枝虬斜，素雅中透出古意大气。

他站在照壁前踌躇着，再也无法挪动半分，眼看着伊人就在前方殿中，却不忍前去质问。

“皇上……”

身后有一道细微的女子声音蓦然悄现，元祈回过身去，却见上次那位面熟的宫女，正站在廊柱旁的阴影里。

“你是……蓉儿吧……”

皇帝这次总算记起了她的名字，漫不经心道:“夜已经深了，你怎么还不歇下？”

“……”那宫女在阴影中垂首不答，月色朦胧下，她的身影仿若一道幽魂。

皇帝大奇，正要靠近细看，却见她捂着脸，发出一声极为凄厉的低泣，“奴婢不敢睡……”

“为什么？”

“因为……”

蓉儿咬着唇，全身都颤抖得有如筛糠，声音因惊怖而变调。

“晨妃娘娘她……不是人……而是……鬼怪。”

她哆嗦着，仿佛连话也说不清楚，“她……不是原来的晨露。”

“你在说什么胡话？！”皇帝怒道。

“是真的，皇上！”

蓉儿再也承受不住这份惊悚，带着哭腔低喊道：“晨露最是羞涩胆怯，根本不是现在这样！”

“我当是什么，原来是这件事！”

皇帝不禁失笑道:“瞿统领早就跟朕说过，晨露是故意韬光养晦，才混进宫来的。”

“皇上，这是不可能的！”

蓉儿咬牙道:“我跟晨露虽然家乡不同，却是远房的姑舅表亲，侥幸在宫中巧遇，才多方照应她——她出生时，还是我母亲走了一夜山路去接生的。她自小父母双亡，吃百家饭长大，怎么会是什么江湖女子？”

皇帝顿时愕然。

“皇上，那确实不是晨露……我敢断定！”

蓉儿低泣道：“晨露自小病弱，虽然痊愈，却得了个鼻子无嗅的怪病——那日正是因她没闻着齐妃娘娘走过的熏香味，才将漆泼在她裙上，被打了四十杖，几乎死了过去——可她前阵子，却说晚荷香味清甜鲜灵，是她最爱的……”

“真正的晨露，是完全嗅不出什么香味的，眼前这个……也许，只是披了她的皮在作祟的鬼怪……”

蓉儿完全沉浸在恐惧之中，她越说越怕，想起幼时听过的“画皮”故事，不由得全身战栗，尖叫一声就跑了开去。

皇帝没有去追，只是站在原地，默然无言。

翠色楼中，瞿云坐在清敏对面，端着茶盅默然不语。

“看你这长吁短叹的样子，难道天要塌下来了吗？”

清敏瞥了他一眼，不以为然中带出亲昵的忧虑来。

“小宸这是孤注一掷，她已经完全被仇恨腐蚀了心志！”瞿云又急又怒道。

“眼看着仇人纷纷撒手人寰，这积蓄了二十六年的仇恨，却难道要化为虚空吗？任谁也要为之疯狂的。”清敏深叹道，水葱似的十指仿佛要将茶盅握碎。

“这世上，已经没有人可以解开她的心结了。”她无限凄楚地哽咽道。

“可惜了今上，他倒是个英明有为的皇帝，对小宸也是一片深情——如今，小宸满腔怨毒只能报在他身上了。”

瞿云心中不由一痛，口气也转为沉重，毕竟是十几年的君臣，他实在不忍看着皇帝懵懂地走向不归的死蜮。

他看向清敏因惊讶而微微睁大的眼，“你还不知道吧，小宸将周浚的几千人留在了京城，就是希望皇帝突然驾崩后，能用他们来掌控局势，甚至让周浚长驱直入，黄袍加身。天下人视为至尊的御座，她随意便送人了。”

“她要杀掉皇帝？”

清敏的面色顿时苍白起来，纤纤素手因吃惊而微微颤抖。

“是啊，所以此事极为棘手……”

瞿云咬牙低语，满腔怒火无处发泄，不禁恨道：“都是林媛作的孽……这个妖妇！”

“林媛这一死，我妹妹的下落就更难查清了……”

清敏想起生不见人、死不见尸的双生妹妹，染有珠贝的指甲不由得戳入肉中，美眸中已是珠泪氤氲。

这二十多年来，她夙夜梦萦，到头来，却是等到这最后的绝望……

她蓦然起身，对着瞿云郑重道：“我想进宫去，萱敏就是在那里失踪的。”

“你进宫也于事无补，这么多年来我一直明察暗访，也没有任何线索。”瞿云断然阻止道。

“我跟萱敏最为亲近，一定比其他人更容易找到蛛丝马迹的。”

清敏虽然柔弱，一旦决定，性子也是极为倔强。

瞿云一听便知这凶险已极，但他与清敏爱意笃厚，实在不忍拂逆她的心意，沉吟了片刻，他沉声道："再过十日便是封后大典，宫中临时调入许多人手，你可以凭着我的腰牌进去。"

天气逐渐寒冷，冬日已悄然到来，终于到了册立新后的吉日。

清晨天还未亮，京城中便传遍了洪大悠扬的钟声，京城百姓匆匆梳洗后，便涌上了街头。

青市街面上早已用净水泼了数遍，皇帝今日大赦天下，且赐民八十岁以上者粟帛。

皇城前的朱雀大街上，人人摩肩接踵，几乎水泄不通。

这一日并无阳光，阴冷的风吹得人脸生疼，天空中却是白亮诡异，凝重沉滞得好似要压下来。

"要下雪了……今天真是邪门！"

有人咕哝着，声音很快被淹没在如潮水一般的欢呼声中。

宫中更是庄严肃穆，皇帝身着朝服，头戴通天冠，端坐在御辇上徐徐而来，到了阶前下了辇车，直接从御道走进太和殿。文武百官这才在赞礼官的引导下，依次走进大殿。

皇帝端坐示意，秦喜在旁宣读制书，又有内侍过来，双手捧过御案上的金册金宝交给阶下的齐融。齐融率两名持节官和持案官跪谢后，会同等在殿外的副使、内侍、礼仪官等人，浩浩荡荡地前往云庆宫。

尚宝官引新后立于中庭，面向北。尚宝官从册宝案上的金盒里取出册宝，尚服官取出宝绶，皆按指定方位站定。尚宝官曰："有制。"

新后在尚仪的赞导下再拜受制，尚宝官宣读册文，正式册封晨露为中宫皇后。

这一片繁华胜景，清敏却无心观看，她站在宫中高楼一角俯视着迤逦行来的新后仪仗，不禁从心中生出一种悲凉。

这样一对璧人，今日洞房和卺，龙凤呈祥，却即将兵戈相见……

她不忍再看，折身下了阁楼，自身的隐愁又在心间发痛。

这宫阙万重，究竟在哪儿能找到妹妹的踪迹？

她咬着唇，直到沁出血来也浑然不觉。

身后有人轻呼一声，那是瞿云派来照应她的一名侍卫。此人与他交情莫逆，也在乾清宫中宿值，人缘手腕都是头一份的。

"嫂子，你在找瞿统领吗？"

此人见她面带愁绪，以为是瞿云这几日繁忙怠慢了她，于是笑着劝解道："这几日为了册立新后，瞿统领忙得脚不沾地，宫中戍卫职责重大，嫂子千万不要生他的气。"

清敏闻言，含笑称是。那侍卫见她气质温雅，心中暗自赞道：“有这样的娘子，瞿统领真是前世修来的福气……”

那侍卫最见不得美人发愁，于是笑道：“瞿统领正在侍卫营中处理公务，不如我带你去找他？”

清敏含笑谢过，两人迤逦而行，穿过孤寂清冷的永巷夹道，到了侍卫营的驻地，进了院中，便有从人上前禀道，大统领有要事在身。

清敏百无聊赖之下，在各处闲逛，如此耽到黄昏时，她到了一处有铁栅栏的院落，却见地上灰尘积了厚厚一层，落叶和淤泥淹没其间，墙角却有一人披头散发地蜷缩着，手中拿着树枝，在地上不停地画着什么。

“她是谁？”

她问那位侍卫，那人苦笑道：“人称她为何姑姑，原本是御花园的管事，几月前以毒物谋害太后。她死也不肯招供，一头撞在墙上，就成了这般疯癫的模样。”

清敏禁不住好奇，上前仔细察看，却见那是个干瘦的中年妇人，双眼翻白，口中不停地咕哝着什么，显然神志不清。

清敏看那泥画，一幅幅很是清楚，有人物箱笼，有宫室楼台，正在纳闷间，却见那妇人抬头望来，两人目光相触，那妇人如遭雷击，极度激动地发出嘶叫：“萱敏——萱敏！”

她一边叫着，一边扑上前来抓牢了清敏的手，她的手劲很大，清敏的雪白皓腕上顿时出现了五道青痕。

清敏心中悚然一惊，不顾手腕被抓得生痛，猛力拉住那妇人道：“你认识萱敏，她在哪儿？”

那妇人目不转睛地望着她，逐渐流下泪水，电光石火间，她的眼神不再狂乱，而是异常的清明犀利。

“你不是萱敏，你是谁？”

“我是她的姐姐，清敏……我们是双生子。”

清敏的眼泪在这一刻夺眶而出。

“我妹妹究竟在哪儿？”

澄泥金砖墁地的正殿中，紫铜鎏金瑞兽口中徐徐吐出紫烟氤氲，香气弥漫一殿。由东而入便是一道朱红门槛，二十四扇通天落地的鲛纱帷帐以珊瑚金钩挽起，重重帷幕翩然而垂，仿佛与外界隔绝。

御榻前，红烛高照，明玄的腾龙帷帐高高挽起，新后凤冠间珠玉累累，几乎遮住面容，华光莹灿中，她敛目端坐。

殿外风卷狂澜，枝叶在窗上投下张牙舞爪的狰狞阴影，黑暗中，仿佛有谁低低叹息了一声。

就是今日了吗?

晨露问自己，一颗心有如涉入忘川之中，漂流直下，最终跌落万丈深渊，再无回还的余地。

殿门一声轻响，所有宫人皆跪地贺喜，晨露便知是皇帝到了。

元祈大步迈到榻前，在那一瞬被她的无双风华所震慑，于是笑叹 :“终于等到这一日了……”声音中却听不出什么喜悦，倒隐约带出些怅然和焦灼来。

宫人们却浑然不觉，纷纷掩口而笑，她们伺候帝后二人以玉杯喝了合卺酒，行过正礼后，便纷纷退下。满殿缱绻中，唯有帝后二人在灯下对坐。

皇帝把玩着手中玉杯，见其上有隶书铭文，于是低声念道 :“九陌祥烟合，千香瑞日明。愿君万年寿，长醉凤凰城。”

他笑容清朗，眉宇间有说不出的寥落惆怅，“诗是好诗，可惜……”

他深深凝视着身畔佳人，轻笑道 :“累你久等了……”

“臣妾真是惶恐，仪礼本就冗繁，又怎么谈得上久等？”

晨露的声音从累累珠玉后传来，静夜灯下听来，不复往日的清冽无垢，金声玉振，却似满含着疲倦与空茫。

“你累了吗？”

皇帝伸出手，欲要取下她发间累赘的凤冠，却在下一瞬，被一道冷冽的寒芒惊在当场。

短剑从重染的罗袖中倏然伸出，锋刃在灯下灼然生辉，几乎将满殿照亮。

皇帝悚然大惊，正要后退，却发现全身酸麻，无力动弹。

“合卺酒！”

他恍然大悟道，抬眼看向晨露，苦笑道 :“果然如此……”

他也不挣扎，只是低声叹道 :“裴桢说你图谋不轨，朕不相信，没曾想，居然一语成谶。”

那柄短剑横在身前，刃身凛冽生辉，一见便知是悉心磨砺过，在灯烛下犹如半轮幽暗的月。

一束黑沉沉的鬓发被横厉的剑气扫过，从束发的玉藻中被削落下来，直直坠到那青金石铺就的地板上。

“图谋不轨？”

晨露微笑着，带着幽微的讥诮与沉痛，“我若是图谋不轨，难道真能做女皇帝不成？”

“你将镇北军将士滞留京城，难道没有任何图谋？”

“国君一旦驾崩，群龙无首之下，有他们在，便能安定京城。”

“驾崩……”

皇帝喃喃咀嚼着这词，苦笑道：“你是要在今晚取朕的性命了。”

“可惜，裴桢早已报知了朕，镇北军将士今夜便会离开。你就算杀了我，也别无所恃。”

“……”

皇帝以痛怨的目光紧紧凝视着她，晨露亦以寒凛黑眸深锁。两人对视着，交会着缠绵与隔阂，天涯咫尺间，仿佛只剩下这一抹深憾。

“你的父皇母后，与我有不共戴天之仇……”许久以后，晨露才低低说道。

皇帝愕然抬眼，却被她眼中的决绝所震，他艰难地开口道：“父皇母后？”

“还有那个遁入黄泉的王沛之。岁月悠长，所有的人都不曾等到我的报复，就一个个争先恐后地死去，那上天让我重生在世上，又有什么意义？！”

她的声音越发低沉，却更显激越，虽然痛彻心扉，却仍是倔强地昂首伫立着，蝶翼一般浓黑的眼睫下现出诡谲的深红，却逐渐泛上水意，眨了数眨。

红烛的内芯在此时噼啪一声爆开，殿中这一瞬光华大盛，皇帝只看见那双黑眸中，有两滴泪坠了下来，落到他的手背上。

皮肤上猛然一烫，心也在这一瞬漏跳了一拍，皇帝焦心似焚，禁不住想伸出手，抹去这凄清已极的泪水。

然而他丝毫不能动弹，只能眼睁睁地看着她收了泪，微微踉跄着持剑逼近。

吹毛断发的冷冽让他身上的肌肤都起了寒意，晨露凝视着他，黑沉沉的眼中有如冰刃划过，万千挣扎，只在这一念之间。

一念三千，这悠长的纠葛缠绵，终于随着短剑缓缓掣出而戛然而止，那剑直直刺来，竟有低低的龙吟，在暗夜中响起的那一瞬，像是有无数黑沉沉的英魂呼啸着扑面而来。

剑尖到了胸膛，在穿透衮服的那一刹那，晨露的手停滞。她手下颤抖着，却怎么也刺不下去。

那仿佛流光片影一般，过往的情形在眼前翩然浮现……

御花园初见时，他睿智清朗的微笑……

静夜宫檐上，两人并坐观星，那一缕长存不灭的笛音……

滔滔河水中，那血肉模糊也不肯放开自己的宽厚大掌……

封后前夕，含笑看自己青黛初描的安宁喜乐……

“住手！”

殿门被一道巨大无比的力量撞裂，电光石火间，瞿云直冲而入，正好看到这一幕，手中佩剑掷出，将短刃撞出了一个米粒大的缺口。

他内力充沛，晨露不禁后退了两步，胸中一片气血翻腾。她面色变得异常苍白，黑眸中露出凄冷光芒。

“小云，连你也要阻止我吗？”

“住手吧……你知道你在做什么吗？！”

瞿云双目赤红，显然是在极端激动中，昂藏身躯因而微微颤抖。

“小宸……我们都错了！”

清敏眼中珠泪盈盈，却仿佛沾染了修罗之焰，咬牙低泣着走近几步，见皇帝安然无恙，全身才松懈下来。她心绪激荡之下，竟是身躯一软，险些晕厥过去。

在瞿云的扶持下，她勉强站住，黑眸望定了皇帝，眼中泪光更盛。

“这一双眼，简直是酷似……”

她缓缓敛住了，看着在场的所有人，一字一句道：

“小宸，皇帝他，并非太后亲生，而是——萱敏的骨血！”

晨露在这一瞬，因极度震惊而睁大了眼。

窗外的风声在耳边无限放大，有如鬼魂的呜咽。殿中寂静一片，只有清敏的声音幽幽响起：“二十年前，我与萱敏蒙忽律可汗的恩德，获赦而归。千里迢迢的长途跋涉，吃尽万千苦，才到得京城。我们身无分文，流落街头，萱敏听说林媛做了皇后，便执意要进宫觐见，希望她看在同枝同脉的分儿上能施以援手。”

“她这一去，就再也没回来……”

清敏声音已近哽咽。

“当时林媛虽是中宫嫡后，却因无出，颇为人所非议。她虽然手腕了得，不动声色地将嫔妃的胎儿清除，却也不能常行此道，正在烦恼间，乍一见萱敏有着与己相同的重眸，便生出一道毒计来。

“她将萱敏藏于废弃的宸宫之中，晚间对元旭殷勤劝酒，待其酒酣后，让从人将他引至宸宫之中。

“当时元旭神思恍惚，将萱敏看成了已逝的某人，在愧疚和相思的煎熬下，竟将她……”

清敏的声音越发凄厉，宛如杜鹃啼血一般。

晨露听得“已逝的某人”几字，只觉得胸口重压，几近窒息，她咬唇不语。

滴答一声轻响，她唇边滴下一缕嫣红，落在青金石地面上，触目惊心。

"之后萱敏便怀了身孕，林媛将她幽禁在宸宫的厢房之中，我最疼爱的妹妹……就在那暗无天日的地方，度过了一生中最后的岁月……

"有一个宫女，被秘密调去伺候她，两人渐成莫逆，最后已是情同姐妹。这个宫女，就是那位以毒物谋害太后的何姑姑。

"萱敏分娩之时，太后派了叶姑姑来，她等婴孩一落地，就急急接过离开。

"而我可怜的妹妹，就是在那风雨交加的夜里，死在乱刀之下……"

清敏无复平日的温婉，声音嘶哑狂乱，近乎疯癫。

瞿云将她揽在怀里，继续道："我们那次在西厢房看到的血衣，就是萱敏穿过的——她泉下有灵，分明是想向我们诉冤，可惜……我们当时太过懵懂了。"

皇帝在旁听得如雷轰顶，全身都在颤抖，他睚眦欲裂，却因中了药力，无力起身。

"林媛之前便假称有孕，她将孩子夺过后，地位更加稳固，对嫔妃的管束稍微宽松，这才有了静王、安王和平王。"

"何姑姑作为知情人，本来也难逃一死，但她是当时内廷总管的'对食'，托他庇佑，被远远调到了御花园中，才保住了一条性命。她对萱敏情义深重，一直想着为她报仇……"

清敏低低说着，想起方才惊险的一幕，心有余悸地咬牙道："林媛这妖妇贱人，临死还不说，分明是想让你们自相残杀……我恨不能把她食肉寝皮！"

她一向文雅，说出这般偏激的话，眸光流盼间，怨毒无比，简直让人心生惊悚。

"当啷"一声，晨露手中的短剑落地，发出冷锐清响，在静夜中越发响亮。

她抬起头，深深地凝视着元祈，眼中幽渺深远，已不复方才的怨毒犀利。

罗袖轻拂，元祈只觉得一阵奇香，下一刻，他便能行动自如了。

乍一恢复，腿脚尚有些麻痹，他踉跄了一下，一旁却有一只白皙手掌将他扶住。

是她！

元祈的心中顿时怒火狂燃，看到这张深爱的、背叛的面容，他下意识地，啪的一声，将她的手断然挥开。

"世人皆视我为君，唯有你可称知己，却原来……"

他的声音并不愤怒，却带着尽绝的疲惫和恍惚，仿佛心已死，人已看透，再无相干。

晨露终于觉得一柄炽红的利刃飒然穿透了她的胸口，心脉中奔涌的鲜血全数滚沸起来，灼干了，烧出一个通明的空洞。风吹来，吹走了灰烬，只留下一片枯涩。

她微微张口，却唤不出他的名字，这一刻，她才知道，自己并不是完全无动于衷的。

心脉上那柄利刃，梗阻着血流，一呼一吸间，疼痛便游走全身。

她欺骗了他，将他作为复仇的利器，所以，一切已不可挽回，是吗？

她凄然一笑，冰雪般的黑眸中，竟是前所未有的明丽——美得让人目眩神迷！

下一瞬，凤冠被摔落于地，断线的珠玉在地上四处乱滚着，宝光四射，刺得人眼生痛。

五彩霞帔委落于地，明红正服被生生撕开，晨露只着一袭白衣，转身掠出殿外。

她身法奇快，几个起落便远掠而去。元祈一愣之下，自己也不知怎的，连忙追了出去。

此时夜色如墨，风中纷纷扬扬地卷起雪粒来，无数白点飘飞的荧光中，只见一个白影逐渐模糊，终于消逝于夜色中。

元祈头脑里一片空白，他沉稳的面具终于龟裂，风雪中，传出一声嘶哑的低喊："晨露——"

冷风吹过这宫阙万重，冥冥中，仿佛有谁在幽幽长叹。

晨露在风雪中疾奔，雪粒纷纷扬扬，由小变大，逐渐现出六角的轮廓来。

冰凉的雪片打在她的脸上，她什么也感觉不到。

街上人流稀疏，大家看够了封后仪式的热闹，此时纷纷回家休憩。一路行来，即使有寥寥几人见了她，也只觉一个淡影晃过。

朱雀大街的左侧便是国钦寺了，此时虽然夜色已深，却颇为热闹。寺中正在放焰口，善男信女们各个合十为礼，十分虔诚。

晨露远远地瞥了一眼，见那慧明禅师身着紫金袈裟，一派宝相庄严地站在高台之上，正在宣讲佛理。她满心痛憎，哪有心思去管，正要转身而去，却听身后有人低宣佛号道："施主身上怨愤缠绕，郁积于心，只怕于己不利。"

她诧异回身，但见一位老僧身着旧僧袍，双目炯炯，面相清奇已极。

"于己不利？"

她冷笑着低喃，回道："上苍不仁，为善无福，作恶不罚，人皆负我，不得一日畅快……这样的日子，就算苟活百年，又有什么意味……"

"施主差矣。俗世中所谓'人在做，天在看'，话虽俚鄙，却一语中的。就是施主您自己，若没有之前的广大福缘，又哪能逆转阴阳？"

晨露悚然一惊，急问道："你到底是谁？"

"一介比丘，无足挂齿。"

"上天让我重生，却仍是难挽旧时。那些罪魁祸首，一个个都遁入黄泉，而我真正在意的，却永远咫尺天涯……"

"施主如何看我佛门的忍恕之道？"

"修行之人与人为善，遁出红尘外，当然如此。"

“此言差矣。佛菩萨亦有金刚怒目之相，不除恶，又何来善？我佛以真经度化世人，又何来愚忍之道？”

老僧微笑着叹道：“只因恨由心生，欲伤人，先伤己——对方既然与你有所嫌怨，当然希望你不利，你遵他心意，任由恨意腐蚀灵窍，岂不是愚不可及？”

“这道理我也懂，只是我心中忧恨绵长，不可断绝，又要如何放下呢？”

老僧双眉微颤，突然大喝一声，天地间，只听那一声“咄音”：“汝心在何处？来，吾为汝安之！”①

晨露耳边嗡嗡作响，她一时茫然，心在胸腔中剧烈跳动，仿佛在回应老僧的喝声。

不知过了多久，好似千万年，又好似只是一瞬，她才缓缓抬头。

“佛家当头棒喝，果然名不虚传……”

她轻叹一声，似怅然，似开释，转身即走。

她步履如云，所以没有听到身后慧明禅师的惊叫：“太师叔，您怎么出来了？”

那老僧望着她飞奔的身影，并不回答慧明的呼喊，居然露出了一抹神秘的笑容，顽皮而冷峻。

“我佛虽然慈悲，却也有阿鼻地狱为作恶者而设，这位女施主的一些故人，大约会在那里吧……”

转眼间时光飞逝，宫中的日子平淡乏味，却又内含惊心动魄。

封后那晚的一场惊变，让乾清宫的主殿被破坏殆尽，皇帝讳莫如深，只是吩咐人修整了事。

年轻有为的兵部堂官裴桢，于那一夜在自己府邸饮药自尽，幸好仆从发现得早，才被险险救下。

他的遗书只有八个字：已报君父，却负恩人。

皇帝闻后，将他唤入内廷嘱咐良久。裴桢泪流满面而出，此后鞠躬尽瘁，为民直言，朝野口碑绝佳。

那一片前朝废墟中，废弃多年的宸宫不复往日的空寂，而是聚集了许多宫人仆役。当西厢被挖地三尺后，皇帝终于亲眼看到了一具白骨。

---

①《传灯录》中，菩提达摩的大弟子慧可求法。达摩道：“除非天上下红雪，方可收汝为徒。”慧可立于雪地之中举刀断臂，鲜血染红了白雪。但他俗尘终究未了，有一日忽然对达摩道：“和尚，吾心不安。”达摩道：“汝心在何处？来，吾为汝安之！”

他不顾众人劝阻，亲自跳下坑中，小心翼翼地抱起那具残缺娇小的尸骨，泪水终于流了下来。

“母亲……”他喃喃道，生平第一次在人前哭泣。

直到泪尽，他才慢慢抬起头，扫视着眼前这寂寞空庭。

“这里……就是宸宫吗？”

他想起那清冽出尘的女子，一时竟无法想象，这便是父皇和她恩爱缱绻、反目成仇的宿命之地。

鲛绡尘染，朱红尽颓，这天地间的宝意辉煌，到头来，不过委于尘埃，与谁尽说？

十二月初六，皇帝以太后之礼将生母下葬，陵墓简素肃穆，却与先帝的陵寝毫不相连。

“母亲在天之灵，想必也不愿跟父皇扯上关系吧……”

他对着瞿云淡淡道，后者见他眼中的悲恸，一时亦是叹息不已。

十二月初十，在一个白雪飘飞的夜晚，梅妃为他诞下一名皇子，随即撒手人寰，香销玉殒。

那一夜，皇帝直直立在殿外，任凭风雪将他全身覆盖，却也不动不语。

亲自抱过那满身血污的婴孩，他静静谛听着殿中的哭声，轻叹道：“都走了……”

这一刻，他伫立阶前，仿若一座雕像一般。

整个冬季，宫中都是异常沉寂，皇帝虽然如常处理政务，却仿佛失去了所有的热情，眼角沾染了风霜和淡淡的疲倦，一眼望去，只让人生出无限叹息。

同一天，边关传来警讯，忽律可汗终于逝去，临终竟然只将本族族长之位传给幼子，至于草原共主的大位，他的遗言是——“最强者居之！”

这一句雷霆万钧，鞑靼众部顿时蠢蠢欲动，欲以武勇夺得至高位，中原顿时遭遇前所未有的危机。

皇帝不顾众臣劝阻，御驾亲征，临行前，更有托付幼子等不祥之语，众皆悚然。

这一场鏖战延绵月余，天公亦是不作美，雨雪不停，中原将士不适气候，苦战之下，仍是胶着。

此时皇帝身先士卒，将士们无不敬佩，却也埋下了种种安全隐患。

当飞舞的箭矢如雨一般倾泻时，皇帝眼中一丝惧怕也无，只是平静地闭上眼，近乎解脱。

他没有等来预料的痛苦，愕然睁眼，只见塞上千里冰原之中，一骑远驰而去，近处的敌军皆双目圆睁，死于当场。

这一拖延，援军终于到来，众人将皇帝围个水泄不通，他却疯了似的挣脱了，狠命策马追去。

“晨露！你回来！”

仿佛听见他的嘶喊，白衣人微微回头，却终于掉转马头离去。

艰难鏖战之后，终于在冬尽时大胜而归。皇帝面对谀词如潮，一时兴味索然，他谢绝了贺宴，只是紧闭殿门，枯坐其中。

恍惚间，他好似看到晨露白衣胜雪，缓缓而来，手中持一枝红梅，望之如天人降临。

“梅花开得真美……”

她微笑道，笑容毫无阴霾，只见一片清新明丽。

她伸出手，皇帝迟疑着，却终于欣喜若狂地接过。

“跟我一起去看花吧！”

她的手，冰凉透骨，皇帝一个激灵，蓦然惊醒，这才发现自己迷迷糊糊地睡了过去，那份凉意，竟是窗子半启，将御案吹得冰凉所致。

他的心，顿时由欣喜跌入冰窖之中，极端的绝望，让他心如死灰。

等等！

窗子开着？

他仿佛被什么烫着了，跳起身来，如孩童一般疯癫地跑到窗前，果然有一股独特的、白梅一般的清新体香。

他颤抖着手，从窗棂上拔下那支羽翎，取下薄薄一张信笺。

飞扬清逸的字迹一如从前，却多了几分沉稳内敛，“闻道双溪春尚好，也拟泛轻舟，一月廿日初晨，与君共游云海。”

她真的邀我春日赏花……

皇帝这一瞬近乎狂喜不能自已，仿佛怕这信笺飞走，他紧紧攥着，唇边却露出了久违的畅快笑容。

这一刻，他只觉宁静喜乐，心绪开阔，这一生，别无所求了。

一阵清风吹入，已不复方才的冰凉，而是稍稍带上了春日的微暖。

春天，终于来了……

第三十六章 岁逢

云海在京外的五陵原上，虽说是“海”，其实是一泊大湖。

仍是春寒料峭，湖面上微光粼粼，半碎的残冰撞击着清波，不时发出叮咚之声，沉浮之间，自有那一份晶莹意趣。

湖边花径之中，仍是残雪未消，白皑皑的，堆积月余，却终于黯然隐没。

只有红梅仍在枝头盛放，丝毫不减冬日的灿烂，反倒多了几分雍容秀丽。

“应念岭海经年，孤光自照，肝胆皆冰雪。短发萧骚襟袖冷，稳泛沧浪空阔。”

轻叹声中，一道清朗声音缓缓而吟，声音虽慢，却有种不可违逆的坚定凛然。

玄衣男子吟罢凝神而望，却仍不见苦等的身影。他苦笑着，眼中尘霜之色更甚，映着那周身气质，越发高华清越。

“难道这只是南柯一梦？”

情不自禁地，他握了握袖中纸笺，鼻端仿佛又轻嗅到那一阵白梅冷香，神情在这一瞬近乎恍惚。

“尽挹西江，细斟北斗，万象为宾客。扣舷独啸，不知今夕何夕。”

清婉之声，从身后遥遥传来。玄衣男子不禁身上一颤，急急回头，却见云海之上，清波浩渺，一叶小舟敛水而过，上有一个月白身影，正直直而来。

轻吟浅唱之间，两人还未相遇，彼此的心绪却颇为默契。

小舟近了，只见伊人迎风而立，一袭月白长袍穿在她身上，越发清雅绝尘，宛如谪仙下凡。

仿佛无法承受这份微妙的激动，元祈的心蓦然紧缩，几乎漏跳了一记，他急急向前走了两步，却又踌躇着停住。

“我来迟了……”晨露淡淡说道。

元祈凝望着她，只觉消瘦不少，纤细身影弱不胜衣，几可御风而去，他心中一酸，忘情地上前，想要握住她的手，伸到一半，想起那日的决绝，却又是满心苦涩。

“萱敏的灵柩，已经下葬了吗？”晨露低声问道。

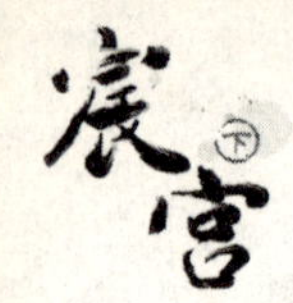

元祈眼中更生黯然，亦是低低答道："已经下葬了。我亲自看过，是一块清净祥和的地方，风景很美。"

"那就好……"晨露颇有感慨道。

两人陷入了长长的沉默，彼此都有千言万语要倾诉，却又一时不知如何开口。

"我听瞿云说了整件事情。"元祈咬咬牙，终于沉声道。

"当时听完，有如五雷轰顶，昼夜不得安寝。"

"我一直以为，身在皇家，是我既定的宿命，母后耽于权势，父皇严而不亲，弟弟们野心勃勃——千古帝家无亲情，又何况是我？"

"那一夜，我的人生被尽数颠覆，唯一知己的你，竟然别有所图；我的亲生母亲，竟是被太后害死的前朝公主；而我所景仰的父皇，他不过是……冷酷卑污的负心薄幸之人！"

他的眼中透出隐忍的黯然，双手不自觉地握紧，掌心攥出血痕来，也浑然不觉。

"父母是上天决定的，谁也无法改变——我的亲生父亲，也是一个虚伪狠毒的世族公子。"

元祈大为诧异，只见晨露微微苦笑，知道她所说非虚。

"人生几十年，宛如梦幻一般，婴孩呱呱落地时，全是懵懂，他们根本不知道，会有怎样的命运等着自己……"

她的声音越见低怅，郁悒伤感，"那最初一声啼哭，说不定，正是他们不愿降临的明证。"

元祈的眼中掠过痛楚，"你说得对……我那孩儿降生时，却是他母亲梅妃仙逝之时，他该当号啕大哭……"

"梅妃死了吗……"

晨露闻言一震，想起初见时，那个纯真秀丽的女子，不由生出深深的憾恨来。

"怪我。"

她幽幽道："若是当时我没有沉溺于仇恨之中，对她多加照看，也许，就不会有此一劫了。"

"要说怪谁，首当其冲便是我，我一心远征，丝毫没考虑到她的安危，只以为有皇后照料，便可安然无恙……静王，他是存心要绝了朕的子嗣。"

元祈抬眼深深凝望着眼前佳人，"皇家欠你甚多，倾三江五湖之水，也难平复你的怨恨……如若可以，我多么希望，是我先遇到你，可以给你一生的平安喜乐，永不必遭遇这些惨绝人寰之事。"

"这是不可能的。"

晨露不禁失笑，她的神色转为空茫温柔，眼中闪着说不出的神采，似朦胧，似清明。

“在我十三岁那年，若将我凌空接住的人是你，或许，一切都会不同……但人生，从来都没有这些‘或许’。”

元祈听到这平静而绝痛的最后一句，再也抑制不住，一把将她揽入怀中，狠戾而温柔的气息直逼而下，温热的唇绵绵压下，唇齿交融之间，他无复平日的温和内敛，近乎绝望地攻城略地，长驱直入，直到她气息不稳，才不舍地放开。

“不要说什么或许！”

“可它们毕竟存在。”

晨露笑得豁朗，眉宇间却是一片凄迷，她背后便是清波残雪的云海，千里浩渺的幽光潋滟中，一袭胜雪白衣突兀其中，单薄孤寂，却是如此的刻骨铭心。

“上天弄人，本就没有道理可讲……”

她轻叹道，下一刻，却霁颜微笑道：“能否陪我半月？”

“好。”

元祈想也不想就答应下来，这一瞬，什么朝政奏折，宫中诸事，都化为乌有，不复存在。

庄严肃穆的陵寝前，有两骑疾驰而来，守陵卫士正要上前阻拦，却见其中一人手中擎出一块金色腰牌。卫士一眼瞥见，顿时面色苍白，唯唯称是，退到一旁，再不敢问。

两人从鞍上掠下，垂地的斗篷从头到脚都密密遮住，两人也不言语，只是沿着大道前行。

那夹道两列的貔貅、麒麟等神兽，在黄昏中威势十足，栩栩如生。

“他倒是享得安福……”

一道清冽女音响起，虽然无复那疯狂的怨毒，却仍带着尖锐的讥讽。

另一人并不言语，只是体贴地替她拭去面上的微尘。

进入主殿后，那白衣女子拔出佩剑，森然插入地缝中。

只听得轰隆一声巨响，她以内力御剑，竟生生将四方楔砖撬断，手腕轻抖处，那两丈见方的地面在崩散，露出黑洞洞的陵寝入口。

“我来了，元旭。”

她轻声曼言道，一旁的男子在这一瞬蓦然跪地，朝着地下陵寝三拜九叩后，毅然退后，再不看一眼。

“前世纠葛，我再不想起，以你的所作所为，神明有知，九泉之下也不会让你安宁……有件物事，今日终于可以物归原主了。”

她从袖中取出一个黑匣，轻轻打开，南海明珠镶嵌的凤冠在昏暗的殿中灼然生辉，照亮了所有。

她看了最后一眼，连匣带冠掷入陵中。

珠玉碎断的声响，在一片寂静中格外响亮，诡谲中，又染上了苍凉的快意。

它们在黑暗甬道中坠落直下，叮叮当当好不热闹，直到落到不可知的地底深处，才绝了声息。

“这珠冠是你之前所赠，既已陌路，何必睹物生笑？今日还了你便是！”

她一语既出，长剑一收，那些散乱砖石，便重新聚合，最后逐渐并拢，将陵寝入口重新遮住。

“后会无期。”

她决然笑道，最后一块青石落下，恰好将一切封住，一如从前。

两人对视一眼，随即出殿，飘然而去。

只剩下守陵卫士在原地因巨响而瑟瑟发抖，半晌，他耐不住好奇，跑入殿中。

先帝的陵寝安静齐整，宛如千万年都如此沉眠着。

“这是怎么了……难道是……”

一个“鬼”字哽在喉中，颤抖有如风中落叶，却终究没有出口。

这半月间，两人一路游览胜景，不知不觉间，到了北疆塞上。

虽已初春，此处却仍是千里冰雪，银装素裹。

“前方便是北郡十六国了……”晨露抬眼望天，轻声说道。

一轮冷月照在大地，枝间虬干突兀，琼条晶莹，山峦在一片冰雪中也变得莽苍起来，无端又添了几分萧瑟凌厉。

一路走，两人都默默无言，心事一旦开了头，就再也收不拢，三魂六魄都晃晃悠悠，渺渺散开，像顺着雪径的一丝梅香，闻得见，却捉不住……

“已经到了吗？”

元祈蓦然惊觉，身上竟是一颤，他轻拂斗篷，将雪花拍落，叹道：“这么快就到了……”

“前路悠长，你身为一国之君，不宜轻入属国领地。”晨露淡淡道，只那眼中的一抹怅然，泄露了她的情绪。

“你为何要长居于此？普天之下，但凡你看中的，我定当双手奉上……你若嫌京城聒噪，不如去江南如何？重湖叠巘清嘉，有三秋桂子，十里荷花，清静闲适……”

“北郡……是我前生凝聚心血最多的地方。”

晨露一双清目流盼，遥望着远处异国风味的城郭高塔，静静道：“此地虽然都是弹丸小国，却是北扼中原的咽喉，鞑靼最盛时，来去如同自家营帐，予取予求的跋扈之态如今想来仍是心惊。这次忽律逝世，他们群龙无首，各自为政，这才受此重挫，若是他日，他们重振旗鼓，你又当如何？再假若你的子孙不肖，中原衰落，又当如何？”

她说到激动处，柳眉飞扬，英姿飒然，耀目有如天中之月，元祈一时只觉目眩神迷，胸中也是热血沸腾。

“你有什么良策吗？”

“好好经营十六国，让它们成为中原的屏障——它们与中原，既有唇亡齿寒的利害，又有主辰之属，若能使之如臂，定能御敌于国门之外。”

“漠北之地贫瘠荒冷，乃是出尽枭雄之地，即使鞑靼人迁徙而去，又会有新的游牧民族诞生，难道中原就一直忍气吞声不成？与其忍耐躲闪，不如主动布置，一击而溃。”

元祈听得眼中放光，全身的血液都要喷涌而出，他自然问出心中的疑问：“林媛临朝多年，只求苟安，根本不敢援助北郡十六国。这些年里，十六国国政日非，鞑靼人扶植的傀儡们纷纷把持大权，要想他们回归天朝麾下，谈何容易！”

“这事朝廷不能公开插手，不然十六国又以为天朝要吞并它们了，到时候一片恐慌，反而坏事……”

晨露微微一笑，断然道：“要是有个暗中势力来做这事，不动声色地逐步蚕食其中，不出二十年，十六国便能改弦更张。”

她抬眼看向元祈，笑道：“我那辰楼中人，给你添了好些麻烦吧！”

元祈微微苦笑道：“贵部属迁怒于我，一个个怒目金刚似的……”

“这样一群不明身份的江湖人士，京兆尹也很头疼吧……”

晨露扑哧一声笑了，眉宇间那一道阴霾荡然无存，别样的妩媚清新重现。

“我准备将辰楼总部迁到此地，好好经营北郡。”

她伸出手掌，雪白如玉，“给我。”

“什么？”

“银子啊……我们经营这里，也算是替朝廷分忧，难道不该给些资金吗？”她戏谑道。

元祈咬牙不答，半晌，才道：“天各一方，永难相见……”

“每年此时，我们可以相约赏花，听说北疆的汀兰花只在午夜开放，别有风味呢……”

“为何要只身长居于此，你的手下不乏能人——难道我们就真的不能相守相知……”元祈近乎沉痛地低喊。

晨露笑了，映着雪光，她面色皎洁如玉，却带着淡淡凄清。

“我想，我们彼此都不能释怀……你能忘却那一场噩梦吗？同样，我一见到你的面容，就想起你父亲。这样的我们，即使长相厮守，也无法合拢这一道鸿沟，与其坐待缘尽，不如长念心中。

“在京城国钦寺，有一位老僧点拨于我，我没有学会遗忘仇恨——那大约只有圣人才能做得到——而是学会了正心根本，我想为天下百姓永绝此患！

“做这些，不是为你，甚至不是为朝廷，只是因为随心所欲。这一次，我要好好为自己活一次……也许，会更精彩。”

“我明白了……”

元祈长叹道，黯然欲绝的眼神，在一低头间恢复平静，即使有千般不舍，他也露出惯有的清朗微笑。

“一路顺风……”

他紧紧地将她抱住，感觉着彼此温暖而有力的心跳，良久，才无比眷恋地松手。

她眼中莹润，却一笑带过，微微偏过头，策马疾驰，朝着不知名的远方而去。

“明年今日……谨记莫忘。”

她的声音清渺飘忽，却是无比清晰地传入他的耳中。

微笑着，他也掉转马头而去。

一袭雪衣向北，一道玄袍返南，他与她，相望一眼，终究各走天涯。

来年的今日，雪还会下吗？

八年后

车外大雪纷飞，元洛望着窗外六角晶莹的絮片，想起太傅讲的“燕山雪花大如席”，终于耐不住好奇，伸手去捉，却被树间的冰屑砸个正着，又冰又痛。

他吃痛地缩回手，黑琉璃一般的大眼中水汽氤氲，他几乎要哭出声来，终究还是忍住了。

“洛殿……小公子，雪下得这么大，我们还是找一处地方暂避吧！”

贴身侍从郭升看了一眼逐渐被淹没模糊的官道，不无忧虑道。

“你是不是怕了？”

元洛睨了他一眼，乌溜溜的大眼里带着无邪乖巧的笑意，却让侍从全身寒毛直立，将满腔劝谏全数吞回腹中。他干咳一声，躬身道："属下只是为小公子的安全着想……这天色虽暗，离王城却是不远，快马加鞭，天黑之前定能到达。"

"这还罢了……此次要是能顺利找到那九龙夜明杯，看父皇有什么话说！"

元洛说到父亲，活泼大眼里露出一丝黯然，他扁扁嘴，恨恨道："不过是一只破杯子，有什么了不起！"

话虽如此，想起父皇那日的雷霆大怒，他仍是心有余悸……

自小以来，父皇对他爱护备至，虽然在他做错事时也颇为严厉，但事后总是温言说理，哄得他破涕为笑。

这一次，他一时顽皮，将乾清宫御案上那只通体水晶的夜明杯拿下来把玩，不想失手摔了个粉碎。

父皇下朝后看见，竟是怒不可遏，将他一顿痛斥后，禁足三月，以示惩罚。

"哼，不就是一只杯子，再珍贵也比不上我啊……居然对我这样，父皇太过分了！"

小小少年咕哝着，越发不服气道："我要证明给父皇看，我已经长大成人，能替他寻回一只一模一样的夜明杯来！"

一旁的郭升听着他自言自语，心下却是暗忖：即使殿下您再英明神武，找到十只八只的夜明杯，万岁怕也是不能释怀——那只杯子，乃是他最重视的人所赠……

他正想得出神，眼前一张精灵俊秀的小小面容无声凑近，"你在想什么？"

小脸虽然晶润雪嫩，吹弹可破，却带着说不出的邪气。侍从为之一凛，慌忙掩饰道："微臣是在想道路……"

"你骗人的时候，总是喜欢面红耳赤，哈哈哈哈……"

奶声奶气的揭露，却让他恨不能把眼前的小鬼掐死，他咬咬牙，总算提醒自己，这是国之储君，彼此有君臣分际……

"我一直很好奇一件事……"

小鬼笑眯眯的，越发把面庞凑过来，"每次我提到那只杯子，你的神情总是那么古怪……这里面，可有什么玄机吗？"

玄机你个大头鬼……

郭升心中咬牙切齿地哀号，面上却强扯起一抹和蔼可亲的笑容道："怎么会呢？微臣只是想起皇上的雷霆大怒，心有余悸……"

"你又骗人……脸像猴子屁股，哈哈哈哈。"

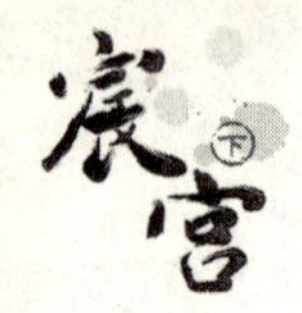

小鬼坐得稳稳的，单手托腮，好似看猴戏一般睥睨着他。

“咔咔咔……”

郭升和蔼可亲的面上终于出现一道裂痕，他用力扳指来发泄自己的怒气，以免一个不慎，把这小鬼掐死了事。

“你的脸……怎么黑得像锅底啊？”

郭升只觉眼前一黑，恨不能当场晕厥过去……

头昏眼花间，他被一只白胖小手竭力摇晃着——

“醒醒啊……你可不能死了啊！”

殿下……还算您有良心……

他刚要舒缓一口气，却听那奶声奶气的声音又道：“你要是死了，我可找谁来告诉我杯子的事啊！”

“咣当——”

车中的一声巨响，很快就被风雪的呼啸声遮掩住了。

王城又叫坎难普兰，本是普兰国的都城，但过往商人嫌弃它冗长拗口，于是简称为“王城”。

车驾入城时，天色已完全暗了下来，城中却是灯火辉煌，一片繁荣盛景。

“想不到这蛮荒之地也如此热闹啊！”元洛从车中探出半个头，老气横秋道。

郭升眼明手快，快速将他的嘴捂住，四周环顾着，看没人注意两人的言语，这才松开手来。

“殿下……您再胡言乱语，万一得罪了这里的食人生藩，他们看你细皮嫩肉——”

“郭爱卿，”小鬼倒背着双手，学着他父皇的腔调，连那龙行虎步都学了个六七分，只是那双小短腿实在让人发噱，“你就不用骗我了，只有南越国那边的丛林蛮夷才吃人——北郡十六国笃信真神，一半时日都食素斋戒，又怎么可能吃人呢？”

郭升又是一阵头疼，他无精打采地强笑道：“前面就是食肆，小的这就伺候小公子下车吧！”

元洛嗯了一声，心领神会了关于身份的暗示，到了酒楼前，不等呼唤就跳下车来。

塞外的酒楼，当然比不得京城的清雅雍容，却别有塞上风情。

黄金错刀镶嵌着五彩璎珞，胡髯卷曲的泰西商人穿着丝绸袍子，一边肩膀却裸露着；胡姬肌肤如雪，眼眸幽蓝，身材惹火骄人，正在且歌且唱；王城中的女子居然也在大庭广众之下饮酒议事，只是她们毕竟身份有别，是以戴了面纱。一觞如血鲜红的葡萄美酒饮下，那雪白细腻的半个下颌，也染上了淡淡的绯红。

元洛虽然身为皇子，却不曾见过这等稀奇场景，他睁大了眼，忽闪着看得出神。郭升不由得拉了拉他的袖子，低声道："小公子……"

元洛刚刚反应过来，就见小二已经上前接待："二位要些什么？"

看他相貌不似中原人，一口汉话却很是流利，见客人有些犹豫，正要换了鞑靼语再问，却听那半大孩童嗯了一声，黑眸轻轻一瞥，竟带上了莫名森然的贵气。

"可有雅座？"

"有有……"

小二一迭声地回答，这孩子淡淡一瞥便让人如此心惊，他也就不管惯例，带着两人便上了二楼的小阁。

楼下纷纷看来，带着好奇和探究的目光在两人身上扫来扫去。郭升颇觉不自在，元洛却是浑然不觉，仍是一派自然。

作为唯一的皇嗣，他在宫中便是千万人关注的焦点，区区小事，又怎能让他动容？

二楼小阁以屏风隔开，可北郡人性情粗犷，声音也大，不多时，两人便听到隔间有人说话。

听那两人声气，是北疆有名的豪商，酒过三巡，便开始吹嘘生平看过的宝物。

"这夜明杯不仅晶莹剔透，还有一种奇效。神匠以密法在杯底镌刻图案，平日里隐没无踪，一旦注入酒液，那图案便随酒飘摇，栩栩如生……"

元洛在隔间听得入神，果子掉到桌上也浑然不觉。他沉吟片刻，便凑到郭升面前，露出天真无邪的笑容道："原来如此啊……"

郭升见他一笑，便觉得头皮发麻。他嗯了两声，心不在焉地端起酒杯一饮而尽，却随即重重地咳嗽起来。

那边厢，豪商们哈哈大笑，随即压低了声音开始低语。

元洛虽然年幼，内力却尚算充沛，皇宫里多是提气养血的珍品，他天资聪颖，又有名师指导，自然一日千里。

他敛神听去，只听其中一人道："其实这夜明杯的材料，只能在精绝古城地下寻得……精绝国早已灭绝，那王城早是一片鬼蜮，任谁靠近，都别想活着出来……"

"就算能活着出来，也得不到任何好处……"

另一个人插话道："木罕王子有令，谁得到夜明石，都要交于王家，不得私自交易——千辛万苦地取了回来，居然分文没有，中原有句话是怎么说的……对！就是冤大头嘛！”

前一人此时却有些心虚地笑道：“小弟我前不久机缘巧合，倒是从个土佬手里收到了一块夜明石。”

“真的啊？”

他的同伴一拍大腿，简直又惊又叹。

元洛听到此处，眼珠滴溜一转，顿时计上心头。

“殿……小公子，我们还是吃完就走吧！”

“此地甚好，不如在此盘桓一日再说。”

小鬼的答案让郭升近乎晕厥。

元洛仔细谛听着，等到确定那两人酒酣沉醉后，小小的身形凭空一跃，如鹤冲天一般，也不管自己的轻功身法没有学全，总算歪歪斜斜地飞过了屏风。在郭升心急如焚地低唤下，他不慌不忙地掏遍那豪商的怀中和包裹，终于拿到一块拳头大的晶莹石头。

“完胜得手……”

他得意地一扬眉，朝着踉跄掠过的郭升微微示意，“拿张五万两的银票给他们吧！”

“小公子……这可是你全部的零用积蓄！”

“废话，本公子难道长了副强盗相吗？”

小鬼正在得意，却听楼梯上一阵急响，无数的箭矢在这一瞬如飞蝗一般飞来。

“殿下小心！”

郭升再顾不得伪装，闪身而上将他扑倒，两人齐齐从二楼坠下！

他在逃！

大漠的沙影在身后飘舞变形，他有些踉跄地一跤摔倒在地。

“花生……你究竟在哪儿？”

他低喃着郭升的绰号，第一次想念那位苦命的贴身侍从。

在刚才的激战中，他们与不明身份的黑衣人搏杀，一片混乱中，他与郭升在城外失散。

原本可以不必如此狼狈不堪的……

元洛咳嗽着重新爬起，生平第一次收起嬉笑的表情。

他原本已经成功地冲出重围，最后把匕首插入那人的喉骨时，他的恐血症终于爆发了。

临敌之前，最忌三心二意……

父皇曾经如此说过。

可是，他失神了稍稍一点儿时间……

圆润黑亮的大眼里又蓄积了水汽，他扁扁嘴，喉咙被呛入的沙子刺得发疼，几乎哭出声来。

月下的沙丘闪烁生辉，发出珠贝一般洁白迷离的光华。

风逐渐轻缓下来，月夜下的大漠无复白天的狂暴，显得安宁幽静。

元洛很快便冷静下来，他收拾了身上的行囊，欲哭无泪地发现，自己身上的大小银票已是不翼而飞，全身上下值钱的物件，只有手中的短匕以及腕上的玉带。

他刚刚起身，冥冥中好似感觉到什么不安来，他有些惶然地左顾右盼，却不知到底怎么了。

风……

风向在不知不觉间改变了，近乎轻柔的风力，却带着灼热的气息。

这难道是……

沙暴？！

他悚然一惊，跳起身来，顾不得咳嗽，起身开始疾奔。

不知跑了多久，当身后出现飞旋的整座沙丘时，他已经没有勇气回头去看，只是看着前方的绿洲，竭力跑去。

一道雪色冰绡从绿洲的水面诡异飞起，将他拦腰卷起，直直拖入水中。

身后，沙暴的咆哮已是震彻耳膜。

“好冰……”一声大叫，少年从昏迷中醒了过来，冻得全身发冷。

“真的有那么冷吗？”一道清冷幽渺的声音问道。

少年恶狠狠地瞪向她，“现在是三九严寒，这里虽然是绿洲，但一样冻得要命！你居然还把我拖到水里……你这个笨女——”

“人”字还没出口，只听得咕咚一声，冰绡仿佛有灵性一般，再次将他拖入水中。

“好冷——”

惊天动地的哀号声从水中传来。

呛了好几口水后，元洛湿淋淋地从水中爬起，他的黑瞳大眼中几乎要喷出火来。

“你这个妖女！你想把我害死！”

纤纤素手将他从水边拎起，提到眼前。

“嘴巴还是不干不净，看来还要洗洗——”

雪白皓腕一紧，将要把他重新丢到水中。元洛吓得魂飞天外，再顾不得逞强，多时的委屈恐慌袭上心头，他哇的一声哭了。

白衣女子不再动作，等他抽噎着止泣，才淡淡道："看看你的周围……"

元洛一瞥周围，顿时酥软了半边，吓得面色惨白。

原本齐整的绿洲，仿佛被巨刃划过一般，草木都连根断掉，几无完物。

"沙暴来时，绿洲也不能幸免，只有水下尚算安全。"

清冽的声音，宛如珠玉落地，元洛默默听着，心中只觉得宫中无人有这般好听的声音。

他鼓起勇气，抬眼仔细看去。

月光清辉照着这水波粼粼，白衣女子并无绝色姿容，却如千年冰雪一般凛然出尘，月下看来，竟隐隐如同天人临凡。

元洛平日里学了半肚子书，什么洛神，姑射仙人，都是有名的神仙中人，和眼前这女子一比，都仿佛成了书上枯燥的文字。

"你……你是女鬼吗？"

他舔了舔嘴唇，鬼使神差地问道，话一出口，就知道不好。

"救命啊！花生……"

惨绝人寰的呼叫声，将那一声沉闷的落水声压过。

元洛身上裹了厚厚的雪狐裘，身下骏马走得既快且稳。

他仍是气嘟嘟的，有如一只河豚，别扭地犟着头，禁不住，又探过头去，偷偷打量着身前那神秘的白衣女子。

春寒料峭，积雪千仞，她却只着一件赛雪欺霜的白袍，乌黑鬓间一支珠钗，越发显得清莹飘逸。

"你头上这支钗不错……"

小鬼踌躇了半晌，憋不住主动开口，却是老气横秋地评赏。

白衣女子微微一笑，仿佛充耳不闻似的，只有那眼眸深处，有一抹玩味飘过。

"你一个小鬼头，居然懂得女人饰物？"

声音清冷幽远，内容却是气死人不偿命。

元洛再一次怒发冲冠，鼓着腮帮又做了一次河豚。

"本公子世家出身，家学渊博，见过不知多少大场面……"

他得意扬扬，正想吹嘘自己的"风流倜傥"，却听耳边一声低喝："抓紧我！"

白衣女子凝望着前方的沙影，微微冷笑，眼角的笑意转为凌厉。

身后的玄铁大弓被取下，只见白色羽翎疾飞而过，对面的滚滚黄沙中，随即传来几声惨叫。

羽箭有如神助，隔着模糊的距离，仍能一箭一命。对面的敌人胆寒了，却倚仗着人多，仍不想放弃。

“抓紧！”

白衣女子对着身后的元洛道，不等他反应过来，就策马狂奔。

呛然一声，长剑的寒光几乎夺去日月的璀璨，剑气如潮水一般汹涌喷薄，在一瞬间有如长虹暴涨。

骏马疾驰，剑意纵横不羁，只见数百人中，无一人是她的对手，纷纷中剑落地。

这几百人中，由鲜血和恐惧催出一条空隙来，她纵马一跃，竟破阵而去。

坐骑神骏，不一会儿就跑到了大漠边缘，元洛正要欢呼，声音却凝在了喉咙里。

不远处的沙砾荒地上，水草开始细细冒芽，却被人粗暴地在脚下蹂躏。

一队队铁甲士兵遍布前方，手中的刀枪闪着凛冽的寒光，他们远远地望见这两人一骑，顿时杀意弥漫。

箭矢如雨一般急至，白衣女子却并不慌张。她唇边冷笑加深，策马退至目测距离外，任由箭影在眉前乱飞。她从箭筒中取出一支朱红小箭。

此箭非金非玉，却来势汹汹，穿透几人的甲胄后，中者无不嘶声惨叫。

只见那箭头不知涂了磷粉还是什么，居然凭空燃烧着，鲜血与皮肉被烤炙的焦烂顿时弥漫在荒原之上，气味让人欲呕。

那小箭如有神助，越飞越高，在空中居然放出五色彩光，炫亮了半边天际。

底下众人已是呆若木鸡，好半晌，才有人清醒过来，顿时面色惨白。

“王子闯下大祸了！”

再看那两人一骑，却是远远遁回大漠之中，只剩下模糊的身影。

沙丘旁，元洛翻弄着手中的野味，手却是颤抖不已——

他咬着唇，泪珠在眼里打滚，却偏偏不肯落下，那模样实在让人怜惜。

“你不问我，那些人是为何而来的吗？”他吸着鼻子，突然问道。

“……”

白衣女子并不言语，只是专心烤着架上的野味，看她的手法，便知是纯熟已极。

“是我不好，是我拖累了花生，还拖累了你！”

小鬼蓦然立起，也不接那喷香的烤肉，眼中冒出决然的冷冽。

“他们所说的王子，就是普兰的王储吧？”他喃喃道，眼中凛然越重，隐隐间，竟有威仪天成。

“你要去哪里……”清渺的声音在初露的晨曦中，宛如从九天外传来。

“我要去找这位王子！”

小脸绷得紧紧，眼神中颇有睥睨天下的傲然。

“他若想要这块夜明石，只要花生平安无事，我双手奉上便是……只是，他这般作为，是对天朝的连番挑衅，绝无可恕！”

“人家哪知道你们是谁。”

清冷的嘲笑声从旁响起，小鬼冷哼道：“我那张大面额的银票落在他们手上，就算再没见识，也该知道持有之人身份非凡——”

他老气横秋地转身欲走，却觉双腿一麻，再也没了知觉。

“你……暗算我？”

他又气又恼，全身都在微微颤抖。

“只是不让你去送死罢了……你父亲不在，我得替他看住你。”

“你说什么？”

元洛惊声嚷道，黑亮大眼因惊讶而睁大。

“你认识我父——父亲？”

他险些说漏了嘴，神情却越发谨慎戒备。

一双手将他抱入怀中，以丝带缚紧于背后，白衣女子收拾了剩余的烤肉，然后利落地掠身上马，只是淡淡道：“一切以后再说，先赶路。”

“快放开我！放开！”

小鬼气急败坏道，因为被人抱在怀中而羞愤不已，面色由白转红，几乎可以与朝霞媲美。

他尽力挣扎着，无奈，他实在太累了，“白衣妖女”的怀中又温暖又舒服，还带着一阵自然的白梅香，他逐渐松弛下来，陷入了甜睡之中。

仿佛在云端，又仿佛是在温暖的水里，他只觉得一阵舒畅，睡眼惺忪地睁开。

日头高升，自己仍在那女子怀里，随着骏马的颠簸而轻晃着。

他一时面红耳赤，却又禁不住有些依恋，把头放在她肩上蹭了两下，这才坐起身来。

“到哪里了？”他小声问道。

“快要从另一端离开了。这是车池国地界，他们暂时追不上。”白衣女子虽然说得轻描淡写，眼角却带上了淡淡疲倦。

元洛心中一阵愧疚，只觉得好似有什么在刺自己的心，他咬着唇，却抵死说不出一句道歉的话来，只憋得面色通红。

一双温暖柔腻的手轻抚了下他的发顶，柔滑发丝被随意呼噜两下，顿时成了稻草。

“喂，我快成稻草人了！”小鬼抗议道。

“哪有这么肥的稻草人？”

清冷的声音中，带着笑的调侃，再一次让小鬼把腮帮高鼓，独自生着闷气，却无可奈何。

两人进了酒楼，刚坐定，元洛便嚷着肚子疼，白衣女子起先还当他胡闹，一摸脉息，竟是迟滞阴冷。

大约是感染了风寒……

她让店主开了间上房，让元洛歇下，急急出门去配药材。

等她刚走，小鬼便从榻上跃起，他松开捂在胳膊窝的寒冰，脉息便恢复了正常。

“对不起……”

朝着她离开的方向低低自语，元洛轻轻推开门，悄无声息地离开了。

在街间小巷一阵狂奔，直到确定身后重新有人盯梢，这才止住脚步。

“你们要这块夜明石？”

他从怀里掏出那块晶莹矿石，朝着凭空出现的黑衣人摇晃着。

黑衣人冷喝道：“把它丢过来！”

“除非你过来拿！”

白嫩柔细的小脸上，带着嚣张的笑容，耀眼得近乎刺目。

黑衣人怒喝一声，欺他年纪小，直直扑上前去，欲从他手中夺走莹石。

他甚至已经触到孩童柔软的手，电光石火间，他只觉胳膊一麻，双手便再也无法抬起。

元洛得意地一笑，近乎炫耀地示意指间的银针，却没有察觉到身后的阴影。

“小心！”

一声清斥，带着近乎惊恐的语调，一袭冰绡间不容发地将他卷开，弯刀擦着咽喉而过，带出一条长长的血痕来，险险便是头颅落地的下场。

白衣女子眉宇间一片冷怒，绫带一卷将他安全救回后，竟是绷直成刃，将暗算者的头颅卷起。

只听得咯噔一声，颈骨竟被软烟罗生生折断，当场断气。

她将双腿发软的元洛横抱而起，直上了房顶，这才放下。

元洛正是惊魂未定，瞧着这熟悉的面容，哇的一声，便哭了出来。

回应他的，并不是安慰和甜蜜的诱哄，而是白衣女子眉宇间的一片忧怒。

她也不言语，将他从肩头放下，便冷然欲离。

“不要走……”小鬼抽噎着，低低唤道，一副可怜巴巴的模样。

“留着哭给你父亲看吧！”

白衣女子显然气得不轻，仍是不愿意回头。

身后逐渐没了声息，她禁不住回头一看。

小鬼竟然哭得噎住了！

“笨蛋……”

从牙齿缝里吐出这两个字，她终于还是不忍地回身。

“娘……”

小鬼扑在她怀里，索性赖着不下来，有一声没一声地抽泣着，口中低喃道。

“我不是你的娘……”

仿佛想到了什么，清莹黑眸中染上了一层黯然。

“可我没有娘亲……只有你对我最好……”

“笨蛋，娘亲是可以随便认的吗？”

“我不管，我喜欢你……娘亲、娘亲、娘亲……”

小鬼倔起来，近乎赌气地一直喊着。

此时正是黄昏，楼下本已归于寂静，却突然有喧嚣声起。

元洛仿佛触电似的，从她怀里跳下，跑到窗边一揭，顿时面色发白。

“是普兰国的人！”

看了一眼窗外情景，他猛一回头，字正腔圆地、轻轻地，唤了一声：“娘亲——”

随即，以并不熟练的轻功歪斜跃下，气吞山河地高喝一声：“有什么冲着我来，不干其他人的事！”

万籁俱寂。

普兰国将士面色古怪，却冲着他身后一躬到地。

“楼主——”

元洛愕然回头，却见那一袭白衣飘然落下，姿势翩然若仙，比自己刚才不知要高明多少倍。

“王上知道殿下开罪楼主，已命他削指赎罪……”

这一次，轮到元洛张口结舌了。

小鬼又哭又笑地闹了半天，直到月上梢头，才开始讲起此次的经历。

“也就是说，普兰国王子因为觊觎你手中的夜明石，这才连番追杀？”

白衣女子的眉头紧皱，简直不敢相信这等荒诞的理由。

“你个小孩子，喜欢这种发光的石头也就算了，他多大了，居然如此行事……”

元洛不敢看她的眼，低声讷讷道：“好像听说，普兰国第一美人扬言，谁能赠给她一只夜明杯，她就嫁于此人。”

“笨蛋……”

她咬牙骂道，随即逼视着他，目光近乎凶狠。

“你也是为了这位美人？”

小鬼把头摇得跟拨浪鼓似的，一番絮语后，才难过地绞着手指。

“父皇怒气很盛，若是我不能找到另一只一模一样的，我怕他一直不理我……”

“笨蛋！”

一个栗暴随即敲下。

“比起一只杯子，你父皇定是更重视你，现在他肯定是找得天翻地覆了！”

“是啊！朕都找得天翻地覆了！”

清朗的声音从身后响起，门扉被无声息地推开，出现在门前的锦衣男子气度高华，身旁直擦冷汗的，竟是……

“花生！你没事啊？”

元洛第一时间装得若无其事，飞奔过去拉了郭升，就急急闪出门外，以免受皮肉之苦。

“这小鬼倒是逃得快……”

元祈无奈地叹息道，回眸看向榻上的佳人。

“晨露……”

“元祈……”

两人低唤着对方的名字，不约而同地，露出欣悦畅然的笑容。

月上中天，长街上仍有残雪点点，映着黑色的屋檐，仿佛一幅古老的水墨画。

残灯明灭之下，佳人翩然白衣，仍如初见时一般清洌出尘。

元祈收了折扇，怅然道：“已经八年了啊……”

“是啊，八年……”晨露亦是轻叹道，目光幽邃迷离。

“年年相见，却是聚少离多，三百六十日，有缘只是朝夕……我们真是太久没见面了！”元祈如此说道。

“是啊……今年因为元洛，你提前赴约了呢……”晨露在灯下微笑道，白梅的香气幽幽，仿佛一个永不醒来的美梦。

两人心意默契，对视一笑后，举杯共祝，同庆这一年一度的会面之日。

“春日宴，绿酒一杯歌一遍，再拜陈三愿……”晨露微微一笑，低眉转动着手中杯子，柔声道，“一愿世清平……”

元祈亦是举起杯子，瞧着灯下佳人，目光越发温柔，“好。”

玉杯近唇，双双饮下。晨露斟了第二杯。

“二愿身常健。”这次元祈说道。

“叮——”玉杯撞击，发出细声，两人又喝下了第二杯。

到了第三杯，却怎么也无法入口。两人突然笑了起来，齐声道：“三愿如同梁上燕，岁岁常相见……”

两人对视一笑，目光盈盈中，都有无限怅然神伤。

命数如此，又如何能岁岁常相见呢？

一年一会，聚少离多……

你须得为君勤勉，我仍要孤身荒城……

我们如同不断交织的双线，不时撞击，却永远不会重合。

如何，岁岁常相见呢？

不过一夕，妄念，而已……

元洛被郭升拉着，在楼下等候。

望着窗上两道剪影，小小少年的眼中，第一次浮现出如此复杂的情绪。

“他们既然彼此喜欢，为何不能在一起呢？”

“殿下曾经听说过牛郎织女的故事吗？”郭升笑着问道。

“啊？还有人这么大胆，敢对父皇棒打鸳鸯啊？”小鬼睁圆了眼。

“阻隔两人的，有时不是外力，而是……彼此之间的羁绊。”郭升叹息着说道。

“但是他们很般配啊，比宫里的娘娘们都般配！”

元洛望着那对饮如画的剪影，忽然福至心田，一字一句地吟道：“金风玉露一相逢，便胜却人间无数……”

声音稚嫩清朗，在高楼间飘忽远去。

夜空中，正是星辰如织，银河浩瀚。

番外 清敏

已是日暮时分，冰雪将窗纸都映得莹亮，清敏站起身，从楼阁顶端向下望去。

街上雪色初霁，仍是白茫茫一片，行人并不很多，三三两两，手里都提着置办的年货，急匆匆地往家赶。各街各户的窗中，倒是透出了灯烛光芒，星星点点，琐碎然而温馨。

她伸手推窗，冰雪的寒意夹杂着炮仗的烟火气息，一齐扑面而来。

远处，依稀传来孩童欢闹的童谣。

新年来到，瓜果祭灶，姑娘要花，小子要炮……

清敏凝神听着，扑哧一声笑了出来，眉宇间一片温柔伤感。

幼时，她曾经偷偷溜出宫，那时，便在街市之上，听过这首歌谣。

这歌谣声声，宛如昨日，谁又曾想到，此间，已经隔了二十六载？

她轻轻叹息着，俯身望着从翠色楼中沽酒而回的人流，心中无限惆怅。

这半生岁月，颠沛流离，悲欢与离合早已经历过无数，羁旅塞外，淹留京城，却仍是不习惯独自一人枯度除夕。

若是萱敏还活着……清敏微微眯眼，用绢帕拭去眼角的泪痕——如果彼此相随，什么样的森罗地狱，她也不会惧怕。

可是，二十五年前，自己唯一的妹妹，纯真善良的妹妹，就已经被那诡谲深宫吞噬，再也不曾出现。

二十五年了啊……

她拿起铜镜，端详着自己的容颜，即使秀丽依旧，眼角也有了几条细纹——岁月如斯，她早已不是那位有着娇艳芳容、冠盖京华的清敏公主了。

她心下苦笑，却是透过镜面，继续端详着。

若是萱敏还活在世上，是否，也长成了这模样？

她想起孪生妹妹那秀丽可爱的笑脸，不由得心下剧痛，纤纤十指，用力握住，几乎要将掌心刺穿。

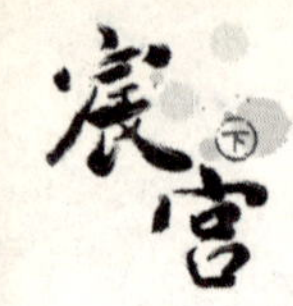

窗外吹来了寒冷的北风，楼下的歌姬，一曲正是婉转。

长相思，在长安，

美人如花隔云端……

这盛世华音，本是裂石破晓般的绝佳，奈何酒客寥寥，唱到最后，竟凭空增添了几分哀婉凄清。

她听得这旧时宫中之曲，想起十二岁时，与妹妹一起偷看新科状元的情形，不禁潸然泪下。

风越发大了，吹得满室萧索，天际慢慢阴暗下来，渐渐地，竟又飘起了雪。

洁白的雪花飘舞，远处的城墙都蒙上了一层雪绒，不复平日的庄严肃穆。

清敏怔怔地望着，只觉得万古一悲，这幽幽天地间，只留有自己一人，茕茕孑立。

这大雪茫茫，以幕天席地之势，掩盖了城墙，遮蔽了京城……

就犹如，那胜者写就的丹青史书，以淋漓浓黑的墨汁遮盖了一切，又有多少惊才绝艳的人物，被这墨黑抹去？

她又想起了另一位年纪相仿的女子。

她，生就天人之姿，即使命运多舛，也从不折服；

她，剑如天外飞仙，人若昙花命薄，留在这世间的，只是那晶莹灿美的回眸一笑。

“等着我，我定将你们救回！”

那一次，她与鞑靼王子的赌约，以和局告终。两姐妹虽没有得以释放，却在王帐下生活了七年，期间，衣食无忧。

看着那些受辱而死的中原女子，她们两姐妹，无数次生出感激和庆幸。

直到七年后，忽律王子将她们唤来，双目通红，悲恸不能自已，她们才知道，曾一剑破敌、九退鞑靼的林宸，已经，不在这世上了。

她被自己的夫君，以一杯“牵机”，送入了黄泉幽冥。

……

雪继续下着，将天地都要淹没，清敏忽然感到茫然……

林宸走了，妹妹杳无音信，任是何等英雄豪杰，如花美眷，都一一湮没在这万丈红尘之中，这尘世，又有何等羁绊？

她就这样静静地坐着，任由寒风肆虐，只觉得心间一阵虚无空茫。

直到一阵脚步声，噔噔上楼，她才恍然惊醒。

“是你！”

几乎是不可置信的、惊喜已极的欢呼。

“是我！”

男子四十上下，仍是儒雅俊逸，两鬓微霜，更见英气。

“宫中仍是夜宴不休……”

几乎是厌恶地，他淡淡道。

“我实在看不得林媛那雍容高华的模样，找个借口就溜了出来。”

男子露出少年一般的调皮笑容。

“怕你一个人，冷清清的，又胡思乱想。”

清敏凝望着他，不知从哪里生出勇气，伸出手臂，紧紧地抱住了他。

“留下……陪我……”

晚来天欲雪，这一室，却满是春色。

清敏紧紧地抱住瞿云，凝望着他熟睡的神情，轻轻地笑了起来。

莫名地，她想起一句诗来：柴门闻犬吠，风雪夜归人。

你，可不就是我所等待的，风雪夜归人吗？

这冰雪漫天的除岁之日，即使我并无茅屋寒榻之忧，也愿与你，携手同衾，抛却前尘。

不管这世上，是何等的黯淡绝望，让人伤心欲狂，只要有你一日，我便愿意和你一起，在这绝望尘世里仰望着、期盼着，总有一日，繁花盛开，春光明媚。

她甜蜜地笑了，仍是不脱哀伤，却别有一番韵味。

两人紧紧相拥，无一丝间隙，仿佛都沉浸在香甜幻梦之中。

此时，他们谁也没想到，开春过后，因为一个小宫女的死亡，一个二十多年前的故人，将会重现人间。

那时候，风云再起，战况诡谲，这甜蜜温馨的一幕，却是不知何日能够重现……

番外 元旭

元旭从梦中醒来时，映入眼帘的仍是顶上明黄色的五彩龙纹。

他叹息一声，惊动了一旁的李禄。李禄连忙上前，笑问道："万岁今日起得早……"

"夜不成寐，不过平白睁眼罢了……"

他淡淡地说着，眼中无限寂寥，因着这一份淡漠的闲适，越发让人心中发寒。

李禄偷瞥着皇帝青白的面色，又禁不住多看了眼那眼下的青肿，情不自禁地打了个寒战，心中浮上了"命不久矣"四个字。

元旭却浑然不觉，他由李禄侍候着用青盐漱口，又穿了玄色常服，戴了玉冠，便到御花园中散步。

此时已是深秋之时，满园花木都凋落一地，那些姹紫嫣红的花瓣委地，有些仍鲜艳晶莹，有些却已枯黄腐朽，再不复平日的风光。

厚厚的黄叶在风中飞旋，李禄见皇帝面色不豫，试探着笑道："这些混账小子真不省心，满地的落叶居然不扫……"

"秋日本该叶落，哪里是人力可以尽扫的？"

元旭轻轻说道，听不出什么喜怒。李禄碰了个软钉子，越发小心地问道："万岁可要在此赏景？不如铺个软毡，再热些酒来……"

元旭点头应允，李禄连忙唤人去取，自己又忙不迭地铺好软毡，从食盒中取出双鹤银壶，在杯中斟了七八分，小心奉上。

元旭接过玉杯，琥珀色的酒液泛起点点涟漪，依稀照出他的面容。

不用看，便可知道是什么模样……

他苦笑着，想起那日在琉璃镜中看到的自己——双颊凹陷，面色灰黄，如电的明眸也泛起重重血丝。

状若骷髅啊……

他又是微微一笑，正要一饮而尽，却听不远处有人声喧嚣，好似有女子声气在高声叱骂。

他瞥了一眼，李禄心领神会，匆匆去探视，不到半刻便回转而来，身后跟了一位宫女，粉面上带了严霜。

到得御前，元旭问起缘由，她只是低低地道："他们要到废宫中去探险……"

元旭的眼，因这一句而生出诡谲火光来，他含着微笑，温言问道："那你为何要阻止呢？"

"因为那里，有了不得的东西！"

她再也忍耐不住，低声泣道："一位风华正茂的女子，在那里悄然死去——这宫中简直是吃人的地方，我再也耐不住了！"

轰的一声，元旭全身的血液几乎要喷涌而出，他忍住太阳穴的抽痛，笑意越发加深。

"你说……"

"你是说，朕的太子并非皇后所生？"

看着眼前宫女婆娑的泪颜，元旭的声音漫然无怒，眼中的火焰逐渐消散，仿佛满含着疲惫与厌烦的沙砾，又好似僵脆的琴弦，下一刻便会崩裂尽碎，消于虚空。

那宫女被他的冷漠而惊吓到，张着一张檀口，怒道："皇上难道不想还萱敏公主一个公道吗？太子虽小，也是国之储君——"

"正因为他是国之储君，朕才不想让他白白送命——死者已矣，生者却还有大把的青春岁月。"

那宫女却也倔强，站起身来冷笑道："原来这就是圣君风范，纵妻行凶，懦弱无能。这样的皇上，当起来惬意吗？"

她头一扭，转身不顾而去。

元旭止住李禄的怒喝，轻声道："你也觉得朕很残忍，是吗？"

"皇上……"

李禄一时惶恐，正要跪下，却被元旭止住了。

"等过几日，你便把这何姓宫女收为'对食'，给她派个轻松的活儿，尽量保全住她。"

"皇上！"

"你必定是在想，朕既然如此冷漠，又何必要救她……"元旭的声音晦涩，笑意越发诡谲。

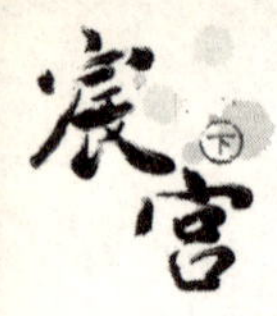

“朕要给儿子留个活的凭证才是……”

他的声音里居然带上了诡异的欣悦。

“这世上，多的是认贼作父、娶妖为妻的，朕的儿子，可不能再认错了母亲！”

回到乾清宫中，才是正午时分，用膳过后，天色越发晦暗，窗外飞沙走石，叩击着窗棂。

元旭这几日的精神略好了些，他接过案前的奏折，托腮看了起来。

“妙！”

他眼中闪着奇妙的光芒，看了看黄绫封面，轻声念了出来，

“周浚……这倒是个聪明人。”

“古人云，汉书可以下酒，当浮一大白，如今我却是想与这年轻人彻夜痛饮！”

李禄大吃一惊，上前委婉劝道：“皇上，太医说……”

“朕知道，所以朕只是想想而已——我这条命，剩下没几天了，得省着点儿用。”

李禄身上一颤，正想婉言劝解，元旭不在意地摆手道：“朕还没糊涂到需要你来哄骗的地步。”

他拿起奏折又看了一会儿，吩咐道：“宣这年轻人觐见。”

“皇上，此人地位低微，单独觐见不合宫中规矩。”

“你是要提醒朕，把这条规矩给改了吗？”

李禄一时无言，俯首后默默而出。

不觉已是掌灯时分，周浚叩拜后告退，只剩下元旭对着残乱的棋盘，淡淡微笑。

“真是个妙人……”

他低喃道，想起周浚方才的言语，不禁笑着重复道：“君为汉武，我为卫霍，君为楚王，我不为屈子……真是妙人妙语啊！”

李禄听着这大逆不道的言语，只觉得胆战心惊，他低声问道：“要不要奴才去……”

“你真是无趣，这样一个妙人若是没了，鞑靼人便要欣喜若狂，而皇后日后就要百无聊赖了。”

元旭想着这些场景，简直乐不可支，他大笑着，直到呛着，才任由李禄给他捶背。

“朕没几日好活了……布下这些棋子，也不算什么丰功伟绩……”

昏暗暝迷间，李禄只听皇帝的声音飘忽，那萧索孤寂的身影仿佛不是肉身，

而是灵魂的碎片，正在一点一滴地消融。

夜来无事，皇帝仍是早早睡去，到了二更时，李禄正有些迷糊，却听殿中一阵剧烈的咳嗽声。

他连忙奔入，却见皇帝挣扎着歪起，龙榻上一片鲜血狼藉，还有一些血沫，正从他唇边不断流出。

“快来人哪！”

他尖厉的声音，在乾清宫中回响。

太医急急被唤来，皇帝却陷入了短暂的昏迷。等他稍微有些清醒，就单独唤来了李禄。

“你去唤几位皇子过来。”

他声音微弱，双目却仍是清明，“先去唤静王吧，他那里近。”

李禄本就是玲珑剔透之人，心中顿时雪亮。两刻后，他便引了静王进来。

静王只有八岁大，仍是顽劣妄为。他母妃两年前仙逝后，越发无人管教，变得放荡怪诞起来。皇帝待要痛责他，皇后便啼哭不止，道是堂妹尸骨未寒，怎好让这孩子受什么委屈，于是总是不了了之。

元旭平日里见他，总没个好脸色，如今躺在榻上，却是牵了他的手抚摸道:“几个儿子里，还算你最为清醒……”

静王那招牌式的惫懒神情在瞬间消散了，小小的孩童，眼中居然慢慢生出光来。

“父皇，你既然知道那妖妇——”

“你未免把父皇看得太厉害了，”元旭平静微笑道，“她目前羽翼已成，又有外戚襄助，已是尾大不掉了。”

“父皇早日康复，儿子定能助你一臂之力！”

静王眼中光芒坚毅，咬牙道。

“我看不见那日了……”

元旭唏嘘道，看着儿子惊骇不信的脸，他微笑加深，道:“我活不过今晚了……”

“啪”的一声，灯芯爆灿生花，突如其来的明亮中，静王看见父亲面色灰白，双颊凹陷，哪还有当年的风范？

听人言道，景乐之乱时，元旭于乱世中力挽狂澜，叱咤万军。登基之日，他在文武百官的簇拥下，英武宛如神祇，如今才过了十余年，怎么竟成了如此光景？

“这都是忧愁得……”

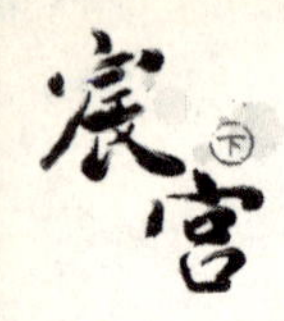

静王咬牙怒道，想起那“妖妇”，睚眦欲裂。

“她还没那个本事呢……”

元旭幽幽而叹，“我是在为另一个人，夜不能寐……”

他看着静王，一字一句道：“孩子，你听着，我将暗中的力量给你大半……”

其余皇子赶到时，静王正在外间跪候，他住得近，是以谁都没有疑心。

元旭见这几人时，却是意味索然，寥寥几句后，便示意他们出去。

他看着走在最后的稳重内敛的身影，不禁喊了一声：“祈儿——”

太子愕然回身，元旭却不愿多说，只是挥手命他离去。

殿中又是一片死寂，元旭想起方才所说，低喃道：“另一个人……”

另一个人……

另一个女子……

那个执手结发、永结同心的女子……

昨夜小寐，忽疑君到，却是琉璃火，未央天。

元旭发出一阵猛烈的咳嗽声，笑意化为凄清，却更添了几分宁静——

小宸，且等着我……若是百年不够，我就用千年来向你赔罪，无论油锅还是刀山，只要你能解恨，我愿意一一试过……

他神志逐渐迷糊，眼前人的呼喊逐渐远去，心中隐隐泛起喜乐和解脱。

我最后布下的棋子，无论是林媛还是忽律，怕都是要焦头烂额好一阵了。

他正要晕厥，只听殿中一阵清脆女音，雍容而冷厉。

“皇上！”

仿佛是在命令似的……

元旭心中冷笑，不知从哪儿生出另一道力量，蓦然睁眼道：“我还没死！”

“皇上善宜珍重，您的龙体要紧——”

元旭再也忍耐不住，勃然作色冷笑道：“朕这次如你的意了。”

他唇边泛起桀骜的冷笑，依稀可见当年的风姿。

“朕百年后，军国大事任由你处置。”

不去看她得意的神情，他继续道：“朕命数短暂，而你却是长寿之相——朕大行之后，你便不要再惊扰我了。朕早有旨意，下葬后陵墓立即封闭。”

半晌无声，正当他以为皇后已经离去时，只听林媛曼声笑道：“皇上还在那陵墓中藏了某人的尸骨，等着共葬吧！”

“是又如何，她是朕的元后，虽然不载史册，却永远是我的原配，这是无法更改的事实。”

林媛闻言丝毫不怒，笑声越发欢畅。

“臣妾当然不敢跟她争这个位置——不过，有一件事，您到现在还蒙在鼓里，仍是懵懂呢！”

“是惠妃的事情吗？”元旭回以冷笑，“虽然你将她除去，可朕的遗旨却始终没有寻得，对不对？”

林媛笑容微滞，却仍是笑道：“林惠不过是一只过河小卒，无足挂齿，我想问皇上一句，您自从以‘牵机’赐死林宸后，可曾再进过宸宫？”

“……”

元旭无言，他咳嗽着，沉痛而焦灼道：“朕误信谗言，将她害死，夙夜以来都不得安宁，只能到九泉之下再向她赔罪了。”

“恐怕你没这个机会了！”

林媛悠然冷笑道，一字一句，宛如万千刀剑，刺入他的心中。

“你再没敢回宸宫去，却不知那里已经被我遍布符咒。那是龙虎山的玉虚真人所画，有那些东西镇压着，林宸千万年也别想从冥焰中脱身。你就是去了黄泉，也休想见她一面！”

“不——”

撕心裂肺的低喊在殿中响起，元旭大口吐着血，眼神怨恨欲狂。

林媛的声音越发轻柔、甜蜜，“皇上就算拿那尸骨同葬，也不过是一堆腐骨而已，你与你的元后，上穷碧落下黄泉，都休想重逢了！”

元旭终于晕厥而去。

恍惚间，他好似看见林宸白衣胜雪，手持莲花而来。

她微笑着伸出手，任由他紧紧挽住……

元旭朝空中抓去，只感到一殿的冰冷。他最后睁开眼，只看到林媛温婉浅笑的面容——

元旭圆睁着眼，咽下了最后一口气。殿外三更鼓响，哭喊声大作，却是谁也不曾注意，这位叱咤风云的开国之君，死也不能瞑目！

昨夜小寐，忽疑君到，却是琉璃火，未央天[①]。

我到最后，都没有见着你啊……

---

①出自菖蒲《谢长留》。

番外 归长天

已是秋深时分，草原上却是一片忙碌，以浩大华丽的王帐为中心，周围团团簇拥的大小帐篷，有如一朵朵洁白的云絮。

这云絮围拢着王帐，仿若一座生机勃勃的流动城市，又似一道奔涌的铁骑洪流，金鞭所指，便能所向披靡。

王帐之中，却无往日的肃穆宁静，忽律躺在雪白的虎皮褥子上，神志已然模糊，周围姬妾和近臣们低声哭泣着，却也唤不醒这位叱咤草原和大漠的强者。

忽律的面色苍白，瘦得已是脱了形，他昏睡着，时而陷入无声的梦魇之中。

那些梦魇光怪陆离，几十载飞光流转，道尽了戎马艰险，英雄壮举，最后纷纷湮灭，出现在眼前的，是京师城楼上，那翩然坠落的纤瘦身影……

青丝如瀑散落，雪白晶莹的面庞浸润在晨曦里，耀目绝丽——那是世上什么言语也无法形容的倾国容颜。

她明眸如镜，灼然生辉，衣袂如云般坠下城墙，眼中倒映的，却是清冽如雪的恨意。

那恨意的眸光在眼前飞旋扩大，忽律觉得整颗心都漏跳了一拍，剧烈的绞痛让他呻吟一声，缓缓醒转。

“可汗！”

“我的安答……”

声音不一的惊呼声在床头响起，他费力地睁眼，却见人影憧憧，都瞪大了眼看着自己。

“还死不了！”

忽律微微轻喘，胸前创口火灼一般剧痛，他接过侍从递来的茶水饮下，面色也略见微红。

“可汗今日精神不错！”

右谷蠡王在床前细细端详着他，满面尽是欣慰之色。

忽律微微一笑，英挺的唇角勾起一个微嘲的弧度，却仍是含笑答道："突然觉得身上有了些力气。"

话虽如此，他心中却是雪亮，"回光返照"四个字从心中一闪即逝，再也没有留下半点涟漪。

左谷蠡王也在一旁抚着胡髯呵呵大笑，"我千里迢迢从汉地请来的名医总算有了些用处。"

忽律听着他隐晦的表功，仍是笑道："我的兄弟，让你费心了。"

他看着面前众人，终于看定了自己的幼子——八岁的路琦。

他一双大眼如黑玛瑙一般，正目不转睛地看着父亲。

"路琦，我的儿，你先留下。"

忽律做了个散去的手势，于是其余人立即散去，王帐中只剩下父子二人。

"长生天即将把我召回，今日不过是回光返照罢了。"

忽律长叹一声，又道："我王家的夙愿，便是将中原的锦绣河山尽握手中，可惜，我看不到那一日了。"

路琦闻听此言，眼中蓄满了泪水，却死死地咬紧牙关，怎么也不让它落下——

"父汗，我以黄金家族的热血发誓，终有一日，我会做到的！"

他手虽短小，却牢牢攥住了榻上的虎皮，几乎将它揉碎。

"好孩子，好志向！"

忽律大笑，又发出一阵强烈的咳嗽，过了半刻，他抬起头，目光竟是前所未有的明亮，看得路琦心中一紧。

"我的儿，人的志向有如那雪山上的神莲，虽然永存心中，却也不是伸手可及的。"

他望定了儿子，声音轻而坚定，"我的孩子，你听着……"

帐中寂静，只听一个声音铮铮然有如刀锋。

"我这一死，你还小，帐下事务，两位谷蠡王定会多加费心。"

忽律的微笑犀利而冷峻，在"费心"二字上加了重音，带着些说不出的异样。

"还有十二部的族长，他们也不会看着你来执掌王帐的。"

路琦悚然一惊，虽然年幼，却也机智，听着这弦外之音，已经明白了父亲的意思。

"父汗！"

"你记住，无论局势如何，都要牢牢把握住我们这一族，其余人……不必费心！"

他咳嗽着，唇边渐渐滴下鲜血，肺里灼痛更甚。

"伟大的铁木真，也是父亲的部将离散，他长大成人后，一一吸引部族来附，

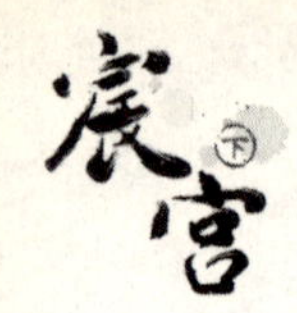

你也当如此。”

“至于两位谷蠡王……我会让他们带麾下人马自立。”

忽律料想着那两人得遂心愿的开怀，唇边冷笑更甚，“他们一旦独立，会与十二族的首领争这共主可汗之名，你随他们便是。”

路琦不禁失声道：“可汗之位向来出自我们这一支，他们虽有异心，也不敢公然……”

“草原以力为尊，再多的虚名也比不上刀剑……我尸骨未寒，他们当然不敢，你若要继承这可汗之位，定会顺当，可他们会把你当作傀儡……中原历史上有个汉献帝，被权臣挟持着号令诸侯，那滋味好受吗？”

路琦简直有如醍醐灌顶，他猛一激灵，瞬间明白了父亲的苦心。

“我明白了，父汗！”

“军师和几位臣子都会细心辅佐你，今后的路，就只剩你一人了……”

忽律抚摩着他的头顶，眼圈也微微泛红，这雄才大略的草原霸主，在这一刻也不过是个普通的父亲。

路琦忍耐不住，眼泪终于落下，“世上众生繁多，长生天却为何要召您而去？”

“汉人有句话，叫人生无不散的筵席……我这一走，虽然布置周全，却还是放心不下你……”

忽律替他整了整衣衫，又将他胸前玉佩的穗子捋好，反复抚摩着，感受指间的温润，“这是你母亲留下的……”

他想起路琦的生母，那是个温柔羞怯的中原女子。

与林宸的倾国倾城相比，她的姿容只算娟秀，若说前者是皎洁高华的一轮明月，后者便是隐没苍穹的闪烁小星。

忽律也有姬妾多人，却只生了穆那与路琦两子。这女子非我族类，不免遭到其他妃妾的排挤陷害，在路琦四岁时，她饮的茶水中被下了剧毒，一夜便香消玉殒。

忽律想起她临死前眼中含着泪，怯怯地望着他，口中只念着路琦的名字，那一幕，至今仍让他心痛。

“我对不起你的母亲……她被人从中原掳来，献于我阙前，我本该让她跟家人团聚，却眷恋她的温柔，将她生生留下，结果却是如此。”

他低低说着，抚摩着玉上的纹路，指着那中间一个“茵”字，“这便是你母亲的闺名了。”

路琦哽咽着，泪流成串，忽律怒道：“男儿大丈夫，只流血，不流泪，再哭哭啼啼，你便不是我的儿子！”

他望着儿子，只觉有千言万语要叮嘱，全身却是软绵绵的，再使不出力来。

他知道大限已到，于是嘶声道："你先出去，请各位都进来。"

众人涌入帐中，只见忽律面若金纸，已坐倒在榻上。

左谷蠡王终究忍耐不住，凑前低声道："可汗……"

忽律睁开眼，眼中的凛然之威让他禁不住倒退了一步，他嗫嚅着，还是问出了口："可汗身后，传位于何人？"

众人顿时发出一阵低哗，有人面露不忿，正想斥他明知故问，心怀不轨，却听忽律咬着牙，用尽了全身力气，一字一句道："给——最、强、者！"

在众人的喧哗声中，他视线逐渐模糊，望着其中几人眼中的得意，他的唇边勾起一抹安然的微笑。

你们暂且染指这王帐吧……我的儿子，定会是这草原最强的王者！

名震草原，声满天下的鞑靼可汗，十二部族的共主忽律，在这之后便陷入更深的昏迷，当夜咯血三升，气息奄奄。

至此，最后一位景乐年间的传奇人物，也如风中残烛，命悬一线。

天明后，人们发现可汗已经逝去，在收拾尸体时，有人在枕下拿起了一方绣帕。

"奇怪，这是汉人的东西，怎么会落在这儿？"

那绣帕只有简单的图案，却仍是歪歪斜斜，好似完全不通女红之人所绣，缎面虽白，历经多年，早已泛黄变松。

众人诧异之下，却无人知晓，那是三十年前，攻破京城时，忽律从城墙上捉住的唯一物件。

如果当初，是我接住了你，这一切，是否会不同呢？

王帐寂静，只有远处的风雪呼啸，风声中，有歌手唱起了临别之曲：

劈开雪山行走疾，
步态威武似雄狮。
我王远征中原时，
勇冠天下无人敌。
长剑出鞘锋芒厉，
锐利如何看今朝。
看今朝，英雄金甲归长天。

番外 恨蹉跎

天色已晚，周浚的营帐中，却是灯火通明。

“大将军，京中终于有消息了！”

副将面露焦急，将京中的密报递到周浚的手中。

“有人扣下了公文，我们的三千人马根本准备不及！”

周浚接到手，略一展看，道：“也就是说，晨妃失败了？”

声音并无异样，副将却心中一凛，硬着头皮站直，“是！”

他应声道，满以为接下来便是雷霆之怒。

半晌，堂上也无人说话，直到他腰间发酸，才听到周浚低低道：“罢了！”

这一声含着遗憾，却也不如他想象中那般睚眦欲裂。

副将心中大惊，“大将军坐失良机，今后再难问鼎御座，却为何如此轻描淡写？”

“就算做了皇帝，又如何呢？”

周浚长叹一声，意兴阑珊地起身，踱到窗前。

一轮圆月隐现，在树枝间支离破碎着，发出皎洁的微光，宛如，多年前的那一夜。

茵儿，你好生在家待着，掩好了门，千万不要出去……

我晓得的……浚哥哥，你也要小心，刀剑无眼呢，你一定要活着回来！

那一夜，熊熊烈焰将京城包围，鞑靼铁骑长驱直入，在横天飞焰中，城，破了，国，颓了。

那一夜，他怀着少年热血，尽忠职守，舍下青梅竹马的纤纤佳人，带着几百人回援宫中，却如螳臂当车，徒然白费。

历经艰险，他率残部回返时，等待他的，却是无人空室——他的茵儿，已被鞑靼人掳走！

恨！

几乎要将心胸尽燃的恨！

这三十年来，他不再相信任何人，只是凭借着自己的力量，在世上建立了广大功业，成为人们口中的大将军，再后来，他甚至意欲染指皇位。

可是，就算做了皇帝，又怎样呢？

周浚叹息一声，摸了摸胸前刻有“浚”字的玉佩，陷入了沉思之中。

这本是一对的翡翠，晶莹剔透的面上，分别刻有“浚”和“茵”——这是他和她的名。

本是一对的玉，经此大难，从此天各一方，生死不知。

他家三代单传，在母亲的泣血哭求下，他才另娶了妻，生出的女儿，他便取名为周茵。

茵儿，我宁愿你仍活在世上……

苍天不仁，朝廷软弱，鞑靼人该杀，这累累怨毒，让他不择手段地攫取权力。

妻子早逝，他将女儿送入宫中，本想让她争宠惑君，却不料，入宫那日，女儿含泪摔下凤冠，绝尘而去，落在地上的，除了滚落的珠玉，竟也有一枚玉佩！

那不算什么好玉，中间却端端正正地刻了一个“青”字，看那笔迹，是他的爱将沈青无疑。

孩子们，也是以玉相赠啊……

那一刻，他铁石一般的心肠也开始隐隐作痛，可是，一切都晚了，宫中的车驾辚辚，已然走远，再也不能挽回。

再后来，当他听到女儿的死讯时，他简直不敢置信，手中的玉一松，终于，摔了个缺口。

很长一段时间，他都回不过神来，虽然表面并无异样，心中的某处，却是空落落的。

我的女儿，死了。

直到某一夜，他从梦中醒来，一身冷汗，梦中的朗朗童音仍然回响在耳边，那一瞬，他落泪了。

梦中的女儿喊着爹爹，可她再也不会回来了！

夜凉如水，这一刻，他终于意识到，自己是何等的愚蠢！

人总是沉溺于过去，不肯正视现在，在仇恨的呓语中，却连未来也迷失殆尽……

即使是做了皇帝，又怎样呢？

周浚又叹了一声，情不自禁地喃喃道：“茵儿……”

只有他知道，这一声，是在喊那死于宫中、无缘再见的女儿。

“你知道吗？我的父亲，是以他青梅竹马的女子之名来给我命名的，小时候，母亲说起这事，就暗自哭泣呢！”

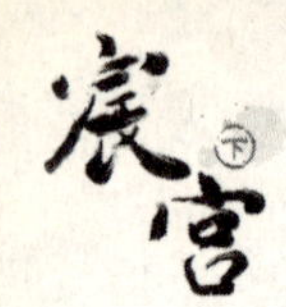

冬日的第一场大雪，将道路冻得湿滑难走，黎明时分，偌大的官道上，只有一男一女共乘一骑，缓缓前行。

那女子虽然衣着平常，眉宇间却自有一种飒爽明丽，她转头望着情郎，见他低头只顾缰绳，不禁嗔道："你听见我说的话了吗？"

"我听到了！"

含笑搂紧了至爱，再无一丝缝隙，他至今都觉得这是美梦一场，却不愿醒来。

"我们在外间游荡了这几个月，算来风声已经平静下来了，宫中正在册后，肯定不会有什么人再疑心我还活着了。"

昔日大权在握的周贵妃，如今，却只是平凡的周茵，她望了望远方积雪的山峦，不无忧虑道："父亲还不知道我诈死，乍一见到我，会不会大怒？"

"……"

"你倒是说句话啊！"

她狠拧了男子一把，那人吃痛，却宠溺地抬头微笑。

"我也不知道……"

"废话嘛！"

"但我知道一件事，即使他要打要杀，我都会挡在你身前——当年没能拦住他，如今，我再不会退缩！"

平实的话语，却含着无比的坚毅。周茵嗔了一句"木头"，却是眉眼都在甜笑。

往日的冷冽森寒，在这一刻，终于融解。

"莫见长安行乐处，空令岁月易蹉跎……我们蹉跎了这么久，无论如何，都要寻回我们的幸福了，即使父亲反对，也在所不惜。"

她想起幼时父亲抱她在膝上玩耍的情形，那时春日晴和，日光照得人骨头发酥，父亲呢喃着："将来长大了，我要替你找个好夫君……"

言犹在耳，她咬着唇，眺望远方。

"我相信，父亲一定会原谅我们的。"

此时，远方正是莽原初雪，关山如铁。

番外 湘夫人

永嘉十二年正月十五元夕夜

江南苏城

夜幕低垂，满城却是灯火明灿，百彩千华。

北风吹得枝头婆娑，满树里沉甸甸的花灯宛如天上星雨，低至眉梢，却未曾落入人的心间。

青石铺就的街道上分外热闹，姑娘们结伴而行，她们盛妆而出，身佩蛾儿雪柳，额前更有花钿点点，如梅如月，艳丽中更透出少女的青春骄矜。

她们或羞涩，或洒脱地戏耍，眼睛却是有意无意地瞥向对面的小郎君们，手里的花灯滴溜溜转，却怎么也映不出主人含羞的玲珑女儿心。

街角却有一人与这旖旎的热闹气氛很不搭调，他身披一件黑色斗篷，在人群之中疾步而行，一看便是风尘仆仆的远来客。

一旁的少女们偷偷望着他，为那遍染风霜、特立独行的江湖气质而暗暗心折，他却浑然不觉，毫不迟疑地大步走向江边堤道。

他是六扇门的神捕连城，匆匆赶到这个江南古城，却是为了一桩连环杀人案。

近三个月来，江南有多名文臣武将被杀，现场别无痕迹，只留下被烧成灰烬的竹绳。这样的奇案震惊了京城，年轻有为的天子大为震怒，命令刑部和大理寺彻查到底。

七天前，连城接到苏城这边的探子传讯：又出现了类似的死者，而且在现场发现了新的线索。

江边船舫划曳，远远传来女伶缥缈的歌声，微风徐徐，竟隐隐有胭脂香氛。

连城微一皱眉，用眼巡视着，不费力地找到了自己的目标——作为约定信物的红巾系在船顶，极为醒目。

他喊过一位船夫撑篙，三两下便靠近那船。

舱中毫无动静。

再靠近，却是冲鼻而来的血腥味！

他毫不迟疑地冲了进去。

幽暗的船舱里，尸体横卧在地，鲜血依然温热，蜿蜒流满脚边。

长得极为平凡的中年人，伤口：咽喉一寸。

这个人，就是传信给他的探子！

舱外正是灯火飘摇，吴侬软语的歌声，映着这死寂血腥的一角，恍若两界，船舱里撒落满地的是青色的竹枝灰烬。

"你就是来接头的六扇门之人？只可惜来晚一步。"

舱外，有人轻轻笑语道，声如幽冥，不辨男女。

连城挑眉，冷然从舱中掠出。

夜幕中，他长剑挽出，直刺那人的咽喉。

那人一身白色长衣，高髻广袖，却并不闪避，侧身一纵，竟飘然上了舱顶，只剩下清脆的笑声。

"六扇门的神捕连城，也不过如此。"

十五的月光极为明净，照着她的脸——

深浅浓艳的油彩，勾勒出妖异瑰丽的戏妆脸谱，根本看不出原本的相貌，只有那靛蓝的眼黛映得眸子宝光熠熠。

宛如画卷中走出的神仙人物，又似山野戏台上摇曳的狐鬼妖魅。

看不清她使什么兵器，只见她掌中玉光一闪，整艘船在顷刻便断为两截。水面震颤着，任由船体下沉，两道人影激射而出，连城手中长剑如电，直袭而去。

巨大轰鸣声中，水流被剑气卷起、撕裂，卷成一道漩涡，那一袭玉色已然袭来，无形之力浩然而生，竟逼得连城脚下水波颤抖。

他闷哼一声，突然发觉有异，脚下飞跃而起，下一瞬，原先那船突然爆炸起火！

他停落在一旁画舫上，旁边的大船却遭了池鱼之殃，前舱被气浪震动得翻翘而起，再加上乘客惊慌跑动，顿时失去平衡，翻入水中，四周惊呼惨叫声划破了天际。

连城剑眉一皱，不及多想，只得赶紧救人，而岸边渐渐有人声喧哗，显然是官兵那边也出动了。

今夜，注定不能平静。

岸边茶馆的雅间里，连城略整衣冠，接过丫鬟递上的一盏香茗，浅尝之下，不禁暗赞一声好茶。

“多谢您救了我家小女，救命之恩真是涌泉难报！”

坐在主位的女子眉目如画，虽是衣着简单，仔细端详，仍可看出华贵质地。

她做妇人装束，却仍有着少女难及的绝美和韵味，周身气质高贵温婉，眼波流盼之间，那晶莹瞳仁中泪光一闪，嗓音哽咽道：“我只生了她这一个孽障，从小娇养长大，若是有个闪失，只怕我也活不了了。”

屏风后正在更衣的少女想起方才连船带人翻入江中的惊险，也在小声啜泣着，另一个陪坐在客座上的少年虽然浑身湿透，却毫不犹豫地到了她跟前，诚挚地跪了下来，“伯母，这都是我的错——是我带着她不告而别，离家出走，还遭遇这么大的危险……”

他身上的衣料很是平常，但整个人很是清俊，带着少年人的朝气与犀利，眼神聪慧而不失坚韧，整个人宛如浑金璞玉一般。

“宁书，你这又是何必……”

坐在主位上，自称“顾夫人”的女子长叹一声，俯身把他扶了起来，对这唤作“宁书”的少年虽然带着薄责，却是慈爱中带着凄然之色。她回过身来，再次向连城敛衽道谢：“两个孩子任性倔强，这次真是多亏先生了……”

连城略一颔首，简洁道:“连某本就追踪那凶嫌而来，救人只是举手之劳而已。”

他起身正要告辞，却听茶馆外一片喧哗，马嘶人喊、甲胄碰撞之声不绝，好似有一大批人将此地团团围住。

有脚步声直走上楼来，步履间虽然稳健，却是怒意勃发。

来人四十上下，是位中年儒雅的美男子，一身官服穿得整洁倜傥，连发丝也一根根梳入紫金高冠之中。他身后跟随的两名亲随都着甲负剑，戎装森严。

他好似有很重的心事，沉着脸负手而上，来到众人跟前，一声冷哼之下，两名随从竟是不由分说，上前就将那宁书擒拿后五花大绑。

“小子大胆，竟敢诱拐我的女儿！”

他的嗓音带着暴风雨前的危险。

屏风后的少女冲了出来，跪在他身前苦苦哀求：“父亲，求你成全我们吧——”

一语未尽，她就被那中年人踢翻在地，狠狠地撞在木墙之上，一张俏脸痛得煞白。

“玉儿！”

那位顾夫人惨呼一声扑上前去，想要以瘦弱的身躯护住自己的女儿。

连城微微皱眉，那中年人的目光却已经凝聚在他身上，“先生何人？在此地有何贵干？”

虽然问得客气，却带着高位者的威权。

连城叹一口气——此行真是不顺，没捉到凶嫌，却被卷进这种家庭纠纷里，实在是让人无奈。他取出证明自己身份的腰牌，苦笑道：“在下连城，如果没料错的话，您定是此间的布政使顾逊，顾大人。”

马蹄嗒嗒，车轮辘辘，清幽月光下，夜寒沁入骨髓。

连城坐着郡守府的车马前行，穿过街市，绕过城墙，沿着大道渐行渐远。

他本想自己前往省城，布政使顾逊却极力邀请他一同前往，盛情难却，再加上他也想拜会本省的按察使，于是就恭敬不如从命了。

顾逊安然坐在主位，抚着精心修剪的美髯道：“连神捕远道而来，辛苦了，没想到这暗杀朝廷命官的连环凶手居然到了我们这儿，只怕江南今后多事矣。依您看，这人到底是什么来历？”

连城略一思索，道：“不是江湖中人。”

“愿闻其详。”

“一则，她杀的官员虽然遍布文臣武将，却并非是民愤极大的那种贪官污吏，更不曾惹下什么大的仇家，这就排除了江湖侠士‘替天行道’的可能；二则，连某不才，在江湖道上也有几个朋友，从没听说过有这位人物；三则，就是最关键的，她脸上的油彩妆容。”

“嗯？”

连城闭上了眼，好似在回味感受近距离接触时，那一瞬间的油彩气息，“那种油彩，并非市井里戏班子用的粗劣的大路货，而是画家和雕师用于作品的那种，甚至可说是极为珍贵。”

“那，会不会是官场中有人……”

顾逊有些担心地问道，几乎毫无皱纹的眉心也露出担忧的刻痕来。

“这也说不过去，如果是官场上的倾轧，又怎会牵连这么多人？难道，这么多人都是她的仇人？”

连城还是觉得蹊跷，但也只得放下，准备见到按察使时再跟他细谈。

顾逊却自告奋勇，“本官不才，分管的也是民政，大人不妨把那贼人的特征说个清楚，我也会层层吩咐下去，让那些地保、里正多注意陌生可疑之人。”

连城连忙称谢，详细描述了那种瑰丽奇异的油彩妆容，但也知道凶手平时肯定不会让人看见这种面貌，只是聊胜于无而已，“不过，我倒是看清楚了她用的兵器——是一把奇怪的玉尺。”

“玉尺……油彩？”

顾逊皱起眉，一副茫然不知的模样，但连城何等眼尖？那一瞬间，他分明看到，顾逊拢在袖中的双手，因为紧张和焦虑而握得死紧，连衣料都被他攥出深深的褶皱。

他在担心害怕什么？

连城的心中浮现了一道疑问。

一行人来到省城，天已经大亮，却没见到按察使的面——不仅他不在，连巡抚在内，省城所有的高官都去了另一个地方。

连城翻看着仆役递上的请柬，烫金的绢面精致华贵，却透出一种浮夸的纨绔意气，“也就是说，各位大人都去了江心岛参加林国舅的宴席？”

仆役一身绸衫，虽然貌似有礼，却带着权贵家中常有的自傲，“我家小国舅最是好客，这次岛上梅花开得漂亮，就开了这‘品梅会’，请各位大人赴宴，临时听说连神捕也来了，立刻让我快马加鞭送来这请柬。”

他矜持地点了点头，转过头对着顾逊，却是换了一副谄媚而亲热的笑脸，“顾大人又去苏城忙公务了吗？您可千万不要太操劳，累坏了身子骨，这满城百姓可到哪儿去找您这么一位青天大人？”

顾逊点了点头，浮起了一道欣慰笑容，随即想起了这只是自己找的借口，实则是为了追回逃婚私奔的女儿，脸上神色便有些尴尬，“请替我回禀侯爷，本官晚些就到。”

他好似跟这位被封为“博乐侯”的小国舅颇为熟悉，直接称他为侯爷，口气颇见几分亲密。

连城本想不去，但那名仆役再三邀请，又解释说按察使大人大概会在岛上盘桓十来天，连城若是要商量事务，只有找到他才好商量。

按察使执掌一省的法制刑狱，居然玩忽职守到这种地步，连城心中暗怒，却听那仆役斜眯着眼，扬扬得意地道：“按察使王大人可说了，我家国舅只要一个招呼，他就会赶紧跑来，鞍前马后地伺候着。这次国舅看上这江心岛的梅花，他在那儿逗留多久，王大人就会陪伴多久。”

按察使也算是一省大员，却对着一个毛头小子的纨绔如此阿谀奉承，也实在是太过不要脸了。但林家乃是太后的母家，更是当世第一的名门大阀，他家一个青年子弟到了地方上，确实也值得这些官员花心思厚脸皮去讨好。

虽然已经离开京城，但林家煊赫的气焰却比京中更盛，几乎是一手遮天了。

休息了一整天，到了傍晚，连城随着顾逊一家的马车朝着江心岛而去。

一艘三层楼船从岸上扬帆，直入江心，走了两个多时辰，才看到江心有一离岛，影影绰绰的，有楼阁若干。

岛上的泥地很是湿软，鼻间但觉水汽清新，隐约看到顶盔着甲的精锐兵士来回巡查，这些人并非是官兵，而是从属于林家的私人家丁。

马车下桥的时候颠簸了一下，陷入泥泞里。连城及时跃下车，双手运起内力，连车带人拔了出来，赢得了顾逊的感谢，“连大人真是好功夫！”

仆从以“顾”字灯笼朝着栈道守卫示意，一行人马不停蹄朝着岛上的别院而去。

下车时出了一点儿小意外，顾夫人被裙角绊了一下，顾大人却板着脸冷哼了一声，任由她一个踉跄险些摔倒。连城眼明手快，一把将她扶住。

“小心！”

他低喝道，映入眼底的却是她一双盈盈大眼，温柔而凄婉，幽黑深不见底。

“多谢连大人了……”

她的嗓音有些低哑，好似受了凉。连城想起她担忧女儿，又被丈夫迁怒，不由心下恻然。

据他一路看来，顾大人跟他这位夫人之间似乎感情颇为淡漠，他这次来赴宴加小住，除了妻女以外，还带了一名宠妾随侍。

顾夫人气质温婉高雅，容貌秀美，那名小妾与她相比，简直是乌雀与彩凤之别，只因为年轻娇媚，顾逊就把她当成心头宝，一路同车共卧，倒是把正妻抛在脑后，因为女儿的事还颇有嫌弃迁怒之意。

此时小姐顾玉也从另一辆车中下来，担心母亲伤着了，连忙快步而来。连城一愣回神，这才放开搀扶的手，却只觉得方才那一瞬，触手之间肌肤柔腻，却是瘦得皮包骨头，相当憔悴。

那小妾穿得光鲜奢侈，看着这一幕撇嘴笑道：“小姐真是孝顺，可惜这样的好日子也没几天了——等你被小国舅纳进门，你们母女俩连相见都难了。听说呀，这位小国舅后宅里美人有好几十个，小姐今后可真要辛苦了。”

顾夫人眼圈一红，几乎落下泪来。顾玉虽然惊怒，却仍斥骂她道：“你一个侧室，竟敢对我的婚事评头论足，出言不逊，不怕家法教训吗？”

那小妾竟然不怕，冷笑一声道：“哪来的什么婚事，小姐只怕是记错了吧——小国舅是纳你做妾，不是娶你当正妻，你将来跟我一样，也是当侧室的命！”

连城听到这里，心中一沉——博乐侯乃是林太后最小的堂弟，为人贪花好色荒淫无度，上至四十美妇，下至十二幼女，他都要染指，太后也怕他留在京城惹事，于是让他回乡去守着祖产，他干脆四处游荡，各地官员纷纷奉承，越发让他肆无忌惮。

顾逊居然要把女儿嫁给这样一个人做妾？！

连城眉心的皱纹更深，看着身旁顾夫人泪落如雨，顾玉更是惊得脸色惨白，咬唇决然道："我死也不嫁！"

此时仆役们前来替主人搬行李，这三个女人也不再多说，周遭气氛陷入了沉默，周围的美景也好似蒙上了一层阴霾。

傍晚的夕照落在岛上的山间林梢，江浪拍打着岸边的矮石。

为准备宴席，整个离岛府邸中的仆从都忙碌起来，但主人和十来位官员都没出现，据说是去岛的另一端看悬崖上的老人松了。

别院很是雅致，黑瓦白墙，江南水榭，前后以镶福镂空圆窗隔开，影影绰绰，别有意境。

——只那两扇门上的灿烂金环，煞透了风景。

连城暗暗腹诽着博乐侯的意趣品位，四处闲逛着，不觉天已暗下来。

眼前梅树成林，林后乃是家眷屋舍，寂静之间突然传来斥骂声。

连城三五步赶到了声音所在，却见地上凌乱扔了盏琉璃灯，灯光所及，乱梅飞舞，如血殷红，有三人情绪紧绷正在对峙。

"你愿意也好，不愿也罢，都得给我乖乖嫁过去！"

顾逊面孔冰冷，心如铁石地说道。

顾玉面容憔悴，眼角带着瘀痕，双眼却仍带着不屈服的光，"我死也不会嫁给这个小国舅做小妾——你不如杀了我好了！"

顾逊丝毫不为所动，冷笑道："博乐侯出身名门，又是太后疼爱的族弟，这等名门贵胄纳你为侧，是你的福气！我意已决，没你说话的份儿——就算你一根白绫上吊自尽了，也是人家坟边上的鬼！"

"夫君，请你好歹怜惜一下玉儿吧，她是你的亲生骨肉呀！"

一旁那素妆女子身着银锦丝织斗篷，不顾一切地上前拦住他劝道。正月十六的月光更映得她眉目如画——正是前夜，和自己萍水相逢于江边的顾夫人。

"是我的亲生骨肉，更该乖乖听我的话才对！"

顾逊怒意上涌，一个耳光扇在顾夫人脸上，"这都要怪你！你是怎么教养女

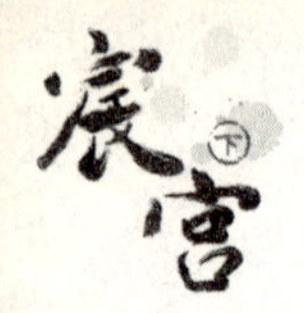

儿的？！”

月光如霜雪般皎洁，她的脸被打得偏到一旁，寂静之中，钗环落地的声音细小而清脆。

她的发髻被打乱，乌黑长发披散垂落，默然无语之下，整个人都透着悲怆凄然之意。

顾逊好像也受不住她这份死寂，哼了一声转头离去。

“玉儿，你先离开。”

她含混地说道，嘴里好像受了伤。

一滴滴的血从顾夫人嘴角落下，嫣红刺目。一旁的顾玉手足无措，只听顾夫人低喝道：“回去！”

顾玉终于哽咽着离开，只剩下顾夫人一个，孑然站在梅林的阴影下。

她缓缓张开嘴，一道鲜血从嘴边蜿蜒流下。

却听一声清然男音传来：“用这个药口服止血。”

连城终于看不下去，从树后现身，掌心是一只金创药的瓶子。

月光下，她侧过头，雪白的面庞上五道鲜红的指印清晰赫然，嘴角的血痕半凝，好似一道极为浓艳的花钿，别有一种凄绝哀艳之美。

她凝视着他，并不接那药瓶，闪动的眸子却看入他的眼中，“我没事……”

一说话，血又涌了出来。

连城俯身到她跟前，一把将她搀起，不由分说吩咐道：“张嘴。”

这种要求突兀提出未免有轻薄之嫌，极为奇异地，顾夫人却依他的话做了。

“是牙齿撞到了舌头，伤痕虽长却没有伤到根本。”

他冷静地判断道。

“呵……神捕大人经常替人看舌头？”

顾夫人笑了，那笑容宛如新荔般晶莹动人，连城在这一瞬只觉得心口连跳了两下，他不由自主地说了实话：“不，我经常替人验尸。”

话刚出口就觉得不妥，顾夫人微微一愣，随即轻笑出声。

乐极生悲，她一个踉跄险些摔倒在地。

“小心！”

梅林下，他及时伸手将她搀稳，犹豫着是否要替她敷上药。

“夫人……夫人，您在哪儿？”

远处传来丫鬟的呼唤声，他只得匆匆将瓷瓶塞到她手里，转身离开了。

那一瞬，天上明月比十五的更加圆润皎洁，她的手心微凉，唯一的一点暖意却沁入心中，如同中了蛊一般久久不去。

已到了掌灯时分，夜色逐渐笼罩，别院也挂起了一盏盏宫灯。

主院厅堂上，高朋满座，佳肴美酒琳琅而设。

按察使周大人是个矮胖的中年男子，留着整齐的一字胡，而都指挥使钱大人却是个瘦皮猴一般的人物，他最喜欢绘声绘色地讲“本人在北疆平叛的日子”。

本朝规制，一省之中，布政使掌民政，按察使掌刑断之权，都指挥使则掌握军权。

这三名大员，如今却都齐齐恭候着“小国舅”——博乐侯林南。

滚烫的酒逐渐冷却，佳肴也逐渐失去香味，林南却始终不曾现身。

周大人开口：“顾大人，不如你去催一下——听说你即将成为小国舅的岳丈了，自己人比较好说话。”

一旁的钱大人嘿嘿笑了，“可惜这不算正经的岳丈，听说小国舅想要娶宗室贵女，顾大人可别鸡飞蛋打了。”

顾逊冷哼一声，“两位酒后胡言，可敢在侯爷面前再说一遍吗？”

他看也不看那两人噤若寒蝉的模样，拂袖正要去后堂催请，突然，后堂传来了一阵凄厉的尖叫声——

“杀、杀人啦！”

书房内装饰得华贵，鲜血却在地上蜿蜒一片，看得人心头一紧。

博乐侯林南是个面目俊秀的男子，可眼下却成了一具冰冷僵硬的尸体。

尸体胸口被锐物贯穿，露出一个狭扁的血洞，最奇妙的是，他整个人只着亵衣悬吊在梁上，五花大绑成脸朝下，头上还坠着一颗沉甸甸的金印。

连城疾步上前，正要解开绳子，突然尸体上蹿出一簇火焰，沿着绳子向上蔓延。他运气于掌，及时扑灭后，却发觉绳子变成了灰烬。

原本这绳子就是用竹枝搓软编织成的，凶手好似在上面涂抹了黄磷一类的燃烧物，当房里的炭热烧到一定程度时就会自燃。

连城的眼睛眯起，发出聚精会神的光——竹绳的灰烬……又是那个嗜杀的凶手！

钱指挥使突然大惊小怪地叫出了声：“这是巫术诅咒啊！”

面对大家各异的目光，他说得口沫横飞，“尸身离地倒悬、脚绑秤砣，暗喻不得升天，要坠入十八层地狱，这是北疆蛮民流传的恶毒做法，一般是对生死大仇之人才会这样。”

众人只觉得脊背上一阵发凉，按察使周大人却是看向连城，显然也是想起了

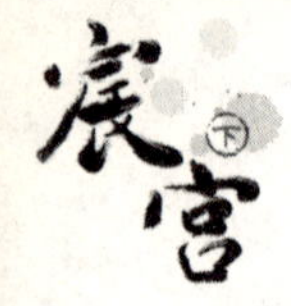

本地那多起相似的案件。

连城却不管他们喧闹议论，继续在现场搜索，突然发现窗棂处飘着一张残破的黄纸，拿起来念出了声：

“君不行兮夷犹，蹇谁留兮中洲……”

这是……《楚辞》里的诗句？

他念出了声，众人也不知道是什么意思，唯独那位周大人脸色大变，原本拿着金印在看的手也一松，咕咚一声险些砸了自己的脚。

连城看在眼里，决定慢慢追问，他先从最基本的问起——

“最后见到侯爷的人是——”

连城话还没问完，却听外间一阵喧哗，哭喊声震天。众人跑到窗前一看，顿时脸色大变——

只见火光冲天，浓烟滚滚，连接江心岛的唯一一艘楼船，已然在熊熊火焰中烧成了灰烬。

船被人预先放了黄磷等物，顿时燃烧起来。几位官员大怒之下派人去查，却是毫无头绪。

一时半会儿竟然无法离开这江心岛了，再加上小国舅这一出命案，众人围坐在大厅里，面面相觑，都不说话。

按察使先前推诿，不愿听连城提起那连环杀人案，此时却问得分外仔细，生怕错过了什么线索。一旁的人越听脸色越是铁青——这么凶残的杀手已经杀了这么多人，难道他下一步的目标就是岛上众人？

周大人吓得瑟瑟发抖。钱大人咒骂着：“这叫什么事啊！我们好好做着地方官，却遭遇这种飞来横祸——这个该死的杀手哪里不好去，非要来这里！”

倒是顾逊临危不乱，虽然面色有些阴晴不定，但仍能保持镇定。四个人商量了一下，连城提出，天亮后组织所有私兵，将全岛封锁搜查。

天亮了，大家组织好兵丁，对全岛进行了仔细地搜查。

江上风大浪大，天空的阴霾积蓄在苍穹之间，黑压压的，让人感觉窒息——这是飓风即将来临的兆头。

全岛并不算大，连城带着人对每一处房屋院落、树林缝隙、岩石周围都不放过，却没发现任何蛛丝马迹。

难道那个凶手不在岛上？

回到大厅的时候，周、钱两位已经等候多时，顾逊却并未出现。

“他还在老婆或是小妾房里？小白脸书生就是儿女情长，黏糊。”

钱大人嘀咕道。

连城想起顾夫人与她嘴角的伤痕，心中升起一道微妙的怅然。

顾逊迟迟不来，大家等得很不耐烦，连城却有些担心——该不会出什么事了吧？

想到这儿，他起身去找。

顾逊那边正闹得不可开交。

他那小妾孙氏靠在他身上，好似弱不禁风，哭着正在告状，说她有了身孕，顾玉却故意冲撞她，这是要害她流产。

“老爷，你可要为我做主啊！”

她哭得梨花带雨。

顾逊的脸色却有些晦暗，眼圈发青，显得有些心神不宁，他把所有的怒气都发到了顾玉身上，“你半夜鬼鬼祟祟地溜出去做什么？”

“散步。”

顾玉根本不怕他，倔强地别过头去。

顾逊猛地冲了过去，掐住她的脖子，“你给我说实话！”

顾玉被掐得直翻白眼，几乎要窒息。

顾夫人连忙去掰他的手，却被顾逊狠狠地推倒在地，指着她大骂：“真是有其母必有其女！她简直和你一样，天生一副贱骨头！”

顾夫人低下头只是搂过女儿，咬着唇不说话。

顾逊余怒未消，继续骂道：“当年要不是你，我现在在京城肯定也能登阁为相，哪里用得着屈身在这江南一隅？都是为了你我才放弃了那么多，你却唆使女儿跟我作对！我告诉你们，就算小国舅死了，我也不会让她跟洛宁书那小子在一起！”

他眼神扫着地上彼此依偎的母女，撂下最后一句狠话：“不嫁小国舅也好，太后的嫡亲弟弟靖安公正缺第十房小妾，这也是个好机会！”

言罢回身，正好撞见来寻人的连城，他略一点头，就带着得意娇媚的小妾孙氏转身离去。

风吹得窗格作响，房内却有些昏暗。一道晕墨渲染的牡丹画屏将内外隔开，连城坐在客座之上，开口道：“把手伸出来。”

“咦？”

顾夫人虽然惊讶，却仍乖乖地伸出了手。

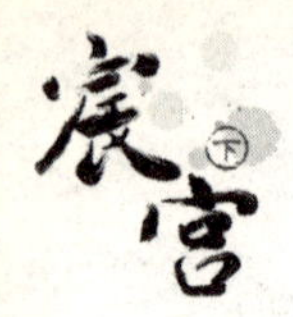

手上有擦伤的青紫痕迹，大概是方才倒地的时候碰着了。

“每次见到你，都是大伤小伤不断。”

连城的话中含着叹息的涩意。

顾夫人的目光闪动着，幽深缥缈，她轻轻一笑，那笑意宛如绝艳名花最盛之时，却含着惊心动魄的凋亡，“习惯了就好。”

“他经常这样对你？”

连城的口气变得冷峻严肃。

“刚成婚那阵子，他性子没这么急躁。”

顾夫人将一声轻叹漾于唇角，她有些羞惭地低声道：“三番两次让你看到这种场面，真是……”

“这不是你的错，而是顾大人本身的人品……”

连城说起顾逊，心中闪过无名的厌恶——此人儒雅名声在外，也算是江南一位能臣，没想到在私德上竟是如此不修！

为何不离开这个男人？

他想问，却终究化为一声叹息。

男女有别，这个世上，男子可以三妻四妾，风流快活，而女人若是遇人不淑，却只能一味隐忍，一生不得解脱。

他不再多问，而是默默地替她擦着药。

她的房间只有一盏孤灯，书籍却有厚厚一摞——即使是临时来这岛上暂住，仍然随身带着，显然是位爱书之人。

“君不行兮夷犹，蹇谁留兮中洲……”

不自觉地，他念出了方才那句，“夫人博学，可知这句有什么特别的含义？”

她看着他，水眸盈盈，好似在疑惑他为什么突然转移话题，却仍然应答道：“这是《楚辞》中的诗句，湘夫人想念湘君，而那人却远行迟迟不回，她在水边等啊等，却终究没有看到她的身影，焦急地担心着……”

连城点了点头，突然有些窘意——在已婚妇人的闺房里，跟她谈论起这种缠绵悱恻的情诗，他突然感觉有些不妥，于是咳了一声，喃喃问道：“他们是夫妻吗？”

顾夫人嫣然一笑，虽不是青春韶龄，却别有一种通透豁然之美。她坐在暗处，玉白的颈部温润，宛如名瓷一般，让他的眼神都恍惚了一刻，“世间文人都这么认为，但在楚地的传说里，这两位却是亲如姐妹的女神。湘君主掌水之阳面，而湘夫人则是管理水之阴，她们是彼此最重视之人，其中一人失踪，另一人就如此焦急惊慌，担心对方出了什么意外。”

不疾不徐的嗓音在房里回响，半旧的书卷气息萦绕在两人周围，那般平淡漫然、悠远温雅——这样的书斋，这样的佳人，连城觉得在这儿逗留多久都不会厌倦。

窗外风声呼啸，而此时此地，却是一室书香，安谧和静。

舒畅的时光总是很短，连城从顾夫人那里告辞以后，还得继续调查这件连环杀手引起的大案。

岛上毫无线索，人人自危，他的调查一时陷入了僵局。

虽然一头雾水，但连城直觉，按察使周大人一定知道些什么。

因为方才看到那张《楚辞》时，只有他面色大变，吓得整个人都好似要昏死过去——刚看到尸体的时候，他都表现得很平静，一张纸就把他吓成那样？

其中必有蹊跷。

“笑话，本官怎么会知道什么线索，连大人你号称‘京城神捕’，凶手却在你眼皮子底下杀了小国舅，这显然是你渎职不力！”

周大人对他的询问嗤之以鼻，态度还很强硬。

但连城经验丰富，隐约从他的瞳孔深处看出一种莫名的恐惧——他的色厉内荏只是表象而已。

他在害怕什么？

夜色越发深墨，窗外传来轰然的飓风呼啸之声，那巨大而单调的声响宛如九天雷音，又似地府中无数鬼魂英灵的哭泣呼啸，让人听了不寒而栗。

周大人不禁打了个哆嗦，一股寒意从骨子里泛上来。他端起茶杯正要送客，却听连城轻描淡写地说了一句：“听说周大人的三公子在外求学，他身边的侍童有几个？”

这一句乍听没什么，却把他吓得僵立当场，脸上肌肉抽搐成一团。

他家三公子前不久失手把侍童打死，周大人老谋深算，立刻让家里的管家顶了罪，又买通官府判了流刑，暗中给管家送了重金贿赂，让他三两年就能遇赦回家——这个京城来的年轻人怎么会知道？

砰的一声，窗页受不住狂风呼啸猛然大开，风混合着雨直吹而入，周大人再也受不住这股无形的逼压，小声哀告道：“犬子也是无心啊！”

“关于这件案子，请大人把你知道的如实说出来。”

连城避而不谈是否饶恕他家公子，只是冷声催促道。

周大人神色变幻，终于开口——眼下最重要的是把这位京城来客稳住，事实上这件连环杀人案跟他真是八竿子打不着，说出来又何妨？

“这竹枝烧成的青灰，这《楚辞》中湘夫人哀怨悱恻的诗，倒是让我想起一件陈年旧事。”

“二十多年前，我朝刚刚立国，天下不稳，鞑靼人的残部虽然被赶出中原，但仍在燕、云之地出没，频繁扰边。朝廷不得不派出二十万破虏军常驻此地，两军攻守进退很是激烈。”

周大人干咳了一声道：“我的祖籍就在燕地，那时候正好守孝在家——鞑靼蛮子们的嗜杀劲头，真是让人看了腿都发软，幸亏有破虏军守关，否则满城军民无一幸免。”

他感叹了两句这才惊觉离题，见连城没有不耐之意，这才尴尬地笑了笑，继续道：“当时破虏军中有一位神秘人物，号称‘湘夫人’，经常在暗夜里去敌营暗杀对方将领，连续有十数位鞑靼将领死在她的手中。”

“据说这位湘夫人武功不算绝顶，但专修那种一击必杀的险招，轻身功夫又无人能及，鞑靼人虽然出了天价悬赏，却无人能取下她的首级。”

周大人眯起眼，好似想起了什么血腥的场面，微微打了个寒战，“那时我家中接连有长辈亲友病故，半夜去奔丧时，意外在郊外看到这位‘湘夫人’在追杀城中的一名高官。后来我才得知，此人居然私通鞑靼，想要开城投降。那一夜月暗无星，官道上那高官家中私兵众多，几百支箭齐射而去，只见那个高髻古服的人直立道旁，一手持了竹扇格挡乱箭，另一只手不知使了什么武器，瞬间来去快如闪电……我不敢多看，再睁眼时，那高官的首级已经被她提在手中。”

“无数的长箭被撞飞散落在地，她用青色竹绳提着首级慢慢走出来，长笑着念了两句《楚辞》，‘朝骋骛兮江皋，夕弭节兮北渚’就扬长而去了。”

周大人舔了舔嘴唇，补充道：“那个人头后来被挂在本城的城墙上，从此那些门阀世家再无人敢跟鞑靼私通，我们本地人也都对她又敬又怕。”

“她？难道是个女人？”

连城敏锐地发现了他话语中的问题。

周大人迟疑了一下，不确定地说：“这……谁也不清楚，那人出现时总是涂了很浓的戏妆，古服深衣，好像戏台上的神仙娘娘，倒是真看不出男女。”

连城想起那夜的惊鸿一瞥，也深以为然——那么浓艳的妆容，若是男人以神话中的“湘夫人”姿态出现，也没人看得出来，毕竟京城的男旦上起妆来一个比一个娇艳。

他突然觉得有些头疼，事情越来越复杂了——连环杀人案的凶手，居然跟二十多年前的军中传奇有关！

他突然觉得，也许该去问问行伍出身的钱大人。

钱大人的表现更是极端。听到连城问起杀手还晃着二郎腿哼着小调，再听连城问起对二十年前的破虏军有什么了解，整个人就像见了鬼一样。

“我什么都不知道！”

他猛烈摇着手，整个人好似中了邪一样口沫横飞，“我很早就跟随太祖皇帝，一直忠心耿耿，指哪儿打哪儿，太后娘娘的旨意我也一点儿不敢违抗，我什么都不知道！”

这种表现比方才那个更夸张。

连城知道再问下去也是无益——这里面肯定有蹊跷，于是他换了个话题，“这次博乐侯之死，你有什么线索？”

“小国舅他年纪虽然小，跟大家玩乐说笑倒是不摆架子。上次迎春院那个玉玲珑还是他帮我说拢的。”

钱大人的神色终于缓和下来，说起博乐侯林南和自己的青楼艳史就眉飞色舞，突然想起故人已死，这才讪讪地闭嘴了。

“你觉得他有可能会惹上什么仇家？”

连城的问题一出，钱大人皱了皱眉，居然答得爽快：“小国舅这个人吧，虽然是太后外戚，但为人还算低调，只是喜欢那些年轻人的玩意儿，跑马啊，赌狗啊，包几个美娇娘什么的，要说惹下什么仇家根本不太可能——就算有，也是一些微贱小民，哪里能成什么气候！”

他好似喝多了，有两分醉意，居然替林南抱起不平来，“朝政大事什么的，他从不涉足，杀手要是跟这些有关，为什么不去京城找太后或是她亲兄长襄王？这些人才是林家的顶梁柱呢！”

这话虽然有些大胆，但确实是实情，连城也微微点头。钱大人大为兴奋，顿起知己之感，神秘地靠近说道：“其实啊，要说得罪了什么人，还真是有可能……”

“你知道吗？其实小国舅在江南闲逛得无聊，不知受什么人怂恿，想要在本地建一个‘织造卫’的衙门，替朝廷，也替他堂姐暗中监督江南的江湖民情。按察使周大人嘴上不说，心里可气坏了——这法政刑名的大权，可都掌握在按察使手里，这不是活生生地挖他一块肉嘛！我看啊，老周执掌江南多年，肯定认识很多豪杰异士，这人啊，弄不好是他杀的！”

“你放屁！”

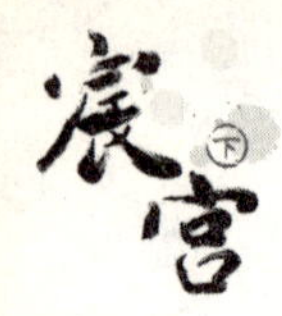

突然门外传来一声暴烈喝骂，却是周大人怒气冲冲地闯了进来，原来他在外面偷听了很久，“本官素来秉公执法，刚直不阿，小国舅要建‘织造卫’，帮我分担辛苦，我举双手赞成，怎么可能唆使江湖人士去暗杀他？”

他越说越气愤，揪了钱大人的衣襟道：“要说可疑，你才是最有嫌疑的——你成天跟小国舅混迹于青楼，把银钱像水一样花着，不知道欠了他多少笔银两，我看啊，弄不好是他逼你还钱，你派手下会武功的兵痞出来装神弄鬼地杀了人，烧了船，想把这事推到那个连环杀手身上！”

说到这里，连他自己也觉得姓钱的大有可疑，对着连城道，“钱大人他以前戍守过燕晋边疆，对付过鞑靼人，他肯定是听过这个湘夫人的传说，干脆着人扮成这模样来嫁祸。”

“你才真是放屁！老子对太后娘娘和襄王都是忠心耿耿的……”

钱大人真急了，两人撕扯过程中，他的衣服里掉出一封信。连城打开一看，竟然是林南写给他的，要求他限期偿还两万两银子。

周大人凑过来一看，更加起劲，正要着人逮捕钱某。钱大人见势不好，高举双手道：“我对天起誓，是他勾引我去妓院又借我钱的，我借了他两万两，他突然要我还，我哪还得出啊！他就要求我借一千训练好的精兵给他，作为他新建‘织造卫’的班底，否则就还钱没商量，这简直是逼人太甚了！”

“于是你就杀了他？”

周大人冷笑着逼问道。

“我虽然恨他设下圈套，但真的没杀他！你们相信我！”

钱大人紧张地喊冤，突然他眼前一亮，道：“实际上，昨天傍晚，我见着顾逊顾大人走进小国舅的院子，按时间来算，他才是最后一个见着林南的人。”

周大人冷哼一声，不信道：“他都快要成为小国舅的岳父了，两人打得火热，怎么会杀他？”

钱大人嘿嘿一笑，神色有些诡异和猥琐，“这可不是正经的岳父，顾大人是把女儿嫁给林南做妾，他一心巴结林南，是想调回京城再升个一两级，甚至入阁为相。可京官一向比地方官金贵得多，他还想升上去，这谈何容易！林南只是口头答应了他，其实，他喝醉了私下跟我说，他也没把握能说服太后答应，先把他女儿弄过来玩腻了再说。弄不好啊，顾逊这是发现事情没成还倒赔了女儿，恼羞成怒就杀人了——对了，三个月前，他回京城省亲了一阵，京城不是那阶段开始出现连环杀手吗？这就对上了！”

连城听着这两人的话，只觉得这线索虽多，却成了一团乱麻——听起来，似乎每个人跟博乐侯林南都有仇怨，也都有杀人的动机。林南这个人虽然是纨绔一个，却也在不经意间得罪了好些人。

他沉吟片刻，准备去找顾逊问个清楚，不管怎么说，他是黄昏前最后一个见到林南的人，就算不是凶手，也该知道些线索。

就在这个时候，突然有仆人慌慌张张地跑来——

“不、不好了……我家大人他、他……”

连城一愣，这个仆人有些脸熟，是顾家的下人。

一群人连忙跑向顾家住的院落。

天色越发暗了，江面上的狂风在天地间肆虐着，豪雨混合着狂风落下，发出轰隆的水声，冲刷着岛上的土地。

所有人刚出门就被这狂风暴雨打了个踉跄，随即不顾一切地冲向对面的屋檐，手里的雨伞和蓑衣都完全没有用处。

数个院落之中，就数顾逊那间最大最敞亮，不用绕远路，与博乐侯林南的院子直接相邻——显然，这些人中，就这一家与他关系最为亲近。

连城跑进正院书房的时候，发现门口围满了人，个个吓得呆若木鸡。

“都给我滚出去，让连神捕来查案！”

那个小妾孙氏疯狂地哭着呵斥，一群人连忙作鸟兽散。

房间内高雅洁净，书本虽然带得不多，但都放得整齐划一，里面还有翻动和摘注的痕迹，显然是主人喜欢读的几本——全部是儒学经典和朝廷谕令，连一本话本图绘也没有，严肃得有些呆板。

顾逊就这么平静地趴在书桌上，整个人已经僵硬了，他周身的状况却让人毛骨悚然——

便服好似被什么锐利的东西划得一道一道的，身上有无数道伤痕，每一道伤口都凸出发紫，流着血水和脓汁，简直是看一眼就要呕吐。

地上散落着竹绳篾片的灰烬，以及一页烧毁了一角的《楚辞》诗句。

这次是：心不同兮媒劳，恩不甚兮轻绝。

这是什么意思？连城皱起了眉头。

连城仔细察看了死者的尸体，发现他身上那些发紫流脓的伤口是出自一种毒，而最致命的一记，却是咽喉处那扁平利器的一抹。

明明轻然一划，便破开咽喉和气管，再无生机，但偏偏要他死前受尽无数伤口的毒脓之苦，这和前几个死者都不一样，显然手法更为残毒。

凶手和他到底有什么仇？

连城心中若有所思，突然低下头，靠近那流着脓血的伤口，细细嗅闻着。

有一股清香，类似蜂蜜甜甜的味道。

周大人见他如此动作，也凑近闻了闻，有些迟疑道：“好像是鞑靼人那儿产的一种野胡蜂，能产蜜，但味道有些涩，只有穷人才会在互市的时候向他们买着吃，价钱也不高。但被它蜇中会痛得死去活来，蜇多了甚至会昏死过去，肿出一个大包，一两个月才好。”

他仔细看了看伤痕，吓得双腿一软，“这分明是一大窝野胡蜂蜇的，这么多一起蜇下去，简直是生不如死啊！”

就在这个时候，突然天上轰然一声响雷，巨大的气流从头顶掠过，只听哗啦一声，房梁塌了一半，狂风把瓦片揭了大半，露出黑黢黢的天空来。众人连忙跑了出去，随后连片的残垣塌了下来。

“这么大的飓风，只怕几天内都不会有人来岛上救援！”

钱大人大声喊着，很是焦躁的样子。

雨水落在众人身上，被打得火辣辣发痛，不及多说，连忙到背风的院子去躲避。

临走之前，连城细心地让仆人把顾夫人一家都搬了出来。

到了半夜，这飓风才略微减弱了些，但江上仍然波涛汹涌，连船都不过来。

“这样的天气真是十年难遇！”

周大人在这儿做官时间最久，他这么抱怨着，连城却心中一凛，“凶手挑这个时候、这个地方杀人，只怕是预谋了很久。”

“但他怎么知道哪几天天气会风雨交加，十分难走？难道能掐会算？”

周大人不服气道。

钱大人这次倒再也不敢抖二郎腿了，他黑着脸道：“军中是有这种能人的，打惯了仗，留心气候变化的特征，甚至有兵书里都会教人怎么看天。以前的破虏军主帅就有这种能耐——”

他的话戛然而止，再也没说下去。

周大人冷笑一声，讥讽道:“继续说下去啊，你不是胆子挺大，什么都敢说吗？”

钱大人瞪了他一眼，闷声吼道：“老子对太后和林家忠心耿耿，你不用挑拨离间！”

连城年纪比他们小好些，隐约觉得这里面有什么不对，“以前的破虏军主帅是哪位？”

他这一句，气氛立刻陷入了死寂。

周大人面色铁青，只顾冷笑；钱大人支吾着，好似见着活鬼。

半晌，周大人才叹了口气，拍了拍他的肩膀道：“小老弟，你要知道，这个世上有些事情，是轻易问不得的，否则……”

他摇了摇头，不愿意再说下去，迈步要走，却又怕连城一意孤行要去查，回过头以很低的嗓门叮嘱道：“那人早就死得干干净净了，也没什么后人，跟眼前这案子根本没什么关系，你就别去追根问底了。”

连城带着一肚子疑问去帮顾夫人一家搬迁。

风雨袭来，把那院落刮得满目疮痍，不过，只有那间书房被彻底吹散了屋顶。

接到丈夫的噩耗，顾夫人的神色不见太多哀伤，却是一身重白，凝肃冷然，宛如风雨中的一朵清幽兰花。

她女儿顾玉双眼呆滞茫然，显然还没惊醒过来——不过也好，这两个人一死，她就再也不用嫁给一个有十几房小妾的纨绔子弟做侧室了，这算是不幸之中的大幸。

那个小妾孙氏哭得满地打滚，满口都是“老爷你这一去，丢下我们孤儿寡母该怎么办”，下人上来阻拦，她还抱着肚子做示威状，笃定他们不敢来动手。

这一场混乱映入连城眼中，他快步上前，不由分说把那女人拎了起来，漠然道：“岛上还有未知的杀手，你是想大吵大闹把人招来吗？至于孩子，”他冷笑一声道，“这里没有大夫，有没有孩子也是你信口而说——就算有，那也该养在嫡母膝下，你只是个妾室而已，再这么闹腾，连一个休字都不用，让你家主母直接提了去发卖便是！”

这一句足够严重，立刻就让她消音了，接下来都不敢号一声。

顾家的行李挺多的，繁杂地丢了一地。连城在旁看着，不由得挽起袖子帮忙。

顾夫人迁院子带的行李很少，她倒是很豁然，“就放在原先的院子里吧，反正没几天就要回去了。”

只有那扇精心描绘出大簇牡丹的画屏她随身带着，显然极为珍爱。连城帮她搬抬的时候不由得多盯了两眼。

“这是……吴道子的真迹吧？”

“真是好眼光。”

顾夫人微微抿唇，波光粼粼的眸子看向他，“虽然不是真迹，却是他亲传弟子

临摹的精作，真本已毁，这也算是孤品了。”

连城端详着画面，赞道：“这般华美清贵的国色天姿，倒不像是在单纯画花，而像是透过花来喻人。”

顾夫人目光闪动，深邃而复杂，默然无语，半晌才轻轻道：“也许吧，但这世上之人成千上万，却再也没人配得起这牡丹的风华了。”

院外人声喧哗，惊醒了房内的两人。连城出去看时，只见仆人手一松，那辆马车又陷进了泥里。

连城义不容辞地上前运起内力把车拔出，赢得众人感谢，他却皱起了眉，若有所思。

这车子的分量不对，轻了很多！

当初他也帮忙抬过陷入泥坑的车子——这辆车子当时是载人的，现在是空的，除去当初车上的数人，这重量却还少了百多斤。

他心中飞快地计算衡量，已经发现蹊跷，用力一拍。

砰的一声脆响，只见车子底座散开，露出一个可以藏人的空间。

“大人，我有下情要告发！”

孙氏突然挣脱了仆人的钳制，扑上前来尖叫道。

“大人，其实，妾身在这个岛上，看见过一个陌生人！”

她的嗓门尖厉而得意，是赤裸裸的幸灾乐祸，“是一个很眼熟的年轻人，以前来找过大小姐几次，好像叫什么洛宁书的！”

她指着这个隐藏的空间，冷笑道：“怪不得我看见大小姐三番两次朝外院跑，原来是跟藏在这里面的人幽会！”

“我以为是我看错了，一直没敢说，没想到啊……大小姐你把人藏在车子底下，带到岛上来是何居心？弄不好，就是你们这对奸夫淫妇杀了老爷！”

她的嗓门越来越高，众人都将怀疑的目光放在顾玉身上。

面对这样的指控，顾玉的脸色煞白，整个人摇摇欲坠，一句话也说不出来。

“是我默许她把人藏在底座里的。”

顾夫人终于站了出来，嗓音温柔而坚定，瘦弱的身躯却似一道天生的屏障，把女儿护在身后。

“之前她想跟洛宁书这孩子一起走，说实话，我并不赞同，但也理解他们的苦衷……夫君一直想把玉儿嫁给博乐侯做妾，我知道她个性刚烈，宁为玉碎，不为瓦全——这孩子的脾气从小就倔强，像我。”

顾夫人柔声细语地说道，新的房间里陈设较为简陋，只有那扇雕刻精致、丹青妙黛的牡丹画屏尽显清贵，但只要有她在，就自有一种书馨自香的温润氛围，让人觉得赏心悦目。

“上次夫君抓到了洛宁书，把他下到大牢里，玉儿不忍心，就拿了她爹的手令偷偷把人放了出来。宁书这孩子大概不放心她来博乐侯的离岛，就藏到了车子底座陪她一起。”

顾夫人深叹了口气，雪白的面庞上有些憔悴，却更添了几分哀伤，“可我没想到，博乐侯居然被杀了，更没想到的是，即使是这样，夫君他，仍然要把玉儿嫁给权贵……”

顾夫人眼波流转，盈盈妙目有说不出的哀痛，“后来，我就没再见着宁书这孩子的行踪——但我对他的人品有了解，他绝对不是那种随意残杀人命的冷血杀手！”

她突然有些激动，反手抓住连城的手掌，紧紧握住不放，好似抓住生命之中最后一个浮舟，“连大人，我早就听过你京城神捕的名声，据说你目光如炬，绝不会放过一个坏人，也不冤枉一个好人！求你查清真相，找出真凶，还这孩子一个清白！”

连城望着她，连语气也不自觉地放缓和了，“你放心，我会把事情的真相查清楚的！”

顾夫人嫣然一笑，这才发现自己抓着一个成年男子的手不放，顿时雪白的脸上蒙了一层绯霞，更显得艳丽动人。

她的笑容比青春少女都要纯净清隽……这一瞬，连城整个人都好似浸润在温暖的春水之中，那一眼的凝望，几乎包容了整个世界！

连城深吸一口气，无比留恋地望了一眼这舒适的环境，以及月华般皎洁的佳人，起身离开，“我该去查案了！”

再不走，他怀疑自己就要把持不住，彻底沉溺于这份别致的温柔之中。

洛宁书究竟在哪里？

这是一个微妙的问题。

岛上已经被彻底搜了好几回，一个大活人却半点踪影也不见，这让连城也颇感棘手。

连城细细盘问了顾玉，这倔强的姑娘本来一言不发，不过在连城的耐心劝导、顾夫人的劝说下，她终于说了一些情况。

洛宁书原本出身官宦人家，父亲是破虏军中的一位参将，母亲是当地县令之女，这样的家世就算不是显贵，也是不差了。

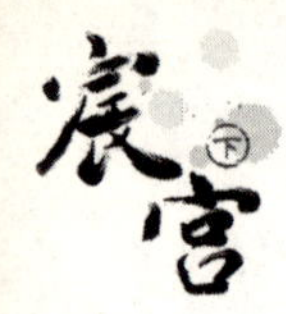

但从他记事起，父亲就不在，母亲带着他辗转远迁千里，依托在金陵城外一个远亲庄子里生活。

他的父亲生死不明，找不回尸体，也没有任何罪名，更没有什么奖励抚恤——一个活生生的人就这么从人间蒸发了，托了朝中官员去问，那些人都是一副噤若寒蝉的模样。

洛宁书从小被母亲抚养长大，这位平凡的女性为了生计，做过绣娘、送水工，后来洛宁书找到了一份镖局的护卫工作，母子俩的境况才好些。

顾玉说起心上人的武艺和坚韧品行，又是骄傲又是伤感，“若是宁书的父亲还在，他也算是将门之后，哪里需要这么辛苦？”

连城在向顾玉的身边丫鬟打听后，发觉这位洛宁书真是一位武艺高强的少年郎，据说他曾在长江上连败七路黑道贼寇，硬是护住了主家的镖银，镖局里都准备提他做副总镖头了。

上次他和顾玉一起私奔被抓，完全是半路遭遇意外，那个面绘油彩的神秘杀手最后一击点燃了炸药，让他们整个船都沉水里去了，这种情况下他能护住顾玉周全已经很不容易了。

岛上有这样一个危险的高手在，周大人和钱大人如临大敌，不仅叫嚷着要加强戒备，还纷纷催促连城快些把人抓到，而顾玉则咬着唇威胁他：如果洛宁书死了，她就立刻自尽！

真是一团乱麻啊……洛宁书是不是凶手还不一定呢，眼下当务之急是找到他本人！

连城草草吃完饭，就开始在岛上闲逛。

雨还在下着，只是小了很多，风依然很大，他穿了厚厚的蓑衣和雨靴，不放过每一个角落。

最后他来到了顾家住过的塌顶院落——人去楼空，只剩下断瓦残垣。

细细看过屋顶和横梁，他有所发现，眼前一亮——整个院落都建在风口上，为什么只有这间书房整个屋顶被掀飞？

仔细观察断下来的半片屋脊和零碎瓦片，他的神情逐渐严肃起来——这屋顶的泥封木梁被人揭开过！

他站在原地，测量计算着大梁、瓦棱等破损的位置，在脑海里逐渐还原起当时的情形——

有一个神秘人悄悄地到了屋顶，揭开了瓦梁之间的缝隙，把野胡蜂放进了书房，接下来，他进入内中，将被蜇后动弹不得的顾逊用竹篾捆绑起来，随后看着他中毒、痛苦呻吟，最后才一击刺穿咽喉！

因为这个缝隙存在，让飓风灌入，这才吹垮了房子。

但这里面有个问题——凶手为什么不直接将顾逊制伏，五花大绑后再让野胡蜂蜇他，这样更加保险，顾逊也更加无法挣扎，而非要大费周章地让胡蜂从屋顶飞入？

唯一的解释就是，他或是她，无法保证自己能制伏顾逊！

顾逊虽然是文臣，也是世家出身，弓马刀剑娴熟——但比起武艺高强制伏过多路贼寇的洛宁书，却是显然不如的。

所以，凶手也许不是洛宁书，而是一个身手一般、甚至是手无缚鸡之力的弱者！

连城皱起眉头，吩咐派给他的随侍士兵："把博乐侯的管家找来。"

博乐侯的下人们都带三分傲气，不好相与，但这次小主子都死在这儿了，回到本家还不知会面临什么惩罚——像这类失职没伺候好的下人往往会遭到迁怒，打死发卖的都有，所以现在对连城的询问都争着回答，态度极好。

连城不费吹灰之力地拿到了所有院落的结构图——因为是刚在离岛上建成的新宅，所以博乐侯经常拿出来给那些狐朋狗友炫耀吹嘘。

从图上可以看出，主院与顾家住的这个院子在一条线上，只要略走两步就可以彼此拜访。大门前虽有下人看守，但两家来往频繁，马上又要成姻亲，所以也不会详细检查。

"博乐侯出事的那一个时辰，都有谁来往过你们这个院子？"

"各位大人都派人来问候过——顾大人一家和您到得稍微迟了些，其余几位午饭后就来了，但我家侯爷在午睡，到了申时正估摸着他起来了，就又遣人来问候，送上了节礼。"

"也就是各家都有管家和丫鬟小厮出入是吗？"

线索如此繁杂，连城眉头不曾稍动——凶手既然决定连连杀人，肯定在第一起案件时精心谋划，不会遗漏任何一点线索。

连城又问："你家侯爷午睡需要这么长时间吗？"

"侯爷一向如此。"

连城到了博乐侯的卧房，见被褥整齐平整，于是问道："这里有人来收拾过吗？"

"回禀连神捕，您吩咐一切都照当时的布置，没有人动过分毫。"

连城在脑子里模拟昨日下午林南的行踪：睡到申时才起床，听仆人禀报各位大人家中的问候和节礼后，直接去了书房——然后，一个神秘的凶手潜进书房，将他残忍杀害后，还将现场布置成那般离奇的模样。

他突然灵光一现，一言不发地转回头，回到了床前，把被褥摊开，仔细凑到眼前看、嗅。

“果然如此！”

他眼中闪过兴奋的光，自语道。

“大人？”

连城没有回答，而是径直吩咐道：“拿锤子来！”

“啊？”

没人明白他的意思，但在他坚持的目光下，管家带着仆人送来了六十斤的大锤。

连城运起真力，抡起大锤朝墙壁猛敲，巨响吓得众人倒退几步。

“连神捕不行啊！”

“住手啊！”

对他们的呼喊，连城充耳不闻，只是抡起锤子猛力去砸。

对准几个关键点，用尽全身力气，砸下！

墙面受不了这种打击，在迅速露出蛛网般的裂痕后，终于轰然一声倒下，出现在众人眼前的，是一间隐藏在内的密室。

密室很小，内部精致而诡秘，墙壁上挂了许多鞭子、项圈、玉势等淫邪物件，让所有人呆若木鸡。

在狭小的空间里，有一位清俊少年靠墙而坐，整个人微有疲惫之色，听到巨响，他站起身来，虽然诧异却不见畏惧之色——正是当初从船上救下的洛宁书！

“你们终于发现了这里……”

在他身边，唯一的床上，躺着一位脸色苍白的少女，她身上盖着厚厚的锦袍，露在外面的手腕和面部伤痕累累，有些甚至深可见骨，肉翻在外面，显得狰狞可怖。

“既然来了，就快找个懂医术的来救人吧！”

洛宁书神色虽然焦急，眼神却是坦荡清澈。

“这位姑娘是……”

“她是被博乐侯抓来的江边村女。”

洛宁书说起这事，神色简直是义愤填膺。

密室中出现的少女是博乐侯从江边村庄抓来的，他有些不为人知的变态嗜好，经常将府中丫鬟凌虐至死，但老是玩弄家婢也不畅快，于是他把目光放在了山野村姑的身上。

“连大人为什么能发现这个密室？”

急急赶来的周、钱两位还没来得及看清洛宁书，就被眼前这诡异的密室吓了一大跳。

“因为建筑结构图和床铺的被褥。”

连城答得干脆利落，“从结构图上看，这些院落虽然宽阔又复杂曲折，但这相邻两间的距离是可以计算出来的——这里，”他指向结构图的某一点，“明显缺少了一块空间。”

“而我后来察看被褥也证实了这一点，博乐侯明明睡到申时才起，可被褥里却丝毫不见人睡过的痕迹——人睡过的被褥里一般有极为细微的皮肤碎屑、发丝和体味，这被子里却干净得异常，一点痕迹也找不到。所以，我断定，他下午没有睡觉，而是去了某个密室里。”

他看向那身材笔挺的少年，“洛公子，我要跟你单独谈谈。”

周围人这才发现洛宁书的存在，毕竟这个少年只是安静地站着，跟他们心目中那狰狞邪恶的杀人凶手实在差距太远。

周大人想要示意抓人，却被连城坚决的眼神制止了。远处顾夫人母女急急跑来，顾玉不顾一切地要上前来，却被顾夫人阻止了。

“相信连大人，他不会放过一个坏人，更不会冤枉一个好人。”

温柔的嗓音隐约传来，明明隔了一段距离，传入耳中却是分外悦耳亲切，连城回过头去，眼神交会间，递给她一个含着放心意味的笑靥。她冲他点了点头，那般笃定和安静，让他精神一振。

她对他全然是放心和信任，这样的感觉，好似初春午后那一杯澄澈的佳酿，让他整个人都浸润在难以言说的甜美之中。

虽然把人捆绑上镣，但周、钱两位仍不放心，却是把询问的房间团团围住了，还再三叮嘱连城要小心。

洛宁书面对软禁的处境倒是比较平静，没有咆哮，也没有惊恐，有问必答。

“我真的没有杀人，虽然我极为厌恶这两个人。”

“哦？为什么这么说？”

连城居然丝毫不问案情，反而对这类细枝末节感兴趣。

洛宁书说得很直率真诚，“我知道我跟小玉门不当户不对，顾大人反对也是正常，但他却转而要把小玉嫁给博乐侯做小妾，在林南死后仍不罢手，还是想卖女求荣，攀附权贵——他这种人，可以说全无心肝！”

“至于博乐侯林南，”他的脸上露出义愤和不屑的怒意，“他倚仗着太后堂弟的身份，在江南鱼肉百姓，接受百官谄媚，这还不过瘾，居然私自掳掠村女，肆意凌虐奸淫，这种人渣若是让他继续活在世上，不知还要祸害多少人！”

面对连城波澜不惊的目光，洛宁书微微苦笑道：“不过，现在说什么都没用，大家定然把我当成凶手了。”

连城摇了摇头，“现在还不是下定论的时候……能说说上岛以后你的行踪吗？”

洛宁书仍是挺爽快的，据他所说，他藏在车子底座上了岛，原本是想就近保护小玉，找机会把她带走，免得让林南轻薄非礼了去，却没想到林南当夜就离奇被杀。趁着大家搜索全岛，他潜进林南的书房和卧房，想要找出线索，却发觉墙壁内有微弱的呼救声，于是他找到机关，看到那个浑身赤裸、还剩下一口气的村女。

给她包扎上药后，洛宁书潜入顾玉房里，两人正在商量如何救人，外面却人声喧哗：顾大人也被杀了。随后屋顶都被飓风摧破，满院人都要搬迁，他不能出现在人前，无奈只得回到了这密室。

“男子汉大丈夫俯仰无愧于天地，我没杀人本是不怕辩白，但只怕贸然出现，若有个闪失，这位姑娘性命难保，所以暂时躲避在此。”

他如此说道。

连城点了点头，却好似不再关心案情，突兀地问起了他另一个问题：“你失踪的父亲究竟怎样了？”

洛宁书的眼神对上他的，眼中满是痛苦与悲愤，宛如血与火正在燃烧——他的手甚至在发抖。

半晌，才听到他低低道：“他已经死了。”

风雨混合着泥沙呼啸着叩击窗纸，风声宛如九泉下的呜咽鬼哭，让人心生悚然——

“十万破虏军中，有百多位将领，他们都死得干干净净了，我的父亲，也不会例外。”

淡然一句，包含着何等震撼人心的惊人真相！字字泣血，英雄无泪，到此却是悲痛至绝！

连城霍然动容，站起身来，郑重问道：“能给我讲讲破虏军的事吗？”

“破虏军来自先帝率领的义军中精锐的一部，自他夺得天下后，便单独成军，号为破虏。”

“先帝打下江山，靠的是一班志同道合的兄弟袍泽，对他助力最大的，却是他结发恩爱的妻子，名号为‘宸’的一位奇女子。”

连城敏锐地听出了不对："不是当今太后娘娘？"

洛宁书冷笑一声："那时先帝的正妻，乃是当今太后的庶姐。她善于军略，这大片江山也有她很大的功绩……唉，总之，就是她在边疆对抗鞑靼人的时候，先帝迷上了她妹妹，也就是当今太后林媛。"

"太后工于心计，善于柔媚小意，实则心狠手辣。她拉拢了一班人假造谣言和证据，说是自己的庶姐林宸跟鞑靼王子暗通款曲，要夺取先帝的江山。先帝原本就心虚，怕妻子回来不依不饶，看到证人们都如此说，于是猜忌之心大盛，一不做二不休，毒杀了发妻，严禁众人再提及她，甚至抹去了她存在的所有痕迹。"

冷雨阵阵，洛宁书的声音中满是苍凉悲愤，"而忠于她的破虏军，也成为这些人的眼中钉。中层以上将领，全部被围剿灭杀，剩下的弟兄，被打散了编入边军当前锋炮灰，十有八九死在了战场上，即使偶尔有幸存的，也早成了惊弓之鸟，隐姓埋名远走天涯，再也不敢多提往事一句。"

"我的父亲，就死在这一场阴谋里，尸体被随便埋在野地里，至今难以寻回。"

说到这儿，他的嗓音哽咽，已是再也说不出话来。

连城被这样的真相深深震撼了。按照年份算，破虏军被剿灭时他只有七八岁大，根本不知世事，成年学艺后长驻京城，根本不曾听到半点闲言碎语——没想到，二十六年前的真相，竟是如此惊心动魄！

那些鲜血，那些冤死的亡魂，似乎要从历史丹青中渗出血来，伸出复仇雪恨的手掌，来讨回这一场公道……

他闭上了眼，良久，才找回自己的声音，"这么说来，你全家的血海深仇，都跟太后和林家有关。"

"此仇不报，誓不为人！"

洛宁书清俊的脸上刻满恨意，眼神好似天上雷火一般，虽然炽烈闪耀，却仍不失清澈，"我很遗憾，没能手刃林南这种败类，既是替玉儿解困，也算是替父亲报了一点仇。"

"真的不是你杀的？"

连城这一问，说不清是失望，还是如释重负。

"不是。"

稳稳的一句，道尽少年的磊落胸怀。

目送着洛宁书回到了被软禁的房间，连城心潮澎湃，他竭力让自己冷静下来，却又陷入了迷惘之中。

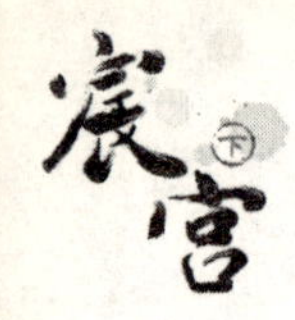

从动机、手段，甚至时间上说，洛宁书都是最有可能的凶嫌。

他武功不错，可以杀人于无形，虽然有胡蜂这个疑点，但也可以说是故布疑阵来迷惑他人——他在镖局混迹，懂得江湖上三教九流的手法，设下这个障眼法来洗清自己，实在太容易不过。

他自幼丧父，对太后一族的林氏定然满是怨恨，对于要将心上人嫁给林南蹂躏的顾逊更是恨屋及乌，这就是最大的动机。

而且他的相貌……连城的眼前浮现了杀人者那浓艳诡丽的容颜——虽然身着古服裙裳，却也不能确定就是女人，而洛宁书容貌也很俊秀，若是照样涂上油彩，也是天衣无缝的。

虽然他矢口否认，但他的嫌疑仍然很大。

连城沉吟着，缓缓皱起了眉头——凭他这十来年的经验和直觉，他觉得洛宁书不像是凶手。

但这世上的凶嫌都是善于伪装的，所谓的直觉，有时反而成为欺骗自己的障碍。

不知不觉，已经入夜了，夜色深暝，海上的风雨仍未停歇，窗纸被渲染得有些模糊，原本精心绘制的纱纹也看不清楚了。

突然，一阵喧闹打破了宁静，一声女人的尖叫——

“这个洛宁书便是杀害老爷的凶手！”

连城来到院中，见那孙氏正在廊下撒泼哭闹，“神捕大人请为我们孤儿寡母主持公道！”

她嘤嘤哭着，略有夸张地抱住肚子，作出一个卫护的姿势。

论起本心，连城很厌恶这种拿身孕来要挟人的做法，对她那层过浓的胭脂也很不适应，他耐着性子问道：“出什么事了？”

“听说那个杀人凶手被抓住了，大人为什么不把他公之于众？”

她嗓音虽然柔弱，但态度却很强硬，“莫非有什么隐情，要把他藏起来不能见人？”

“你放肆！”

顾玉赶了过来，正要怒斥她，反而被她啐了一脸唾沫，“你这个吃里爬外的小贱人！亲爹死了还要袒护凶手，以为老爷死了你就可以跟他双宿双飞？别做梦了！”

她抓着顾玉不放，后者伸手要推开她，现场一片混乱。

连城沉声道：“都给我住手！”

话音未落，却见那小妾尖叫一声跌倒在地，很快，她的裙角渗出了鲜血。

“不、不好了，我的孩子……”

她高声哭叫道，嗓音又尖又锐，好似在琉璃瓶上划过的利刃，让人生出鸡皮疙瘩来。

“快把她扶起来。有懂医术的吗？”

那小妾坐在地上，任由丫鬟婆子把她扶起躺平，却仍不住口，嗓音尖厉宛如鬼魅，透着藏不住的怨恨和惊惶，“小姐，我肚子里的可是你亲生弟弟啊……你把我推在地上，这是要杀了我们母子啊……夫人，小姐，你们这是要老爷绝后啊！”

这阵骚动终于把所有人惊动了，顾夫人面色憔悴却仍不失幽兰风华，看到这一幕顿时惊呆了。

旁观的钱大人低声说了一句：“好歹是顾老弟的血脉骨肉，他尸骨未寒就这么被作践了……”

这话明里暗里是指责顾夫人母女，这一瞬，连城清晰地看到，顾夫人脸色变得纸一般惨白，她身子晃了一下又站住了。

这一瞬，连城突然很想站在她身后，替她遮风挡雨，护她周全，再不让任何流言蜚语伤害到她。

下人们要将那小妾送回房里，她裙角的鲜血仍在流淌，脸色越发苍白。

“必须找个会医术的！有谁懂医吗？”

连城这么喊问，自己也不抱希望，谁知下一瞬，却有低而清晰的女音答道：“我略知一二。”

嗓音沉静而温柔，让人意外地熟悉，他抬眼，吃惊地看着顾夫人。

她走上前去，指挥丫鬟道：“把她放在软榻上，多烧热水，再去小侯爷房里把他随身带的药材都拿过来。”

那孙氏小妾的流产事件，终于在顾夫人的照料下有惊无险地告一段落——博乐侯很得家族宠爱，每次出游那些金疮药什么的带得很齐全，他人死了用不上，倒是便宜了顾家小妾。

“总算救过来了……要真有个万一，只怕她又要赖在你们母女身上。”

连城嗤笑一声，对顾逊的眼光颇为怀疑——那种女人空有美色，简直是庸姿俗粉，一举一动恶毒又小家子气。

不，就连容貌上头，她也远远不如顾夫人。

连城凝视着顾夫人晶莹雪白的脸庞出神……她的眉梢微扬，在闺中时想必也是飞扬自在的，是什么时候，变成这般温顺柔婉的模样？

还有那对酒窝，只有她真正放松下来，心情不错的时候才会那般梨涡浅雪，让人沉醉……一笑之下，就连眼睛也如同一对弯月，晶莹闪亮得好似天上星辰。

“连神捕……连城？”

她连唤了几声，才把连城从出神状态中唤回——他的脸有些发热，这才发现自己的孟浪。

“顾夫人，你刚才说的是……”

“我说那孙氏，她的流产症状有些蹊跷。”

“孙氏？”

连城愣了一下，这才想起就是那个小妾。

“有什么奇怪之处？”

顾夫人犹豫了一下，好似有些难以启齿，“她的血水颜色好似不太对……舌苔略见白润肿大，脉象又见实不凝……”

连城只觉得老脸更加发热，“我对医术一窍不通，还请夫人您详细解释。”

“准确地说，她的脉象很有力，跟健康之人一样，舌苔可见她血气还挺旺，裙上沾染的血水看似吓人，用小瓷瓶装了几滴再做沉淀就发现不对了。”

她微微一笑，继续道：“那血虽然温热，却不似人血，大概是故意偷取的鸡鸭之类。”

顾夫人的话说得委婉，连城却一下子明白了，他悚然惊道：“夫人您的意思是……”

“我对医术只略懂一二，关键的判断还得由您来下……还有，别再叫我顾夫人了，我娘家时的名字，叫作晴雪。”

这一刻，连城只觉得脑子轰然一声，隐约的幸福、窃喜和青涩席卷而来——女子的闺名，只会告诉她亲近之人，如今她却让自己这么唤她，这般的亲昵……

烛光之下，他看到顾夫人的面上也染上了一层薄薄的嫣红，好似惊觉自己说了什么，她略微不自在地扭转头去。

连城壮起自己有生以来所有的胆子，伸出手，在桌面下将她的柔荑握住，轻轻唤了一声：“晴雪。”

顾夫人的身子一颤，却没有挣脱，但仍是别过头去，让连城看不到她的表情。

成熟风韵仍在，此时却增添了一番说不清道不明的楚楚羞意。

“晴雪，这一阵，真是累坏你了。”

连城由衷地低声叹道。

这一路同行，她的苦、她的累、她的苦涩和担忧，他都看在眼里……看着她挨打，看着她为女儿担心的憔悴脸色，听着她丈夫的暴虐辱骂，连城的心一阵阵地钝痛——现在，他终于能理直气壮地将她的手握在掌心，用他的厚实温暖她。

她的手很小，有薄薄的茧子，但想起她居然会医术、刺绣，就没什么值得奇怪了……微凉而精致的柔滑触觉，他几乎不愿放手了。

“我何尝不想歇息，但这几日来，一波未平，一波又起……”

顾夫人闭上眼，轻声叹息道。

“你放心，今后的一切都有我。很快，我就会把真凶缉拿归案。”

连城的话不多，但满含自信和笃定，成竹在胸，好似一把犀利的剑正在缓缓出鞘。

风雨如晦，苍穹之间那深沉的浓黑几乎要将一切吞噬。海面上仍是风雨交加，只是那摧残的后劲已经过去，有些色厉内荏的意思了。

岛上陷入了死一样的寂静安谧——危险的洛宁书终于被找着了，大家都觉得可以安心睡个好觉了。

东北侧钱大人的院落里，灯已经全被熄灭了。

有一道黑影，悄无声息地走在回廊上，逐渐接近上房的主卧。

她提着裙角却身手矫健，三两下就把门闩和暗扣打开，随即打开了手里的荷包。

胡蜂飞了出来，嗡嗡叫着进入蜇人，好似有人闷哼一声又归于平静。

她终于定下心来，走到床铺前，摸了摸仍是温热的身躯，随即拿出竹编的篾索，将人捆了个结实。

虽然并无灯烛，她的眼中却闪过强烈憎恨的光芒，凝视着心口的位置，手持利器就狠狠地戳了下去。

下一瞬，利器被刀剑及时地挡住，一股庞大浑厚的内力朝她袭来，她一时虎口发麻，退了两步，手中兵器狼狈地落到地上，发出巨大的响声。

随即眼前大亮，有人点起了牛油大烛。

“果然是你！”

回响在耳边的是连城沉稳的嗓音。

他不疾不徐地上前，以手中之灯照亮了夜行偷袭之人的脸庞，却毫无惊奇之色，只是露出沉着笃定的笑容，“就算再狡猾的狐狸，也逃不过猎人的手心。”

跟随在他身后的众人却没这么淡定，看到那张娇媚的脸，不敢置信地惊叫:“怎么是你？！”

“你不是流产卧床吗？”

“原来是孙姨娘！”

大家七嘴八舌地说着，跟着看热闹的钱大人已经呆若木鸡——他原先还觉得这顾家的小妾可怜，替她说了几句话抱不平，没想到她居然是这种杀人不眨眼的女魔头！

他又气又急，几乎说不出话来，“你、你为什么要害我？”

“哼，你们这群狗官都该死！今天让你逃过，来日你也会遭报应的！”

孙氏冷哼一声，原本艳丽庸俗的脸上满是冷厉杀意，随即她朝着连城看了一眼，不甘地冷哼道：“我自认毫无破绽，还有洛宁书这个背黑锅的，你是怎么发现我的？”

“一开始，我就发现你的口音跟周大人略微有些相似——他的官话只能算练得七分，你却有九成九的京城口音，只是在个别尾音上露了馅儿，但我一时也没怀疑到你。”

连城继续道：“直到发现野胡蜂蜇人的痕迹，而这种胡蜂经常出现在云燕与漠北边境地带，但那时，我注意的还不是你，而是出生在那里的周大人和在边疆作战的钱大人。

“周大人是个文臣，手无缚鸡之力，而钱大人是武将，身手未必在顾大人之下，若要凭着胡蜂就说谁是凶手，实在是武断了。

“直到你自作聪明，揭发了顾家马车下的暗藏空间，我才发现洛宁书也混上了岛——你原本是想让大家都去抓他这个‘凶手’，却没料到，我在马车上反而发现了意想不到的证物。”

连城拿出一块粘了泥水的手帕，让周大人凑近闻了闻，后者皱眉道：“这是野蜂蜜的清香。”

“这是我替你们把车抬起后用来擦手的。”

连城想起那一日的混乱情形，继续道：“我只摸了车轮和车下木板，却沾染了这种香味。等你们离去后，我仔细查了这两处，发现车下暗格内的香味最浓，也就是说，上岛的时候，里面除了藏有洛宁书，还被人暗藏了装有野胡蜂的香囊或是瓷罐。”

“那也有可能是洛宁书随身带的，他故布疑阵也是可能的。”周大人插话道。

“是有这个可能，但我在密室抓到他的时候，他身上的这种香味却很微弱——就连他披在那村女身上的衣袍上也是这样。这只可能是在车中暗格里沾染上的。”

“就这样仍然不能完全洗去他的嫌疑，所以我将他软禁在内，没想到，你自作聪明地导演了流产这出戏，反而让我发现了蹊跷。”

连城想起顾夫人，连笑容也变得温和了几分，“你闹出流产这事，既是想栽赃顾夫人母女，又想替自己做不能起床的证明，可你万万没有想到，一向是闺阁贵妇的顾夫人，居然懂得医术，发现了你假装流产的蛛丝马迹。”

顾夫人站在一旁，只是轻声道：“你裙子上的血是事先灌在瓶里然后流出的，所以与真正的热血有细微的颜色差异，更重要的是，脉象显示你根本不曾怀孕。”

这一切解释下来，在场众人终于恍然。钱大人听了这话再也忍耐不住，气急败坏地吼道：“老子究竟跟你有什么冤仇，你要这么黑心地杀我？”

回答他的是一记耳光，出手如电，脆而有力，只见那孙氏咬牙切齿地唾了他一口，大声骂道：“狗官该死！你这个吃人肉喝人血的刽子手更该千刀万剐……你可记得幽云镇的九百条人命？”

这话一出，钱大人顿时愣住了，整个人好似出了窍的泥塑木雕，傀儡一般吓得张大了嘴，好似见了鬼魅一般，“你、你怎么会知道？”

“当年我躺在尸堆里，眼睁睁看着你带着士兵砍杀镇上的老弱妇孺，拿他们的脑袋把头发打散，充作鞑靼人的首级去献功请赏！”

孙氏的嗓音高昂而尖厉，声嘶力竭，震得人耳膜生疼，“你没想到吧，苍天有眼，我还活在世上！

“不仅是你，还有我的夫君顾逊，他虽是地方官，却在事后跟你沆瀣一气，以大胜做了文书捷报，用我们所有人的鲜血染红了你们的顶戴！

“我花了十年的时间习得武功，还学了讨好男人的魅术，委身做他的妾室，就是想查清这件冤情。你们一个个下十八层地狱都不冤枉！”

她越说越气愤，“原先破虏军驻扎的时候，对我们百姓秋毫无犯，可你们却把那位娘娘给害了，这些事我们百姓也不懂，可换你们这些兵将来了，却抢我们的粮食和猪羊，砍我们的人头——你们简直不是人，是土匪恶鬼！”

孙氏好似还不罢休，目光朝周大人身上巡去，“你也不是好东西！你明明也是本乡本土的读书人，却昧着良心帮这几个狗官说话，说他们如何爱护我们百姓，还带头给他们献‘爱民如子’的万民伞，你不就为了那个贡士的推举名额吗？”

周大人顿时狼狈不堪，脸涨得通红却不敢辩驳，只是喃喃道：“胡言乱语……”

“快把这个造谣作乱的疯女人抓起来！”钱大人怒吼道。

“造谣？你们这群杀良为寇的恶人才是真正官逼民反！既然你们都忘记了当年挂在城墙上那个狗官的头颅，我干脆就假扮那位湘夫人的杀人手法，让你们好好记住胆寒的滋味！”

钱大人怒吼一声，拔出佩刀就要向她砍去，连城制止了他，“且慢，我还有话要问——这一连串刺杀朝廷命官的案子都是你做的？”

区区一个妾室，是怎样做到登堂入室，暗杀朝廷命官十余人的？简直是骇人

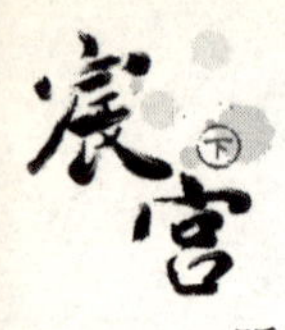

听闻！

孙氏的脸上闪过一道复杂的情绪，却很快转为得意高涨的气焰，“是又怎样，不是又怎样？他们也都是些衣冠禽兽，死了活该！”

她冷笑着，突然暴起发难，身影快如鬼魅，径直冲向顾夫人——

“都是你坏了我的好事！”

电光火石不及反应，只见她掌间那柄牛角尖刀直刺而去，顾夫人好似吓呆了，站着丝毫不见动弹。

“小心！”

连城只觉得全身血液都涌到头上，不顾一切地飞身而去，却已慢了一步，那弯刀直直刺入肩头！

好似心里一根弦几乎崩断，剧烈的担心和恐慌几乎让连城眼前都变为血光一片，狂怒上涌之下，他拔出长剑，功力催至顶峰，狂风暴雨一般攻了过去！

室内众人只见两道人影挪移翻飞，长剑与尖刀交汇纷飞，越战越疾，跃出窗外后，几乎成为屋脊上两道银光！

突然，只听一声尖叫，一道窈窕身影宛如失了线的风筝一般跌落地上，随即连城也从飞檐之上跃下。

“技不如人，没什么好说的！”

躺在台阶前的地上，孙氏发出一阵毛骨悚然的笑声，冰冷怨毒的目光扫视在场众人——

“你们全部该死！可惜我只杀了一个，没能都送你们下黄泉。”

“不过你们别得意太早，你们一个个……”

她做彻底的癫狂大笑状，伸出指头数点着众人，“都会跟那几个死鬼一样，死在这个孤岛上，再也回不了岸了！”

那般恐怖变调的嗓音，在暗夜里听来格外瘆人，众人都吓得寒毛直竖，心惊不已。

“哈哈哈，哈哈……”

彻底的狂笑，显示她真正陷入了神志昏乱，随即她被点了穴道，五花大绑着被押走了。

“疯子的话没什么好计较的。”

周大人佯装大度地说道，总算缓和了现场的气氛。

连城却顾不得跟他说话，他的心慌乱地跳着，整个好似浸在了冰水里——也顾不得男女之别，他急切地察看顾夫人的伤，只见鲜血染红了衣衫，伤口长而深，但总算不在要害。

“晴雪，你怎样了？”

他没发觉自己的嗓音都急得变调了。

她神色还算平静，虽然面色略显苍白，双眼却是幽黑宁静，宛如暗夜的星辉——一笑之下，整个人有一种苍白的艳色，“我没事，你不要担心。”

鲜血染上了他的衣襟，连城手忙脚乱地替她止血、上药，不停地喃喃道：“对不住，是我低估了她……”

若她有个万一……只要想起这个念头，他就觉得浑身冰冷彻骨，幸好，她没有伤及要害。

“没关系，她也是个可怜人，一切都结束了。”

顾夫人温柔地低声劝慰。

“是啊，一切都结束了……”

连城叹息着重复她的话，只觉得一阵倦意袭上心头——这一出出丑陋真相和血腥残杀，真是让人心生悲凉却又无奈。

好在，一切都已经结束了。

“当年到底是怎么回事？破虏军里那位湘夫人又是谁？”

天边露出黎明之白的时候，所有人都精疲力尽地睡下了，连城却在与钱大人进行一场绝不愉快的沉重对谈。

钱大人脸色灰白，拿起桌上茶杯一饮而尽，擦了擦额头的汗道：“事情都已经结束了，我也没什么好隐瞒的——你也知道，北疆的破虏军是先帝的那位宸娘娘统带的，在与鞑靼的激战中，军中出现了一位很厉害的暗杀者，人们都称她为湘夫人。

“据说湘夫人是那位宸娘娘的侍从女官之一，又有传言说她是从小被精心培养的隐门杀手，却从来没人看过她的长相。只知道她杀人时盛妆华服，梳着古时高髻，脸上绘了浓艳油彩，翩若惊鸿，一击必杀！

“谁也不知道这位湘夫人是什么人，后来就再没听到她的消息，大概也死在那场变故中了吧！”

钱大人说起那场对破虏军的屠戮，仍是语带含糊，有所顾忌。

“是你们对破虏军下的手？”

连城继续逼问道。

“是也好，不是也好，都过去二十多年了，人都死绝了，凶手也已经抓着，还

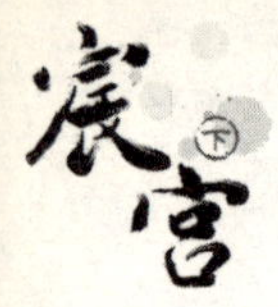

有什么再提的必要！”

钱大人突然暴怒，站起身来指着连城的鼻子怒骂道：“老子满手血腥是不错，但都是得到上峰命令的，从来没有自作主张！你们文人骂什么‘为人鹰犬’，那老子也是皇上和太后娘娘的狗！再说哪个庙里没有冤死的鬼？倒霉死了活该，你唠唠叨叨是想替谁讨公道？”

连城悚然一惊，无边的愤怒涌上心头，他强自克制，沉声问道：“你的意思是，无论是残杀破虏军，还是屠杀百姓假报战功，都是朝廷的意思？”

“你知道就好！破虏军上下皆是那位娘娘的心腹，要是让他们完好无损，先帝和太后娘娘怎么睡得着？但杀了他们，朝廷要想再获战绩就很不容易，偏偏要取几个大捷，好安定民心……这都是朝政大事，成大事者不拘小节嘛！”

连城看着这张得意暴戾的脸，以极大的自制力压制住心中怒意，站起身来就朝外走。

“凶手抓住了，风雨也停了，那些官兵大概明天就能上岛找我们了。”

去了心腹大患，钱大人似乎很轻松，跷着二郎腿哼起了小曲，随即伸了个懒腰，大声叫道：“来啊，把那几个舞姬给我叫来，唱个小曲儿乐一乐！”

白天一片平静，大家都有劫后余生的轻松，到了黄昏，风虽然肆意，但雨势却渐渐小了，岛上的兵士发出欢呼声。原来对岸有人以旗语对答联系，随即又飞来信鸽，告知明天一早就可以派船登岛，解救岛上诸位。这一消息顿时让所有人吃了定心丸。

兴致高昂的钱大人更是笙歌高扬，喝了个痛快，拉着连城说了半天醉话这才回房。

南侧的飞轩露台建在高崖绝壁之上，海浪拍打着沙滩，发出有节奏的轰鸣之声，好似天地万物都已经归为混沌。渐小的风声之中，有飞鸥鸟声低鸣，远处一片波光粼粼，身边却只有孤灯如豆，四目相对。

“明日就可以安全回到岸上了……”

连城目光凝聚在佳人身上，欲言又止，最后只是沉声说了这么一句——

“只要人心安稳，在哪里都是一样。”

顾夫人轻叹一声，对上他灼热而不避讳的目光，却没有羞涩移开。良久，她绽开一道浅笑，叹道：“只是我的身份，从顾夫人变成了未亡的孤孀。”

“顾夫人的身份，对你来说也是一道樊笼而已——那个人已经死了，而你还有很长的路要走。”

“是吗？”

顾夫人的笑容憔悴而娟秀，含着苦涩与疲倦。

“这条路，我已经走了很久，太过漫长，太过绝望，终于可以停下歇歇脚，你却告诉我，有更长的路要走……”

她凝望着他，声音有些飘忽，笑意之间有苦涩，也有少女般的俏皮，“我已经走不动了，你会背我吗？”

连城的声音里带着沉稳与希冀，“无论天涯海角，只要你希望，我愿意伴随在你身边。”

望着她含笑的眸子，他听到自己的嗓音清晰而紧张，怕她拒绝而小心翼翼，“这一生一世，我都愿意照顾你、爱护你！”

灯光朦胧之下，她突然笑了，笑得温柔妩媚、开怀畅意，“有你这一句，就足够了！”

连城见过的美人很多，但那些或是清晰或是模糊的脸，却在她这一瞬的笑容前黯然失色。他的心怦怦直跳，好似一个毛头小伙子一样，鼓起生平最大的勇气，小心翼翼地牵住了她的手。

她的手，仍是那般微凉，宛如象牙般洁白柔滑。

执子之手，就订下这一生之盟。

何其有幸！

夜入三更，万籁俱静，只显得窗外风雨潺潺。

深闺之中，两道银红软烛静静点燃着，画屏初展，有人沐浴过后，换了一身白色深衣，广袖曲裾，顿时古意盎然，宛如神女。

她对镜而坐，静静地研磨着胭脂画彩。

嫣红朱砂在盘中浓稠翻滚，宛如沙场上流不尽的敌之寇血……冰霜清冷的粉白，好似断气倒地的众兄弟面庞，历历书写着死亡的不甘与冤屈。

十指越磨越快，仿佛这二十多年的岁月一般，恍惚而过……

用白绫束住额发，两鬓以玉篦插梳，露出略见细纹却仍旧美貌的面容。她端详着镜中的自己，目光由茫然逐渐转为冰冷犀利。

朝骋骛兮江皋，夕弭节兮北渚……当年的她，宛如《楚辞》中的女神湘夫人，纵横千里，视敌军如无物，取人首级于无声无息。

即使在这深闺樊笼里过了二十多年，依稀之间仍可见当年的风采。

玉腕轻悬，毫笔蘸了画彩，在脸上涂了重重的一笔，浓艳入骨，迅速地洇染开来。

窗外风雨交加，宛如鬼哭，枝叶敲打着窗纸嘭嘭，雨夜的冷意从缝隙中脉脉袭来，轻轻拂动她的衣衫。

她的心底却有一道无形的火在燃烧。

朱砂染上脸颊，配以冰冷的粉白，精心描绘着每一点的花纹图案，再以小刷子点了靛蓝的黛彩，在上下眼睑间加重渲染。

耳边依稀有《楚辞》的诡音古唱，这是她幼时在南方的街巷民众间学来的，初时只是好玩而已，却在主上林宸和众兄弟的戏谑下，干脆以此面目震慑敌人。

残灯明灭，满室昏暗，她对镜细细抿了口脂，放下头巾，重新梳起高髻。

“小雪，你梳起高髻来还真像神女娘娘……”

“娘娘你又调笑我来着……”

“哎呀，我怎么敢捉弄小雪来着，一纸《楚辞》，一柄玉尺就要让我人头落地了，还是等你未来的夫婿给你闺房画眉，好好服侍你这坏脾气吧……哈哈哈哈……”

“哈哈，我是湘夫人，娘娘你就是那湘君，若是你一去京城不回来，我就走遍天涯海角也要把你找回来！”

旧日的谈笑嬉戏言尤在耳，她闭上眼，任由两滴清泪滑下，染糊了浓艳的妆容。

用力替自己补着妆，她心头的那一簇火却是越燃越盛——二十多年来，它都秘密地压在心中，不曾有丝毫吐露，却也不曾有半点熄灭！

良久，妆容画成，她对镜端详片刻，随即拂袖而起，轰然一声推倒屏风，从边缘木框之中抽出锋利玉尺，转身决然而去。

钱大人的院中一片寂静，大家在前半夜的笙歌欢愉之后都睡得很沉。

她的脚步轻而稳健，一步一步向前。

门被无声息地推开了，她一步步走到床前，借着天光看向床上两人。

钱大人裹在被中，正露出一双粗黑臂膀呼呼大睡。

玉尺一闪，把他敲醒，随即锋芒一闪，直指钱大人咽喉！

出现在他眼前的是白衣高髻的女子，妖异瑰丽的浓艳画彩，看似戏台上的人物，却让他惊出一身冷汗，顿时睡意全无——

“湘……湘夫人！”

他颤声低喊道，两条腿都在打着哆嗦，“你、你居然还活着！”

“很意外是不是？当年屠杀我破虏军众将领的就有你，看着脚下那么多尸体，你以为所有人都成了尸体一具？”

冰冷的笑声从朱唇中逸出，绝艳的妆容下却是死神般的意志，“我们的将士血染沙场，却遭遇君王的猜忌和灭口，而你们这群刽子手却因此青云直上，升官发财——天理循环，报应不爽，你以为自己能逃过？”

钱大人把心一横，正要尖叫，却被对方扼住脖子，一点声音都发不出来，只听她冷然一笑，“你是第三个，林南和顾逊都已经去见阎王了，冤有头，债有主，他们的罪过比你更深。”

原来那两个人不是被那个小妾孙氏杀的，而是被真正的湘夫人所害……钱大人只觉一颗心都掉到了冰窟里，他呜呜连声，似求饶哀告，却换不来对方任何一丝怜悯。

“已经迟了！你们当初可曾对我们破虏军有任何手软？！死者的冤魂已经在阴曹地府里等了你二十五年，你怎么逃得了？！”

她冷然一笑，玉尺抵着咽喉，迫使他张开嘴，拿出一颗药丸，猫戏鼠一般凑在他嘴边。钱大人咽了口唾沫，颤声问道：“你、你要给我吃什么？”

“快速让人睡死的毒药……”

看着钱大人瞬间苍白的脸色，她含笑解释道：“作为指使孙氏杀人的幕后凶手，你已经把所有仇人都除掉，自己也再无求生之念，于是写下遗书坦诚罪行，自己服毒自尽了。”

她悠悠地说道，却让他肝胆俱丧，吓得浑身酥麻，拼命摇头否认——

“你、你这是要栽赃陷害！”

他豁尽全力要呼喊，却在瞬间被点住哑穴，动弹不得。

“湘夫人”另一手取出一封准备好的遗书，放在他内袍口袋里，绝丽笑容宛如盛开的魔魅罂粟，“遗书里写得很清楚，你是破虏军暗中的同情者和支持人，为了报复多年前的屠杀血仇，你怂恿林南把大家召集到这个岛上，对他们展开了一连串的暗杀计谋。”

“先前江南那些官员的死，也是你一手操纵……哦，险些忘了，顾逊的那个小妾孙氏，一开始不就是你介绍给他的吗？这可是顾家管家和下人都能证实的。”

钱大人简直毁青了肠子，他本人是青楼楚馆的资深嫖客，经常喜欢介绍同僚好友去梳拢一些青倌人或是从良的名妓。孙氏当年还没开苞，正是水灵灵一个清秀小美人，他一时多灌了些黄汤，就拍胸脯替她介绍了顾逊，很快她就成了顾家的小妾。

这事如果跟那封伪造的遗书一对照，简直就是铁证如山，一切的证据都指向他是幕后黑手、阴谋元凶！

钱大人只觉得眼前一黑，又急又绝望，偏偏那声音还在不疾不徐地传来，“从一开始，我就准备好让你来背负这个‘幕后黑手’的名头了，我刻意把连城引来岛上，就是要让他见证这一连串的凶案，亲眼见证你的阴谋败露。”

钱大人看着自己胸口半露的信封，那“绝笔”二字十成十就是自己的真迹，仿造得如此逼真——临死之前，他凭着一股蛮劲拼命反抗，却被捏开喉部关节，就要把药丸塞进去。

就在这一刻，却听门外传来一声急喝：“住手！”

房门瞬间被巨大力量撞开，出现在两人面前的，是提着风灯匆匆而来的连城。

“是你呀……来得真快，这么快就发觉了。”

湘夫人一愣，面色也变得更白，但随即恢复了平静，轻笑着说出这一句。

但她的眼，却是凝视着那人，一点一滴都不肯移开。

“我也没想到，‘湘夫人’竟然会是你！”

连城努力让自己保持平静，但他的手掌都在微微颤抖，浑身的血脉都在奔腾激涌，连嗓音都变得沙哑沉痛，“原来，这一切都是你的算计。”

“所有的一切都是他们咎由自取！”

顾夫人晴雪大笑出声，眼中闪过耀眼的光芒，“从头至尾就是他们这三个人自作孽，我不过是顺手给了他们最完美的结局。”

她冰冷而沉静的嗓音回响在暗夜里，“林南色欲熏心，倚仗太后那个贱人的权势，逼我女儿做妾，而顾逊身为我的丈夫、玉儿的父亲，却助纣为虐，卖女求荣……他们这群人非要上岛来花天酒地，天时地利人和之下，正是给我提供了绝佳的动手机会！”

话音未落，只听见不远处传来一声轰然爆响，顿时窗外浓烟滚滚，巨响四起。

“你！”

连城终于发现不对，却见她轻声一笑，意态慵懒随意，“爆炸的是周大人的院子，他现在应该已经粉身碎骨了。”

“你哪来的火药？”

“胡蜂的蜂蜜中可以提炼出一种膏浆，混合黄磷就成为绝佳的爆炸药引——我带那么危险的一罐野胡蜂来，可不仅仅是为了让它蜇人。”

连城悚然一惊，瞬间想通了一个盲点：那罐野胡蜂被放在马车暗格里，和洛宁书贴近，他原以为是孙氏不顾洛宁书死活，但如果她是连环凶案的主谋，真要是放任胡蜂蜇死了人，等顾玉把人从暗格放出来的时候就要闹开，这对杀人者来说是毁灭性的暴露！

真正的原因是：野胡蜂的主人对它们训练有素，根本不担心它们逃出罐子蜇中洛宁书。

“那孙氏为什么承认呢？”

他问出了声，随即意识到周大人那边情况紧急，却见她逼住了钱大人的咽喉，“你敢动一步，我立刻切断他的呼吸！”

连城的脚步僵住，只听她幽幽道：“孙氏也是苦命人，一开始我就知道她身世有疑点，但还是暗中设计，让钱某怂恿我那位夫君纳了她，没想到她一直不敢下手。这次我干脆利落杀了人，她反而跳出来替我背负罪名，真是让人意想不到。”

连城倒是猜出了孙氏的心思：她最想杀的是屠杀她家人的钱某和伪造捷报的顾逊，但既然失手，干脆承认前两起命案是她做的，这样真正的凶手得以逍遥法外，迟早会替她把钱某杀掉，她的心愿也就了了。

此时窗外已是人声鼎沸，火光冲天，连城微一走神，却见她眼中闪过一道狡黠和决然，心中暗道一声不妙，却听一声惨叫，钱大人已经被她的玉尺斩断了头颅，圆溜溜一颗滚在地上。

“你竟然……”

连城一时震惊，连愤怒都感受不到，眼睁睁地看着她从眼前一跃而起，从窗子逃离而走。

他追出去，窗外已成一片火海，众多兵士宛如无头苍蝇一般向他请示，连城无比疲倦地闭上眼，沉声道：“对全岛进行仔细搜索，一个角落也不要放过！”

队长应声正要离开，连城突然心念一闪，“且慢。”

他双手紧握成拳又缓缓放开，深吸一口气，低声道：“不用去搜了，我大概知道她去哪儿了。”

黎明前的飞轩露台，隐约可见后方海岸与浪涛，苍穹与水天之间都是一片漆黑混沌，风雨交加之间，只有那栏边的牡丹绘灯笼轻轻晃着，带来一丝细微而凄艳的光。

一如他们前夜在这里畅谈之时，这一生一世，我都愿意照顾你、爱护你。

那一刻，他这样对她说。

连城站在石崖前的台阶下，目光痴痴地停留在露台飞檐下那清丽单薄的身形。

她果然没有逃，而是静静等待着他的到来。

似有天生的默契，他知道她会来这儿，而她，也知道他会猜到自己的心意。

逐渐走近，那熟悉的面容映入眼中，风吹得她鬓发有些散乱，雨水滴落在她雪白光洁的额头上，她的神情平静温和，孑然一身临轩望江，宛如上古楚歌中那眺望等待的湘夫人。

“你终于来了。”

她开口道，微微一笑，双眸闪着温柔而快活的笑意，“不愧是我的知音，没有让我多等。”

凝望着他，她唇边笑意加深，却另有一种沉静苍凉之意，“只是我没想到，最后一局，居然被你揭破——你是怎么发现不对的？”

连城走到她身旁，与她一起凭栏望江，波浪粼粼地在黑暗里闪着光，雨丝飘落如雾，彼此的心在这一刻再无间隔，却又似乎离得很远。

“因为衣服的丝线。”

“丝线？”

面对她的疑问，连城从怀里拿出一只荷包，打开后，小心捋出一截焦黑断裂的丝线，“这是在林南被杀的现场找到的，是那些未燃尽的竹绳子中混杂的。凶手虽然胆大心细，但在把尸体捆绑悬吊时，不慎被尖锐的竹篾毛边钩去了衣料上的一根丝线。”

“一根被烧焦的丝线，几乎已经看不出色泽和质地……”

她叹息一声，看向他的眼中毫无怒色，只有佩服，“有人称你为京城第一神捕，未来必定会远远超出同门兄弟，果然能力不凡。”

“对女人的衣饰我也并不精通，只是勤于动手而已。看这丝线大概是上好的缎料，颜色大概是淡雅类的。岛上的仆妇丫鬟虽多，但正经的官家女眷只有你们四五位，我干脆冒险潜入，把所有的衣物都抽出一根丝线来，一一用黄磷火烧后对比。”

她居然笑出了声，开起了他的玩笑，“幸亏大家是到岛上来小住几日，带的衣物少而简单，否则你就是烧上十天十夜也没结果——在本宅那边，我丈夫替孙氏买过的衣物就有十来箱，她穿不完都赏下人了，你难道还要去一一调查？”

面对她的调侃，连城也报以无奈苦笑，“就这些少而简单的衣服，也花了我三日工夫……但即使发现与你的长袍上的丝线相符，也不排除有人穿了你的衣服去行凶杀人。”

“在这一团迷雾的推测中，我曾经把目光放在顾玉小姐身上，甚至已经确定孙氏才是凶手，但真正让我怀疑到你的，却是这个。”

他从身后取出一截木条，仔细看雕刻很是精巧，带着榫头好似从大型木料上截下来的。

“这是你屏风边缘上的木框。”

“第一次见到，我就觉得有些奇怪，因为这画屏显然是有些年头的古物，但条框上的光泽却显得略新而且光亮。”

连城解释道：“你做得很小心，一般人大概不会发现这里面的差别，可我出生在一个木工漆匠家里，这些手艺活儿都做得滚瓜烂熟。

“你迁院子都随身带着它，显然是极为珍爱。那天帮你搬抬时我仔细端详，却发现那油彩与元宵夜看见的凶手面容上的油彩如出一辙。

“当然，这仍旧不能说明什么。对于此案我苦无头绪，决定从凶器入手推理——那样一柄玉尺，虽然不大，可也不算小，混在大家随身带的行李里难免被发觉，那么，凶手是用什么办法把它藏起来的呢？

“我想起那相同的油彩，再想起玉尺，突然发现，画屏本身的木框，就是暗藏玉尺的最好处所，而那些较新的油彩，正是掩饰木框反复打开后的颜色破损。”

夜风之下，连城的嗓音近乎涩哑，“但我仍然不愿相信，于是半夜潜入你的闺房……看到的，正是缺了一条边框、倒在地上的画屏，而你本人和玉尺，已经不知去向。”

“我想，你最后要杀的，无非是钱、周二人，但周大人只是趋炎附势送了万民伞，而钱大人虐杀军民，对于出身破虏军的你来说，简直是生死大仇！”

“于是你凭直觉赶到钱大人的院子里，及时阻止了我的毒药灭口。”

她淡淡地接上，双眸之中幽深不见底，好似蕴藏着无穷的激越痛意。连城被她这般神情震住了，却听她又问：“杀人现场的《楚辞》诗句，你大概也意识到了吧？”

连城叹道：“是你指点了我——第一句‘君不行兮夷犹，蹇谁留兮中洲’，看似在催促林南快些下黄泉，实则却是在说湘夫人不知湘君去了哪里，着急得在天地间到处寻找。你又告诉我，湘君与湘夫人是亲如姐妹的女神，这诗句是说一位失去行踪，另一人着急痛苦——这说的是你跟宸娘娘吧？”

他这句一出，却见她面色变得惨白，眼中却露出摄人怒光，僵硬的身姿透露出凄厉痛绝之意。

连城凝视着她，“而顾逊死去的书房里，那另一句‘心不同兮媒劳，恩不甚兮轻绝’，则意味着你对他的怀恨和决裂。这样的丈夫，你早就想杀之而后快了。”

听着他的叙说，她幽黑的眸子越来越亮，那般耀眼的光芒，好似要燃尽世间一切……随即，她闭上了眼，轻轻地叹了一口气，“你愿意听听我的故事吗？”

暗夜的风雨润物无声，江潮的声音有节奏地拍打着，朦胧的灯笼照亮着两人，天地之间好似只回荡着她温和的嗓音——

“我出身在南方一个前朝文官之家，因为鞑靼人入侵，祖父无奈之下，只得半推半就地投入先帝太祖皇帝的义军。

“先帝那时候还未称帝，他少年有为，对人亲和有礼，却洁身不好女色。有一次突然召选各家少女，却是为了他心爱的妻子挑选陪伴的女官。

“我幸运入选了，初见宸娘娘的那一日，她大胜凯旋，飞马而来，一身戎装掩不住那绝色风华，看来更是耀眼夺目，简直连天地日月都为之失色。

“而先帝，也笑得那般开怀，迎上前去，将她抱下马来，两人之间的亲昵厮磨，真是羡煞众人。

“娘娘虽然刚毅严格，对人却很是和蔼。在所有女官和侍从中间，她和我最是投缘，待我好似亲生姐妹一般。我听说她幼年在家中受尽白眼和欺凌，一直盼望着有一个亲妹妹可以来疼宠。她还亲自教我剑术，她说我天赋绝顶，但因没有从小练习，内力根骨都不如他人，要想有所成就，只能练习那种剑走偏锋的诡奇之招，快速制胜。

“有一次，我见到她的亲妹妹林媛入宫觐见，那般弱柳扶风之姿，楚楚可怜的怯懦模样，跟娘娘简直是天差地别——那时候我们都觉得她也挺可怜的，林家上下对娘娘不慈，还逼死了她的生母，为了怕她报复，就把尊贵的嫡女丢进宫来伺候她。

“那时候的林媛简直像一只受了惊的小猫，战战兢兢地抢着做事，连小宫女的事都愿意帮忙，平时低着头也不打扮，对我们简直是谦恭万分——我们怎么也没想到，就这么一个羞涩的小姑娘，竟然有那么深的心机，早就想要勾引姐夫，夺得母仪天下之位！

“鞑靼那边的忽律王子率大军压境，我便跟随娘娘去了北疆。边关寒苦荒凉，娘娘最大的欢喜便是接到宫里来的信。但是先帝的信却没有先前那样来得勤快了——娘娘总说如今天下初平，他日理万机，定是繁忙得夜不能寐。”

说到这里，她的嗓音变得尖厉颤抖，满是愤怒，“我们在前线为保护江山社稷、百姓安危而战，怎么也没想到，居然有人在背后捅刀子，一个阴谋正在京城紧锣密鼓地进行着！”

“那时鞑靼将士颇为凶残，迅速掠城进县后，往往将地方屠戮一空，凶名远播之下，百姓胆战心惊。为了鼓舞士气，也为了给这群蛮族一个震慑，我自告奋勇，前去刺杀施暴的敌方军官和汉奸，没想到一举成功，‘湘夫人’之名流传北疆。”

她唇角微弯，好似沉浸在那铁与血的少女时代，“因为幼时在南方长大，民众有楚之巫觋遗风，我又年少轻狂，每次都以戏台上浓妆油彩的扮相潜行刺杀，即使是被人看见，也无法知晓我真实的容貌。”

她的声音由激越转为空茫，“眼看大捷在即，娘娘却不急于进攻，因为她看出敌方诱敌深入的势头，但京城那边却传来朝臣非议，甚至有人谣传她别有野心与企图，再然后，她接到了先帝的亲笔信。

“信中请她紧急回京，有事相商，虽然措辞仍是那样温柔体贴，但不知怎的，我总有些心惊肉跳的不安感，等娘娘回京后，这种不安就越发浓重了。

“接下来的十多日里，鞑靼人都没有任何动静，到第二十七天的时候，军中突然来了一位钦差替朝廷来劳军，满营里都是丰盛的酒食，大家都喜气洋洋地大吃大喝。

“这位钦差的副手，正是我家的世交之子、我青梅竹马的玩伴顾逊，他一直对我有追求之意。在席间，他数次阻止我饮酒，却非要让我尝一杯他带来的龙井茶，还拉着我叙旧，说个不停……”

她的嗓音陷入了回忆的惊恐和愤怒之中，“没多久，在场的几十个中层军官都头晕脑涨、摇摇欲坠，随即，开始口吐鲜血。

“我惊怒交加想站起来，却发现浑身发软，然后就昏迷过去了。

“等我醒来时，一切已经天翻地覆——那些军官都以谋逆之罪被处决了。听说他们先是喝了毒酒，随后又被精锐甲士冲进来砍成了肉泥，现场全是残肢断臂，满目血腥，其余将士有不从的，也都被残杀殆尽……死于这场军变的共有三千多人，另有好些人失踪不见，生死不知——那一个月，营地外的河流都泛着红，那都是我军兄弟的鲜血！”

连城虽然已经从洛宁书那里听过这段血腥秘史，如今听她亲口叙说，仍是感觉不寒而栗，“临阵无故诛杀将士，岂不是亲者痛仇者快？”

暗夜中，她的冷笑凄然嘶哑，“对于某些人来说，只要满足他们的私欲，只要能把荣华富贵攥在手里，黎民苍生的死活根本不在话下，就连异族也能沆瀣一气！

“后来，顾逊告诉我，我心心念念的娘娘，早在月前就已经死在皇帝的一杯‘牵机’毒酒下了。她为人张扬高傲，独揽兵权，万岁早就对她颇有怨言，再加上林媛柔媚小意，趁着皇帝酒醉伺候了他，如今正是椒房专宠，只要枕边风一吹，再加上几位旧时兄弟的证言……以帝王之尊，一旦动了猜忌和杀意，这样的死局乃是必然。

“他滔滔不绝地说着，我感觉简直天崩地裂，一口血喷出又昏了过去。

“我昏昏沉沉睡了好些日子，有时醒来总看见顾逊在照料我。娘娘的所有亲信死的死，下狱的下狱，只有我能安生养病，这都是他出面把我保下的结果。他很是温柔体贴，经常劝慰我要为父母着想，不要随便轻生。

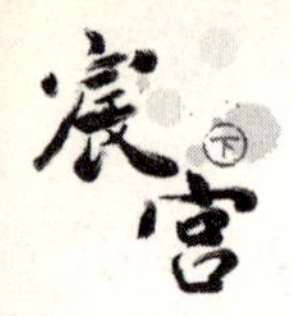

“然而厄运还是降临了。病好之后，我被下了诏狱，每日在暗无天日的牢房里，与虱子、蟑螂和老鼠为伴。顾逊经常前来探视，替我买通狱卒，免去拷打折磨。后来，他带来了更坏的消息，父母受我连累，也被关在另一处的牢房里。

“当时我彻底崩溃了，整个人瘫软在地，顾逊替我端茶倒水，热切殷勤，并给我出了个主意，向朝廷写悔过书，服软认错，争取宽恕，他再替我去陈情，说我年少无知，乃是被人利用，并非主犯。

“我死也不愿背叛娘娘、出卖众兄弟，但我父母年已老迈，经不住折磨。顾逊又开导我，说其实写不写悔过书，那些军中兄弟都要死，皇帝和新后林媛不会再让宸娘娘的亲信活在世上。与其为死者陪葬，不如为父母忍辱屈从一回。

“我茶饭不思，内心非常矛盾，他忽然亲了我，说从小时候就心仪于我，此生除了我不愿娶任何人，希望我为了他好好地活下去。

“人这种生物，真是非常奇妙，被众人唤作‘湘夫人’的我，刚强勇悍，千里取人首级仍是不惊不惧，但陷身牢狱之中，面对着酷刑、黑暗和狱卒淫亵凌辱的目光，我终于知道害怕二字怎么写；耳闻父母年老受累，全家株连，我第一次忧心似焚却无能为力，终于意识到，自己只是个凡人，一个渺小而软弱的凡人而已。”

冷雨飘落在她的鬓发间，她继续说出自己软弱而不堪的回忆，“那时的我，心中的软弱和自私终于压倒了一切，于是我照他说的做了，写了悔过书，又向朝廷详细交代了娘娘一些密笺、文书以及信物的去向。他又花了好些银两去上下打点。终于，先帝开了金口，说我只是无知女流，并无大恶，由家人带回严加管教。

“再后来，父母回乡隐居，我嫁给了顾逊，过起了相夫教子的平静生活。一转眼，二十六年过去了。

“顾逊先前还对我不错，但渐渐地，他开始对我颐指气使，夫妻之间一起争执，他就大骂是我连累了他，说他为了帮我求情，舍弃了内阁中枢的好位置，出京城来做这地方官。我们之间越来越生疏冷淡，到后来，他嫌弃我生不出儿子，开始不停地纳妾。

“长夜寂寥，我经常想起宸娘娘，想起并肩作战的袍泽兄弟们……我对不起他们，活在这世上也只是个行尸走肉而已。

“原以为，我这一生就这么过了，只希望玉儿能找到一个好归宿，那我就再没什么遗憾了，没想到……顾逊居然利欲熏心，要把女儿嫁给林媛的侄子做妾！

“我再也忍受不了，跟他爆发了激烈的争吵，没想到他得意忘形，酒后说出真相，原来，当年设计屠杀破虏军的毒计正是他提出的，也是他窥准我年少单纯，用软硬兼施的手段逼得我心志动摇，把娘娘的一些秘密信笺和文书都交了出来，替皇帝永绝了后患。”

连城听到这里，剑眉已是皱得死紧，“我听你说到牢狱那一段，便听出有蹊跷，这都是刑狱老手的惯用伎俩，先把你吓得六神无主，再逼你签字画押，最后你还得感激他救你一命。顾逊当时才二十出头，就有如此厚黑的心计，真是可怕！”

她苦涩一笑，咬牙道：“当时我一听，整个人都呆住了，只听他还在那儿喃喃，他当时对我也是有几分真情的，所以才没杀我灭口，而是替我求情保下了命，他为我牺牲了入阁为相的前途，我就得拿女儿来赔他。听到这种厚颜无耻的话，我恨不能将他碎尸万段！”

“但我还得忍耐，仅仅向他复仇是远远不够的，我要向林家、向那些杀害我破虏军将士的禽兽们讨还公道！”

暗夜里，她咬牙泣血的低喃回荡在连城耳边，久久不散，他沉声道：“于是你找准目标，将他们一个个杀了，剩下几名主犯包括顾逊在内，你便诱使他们在暴风雨前夕上岛玩乐，然后一一将他们杀除。”

连城深深地凝视着她，一触及那双幽冷的眼，就从灵魂深处感觉到剧烈的疼痛，“你杀这些人，最根本的原因是二十六年前破虏军的惨案……这件案子是林太后主使的，所以你恨透了她林家满门，再加上林南荒淫无度，居然对顾玉有非分之想，于是你痛下杀手取了他的性命——至于钱大人，他应该是当年奉命杀害破虏军的那一批军官之首，于是你也恨他入骨，非要置他于死地；而周大人，则是用读书人的身份替朝廷洗白，朝破虏军身上泼了污水。这是你最后、也是最重要的复仇，对吗？”

她点了点头。黑暗中，连城看到她的眸子无比清澈，冰莹般的泪珠落下，却透着狠厉与悲怆之意，“这几个畜生虽是最直接下手的，但还算不上真凶，不过，却是我能报仇的极限了——我何尝不知道，先帝和当今太后林媛才是真正的罪魁祸首，可我的力量实在是太渺小了，我只能拿这几个畜生的人头，向宸娘娘和众兄弟谢罪。”

“这就是你在林南尸体边那句《楚辞》的真正意味——被你视为姐姐的宸娘娘已经消失在天地之间了，上穷碧落下黄泉，你都找不回她了——这样的仇恨，才是林南第一个被杀的真正原因。”

“她死得太冤、太寂寞了……一个人孤零零地躺在那个冰冷污浊的宫里，死在她所爱之人的手上，苍天对她、对我们，都太不公平了！”

“而我，怯懦自私的我，甚至不敢公开为她祭拜，只是照着她当年遗留的丹青遗画，在灯笼上复绘了这些五色牡丹……”

她的嗓音几乎哽咽，嗓子却嘶哑着，好似藏着一团火，“宸娘娘平时着装素净，但着起戎装来却是极尽耀目，身先士卒以壮气魄，先帝曾以绝艳牡丹来笑赞。她在军中就曾经画了一卷洛阳牡丹图——这是我留下的唯一的关于她的遗物。”

“她就如同这牡丹一般繁华美盛，永远活在我的心间。无数次，当我彷徨、不安，甚至想退却放弃的时候，这华艳凄丽的牡丹，这火焰燃烧中的冤孽之血，都照亮着我前进的脚步，无声地催促着我，将这些卑劣无耻的小人一个个送入地府，以慰众人在天之灵！”

她叹了一声，冷然道：“只可惜不能杀尽这骄奢淫逸、卑劣无耻的林氏一族，替娘娘讨还公道和名声……而我丈夫顾逊，只怪我眼盲心拙，没看出他是只中山狼——这一切的杀孽，都该由我承担。”

她一双盈盈美目望向他，波光一瞬，却让他心里空落落一阵钝痛，好似有什么极为重要的东西正在破碎，“杀人偿命，天理循环，如此而已。”

连城动了动嘴唇，听到自己的嗓音极为苦涩空洞，“为何要落在我的手里？”

“这都是天意，但我也不会束手就擒的。”

她微微一笑，闪动的眸光有孤注一掷的狂意，“上次不过略试身手，这次才是真正的一较高下！”

手中玉尺清冷一泓，晶莹剔透，直指他的要害，出手再无半点犹豫。

这一刻，连城终于意识到，那个让自己唤她“晴雪”的温柔女子，再也不存在半分了。

站在他面前的是湘夫人，勇冠三军，于千万人前杀人夺命的绝顶高手！

长夜即将过去，风势逐渐减小，雨早已在不知不觉间停止。

黎明前的暗黑，是吞噬一切的宁静深邃，苍穹之间好似再无半点活物，只剩下江潮连天起伏不定，而眼前只剩下这高崖之上的飞轩露台，咫尺之间，兵刃相对。

玉尺寒光凛冽，而连城手中长剑却是隐而不发，内势浑厚。

终于，她轻身一跃，灵动挪移宛如鬼魅，直刺他咽喉要害。

快……快得不及眨眼，甚至连头脑也不及反应。

连城手中剑身一动，在面门前终于挡住，顿时火星四射，虎口震裂。

他脚下生风，瞬息之间已踢出连环十三腿，将那白衣身影逼退。然而白衣一展，又回身飘至眼前，玉尺平削而去，下一刻即将人头落地！

连城脚下扎稳腰身盘定，上身倒仰而去，极为惊险地又躲过这一招！

清脆的笑声响起，“很少有人能在我手中撑过这几招，因为我的剑招狠厉而奇，却不能长久。而你内力浑厚，若是继续下去，只怕我会输。”

虽然说出了这个输字，她的脸上却是战意盎然，那绝艳浓妆的面容上眸光熠熠，充满着棋逢对手的快意。

这般神采飞扬、自信不羁，才是她真正的模样吧……连城心中一痛，被劲风一扫，半边肩膀火辣辣地痛。他一凛之下，身法越发端严利落。

两道身影在这不大的离台上飞跃挪移，脚下就是险峻高崖，一者身法奇诡，攻势凌厉偏锋，另一人却是沉稳内敛，以慢打快。

渐渐地，东方露出鱼肚白，熹微的晨光落在两道身影之上，宛如黑白混沌间的剪影！

静止一瞬！

内力蒸腾之下，两人的头顶都冒出丝丝白气，第一缕日光在青锋玉尺之间来回映射，刺得两人眼睛生痛，却是浑然不觉，只凭着一口真气疾冲而去，瞬间使出手中绝招。

电光石火间，胜负已分。

滴滴鲜血从剑锋间滑落，在这极端静默之时显得格外清晰。

连城不敢置信地看着自己手中之剑……以及被它穿胸而过的那人！

最后的极招相对，他明明无法割舍，已经留了五分力道，已是苦笑着等待她玉尺的雷霆一击，没想到……她手中之招居然瞬间停止，整个人直挺挺地撞上了他的剑尖！

“晴雪！晴雪——”

他不确定地唤着她的名字，由惊恐变为愤怒，“这是为什么？！”

“这样，你就不必为难纠结了。”

她微笑着双眼弯弯，又恢复了以前的温柔恬静，只是那眼中不再是死气沉沉，而是清澈而轻松，“我知道，你其实舍不得将我逮捕归案。”

鲜血肆意地喷溅而出，引发他心中更深的恐惧和痛意，“你别说话了，我给你止血。”

这样的言辞，连他自己也觉得苍白无力，却是他此时此刻唯一真实的执念。

她缓缓地摇了摇头，突然将他拉近自己，贴着他的耳边悄声道：“其实，真正的我，早就该死在二十六年前了。”

鲜血不断地涌出，她继续呢喃着：“帮我看顾好玉儿，还有……”

她的声音微弱而坚定，一字一字飒然如石，“我死后，希望你替我去一趟那废弃已久的宸宫，我听说……太后那妖妇做了亏心事，怕地下的怨魂来纠缠，请了法师在那里贴了重重符咒，要让宸姐姐永沦地狱火海之中。”

“宸姐姐一生绝代风华，却是这样的结局，我就算死……也不甘啊！”

拉着他的手逐渐无力，开始松涣，“就算死，我也不想让林媛如愿，拜托你、拜托你替我把那些符咒都毁掉，至少……让宸姐姐的灵魂自由。”

话音刚落，她的柔荑一翻，一掌击在他胸膛上，连城猝不及防，倒退一步，却惊见眼前之人撕落他一片衣袂，借这反弹之力向后一跃，瞬息之间落入高崖之下。

“晴雪——”

撕心裂肺的一声，连城冲上崖边，却扑了个空。

崖下江潮起伏，几瞬之后，才听到一声沉然轰响，随即有一片血花泛起，将偌大的江面都染成红潮。白衣的身躯渐渐浮入眼帘，却已是再无半点生气。

鲜血在日光下反射出五色华光，宛如那人生前浓艳诡丽的彩妆，一生一世的命运跌宕……她似徘徊不安的湘夫人，终于在楚歌声声中回到水中，获得了永远的沉睡。

两个月后

京城的大道上仍是人来人往川流不息。

连城仍是穿着那件黑袍，神情落寞地走在路上，他的背上除了长剑，又多了一只包裹严实的木匣。

有相熟的六扇门人跟他开玩笑，“哟，去江南出差一趟，带礼物回来了？这么大一只匣子，里面是什么呀？”

“骨灰。”

简洁利落的一句，让那人白了脸色。

连城眼中的寒霜更浓，一身冷冽气息让周围人都退避三舍，就这么背着这只匣子，孤独地继续走着。

匣子里装的是晴雪的骨灰，因为死了这么多名高官，连太后侄子都丢了性命，官府闹着要将凶手悬尸示众，而由于她还杀了自己的丈夫，顾家甚至要把尸体碎成十截来泄愤。

“把母亲火化后由你带走。”

这样惊世骇俗的话居然出自女儿顾玉之口，面对连城的目光，她平静地说道：“我想，母亲应该也愿意跟你走。”

说完这话以后，她跟洛宁书也踏上了流亡之旅——虽然洛宁书被证实不是凶手，可他知晓破虏军的惨案，又在众人面前揭露林南的变态虐杀行径，官府现在也在通缉他。

小两口决定去吕宋，等局势变化后再回来。

眼睁睁地看着佳人被火焰一点点吞噬，看着她成为这木匣中的细微粉末，连城的心情实在难以用言语来形容。

他抬起冷漠的面庞，遥望着重重宫阙，喃喃道："废弃的宸宫吗？"

"既然是你的心愿，我必定替你完成！"

偏僻的角落，满地尘埃与落叶的宫道一直延续向前。

身着夜行衣的连城走过死寂阴森的大道，走入一间巍峨典雅的废宫。

匾额摇摇欲坠，字迹被划得稀烂。

"真实的历史，不是用刀剑划去就代表不存在的。"

他冷然一笑，推门而入。

满室贴满朱红褪色的符咒，在夜风呼啸下竟是纹丝不动，显得格外诡异。

长剑一扫，光芒凛冽。

束缚符咒的无声之力，在这一瞬好似被扫破，它们垂落松懈下来，在夜风中飘扬着，发出哗哗轻响。

"听那些术士所说，只要贴不牢咒怨就不在，全部撕掉反而会打草惊蛇，引得那人再贴一次。"

他心中默默想着，随即却肃容，双手合十祷告：

"晴雪……你的愿望，我已经替你实现，林宸的英灵，今日终于可得解脱。"

言毕，他收剑入鞘，大步离开这废弃的宫阙，一个人，一道孤单的身影。

他的背上，负着一柄剑，一只骨灰匣。

离宫之后，他准备辞去官职，浪荡江湖。

这个世上，再无湘夫人，也不会再有连神捕。

他走得太快，所以没有看到，在身后那无尽死寂的宸宫里，隐约有幻白光点冉冉而起，如渺如雾，如露如电。

一念起，天涯咫尺；一念灭，咫尺天涯。

这是一个故事的终结，却是另一个故事的开始。

夜凉如水，苍穹已是星辰满天，耀目洁净，一去人心中的阴霾。

一切有为法，如梦幻泡影，
如露亦如电，应作如是观。